공포를 보여주마

JEG SKAL VISE DERE FRYKTEN
by Nikolaj Frobenius

공포를 보여주마

Jeg skal vise dere frykten

니콜라이 프로베니우스 장편소설 성귀수 옮김

문학동네

일러두기

1. 이 책의 원저는 *Jeg skal vise dere frykten*(Gyldendal Norst Forlag, 2008)이며, 한국어판은 프랑스어판 *Je vous apprendrai la peur*(Actes sud, 2011)를 번역의 저본으로 삼았다.
2. 주석은 모두 옮긴이주다.
3. 본문 중 고딕체는 원서에서 이탤릭체와 대문자로 강조한 부분이다.
4. 본문 중 성서의 인용은 대한성서공회의 공동번역성서 개정판에 따랐다.

차례

1846년인가 1847년에
나는 에드거 포의 몇몇 단편을 접하게 되었다.
그리고 기이한 충격을 경험했다.

샤를 보들레르

포의 작품은 야만적이다.

해럴드 블룸

프롤로그

그리스월드

교회

(1857년, 뉴욕)

8월의 어느 저녁 끝자락, 망토를 두른 남자는 겁에 질린 눈빛으로 두리번거리며 브로드웨이의 인파 속을 파고들었다. 루퍼스 윌멋 그리스월드가 계속 걸음을 재촉하며 행인들 사이를 헤치고 교차로를 가로지르는데, 삯마차 한 대가 느닷없이 그를 향해 다가들었다. 고약한 평판처럼 바닥에 끌리는 망토 자락을 남자는 퍼뜩 몸쪽으로 잡아당겼다. 간발의 차이로 스치듯 지난 사륜마차가 어느새 저만치 멀어져갔다.

브로드웨이는 말 오줌과 쓰레기, 향수 냄새 등이 뒤섞여 지독한 악취를 풍기고 있었다. 거리 가득 모자 쓴 남자들과 보닛을 쓴 여자들이 우글거렸고, 몹쓸 주인한테서 버림받은 듯한 잡종견들이 진창 속을 헤매고 다녔다.

그리스월드는 아이들과 선교사들, 반짝거리는 술병을 꿰찬 주정뱅이들 틈을 헤치고 나아갔다. 별안간 그의 앞에서 아일랜드인 두 명이 윗도리를 벗어부친 채 몸싸움을 벌였다. 한 명이 상대의 멱살을 부여잡더니 바닥에 패대기치고는 입에 담지 못할 욕설을 내뱉으며 얼굴에 주먹세례를 퍼부었다. 하지만 갈 길 바쁜 남자는 눈길 한 번 주지 않았다. 빨리 지나쳐 가는 일 말고는 아무것도 안중에 없는 양 그는 전방의 거리만 응시하고 있었다. 지금은 불행하게도 까마득히 잊힌 존재이지만, 왕년에 이 도시에서 그리스월드는 제법 명망 높은 기자였다. 그는 달리면서 중얼거렸다.

"노인네가 돌아왔어…… 느껴진다니까…… 아주 가까이 있어……"

사람들이 좌우로 흩어졌다. 한 여자가 그를 돌아보며 나무라듯 소리쳤고, 아이는 일그러진 그의 얼굴을 손가락으로 가리키며 웃었다. 브로드웨이와 나소 스트리트 사이, 창공을 향해 근엄한 첨탑을 치켜세운 장로파 초대교회 앞에 다다르자, 남자는 비로소 발길을 멈추고 주위를 둘러보더니 문을 열고 안으로 들어섰다. 자신만의 구세주에게 기대고 싶을 때마다 피난처 삼아 찾아들던 곳이었다.

그는 중앙 통로를 빠르게 지나 구석 벽에 몸을 바짝 붙였다. 텅 빈 교회 안인데도 사람 눈에 띌까 걱정하는 눈치였다. 잠시 후 장의자에 앉은 그는 주위를 살피더니, 마음을 가라앉히려고 또다시 혼잣말을 중얼거리기 시작했다.

"두려워할 필요 없어. 주님이 너를 지켜주실 테니까." 하지만 거기까지였다.

바로 코앞 바닥에 쭈그려 앉은 웬 노인이 흉측하게 쪼그라든 머리통을 장의자에 괸 채 사나운 눈초리로 그를 빤히 노려보는 것이었다. 그리스월드는 자기도 모르게 움찔하고는 흐느끼기 시작했다.

"여기서 뭐하는 거지?" 딸꾹질을 하며 그가 물었다.

노인은 장의자 아래쪽에서 대답 대신 실망과 우려가 뒤섞인 미소를 지었다. 지독한 궁핍과 빈곤이 역력한 몰골이었다. 구멍투성이의 거친 모직 바지에, 여기저기 해진 연미복은 말라비틀어진 머리통을 지탱하기 위해서인 것처럼 목까지 바짝 단추를 채운 상태였다. 미소 짓고는 있지만 표정은 슬프고 눈빛은 고통스러워 보였다. 노인이 손을 쓱 내밀자, 그리스월드는 발치에 웅크린 그 형체에서 눈을 떼지 못하면서도 한층 더 구석으로 물러났다. 오른손 새끼손가락에 낀 빨간 보석 반지는 뼈만 앙상한 손마디에 전혀 어울리지 않았다.

"나한테 기대하는 게 무언지나 말해."

상대가 대답할 수 없다는 건 명백했다. 할 수 없든지, 아니면 하고 싶지 않든지. 노인은 떼쓰는 아이처럼 다짜고짜 고개를 가로저었다. 더더욱 혼란스러워진 그리스월드는 벌떡 일어나 중앙 통로 쪽으로 달리기 시작했고, 그 뒤를 노인이 네발로 기어서 쫓아갔다. 통로 한가운데서 남자는 망토 자락에 걸려 무릎을 짚고 넘어졌다. 곧바로 노인이 다가들었다.

"날 좀 가만 내버려둬!" 그리스월드는 노인을 떨쳐내려 애쓰며 소리쳤다.

하지만 노인은 흑흑거리며 매달렸다. 망토 자락을 어찌나 우악스레 붙잡고 늘어지는지, 그리스월드는 마치 무너져내린 토사 더미나 불어난 물살에 휘말리는 느낌이었다. 결국 포기하고 그는 교회 바닥에 주저앉았다.

"그를 해칠 생각은 없었다고!"

힘없이 말을 내뱉는 사내를 굽어보던 노인이 머리를 바짝 들이밀며 쥐어짜는 소리로 말했다.

"당신은 주인님을 파멸시키려고 했어……"

그러고는 루퍼스 그리스월드의 귀에 무슨 말을 속삭였다. 방금 들은 이야기를 곱씹어보던 그리스월드는 결국 자신이 무시무시한 계략의 희생양이라는 사실을 인정했다. 그의 고개가 떨구어지면서 표정이 풀어졌다. 교회의 내부 공간이 아득하게 멀어지며 정렬된 의자들을 따라 모든 것이 어둠 속으로 떠밀려가고 있었다.

한 시간 후, 그리스월드는 가쁜 숨을 몰아쉬며 포스 스트리트에 위치한 자신의 아파트 계단을 힘겹게 올랐다. 문 앞에 이르러 소리를 지르려고 입을 열었으나 목소리가 나오지 않았다. 겨우 안으로 들어선 그는 발을 질질 끌며 침실로 갔다. 일단 침대에 누운 뒤, 벽에 걸린 판화를 악착스레 바라보았다.

잠시 후, 1857년 8월 27일 바로 그날 밤, 전직 침례교 목사이자 유명 기자였던 자가 포스 스트리트 239번지의 작고 누추한 아파트에서 죽은 채 발견되었다. 망토 자락이 발에 둘둘 말려 있었고, 머리맡 탁자의 등불 아래 개처럼 동그랗게 몸을 웅크린 채였다. 벽에 걸린 태피스트리에 어깨를 처박고 있는 것으로 보아 먼지와 벽토가 부옇게 이는 가운데 벽을 치받아 부수려고 한 것 같았다.

그의 맏딸인 에밀리가 방 한가운데 우두커니 서 있었다. 무슨 소리 때문에 잠을 깼는데, 복도에서 아버지의 발소리가 들리는 듯해 자리에서 일어났다고 했다. 그런데 아무리 불러도 아버지는 대답이 없었단다.

에밀리는 침실 문을 가볍게 두드렸다.

"아버지?"

그는 꼼짝도 하지 않았다. 에밀리가 손을 쓰다듬자 아버지의 살갗에서 냉기가 고스란히 전해져왔다. 몸을 숙여 찬찬히 들여다보았다. 목을 만져보면서, 마치 시간이 무딘 연장을 휘둘러 아버지의 얼굴을 이 지경으로 만들어놓았다는 생각이 들었다. 주름투성이 피부는 반점으로 얼룩졌고, 이마는 성 바울이 말한 뱀의 소굴을 연상시켰다. 그런가 하면 퀭하게 치뜬 두 눈은 허공의 어느 한 점에 고정되어 있었다. 에밀리는 그쪽으로 등불을 비추었다. 루퍼스 그리스월드의 마지막 시선은 벽 중앙에 걸린 초상화에 꽂혀 있었다……

작가이자 비평가인 에드거 앨런 포의 거만하면서 저주받은 듯한 초상이었다. 포의 초상화와 에밀리 아버지의 초상화는 그렇게 나란히 걸려 있었다. 두 사람 사이의 우정을 기리고자 한 그리스월드의 의도가 느껴지는 듯했다.

에밀리는 그 초상화들을 살펴보면서 생각했다. 어떻게 내 이름을 잊어버릴 수가 있지? 아버지의 귓바퀴와 귓불 위로 그녀의 손가락이 미끄러졌다. 싸늘한 피부 아래, 목 쪽으로 뾰족하게 솟은 턱뼈가 만져졌다. 지난주에 그녀는 서재 책상 앞에 앉아 있는 아버지에게 갔었다. 그때 아버지는 그녀를 향해 고개를 돌리고 입을 벌렸지만 끝내 아무 말도 하지 않았다. 서류 더미를 뒤지다가 손을 내밀어 그녀가 무심코 건넨 홍차 잔을 받아 쥐었을 뿐이다. 순간 딸의 이름을 기억해내기 위해 입술을 움직거리며 애쓰는 그의 표정을 그녀는 놓치지 않았다. 책상 위에 뒤죽박죽 쌓인 온갖 단어들 한가운데서 그녀의 이름은 사라지고 없었다.

지난 이십 년 동안 아버지는 타락한 천재 에드거 앨런 포의 편지를 포함한 모든 글을 죽자고 물고늘어졌다. 지금 이렇게 응시하고 있는 남자의 명성에 흠집을 내기 위해 갖은 노력을 다해왔던 것이다. 포에 관해 쓴 글을 출간해주겠다는 사람이 더이상 없는데도, 계속해서 포를 들먹이며 글을 썼고, 포의 글을 읽었으며, 포의 자취를 좇았다. 마치 작가가 이 도시, 그의 집 네 개 층 아래에서 여전히 그 지독한 삶을 이어가고 있기나 한 듯 말이다. 에밀리는 사람들이 무어라 쑥덕거리는지 잘 알고 있었다. 아버지가 포의 이름과 명성을 더럽히고자 무리를 하다보니 결국 자신의 이름과 평판만 엉망이 되고 말았다는 이야기. 작가의 죽음 앞에서 그리스월드는 추도문을 작성했다. 작가의 낡아 해진 옷과 구두 등 비참한 행색을 세세히 묘사하고, "알아들을 수 없는 저주의 욕설이나 처절한 하소연을 입으로 중얼거리며" 미친 사람처럼 거리를 헤매던 모습을 그려냈다. 그러고는 "이 사람은 자신을 한 번도 사랑한 적이 없었다……"라고 덧붙였다. 에밀리는 말할 수 없이 서글펐다. 그것은 결코 추도문이라고 할 수 없는, 전혀 다른 것이었기 때문이다.

그녀는 울면서 침대로 다가갔다. 순간, 아버지의 눈을 통해 침실 전체를 바라보는 느낌이 들었고, 아버지가 느꼈을 법한 절망감이 엄습했다. 어쩌면 에드거 앨런 포가 친근한 눈빛으로 아버지 자신을 지켜보고 있다는 상상을 했을지 모른다는 생각이 들었다. 에밀리는 아버지 상의에 얼굴을 갖다대보았다. 낡은 비단의 감촉이 볼에 전해졌다. 며칠 전 포의 책을 이리저리 넘기다가 시 한 편을 골라 읽어주던 아버지의 모습이 문득 떠올랐다.

부녀는 활짝 열린 창문 앞에 나란히 앉아 있었다. 저 아래에서 사람들 목소리와 다리 위를 굴러가는 마차 바퀴 소리가 광장의 소음에 뒤섞여 올라오고 있었다. 처음에 아버지는 다소 빈정대는 투로 중얼거렸지만, 시에 깊숙이 빠져들수록 목소리가 높아졌다. 당신이 읽는 글을 더는 희화화하지 못할뿐더러, 무언가가 목 안에서 갈라져 시를 끝까지 읽지 못하게 만들고 있다는 것을 에밀리는 알아차렸다. 살짝 고개를 돌려 살펴보니 아버지의 흰머리 아래 두 눈동자는 더이상 책을 향하고 있지 않았다. 대신 창문 너머 광장을 향해 정처 없이 방황하고 있었다. 세상에 그것 말고 다른 작품일랑 존재하지 않는 듯, 아버지는 자신이 외우고 있는 시를 낭송했다.

> 불타버린 내 영혼 끌어안고 방으로 돌아오니
> 전보다 더 크게 두드리는 소리 들려오네.
> "그래, 틀림없어, 누군가 창문을 두드리고 있어.
> 도대체 누구지, 이젠 비밀을 밝혀야 해.

잠시 내 마음 가라앉혀, 이젠 비밀을 밝혀야만 해
—그저 바람일 뿐, 아무도 아니라오."*

그는 딸을 돌아보며 말했다.
"뭔가가 있어."
에밀리는 어리둥절한 표정으로 아버지를 바라보았다.
"어떤 사람이 우리를 쫓고 있단다. 포와 관계가 있는 사람을 모조리 뒤쫓고 있지."
에밀리는 무슨 말인지 도무지 알 수가 없었다.
"괴이한 늙은이야."
아버지의 눈빛에 이끌려 에밀리는 자기도 모르게 더 바짝 다가앉았다.
"이미 떠난 줄 알았는데, 그자가 다시 돌아왔어."
"아빠, 제게 자세히 얘기해주세요."
"그자가 사람들 이를 죄다 뽑았지."
"이를요?"
"그러고는 모조리 산 채로 묻어버렸어."
에밀리는 뭐라고 대꾸할지 몰라 아버지만 빤히 쳐다보았다.
"그 모든 발상은 포의 소설들에서 가져왔고 말이야." 그리스월드가 말을 이었다.
"지금 무슨 이야기를 하시는 거예요?"

* 에드거 앨런 포의 시 「까마귀」 일부.

그리스월드는 그저 고개를 설레설레 저으며 다시 자신만의 생각 속으로 빠져들 뿐이었다.

이제 에밀리는 침대 위 아버지의 시신 옆에 나란히 몸을 뉘었다. 그 당시 나누었던 대화가 뇌리를 떠나지 않아 불안한 마음으로 옴짝달싹할 수 없었다.

그로부터 수년 후, 남편과 함께 선교 활동차 뉴욕을 떠나 아프리카 콩고 부족들을 상대로 주님의 말씀을 전하는 동안, 에밀리는 그때 아버지의 그 눈빛, 자신을 좇는 남자와 포에 관해 이야기하던 그날 오후의 기억이 뜬금없이 머릿속을 스치곤 했다. 어떤 저녁에는, 해가 뉘엿뉘엿 기울 즈음, 저무는 햇살 속에 아버지의 얼굴이 보일 때도 있었다. 그제야 모종의 비밀이 아버지와 함께 사라졌으며, 그 비밀을 밝혀내도록 자신을 도와줄 사람이 이젠 아무도 없다는 사실을 그녀는 깨달았다.

포

엘리자

(1811년, 버지니아 리치먼드)

버지니아 연방주에 속한 땅 대부분이 아무리 가난하고 황폐하다지만, 리치먼드만큼은 제법 융성하는 도시였다. 런던과 리버풀, 지브롤터, 뉴욕 등지에서 몰려드는 상선들이 죄다 그곳 부두에 닻을 내리고 가져온 화물을 하역했다. 강에서는 배가, 육지에서는 짐수레가 도처로 그윽한 향을 실어나르면서, 담배 산업의 일자리는 인구 증가에 비례하여 늘어만 갔다. 그러나 밤이 되면 창고와 공장의 악취가 환히 불 밝힌 미용실과 북적대는 선술집이 즐비한 메인 스트리트를 가득 메웠고 이따금 창틈으로 스며들어 한 여배우의 기침을 유발했다.

에드거 포는 삐걱거리는 침대 앞에 서 있었다. 그의 나이 세 살. 침대에 누워 있는 사람은 엄마인 엘리자로, 스물네 살의 가녀린 여인이었다. 그녀는 사내아이를 향해 큰 눈망울을 끔벅거리고 있었다. 발작과도 같은 기침에 시달리며 그녀는 담요 밑에서 가쁜 숨을 몰아쉬었다. 에드거는 똑바로 선 채 그 모습을 지켜보았다. 이따금 기침 소리를 물리치려는 듯 그는 두 눈을 질끈 감기도 했다.

어스름 속에 엘리자는 놀라울 만큼 왜소해 보였다. 마치 어른의 눈빛을 가진 어린애 같았다. 인형처럼 예뻤다. 침대에 앓아누워 자식을 삼킬 듯 바라보고 있는 지금 이 순간의 분위기는 그녀 나이 아홉 살 때부터 전국을 누비며 연기해온 연극 속 어느 한 장면을 그대로 옮겨온 듯했다.

무대 위 주인공이 되어 장터 아가씨 역을 멋지게 연기해 우레와 같은 갈채를 이끌어낸 것이 언제였던가. 극중 인생이 아무리 천박하고 불결한들, 문제될 것이 없었다. 당대 평론가들이 그녀를 두고 "대리석 인형처럼 순수"할 뿐 아니라 "엄청난 재능과 미모를 갖추었다"며 연일 입을 모았으니 말이다.

그녀는 찰스턴, 필라델피아의 뉴 시어터 컴퍼니, 볼티모어, 보스턴, 워싱턴, 노퍽 그리고 리치먼드에서 공연을 했다. 떠들썩한 노동자들 앞에서건 거만한 보스턴 토박이들 앞에서건, 그녀는 가능한 온갖 무대 위에 서왔다. 셰익스피어 작품에서 처음 비중 있는 배역으로 오필리어를 연기했을 때가 바로 열네 살, 서더크 극단에 서였다. 그로부터 오 년이 지난 뒤 그녀는 보스턴의 페더럴 스트리트 극단에 함께 소속된 남편을 만나 포 부인이 되었다. 두 사람 사이에서 연달아 세 아이가 태어났지만, 결국 그녀는 술주정뱅이에 재능이라곤 찾아볼 수 없는 남편과 헤어지고 만다. 그러는 와중에도 희극과 비극, 무용극, 음악극, 카바레 무대와 각종 기념제 무대를 통해 그녀는 다양한 연기 인생을 이어간다.

1810년 리치먼드 극단으로 다시 돌아온 그녀는 자신의 눈부신 매력에 사로잡힌 대중으로부터 마치 하늘의 별처럼 환영을 받게 된다. 당시 〈리치먼드 인콰이어러〉에는 이런 기사가 실렸다. "그녀가 무대에 등장하는 순간 열화와 같은 환호가 터져나왔다. 단 한 번도 그녀는 이런 대중의 평가를 배반하지 않았다." 그리고 이런 열광적인 찬사도 쏟아져나왔다. "어쩌면 저리도 매혹적일까!" "세상에, 저 어여쁜 몸매 좀 봐!" "저렇게 우아할 수가!" "너무 아름다워! 기막힌 연기야!"

그랬던 그녀가 지금은 침대에 베개 네 개를 겹겹이 쌓아놓고 기대앉아 있었다. 흔들리는 등불 빛이 얼굴을 비추었다. 터져나오는 기침을 억누르려는 듯 양팔로 목을 감고서 통증을 가라앉히려 애쓰고 있었다. 폐가 발작을 일으킬 때마다 진정시키려고 끊임없이 상체를 숙였다 폈다 하는 동안 땀으로 젖은 얼굴 위로 머리카락이 흘러내렸다.

그날 저녁, 그녀는 왕진 온 의사의 옷깃을 다짜고짜 움켜잡고 있는 힘을 다해 끌어당겼다. 어느 평론가가 말했듯 "미국에서 가장 아름답고 표현력이 풍부한" 두 눈동자로 의사의 얼굴을 이리저리 살피면서 그녀는 나지막이 물었다.

"저 내일까진 살아 있을까요?"

의사는 잠시 생각하더니 고개를 끄덕이고는 서둘러 방을 나갔다.

죽음의 우두머리인 결핵균이 이미 수년 전부터 그녀의 허파를 갈가리 찢어놓고 있었다. 이제는 기침을 할 때마다 코와 입에서 피가 솟구쳤다. 전날 〈리치먼드 인콰이어러〉에는 다음과 같은 짤막한 기사가 실렸다.

도움의 손길을 기다립니다

지난밤 포 부인은 세 명의 어린 자식들에게 둘러싸인 채 병상에서 밤을 지새웠습니다. 그녀가 이렇게 도움의 손길을 바라는 것은 이번이 마지막일 것입니다. 이후에는 리치먼드의 시민에게 공개적으로 지원을 호소하지 않아도 될 것입니다. 자세한 사항은 금일 광고란 참조.

이에 리치먼드의 선량한 시민들 다수가 도움의 손길을 내밀었고, 그녀의 가족은 돈과 식량, 의약품을 지원받을 수 있었다. 이제 엘리자의 유일한 걱정은 자식들이 자선원에 내맡겨지지 않게 하는 것이었다. 밤새도록 발작적인 기침을 하며 그녀는 아이들에게 조만간 양부모가 데리러 올 거라고 말했다.

"도대체 지금 어디들 있는 거지?" 그녀가 중얼거렸다.

계단에서 들린 게 그들의 발소리일까? 밤이 다 지난 건가?

"5막이 시작되었나?"

그녀는 그대로 곯아떨어졌다가 잠시 후 눈을 떴다. 그리고 완전히 깬 상태로 한동안 있다가는 또다시 곯아떨어지기를 반복했다.

도대체 양부모는 어디쯤 와 있는 걸까?

"왜들 이렇게 늦는 거지?"

다시 눈을 떴을 땐 날이 훤히 밝아 있었다.

의사는 그녀를 굽어보며 거슬릴 만큼 강한 목소리로 "넓은 마음을 가진 사람들"이 아이들을 맡으러 올 거라고 말했다. 그러면서, 아이들이 함께 살지는 못하겠지만 다들 믿을 만한 사람 손에 맡겨질 거라고 장담했다.

"그게 어딘데요?" 그녀는 의사를 빤히 쳐다보며 신랄한 투로 되물었다.

헨리는 볼티모어에 사는 포의 집안어른이 맡을 것이고, 로잘리는 리치먼드에 거주하는 매켄지 댁에 가서 살 것이다. 그리고 사업가인 존 앨런과 부인 패니가 어린 에드거를 맡아 키우기로 약조한 상태였다.

에드거는 문 가까이 서 있었다. 몸을 앞으로 숙인 채, 태어나면서부터 한결같았던 음울하고도 놀란 눈으로 엄마를 바라보았다.

"에드거……" 그녀가 손으로 입을 닦으며 중얼거렸다.

손을 떼자 손가락에 끈적한 피가 묻어났다. 아이는 엄마 앞에 서서 손을 내밀었다. 그 손을 그녀가 잡았다.

"아파요?" 아이가 물었다.

엘리자는 거의 웃음이라고 할 수도 없는, 그보다는 흐느낌에 가까운 미소를 짓지 않을 수 없었다.

"아니란다, 얘야."

"엄마 가슴에서 나는 이 소리는 뭐예요?"

그녀는 아이의 손을 좀더 힘껏 그러쥐며 대답했다.

"그건 붉은 바람 소리란다. 사람의 몸을 통과해 부는 바람이지."

"무서운 건가요?"

"네 가슴에도 그 바람이 생명을 불어넣고 있단다. 그리고 다시 빠져나갈 때 생명을 앗아가지. 우린 우리가 사는 집의 주인이 아니야." 그녀는 눈을 깜빡거리면서 계속 중얼거렸다. "……바로 이런…… 바람이…… 주인이지."

에드거는 놀란 얼굴로 엄마를 바라보았다.

"내 안에도 있어요?"

"그래, 우리 모두에게 있단다."

"그게 우리한테서 생명을 앗아가요?"

"그렇단다."

엘리자는 무언가 위로의 말을 덧붙이고 싶었지만, 하필 그 순간 상체가 거꾸러질 정도로 기침이 터져나오고 말았다. 다시 고개를 들자, 두 손으로 얼굴을 감싸쥔 에드거의 모습이 눈에 들어왔다.

"에드거."

"네?"

"서랍장에 가서 가위 좀 가져다주겠니?"

에드거는 여전히 손으로 얼굴을 감싸쥔 채 시키는 대로 했다.

엘리자는 땋은머리를 조금 풀더니 그 끝을 조금 잘라 아들에게 건넸다.

"내가 세상을 떠나 더이상 네 곁에 없을 때 대신 이 머리카락을 간직하렴, 알겠니?"

"네, 엄마."

"몇 시간 후면 새 부모님이 너를 데리러 오실 거다. 에드거 너는 그분들과 함께 살게 될 거야. 패니와 존 앨런이라는 분이야."

에드거는 알았다는 표시로 한참 동안 고개를 끄덕였다.

"그러니 에드거, 그분들을 깜짝 놀라게 해드려야 한다."

에드거는 다시 고개를 끄덕였다.

"자, 착하지, 이제 가서 헨리 형을 좀 데려오겠니?"

헨리와 로지*는 방문 앞에 나란히 기대앉아 기다리고 있었다. 에드거는 형에게 다가가 머리에 손을 얹었다. 헨리가 눈을 치켜뜨고 화난 듯 쏘아보자 에드거는 말없이 엄마의 침대 쪽을 가리켰다.

"이제 형 차례야."

헨리는 자리에서 일어나, 마치 늙은이처럼 뻣뻣한 걸음걸이로 방에 들어갔다.

에드거와 로지는 마룻바닥에 나란히 웅크리고 앉았다. 둘은 여윈 말의 가쁜 숨처럼 집안을 떠도는 엘리자의 기침소리를 듣고 있었다. 에드거는 두 손으로 귀를 막고 중얼거렸다.

"바람이 오고 있어."

로지도 손으로 귀를 막아 오빠의 말은 들리지 않았다.

엘리자의 기침 발작만 아니면 집안은 온통 고요했다. 창틈을 파고들던 바람소리도 뚝 끊겼다. 숲도 거리도 바람 한 점, 소음 하나 없이 조용했다. 사람 목소리는 기미조차 없었다. 오로지 엄마의 허파에서 새어나오는 끔찍한 바람소리뿐이었다.

로지와 에드거는 복도에서 담요를 뒤집어쓴 채 그대로 잠이 들었다.

---

* 로잘리의 애칭.

에드거는 엄마의 허파 속에 터를 잡은 어둡고 아담한 집을 꿈꾸고 있었다.

*

양부모와 함께 살면서 에드거는 전혀 다른 삶을 접했다. 바로 부富와 규율 그리고 에고이즘. 밤에 잠에서 깨어나면 항상 엄마의 관 속에 엄마의 유골과 잔해, 먼지와 더불어 누워 있는 자신을 발견하곤 했다. 어쩌다 여기 있게 된 걸까? 그는 엄마의 머리카락 냄새를 맡아보았다. 중얼중얼 엄마에게 말을 걸지만, 대답을 얻을 수는 없었다. 유골은 말이 없었다. 그는 관 뚜껑을 두드리고 발길질을 하려고 했지만 다리가 꿈쩍도 하지 않았다. 엄마의 목구멍에선 아무런 대답도 나오지 않았고, 다른 신체 부위도 반응이 없는 건 마찬가지였다. 어둠이 묵직한 털이불처럼 짓누르고 있었다. 빠져나오고 싶었지만 움직일 수가 없었다. 악을 쓰고 소리 지르는 것만이 그가 할 수 있는 유일한 일이었다.

"나 좀 나가게 해주세요!"

깨어나보니 양어머니 패니 앨런이 침대가에 걸터앉아 있었다. 어쩔 줄 몰라하며 에드거를 내려다보는 중이었다.

"밤에는 얌전히 있어야 한단다, 네드." 그녀가 상냥하게 말했다.

그녀는 에드거를 네드라 불렀다.

"그래야 앨런 아저씨가 편히 주무시지, 알겠니?"

에드거는 새어머니에게 고갯짓을 하며 대답했다.

"네, 어머니."

세월이 흐른 뒤, 그는 우리 안에 공포가 언제나 도사리고 있다는 생각에 도달할 것이다. 낮에 아무리 숨기려 들어도, 밤이 되면 어쩔 수 없이 공포가 고개를 드는 것이다. 우리의 모든 행동은 공포의 지배를 받든가, 공포에서 벗어나려는 욕망의 지배를 받는다.

1부

◆

(1841~1843년, 필라델피아-뉴욕)

포

편지

(필라델피아)

그의 나이 서른둘. 하지만 아직 유명 작가가 되진 못했다. 하루하루가 지날 때마다 파국이 임박했음을 느끼고 있다. 이대로 가다가는 너무 늦을 터였다. 머지않아 완전히 지워져 무시당하고, 웃음거리밖에 안 되는 존재로 전락할 것이다. 무명無名의 나락에 처박혀, 일말의 희망도 없이 죽어도 살아도 그만인 처지가 되고 마는 것이다. 소위 작가의 삶이란 인간 생의 저 기나긴 흐름에 비하면 한낱 부질없는 짧은 에피소드에 불과한 것.

빌어먹을, 영광의 시간도 반짝하다가 사그라지고 말 공산이 크다. 조만간 에드거는 모두를 깜짝 놀라게 만들 것이고, 또 그래야만 한다. 그동안 탁월한 시들과 단편소설들을 써왔다는 걸 에드거 자신도 잘 알고 있다. 그가 쓴 글들은 당대 그 어느 시인의 글보다도 뛰어나다. 하지만 그에 걸맞은 명성은 요원하기만 하고, 그는 여전히 가난의 고통 속에서 글을 쓰고 있다.

그는 이미 열여섯 살 때 유명 작가가 되기로 결심했었다. 그를 막을 수 있는 건 아무것도 없었다. 양부모도, 학교 선생님도, 주변의 질시도, 멸시도, 미움도 그는 아랑곳하지 않았다.

"그들은 나를 몰라. 내 재능을 못 알아보고 있어."

사춘기 시절 풋풋한 사랑을 나누었던 엘마이라라는 우수어린 분위기의 갈색 머리 소녀에게 그렇게 속삭이곤 했다.

그러면 엘마이라는 엘리스 가든의 나무 아래서 키스를 해주며 나지막이 말했다.

"설마…… 어쩜 그렇게 다들 멍청할 수가 있지?"

그뒤로 십육 년이 지났건만 그는 여전히 스스로 도달할 수 있을 거라 믿었던 목표에 이르지 못했다. 명성은 더디게 오고, 그의 존재감은 어디에도 없다. 주위의 모든 것이 갈수록 무명의 늪에 빠져들 따름이다.

'빌어먹을! 어서 결판 좀 나라!' 아침마다 침대를 박차고 일어나면서 그는 속으로 외쳤다. '더는 기다릴 시간이 없다고!'

대체 어떻게 해야 주목받을 수 있단 말인가? 한번 찬찬히 생각해보자. 누군가 말한 적이 있다. 그의 글은 지나치게 잔혹하며 자극적이라고. 그러나 그는 단지 보이는 대로 세상을 그려낼 뿐이다. 우리는 저마다 배의 돛대에 매달린 몸. 갈매기에게 물어뜯기는 와중에도 교양 있는 문명인을 자처하려 애쓴다. 우리는 눈과 코를 잃었다. 그리고 이제 태양원반이 바닷속으로 곤두박질친다. 파도가 갑판을 휩쓰는 동안, 우리는 그렇게 최후가 닥치기를 기다릴 따름이다.

인간은 겹이 많고 자기파괴적이다. 작품 속 인물들의 모습 역시 현실에서의 그들 모습을 벗어날 수 없다.

그는 꼭두각시도 아니요, 유행 따라 이리저리 방향을 바꾸는 풍향계도 아니다. 그는 바닷속으로 침몰하는 광기의 목관木棺이다.

에드거와 어린 아내 버지니아는 지금 필라델피아에 거주한다.

에드거는 아내에게, 작가로서 인정받을 날이 머지않았다고 둘러댔다. 미국 전역이 조만간 눈을 들어 자신의 작품에 주목하게 될 거라고.

그러던 중 그는 저널리즘과 문학평론 분야에서 떠오르는 인물인 루퍼스 그리스월드가 같은 도시에 산다는 사실을 알게 되고, 곧장 그에게 한번 만나고 싶다는 내용의 편지를 써 보낸다.

친애하는 루퍼스 그리스월드 선생

제가 기자로 일하고 있는 〈그레이엄스 레이디스 앤드 젠틀맨스 매거진〉의 소유주인 조지. R. 그레이엄 씨로부터 그간 여러 차례 선생과 선생의 작업에 관해 많은 이야기를 들었습니다. 솔직히 고백하자면, 저 또한 이 나라에서 일어나는 문학적 '사건'들을 최대한 진지하게 고찰하려는 사람으로서, 그때마다 선생에 대해 용솟음치는 호기심을 누를 수가 없었습니다. 한데 선생이 펴내신 미국 시평론집에 대해서는 그저 그런 공감 말고 다른 어떤 것을 느낄 수가 없더군요. 여러 분야에 서로 관심을 공유하는 입장에서, 선생을 한번 뵈었으면 하는 바람이 있습니다. 돌아오는 수요일 정오에 존스호텔에서 저를 만나줄 의향이 있으신지요?

경의를 표하며,

필라델피아, 1841년 5월 2일

에드거 앨런 포

그리스월드

삯마차를 타고

(필라델피아)

호텔로 향하는 마차 안에서 그는 눈을 감는다. 그러자 이내 빛과 어둠의 소용돌이가 엄습하는 것이 느껴진다. 거의 항상 피곤에 절어 있고 밤에 몇 시간밖에 수면을 취하지 못하지만 결코 의식이 무뎌지는 일은 없다. 유독有毒한 사념들이 고개를 들기에 적합한 시간대, 즉 비몽사몽의 영역을 그는 늘 경계했다. 하지만 흔들리는 마차의 좌석에 몸을 맡기자 밀려드는 잠을 뿌리치기가 쉽지 않다.

루퍼스 그리스월드는 곧 만나게 될 포라는 인물이 쓴 시들을 읽느라 밤새도록 책상 앞에 붙어앉아 있었다. "끔찍하군, 끔찍해." 이렇게 중얼거리면서도 그는 눈을 떼지 못했다. 이 시들 속에는 마음을 뒤흔드는 어떤 분위기가 있었다. 윤리의 부재만이 아니라, 일종의 불경스러움처럼 느껴지는 무언가가 그 안에 존재했다. 그럼에도 불구하고 단호히 내칠 수가 없었다. 마음이 불편해질수록 호기심은 커져만 갔다. 포의 세계에 하느님이 존재하지 않는다는 것은 자명했다. 죽음과 악, 꿈과 저열한 본능에 관한 시를 굳이 읽으려는 이유는 무얼까?…… 도대체 왜 새벽 다섯시가 되도록 그 시들에서 눈을 떼지 못한 걸까?

잠시 동안 그는 양손을 무릎에 내려놓고 눈을 감는다. 삯마차 창문으로 들어오는 거리의 공기가 얼굴을 스친다. 사과인지 썩은 자두인지 들척지근한 냄새가 그를 버몬트주 허버드턴에 있는 고향집 정원으로 데려다놓는다. 그곳에서 어머니 데버라는 단풍나무 발치에 파놓은 구덩이에다 쓰레기를 묻곤 했다. 달리는 마차 창문 밖으로 지금 그는 고향집 이층 자기 방 창문 너머의 풍경을 보고 있다.

그는 어둠 속 잠자리에서 일어나 창가로 다가간 다음 창문을 열고 그레고리호수를 바라보곤 했다. 그리고 나무우듬지 위에 온갖 형상을 만들어내는 구름을 눈으로 더듬었다. 때로는 요람 속에 파묻힌 아기의 모습이 떠오를 때도 있었다. 그 앙증맞은 손과 발, 몸뚱이는 이내 조각조각 떨어져 두둥실 흩어져갔다. 루퍼스는 하느님의 눈을 상상하곤 했다. 어머니가 얼굴 앞으로 성서를 내밀자 그는 책 밑으로 고개를 숙여 어머니의 얼굴을 쳐다보았다. 어머니는 성서를 읽었다. 루퍼스는 그녀를 따라 단어 하나하나를 발음했다. 땅 끝까지 미치는 그의 눈길을 피하여 하늘 아래 무엇을 숨길 수 있으랴!* 루퍼스는 눈을 감고 장님이 되는 상상을 해보았다. 창문을 닫

* 「욥기」 28장 24절.

고 침대에 쓰러져 이불 속으로 파고든 다음 동그랗게 몸을 웅크렸다. 하느님은 언제 나를 사라지게 하시려나?

그는 어머니의 엄한 가르침을 고분고분하게 따를 각오가 되어 있었다. 하지만 어머니가 내세우는 규칙과 질서에 대해 생각할수록 그것들을 거스르는 무언가가 자신을 부추기고 있다는 확신이 점점 강렬해졌다. 그보다 어머니를 더 걱정시키는 사람은 없었다. 자신이 왜 그렇게 행동하는지, 도대체 무엇을 바라는지도 모르는 채 그는 규칙을 위반했다. 다른 모든 이가 규칙을 따를 때 혼자만 엇나갔다. "나는 선량한 기독교인이 되고 싶어"라고 그는 다리가 셋인 새하얀 고양이를 어루만지며 혼잣말을 중얼거리곤 했다. "내일부터는 더이상 거짓말하지 않을 거야. 하느님이 어떻게 보실까 걱정하지도 않을 거고, 별빛 가득한 하늘에 새겨진 글자들도 신경 쓰지 않겠어. 나는 이제 말 잘 듣는 아이가 될 거고, 약속을 반드시 지킬 거야. 내일 아침 일찍 잠에서 깨면 완전히 다른 아이가 되어 있을 거라고." 하지만 그와 동시에 이런 생각을 했다. '내일 저녁에는 지금과 똑같은 말을 하고 있겠지……' 어릴 적부터 루퍼스는 자신이 무언가 엄청난 일을 저지르리라는 걸 알고 있었다. 다만, 그게 무엇인지 모를 뿐.

울퉁불퉁한 길 때문에 마차가 심하게 흔들리고, 루퍼스도 자리에서 몸이 들썩한다. '참으로 딱한 몽상가로군.' 그는 속으로 중얼거리면서 자세를 고쳐 앉는다. 이젠 그만 잊어야 할 인생의 이런저런 일화들이 여전히 머릿속을 맴돈다. 어쩌겠는가? 생각 자체를 중단하란 말인가? 언젠가 뇌의 작동을 멈추고야 말겠노라 작정한 적이 있었다. 트로이*에 사는 어린 시절 친구 조지 포스터의 집에서 도망쳐나와야만 했던 때의 이야기다. 그날 잠을 깨어보니 침대에서 포스터가 맨팔로 그의 가슴을 끌어안은 채 몸을 딱 붙이고 있었다. 벌떡 일어난 루퍼스는 옷가지를 챙겨 나와 동트기 전 한참 동안 시내를 가로질러 달음박질쳤다. 그후 며칠은 정처 없이 이곳저곳을 헤매고 다녔다. 그러다가 어느 밤, 우거진 나무 높은 곳에서 하느님의 목소리가 들려왔다. "너는 나의 도구가 될 것이다. 너는 선과 악을 판별하게 될 것이다." 순간 루퍼스는 무릎을 꿇고 눈물을 흘리며 주께 감사드렸다.

조지 포스터는 편지를 보내 다시 만나자고 청해왔지만 루퍼스는 그와의 관계, 그 끔찍한 '애정'을 더는 원치 않았다.

이제는 하느님의 도구가 되고 싶은 마음뿐이었다. 그렇다고 생각을 멈추는 경지에 도달한 것은 결코 아니었지만.

그는 바닥에 놓인 서류 가방을 집어들어 무릎에 올려놓는다. 엄지손가락으로 잠금장치를 누르자 딸깍 소리와 함께 가방이 열린다. 안을 들여다본다.

최근 에드거 앨런 포의 작품에 대한 찬사 섞인 평론 몇 편이 그의 손에 들어왔다. 포의 단편들 가운데 〈버턴스 매거진〉에 실린 작품을 처음 읽고 그는 쾌재를 부르지 않을 수 없었다. 「윌리엄 윌슨」이라는 제목의 그 작품은 이런 구절로 마무리되었다. "……네가 너 자신을 완전히 죽여버렸으니 말이다." 이를테면 자신보다

* 미시건주의 도시.

훨씬 뛰어난 그림자에게 쫓기는 한 인간의 의식에 관한 내용임을 루퍼스는 단박에 알아차렸다. 타락한 인간 존재의 영혼이 어떤 공포로 압살당하는지를 탁월하게 묘사해낼 줄 아는 작가라고 생각했다. 자신으로부터 그리고 신으로부터 도망친다는 것이 얼마나 어려운 일인지 잘 알고 있는 게 틀림없었다. 요컨대 포는 루퍼스에게도 익숙한 어떤 것을 작품으로 그려낸 것이다. 루퍼스는 이 작가의 다른 작품들도 읽어야겠다고 결심했다. 그러나 「베레니스」를 읽고는 그만 기겁하고 만다. 이건 해도 너무했다! 지독히 피비린내나고 터무니없이 정신 나간 소설이었다. 문명인으로서 이런 걸 쓸 수 있다는 게 도무지 믿어지지 않았다. 한마디로 진창 구덩이라고나 할까. 저 가여운 여인의 치아를 뽑아내 아무렇게나 바닥에 내팽개치는 것으로 작가가 얻고자 한 게 과연 무엇인가? 불안과 악의 구렁텅이에서 그렇게 뒹구는 것이 대체 무슨 의미가 있었을까? 무릇 작가의 의무란 독자가 세상의 그릇된 유혹에 대항해 정신을 무장하도록 그럴듯한 이야기를 꾸며내는 것이 아니던가? 아! 루퍼스는 결국 그의 소설을 바닥에 팽개치고는 발로 마구 짓밟았다. 갈기갈기 찢어발겨 휴지통 속에 던져넣었다. 소설의 저자 때문에 휩싸인 감정으로 며칠 동안 그는 영혼 저 깊은 곳까지 괴로워했다. '베레니스'라는 이름만 떠올려도 속이 거북했다. 그는 광기와 죄악, 야만으로부터 보호해달라며 무릎을 꿇고 하느님께 기도했다. 그러고는 의기소침해진 상태로 아내에게 속삭였다. "우리를 혼돈으로부터 지켜주시는 주님께 그저 복종하는 길밖에 없소."

그로부터 몇 년 후 시평론집 작업에 매달리던 시기에 그는 에드거 앨런 포의 작품을 책에 포함시키지 않을 수 없었다. 그러다보니 자연을 거스른 예전 그 이야기에 다시금 신경이 쓰였다. 불과 며칠 전에 작품을 읽기라도 한 것처럼 기억 속에 모든 내용이 선명하게 각인되어 있음을 알고 그는 소스라치게 놀랐다. 뉴욕의 어느 공동묘지에서 벌어진 엽기적인 사건의 기사를 어느 신문에서 접했을 때도, 즉각적으로 포의 소설이 떠올라 자기도 모르게 걷잡을 수 없는 흥분 상태에 빠졌다. 그는 신문을 팽개치며 생각했다. '그럴 리가 없어. 더는 생각하고 싶지도 않아.' 그러고는 다시 작품 추리기에 몰두했다.

중요한 시평론집의 편찬자로서 그는 '영혼을 타락시키는' 시를 읽는 것 역시 자신의 책무라는 것을 잘 알고 있었다. 하지만 그 책무가 불쾌한 것은 어쩔 수 없다. 특히 끔찍한 소설이 기억 속에 떠오르고 나서는 더더욱. 그때부터 그의 삶에는 포로 인한 피해의식이 떠나지 않는다.

서류 가방 속에서 그는 간밤에 읽은 마지막 시 「바닷속 도시」를 꺼내든다.

보라! 죽음이 왕좌를 일으켜세웠도다

"죽음의 왕좌라…… 그렇지!" 그는 중얼거리며 시를 제자리에 도로 내려놓은 다음 서류 가방을 닫는다. 전날 밤, '눈부신' 시들을 읽을 때마다 그 매력에 저항할 수 없는 자신의 무력감이 뼈저리게 느껴질수록 경탄의 마음 또한 커져만 갔다. "어쩌다가 내가 이런 진창에서 허우적대는 거지?" 책장을 넘기면서 그저 탄식만 내뱉을 따름이었다.

"이건 독극물이야! 이교도의 탕약이라고!"

포가 쓴 글은 결코 점잖은 사람이 읽을거리가 못 된다고 그는 생각했다. 포라는 인물은 공포의 쾌감으로 글을 쓰며, 하느님도 도덕도 존재하지 않는 고통과 타락만을 집요하게 파고든다. 이런 걸 쓰는 인간은 분명 기독교인이 아닐 테고, 어둠을 찬양하는 자일 것이며, 자기 자신과 자기 그림자 외에 다른 신은 믿지 않을 것이다. 아마도 '기막힌 운율'에 맞춰 글을 쓰고자 하는 욕심 이상의 정신적 욕망일랑 단 한 순간도 가져볼 생각이 없는 존재일 것이다.

그랬다! 그것은 루퍼스가 신랄하게 짓밟고 씹어대서 응징해야만 하는, 그러고 싶은 시였다. 그런 시가 사람들에게 읽히지 않게 만드는 것이 그의 책무였다! 하지만 그는 시를 한 줄 한 줄 계속해서 읽어나가고 있었다. 어떤 사악한 의도가 그의 눈길을 옴짝달싹 못하게 엮어서 시 속으로 끌어당기고 있는 것 같았다. 그렇게 읽어가다보니, 포의 시작품들을 결핍이라는 단어만으로는 정의할 수 없을지 모른다는 생각이 문득 들었다. 그 속에 만연하는 무도덕주의는 필경 주도면밀하게 의도된 것일 터였다. 그것은 '활활 타오르는 죄악'이었다.

과연 무엇하러 이런 글을 쓴단 말인가?

보라! 죽음이 왕좌를 일으켜세웠도다
선한 자와 악한 자, 최악과 최선이

영원한 휴식을 바라보며 떠나간
저 어두운 서쪽 나라
낯선 도시에.

영혼의 죽음을 이런 식으로 묘사하는 것은 투박하고 통속적이다. 그런데 운율은 악마적이다.

루퍼스는 바깥을 흘끔 내다보고서야 마차가 멈춰 선 것을 깨닫는다. 어느새 존스호텔 앞이다.

그는 약간 열에 들떠 호텔 입구 쪽으로 걸어간다.

검은 베일로 얼굴을 가린 여인이 그의 뒤에서 계단을 오르다 말고 낮은 목소리로 부른다. 루퍼스는 깜짝 놀라 돌아보고는 더듬대며 묻는다.

"뭐, 뭐요?"

여인은 눈을 내리깐 채 아무 말 없이 그를 제치고 유리문을 통과해 안으로 들어간다. 루퍼스도 곧 뒤따라 로비에 들어선다. 눈으로는 베일 쓴 여인을 좇으면서, 구두를 서로 문질러 묻은 흙을 털어낸다. 먼지와 작은 흙덩이들이 양탄자 위에 소리 없이 떨어진다. 프런트 앞에서 이쪽을 등지고 선 왜소한 몸집에 검은 옷을 입은 남자에게 자연스레 눈길이 간다. 루퍼스는 별안간 생각을 바꾸기로 결심한다. 평론가들이 제멋대로 열을 올려 포를 칭찬하거나, 판단력을 잃었다며 자신을 힐난해도 상관없다. 그에게 이건 원칙의 문제다.

요컨대 포는 선량한 기독교인이 아니다. 무슨 수를 써도 그럴 인간이 못 된다. 이런 식의 우상화는 결국 영원한 저주로 막을 내릴 것이며, 에드거 앨런 포 없이도 시평론집은 건재할 터다.

루퍼스는 결연한 태도로 출구로 발길을 되돌린다.

포

존스호텔

(필라델피아)

"선생님?"

에드거가 출구로 향하는 남자를 붙잡으려 한다.

"그리스월드 씨 맞죠?"

문 앞까지 다다르고서야 그가 돌아본다.

"아, 포 선생이시군요. 미안합니다, 미처 못 봤습니다."

그리스월드가 포에게 다가온다. 그의 손에는 반짝이는 잠금장치가 달린 가죽 서류 가방이 들려 있다. 세심히 신경쓴 옷차림에 검은 머리는 깔끔하게 뒤로 빗어 넘겼다. 눈빛은 앞서 언급한 대로 내면에서부터 빛나고 있는 듯하다.

"네, 바로 접니다." 에드거는 상대의 눈을 똑바로 바라보며 나직하게 말했다.

그리스월드는 장갑도 벗지 않은 손으로 악수를 한다.

에드거는 배가 고픈 상태다. 아침식사로 머디 고모가 시장에서 구해온 대추야자 열매를 몇 개 먹었는데 그 달콤한 향기가 아직도 입속에 남아 있다. 지금 시각은 정오. 전능한 주이신 허기가 그에게 현기증을 안긴다. 하긴 언제 그를 편히 놓아준 적이 있던가? 허기는 하루 중 때만 되면 더 늦지도 이르지도 않게 어김없이 행차하여 그를 궁지로 몰아넣는 것을. 이 길고도 비참한 과정을 가급적 체면과 품위를 갖춰가며 견뎌내려 애쓰는 길밖에 다른 수가 있겠는가? 분명히 말하건대, 이곳 미국에서 작가의 운명이란 이른바 '미국 문단'이라는 터무니없는 우연과 속물적인 냉소주의의 폭풍우 속을 되도록 의연하고 고고한 자세로 헤쳐나가는 것이다. 바로 그런 역할에 충실하되, 착각해선 안 된다. 남자든 여자든 자존심 강한 이들 입장에서 다소 우스꽝스러운 배역인 건 어쩔 수 없으니까. 지난 몇 달간 그는 지금 눈앞에 서 있는 사내와의 만남을 꿈꾸어왔다. 그리스월드가 과연 성공의 열쇠일까? 그래줄 인물이 맞나?

"바bar로 가시죠." 에드거는 이렇게 말하고 몸을 돌려 앞장서 걸어간다. 뒤따라오는 기자의 발소리가 들린다.

그는 바 앞에 서서 선반에 가지런히 진열된 포도주와 위스키병들을 흘끔 보더니 종업원에게 말한다.

"창가 자리에서 차를 마셔도 되겠소?"

"물론입니다, 손님." 종업원의 목소리에서 애처로움이 느껴진다. 에드거는 염증으로 인해 노르스름하게 막이 낀 종업원의 눈동자에 주목한다. 염증 때문에 종업원은 다소 우스꽝스러우면서도 기이한 표정으로 자꾸만 눈을 찡그릴 수밖에 없다. 에드거는 루퍼스 그리스월드를 돌아보며 묻는다.

"그리스월드 씨, 차 괜찮으시죠?"

그리스월드는 고개를 끄덕인다. 그 바람에 얼굴 위로 흘러내린 머리카락을 장갑 낀 손으로 쓸어올린다.

두 사람은 창문 앞 테이블에 자리를 잡는다.

"저는 여기 앉아 거리를 지나는 사람들 얼굴을 관찰하는 걸 즐기지요." 에드거가 의자에 앉으며 말한다. "선생은 어떤가요? 지켜보는 것 말입니다."

그리스월드는 경계하는 눈빛으로 그를 바라본다. 지금 이 순간 유명 기자의 머릿속을 맴도는 생각은 과연 무엇인가? 에드거에 관해 어떤 이야기를 들었을까? 저 탐색하는 듯한 눈동자가 감추고 있는 것은 대체 무엇일까?

"지켜보다니요?"

"죄송합니다. 제 말이 좀 뜬금없었던 걸 양해해주십시오. 요즘 생각이 다른 데 가 있어서요. 제 어린 아내 버지니아가 아프답니다. 아내의 건강 말고 다른 일에는 통 정신을 집중할 수가 없군요. 글쎄, 노래를 하다가 혈관 하나가 터져버렸다지 뭡니까. 그 이후로는 가엾게도 아내의 몸 상태가 예전 같지 않습니다. 마치 무언가가 사람을 통째로 잡아먹고 있는 느낌이에요. 조금 있으면 아내의 얼굴을 알아보지도 못할 지경입니다. 그래서 아까 그 말씀을 여쭌 거예요, 선생도 지나가는 사람들의 얼굴을 즐겨 지켜보는지."

그리스월드는 건성으로 미소를 짓는다. 에드거는 그가 정식 목사라는 것을 알고 있다. 실제로 목회 활동을 한 적은 없어도 얼굴에는 그럴듯한 표정과 성직자다운 분위기가 배어난다.

"여전히 〈데일리 스탠더드〉에서 일하십니까?"

고개를 끄덕여 그렇다는 표시만 할 뿐, 그리스월드는 아무 대꾸도 하지 않는다. 에드거는 테이블 쪽으로 몸을 약간 기울이며 덧붙인다.

"현재 미국을 대표하는 시평론집 편찬중이시라는 걸 알고 있습니다. 유럽 작가들에 비해 우리가 결코 뒤지지 않는다는 걸 보여주기 위해서라도 미국 최고의 시작품들을 모아볼 필요가 있다는 생각은 저 역시 종종 해왔지요."

"지당한 생각입니다."

"바로 그렇기 때문에 선생의 작업이 그만큼 중요하단 얘깁니다. 그 가치는 아무리 강조해도 지나치지 않다고 생각해요."

한데 루퍼스는 왠지 거북하다. 적어도 그런 기색이다. 칭찬이 과했나? 지나친 아부성 발언으로 들렸나? 속내가 너무 적나라하게 드러났던 걸까? 에드거는 잠시 입을 다문다.

"포, 우리 좀더 솔직해집시다."

에드거는 고개를 끄덕인다.

"한창 읽는 중입니다." 그리스월드는 이렇게만 덧붙인다. 더이상 자세히 이야기하고 싶지 않은 티가 역력하다. 에드거는 테이블 쪽으로 한층 더 몸을 기울이면서 그 어둡고 예리한 눈빛으로 루퍼스의 얼굴을 주시한다.

"그래, 무얼 읽고 계십니까?"

"제임스 러셀 로웰." 그리스월드는 존경의 마음을 담아 대답한다. "롱펠로, 휘티어, 찰스 페노 호프먼."

"맙소사!" 의자에 벌렁 나자빠지듯 몸을 뒤로 젖히며 에드거의 입에서 한마디 탄식이 새어나온다. 일찌감치 알아봤어야 했다. 그리스월드 역시 문단을 향한 야심으로 똘똘 뭉친 하나의 속물에 불과하다는 걸.

때맞춰 종업원이 차와 찻잔을 내온다.

"다르질링 홍차입니다. 맛있게 드십시오."

"고맙습니다."

"달리 무슨 하실 말씀이라도 있습니까?" 종업원이 눈을 계속 찡그리며 차를 따르는 동안 그리스월드가 묻는다.

"아뇨, 아닙니다. 로웰이 몇 줄 괜찮은 시를 쓴 건 맞지요."

"몇 줄 괜찮은 시라고요?"

에드거는 눈 하나 꿈쩍하지 않는다. 사과나 변명의 필요성도 느끼지 않는다. 그가 웃지 않는다는 소문이 필라델피아에 파다했지만 그건 사실과 다르다. 종종 미소를 짓기도 한다. 다만 루퍼스 그리스월드 같은 존귀하신 몸 앞에선 아니었다.

"이것 보세요, 포 선생." 그리스월드는 특유의 부자연스러운 말투로 말한다. "언젠가 당신이 〈버턴스 매거진〉에 로웰과 롱펠로의 시가 미국에서 최고라고 쓴 것 같은데요."

"아, 그럼요, 물론입니다. 오해하진 말아주십시오." 에드거는 무척이나 싹싹하게 대답한다. "무시하려는 뜻은 추호도 없으니까요. 하지만 〈버턴스 매거진〉에 쓴 제 글을 자세히 읽어보셨다면, 롱펠로 교수에게는 독창성이 부족하다는 내용도 보셨을 텐데요. 가령 「저물어가는 한 해의 자정 미사」는 위대한 시인이었던 테니슨의 시를 그대로 베낀 것이지요. 게다가 좀더 자세히 살펴보면 그의 「포위당한 도시」는 제가 쓴 「바닷속 도시」와 놀랄 만큼 유사합니다. 그 사람, 표절 전문가예요."

"무슨 얼토당토않은 말씀을." 그러자 그리스월드가 반박한다. "롱펠로의 그 시와 「묵은 해가 저물다」 사이에 사소한 유사점이 존재하는 건 사실입니다. 제가 듣기로, 롱펠로 교수는 문제의 시를 접했을 때 그분 명성에 걸맞은 지극히 초연한 태도를 유지했다고 하더군요. 그런 그가 테니슨의 시를 고의로 베꼈다고는 도저히 생각할 수가 없습니다."

"겉으로 드러난 양상만으로 섣불리 판단해선 안 되지요." 에드거는 새어나오는 웃음을 억지로 참으며 대꾸한다.

"그건 또 무슨 말씀입니까?"

"롱펠로의 시 일부는 거의 진짜 같기는 합니다."

"거의 진짜 같다?"

"한데 진정한 시는 그와는 전혀 다른 양상으로 진짜지요."

"도대체 지금 무슨 얘기를 하려는 겁니까?"

"잠시 제 얘기를 좀 들어보세요." 에드거는 다시금 잔을 채우며 말한다. 대화가 엇나가지 않게 하려면 일단 냉정을 유지할 필요가 있다. "미의식이 인간의 정신세계에서 매우 중요한 부분을 차지한다는 점, 물론 동의하시겠죠? 아름다움이라는 것이 우리 주변 도처에 있지만, 그것을 단순히 기록하는 것만으로는 시가 될 수 없습니다. 인간이라면 누구나 인지하는 형상들을 그대로 재현해내는 데 만족하는 자는 진정한 시를 쓴다고 할 수 없지요."

그리스월드는 찻잔만 골똘히 응시하고 있다.

"마치 책을 읽듯이 말씀하시는군요."

"그렇게 보실 수도 있습니다." 에드거가 말했다. "설명을 들어 보십시오. 미를 향한 갈증은 모든 인간의 본성입니다…… 바로 그런 갈증이야말로 우리가 살아 있다는 증거지요. 날벌레는 빛을 찾아가도록 되어 있습니다. 하지만 지나치게 태양 가까이 다가가면 그만 불이 붙어…… 추락하고 말지 않겠습니까? 진짜 시는 우리가 거머쥘 수 있는 아름다움을 향해 나아가는 데 만족하지 않습니다. 그 이상, 저 너머에 존재하는 미를 움켜쥐려 하지요." 에드거의 음성에서 흥분한 기색이 드러난다.

"저 너머라니, 무엇을 넘는단 말입니까?"

"글쎄요, 무덤 너머에는 과연 무엇이 있을까요?"

"이것 보세요, 포……"

"진짜 시인은 우리가 알지 못하는 것을 추구합니다."

그리스월드는 손으로 얼굴을 몇 차례 문지르다 말고 말한다.

"당신은 어떤 시에서 '활활 타오르는 죄악'에 관해 얘기하더군요. 그런가 하면 '죽음의 왕좌'라는 구절도 있고, 경의를 표하는 지옥 하며…… 마치 지옥이…… 그래요, 마치 지옥이……"

그는 시선을 찻잔에 고정한 채 시구를 읊조린다.

아주 낮게, 아주 낮게, 도시는 이곳을 벗어나 세워지리라,

수많은 왕좌에서 일어난 지옥이
그에 경의를 표하리라.

"사람들에게 선善을 제시하는 것이 시인의 도리가 아닙니까, 포?"

"그게 아닙니다, 아니에요. 이해를 못하시는군요." 에드거는 상대에게서 눈을 떼지 않는다.

"제가 뭘 이해하지 못한다는 거죠?"

"시는 운율을 통한 미의 발견입니다. 오직 아름다움만이 시의 목표지요. 진정한 시란 출발점부터 그것이 그려내는 대상과는 아무 상관이 없습니다. 진정한 시냐 아니냐의 판단은 오로지 미의식에 좌우되지요. 지식이나 도덕은 아무 의미도 없습니다. 시의 유일한 관심사는 미 그 자체지요."

"제가 감히 말하건대, 바로 그 미에 대한 당신의 정의 역시 선이나 정의의 개념과 어떤 식으로든 관계를 맺지 않겠습니까?"

그리스월드의 목소리가 떨리고 있다.

에드거는 차를 마실 뿐 아무런 대꾸도 하지 않는다. 목사를 상대로 이런 문제를 알아듣게 설득한다는 것이 얼마나 터무니없는 짓인지 깨달았어야 했다.

"그렇지 않다면 시의 존재 이유가 과연 무엇인지 저로선 이해할 수가 없군요."

"자고로 아름다움이란 말입니다……" 에드거는 말을 하다 말고 잔을 내려놓다가 그만 받침 접시를 깨뜨리고 만다. '가만, 어디까지 얘기했더라?' 깨진 접시 조각을 옆으로 치우며 신경질적으로 기억을 더듬는다. 받침 접시를 이딴 식으로 약하게 만들다니!

"말씀하시죠."

"아름다움이란 어둡고 혼란스러운 것입니다." 에드거는 짜증을 억누르며 얘기를 잇는다. "바로 그 점을 이해해야만 진짜 좋은 시를 쓸 수 있지요."

그리스월드는 테이블 위의 깨진 접시 조각들을 바라본다.

"그런 위험천만한 아름다움에 이끌리는 취향은 결국 파국을 향한 시학 아니겠습니까…… 그런 건…… 아니, 왜 그렇게 화가 나셨습니까, 포?"

"모르겠습니다." 안절부절못하며 포가 말한다. "솔직히 말해 모르겠어요. 보시다시피 제가 성격이 좀…… 통제 가능한 성격이 못 됩니다."

그리스월드는 테이블 쪽으로 상체를 잔뜩 숙이고 있다. 눈빛 속 무언가가 변했다. 대화중엔 없었던 추궁의 빛이 번뜩인다.

"저도 그런 기분 압니다." 그가 낮은 목소리로 말한다. "마치 벼락을 맞는 것 같지요…… 그러면 정신이 없고, 아시겠지만, 욱하는 심정 때문에 끔찍이도 눈앞이 캄캄해집니다. 그런…… 그런 상태에 사로잡히다보면…… 바로 그 빛이…… 하느님이 제 안에 있는 것이 느껴지지요. 격렬한 빛의 소용돌이 속에서 제 안에 어떤 숨을 불어넣는 걸 느껴요. 주위의 만물을 휩쓸어버리고, 이 오만한 인간 세상을 뒤집어엎을 수 있는 숨결 말입니다. 그건 신께서 무언가를 드러내고, 무언가 제게 계시하시려는 것으로 볼 수 있어요…… 가령 이 모든 것이 손가락 한번 튕기는 것으로 깨끗이 쓸어버릴 수 있는 하나의 꿈에 불과하다고 말입니다. 이해하시겠습니까?"

에드거는 놀란 표정으로 기자를 바라보더니, 한참 동안 고개를 끄덕이고만 있다. 방금 상대가 한 이야기를 전적으로 수긍한다는 듯 말이다.

"그리스월드, 선생이 하고 있는 그 중요한 작업이 잘되기를 바랍니다. 그래서 드리는 말씀인데, 제가 쓴 시 중에 세 편의 제목을 알려드릴 테니 찰스 페노 호프먼의 시보다 조금 더 주의깊게 읽어주시면 좋겠습니다."

그리스월드가 입을 벌려 무슨 말을 하려 했지만, 에드거는 거침없이 얘기를 이어갔다.

"「잠자는 여인」은 제가 쓴 탁월한 시들 중 하나입니다. 운율 면에서 완벽에 가깝지요. 매혹적인 작품입니다! 그리고 「헬렌에게」 역시 주목할 시입니다. 한 여인을 위해 쓴 시인데, 어떤 존재에게 어마어마한 사랑의 자질이 깃들 수 있음을 제게 가르쳐준 여자지요. 마지막으로 「바닷속 도시」를 다시 정독해주셨으면 합니다. 분명 제가 바이런과 테니슨을 연구했다는 걸 알아차리시겠죠. 아울러 죽음의 아름다움에 대한 그들의 묘사를 뛰어넘고자 한다는 것도 이해하시게 될 겁니다."

에드거는 그리스월드의 온전한 찻잔과, 찻잔 받침을 잃은 자신의 불완전한 찻잔에 두 손 모아 새로이 차를 따른다. 유리창에 부연 김이 서려 있다.

"이 차, 정말 향이 좋군요."

"네? 아, 네. 아주 훌륭합니다."

그리스월드는 무언가 말을 덧붙이려다 말고 입을 다문다.

"당신 시들을 다시 읽어보겠습니다." 잠시 뜸을 들인 후 이렇게 말한 그리스월드는 상의 안주머니에서 봉투를 하나 꺼낸다. "그나저나 포 선생, 당신을 찬양하는 사람들이 꽤 많더군요."

그가 테이블 위에 봉투를 내민다.

"그래요?"

"문제의 그…… 작품 때문인지, 이 기사를 읽고 저는 극히 혼란스럽더군요…… 솔직히 말해서 어떻게 생각해야 할지 모르겠습니다……"

에드거는 봉투를 집어들어 열어본다. 속에는 1841년 4월 30일자 〈뉴욕 선〉에서 오려낸 기사가 들어 있다.

공동묘지에서 끔찍한 시신 발견

젊은 여성 산 채로 매장

사건의 전모에 관한

탐정기자 에번 올슨의 생생한 증언!

기사에 따르면 최근 공동묘지에서 살인 사건이 발생한 모양이다. 에드거는 찻잔을 한쪽으로 밀어놓고, 신문을 창문 높이로 들어 올린다. 그리스월드를 향해 있던 눈길을 신문으로 돌린다. 눈빛이 냉정하다. 두 팔을 창문 쪽으로 뻗은 채, 그는 기사를 읽는다.

묘지로 들어가면서, 나는 늘 그러듯 망자들 수가 엄청나다는 사실에 놀랐다. 이런 장소에 발을 들일 때마다 숙연해질 수밖에 없는 것은 죽은 사람의 수가 압도적이기 때문이다. 도처에 죽음이 널려 있고, 삶을 끝낸 사람들 수가 상상을 초월한다는 생각에 말문이 닫힌다. 어느 시대에나 우리 생존자들은 소수에 속하며, 죽음의 명부에 살짝 괄호 표시가 된 존재들일 따름이다.

"이봐, 무슨 생각을 그리 넋 놓고 하나, 정신 차리게!" 경찰인 내 친구 조 설리번이 안달하며 소리친다. 최근 파헤친 무덤 앞에 한 남자가 무릎을 꿇고 있다.

남루한 행색에 깡마른 실루엣. 다름아니라 교회지기다. 언뜻 보아 우스꽝스럽다기보다는 깊은 혼란과 무력감을 드러낸 모습이라 할 것이다.

열에 들뜬 채 앞뒤로 흔들어대는 몸짓은 스스로 진정하려 애쓰는 아이라기보다 몸에 든 귀신을 떨쳐내려고 기를 쓰는 광인의 모습을 연상시킨다.

하지만 기자와 경찰인 우리가 주목한 것은 무릎 꿇고 앉아 있는 남자만이 아니다. 그의 바로 뒤에 훨씬 더 의외의 모습을 한 인물이 있었다. 왜소한 몸집에 송장처럼 창백한 낯빛, 유난히 초조해 보이는 인상이 눈에 띄었다. 주름투성이에 파리한 얼굴, 칼날로 그어놓은 듯 꼭 다문 입술. 손으로 연신 이마를 훔치는 것이 어떤 생각을 떨쳐버리려 애쓰는 듯하다. 끊임없이 어떤 여자의 이름을 중얼대는데, 말소리를 제대로 알아들을 수가 없다.

범행 현장에서 발견된 종이쪽지

교회지기가 손을 내밀어 종이쪽지를 조 설리번에게 건넨다.

"묘석 위에 있더군요." 그가 들릴 듯 말 듯한 목소리로 우물거린다. 쪽지에는 깨알 같은 일련의 숫자들이 공들여 적혀 있다. 조 설리번이 무덤 쪽으로 다가간다.

지하에서 답답하게 억눌린 듯 애절한 신음소리가 올라오고 있다. 우린 무릎을 꿇고 귀를 바짝 갖다댄다. 이런 흐느끼는 소리 속에선 몇 마디 말도 분간해내기 어렵다. 하지만 사람 목소리인 것만은 틀림없다.

"여기서 이러고만 있으면 어떡합니까?" 조가 소리친다. "가서 삽을 가져와요!"

교회지기와 그 조수가 삽을 가지러 간 사이, 우리는 맨손으로 흙을 파기 시작한다. 온몸이 얼어붙을 지경인데도 구슬땀이 흐르고, 땅을 파들어갈수록 관에서 새어나오는 소리가 가깝게 들린다.

마침내 삽 끝이 관 뚜껑에 닿자 소음은 더할 수 없이 커진다. 조 설리번이 관 뚜껑을 들어올리는 순간, 그것은 우리가 지켜보는 앞에서 엄청난 낙관의 기세로 들썩한다.

관 속에 갇힌 젊은 여인

젊은 여인은 하얀 레이스로 단을 두른 어두운 색조의 단출한 드레스 차림이었다. 머리카락은 필경 짙은 금발이었을 텐데, 이제는 피로 붉게 물들어 있었다. 회색 눈동자로 보아 상당한 미인이었을 것 같지만 지금 그녀가 누구인지, 정말 예뻤는지를 어찌 알 수 있겠는가. 입과 하악골 전체가 완전히 망가져서 도무지 원래 얼굴을 알아볼 수 없을 지경이니 말이다.

희생자의 입을 이 모양으로 훼손하기 위해 가해자는 대체 어떤 도구를 사용했을까? 우리로선 짐작조차 할 수 없지만, 희생자의 치아와 혀를 없애버리고 아래턱을 완전히 부숴버릴 만큼 엄청나게 강력한 흉기인 것만은 틀림없다.

이런 상황에서 내가 다짜고짜 울음을 터뜨릴 거라고 누가 생각이나 했겠는가? 그래봤자 부질없는 짓 아닌가. 파헤쳐진 무덤과 개봉된 관 앞에서 이 세상 그 무엇도 더는 의미가 없었다.

기자와 경찰, 교회지기와 그의 어린 조수가 지켜보는 앞에 펼쳐진 끔찍한 광경은 너무나 큰 충격이라 누구도 기억에서 지울 수 없을 터다. 게다가 관에서 흘러나오는 그 소리는 차라리 이곳에 발을 들이지 말았어야 했다는 생각마저 일게 했다.

그로부터 불과 한 시간 만에 젊은 여인은 숨을 거두고 말았다.

경찰 수사는 여전히 오리무중이다.

에드거는 두통이라도 쫓으려는 듯 엄지와 검지로 미간을 짚는다. 피폐한 세상의 덧없는 이미지가 그의 눈앞에 떠오른다. 수중도시의 오그라든 형상들이 모래의 거리를 이리저리 흘러다닌다. 잠시 후, 그는 자세를 고쳐 앉는다. 조심스럽게 기사를 접어 봉투

속에 밀어넣는다.

"미안하지만 무슨 뜻인지 모르겠군요."

그의 반응에 그리스월드는 상대를 빤히 바라보며 말한다.

"이 사건을 보면…… 왠지 당신 소설 하나가 생각나거든요. 제목이 뭐였죠?"

"모르겠습니다."

"이것 보시오, 포."

"「베레니스」 말이군요."

"맞습니다. 그 여자 역시……"

"……산 채로 무덤 속에 묻혔죠."

"어떻습니까, 그 점…… 흥미롭다고 생각지 않나요?"

"글쎄요, 그리스월드…… 흥미롭다는 표현은 딱히 떠오르지가 않는군요."

"네?"

"제가 느끼기엔…… 역겨울 뿐입니다."

"그래요?"

"신문에서 읽은 것 중 가장 혐오스러운 글이라서요. 아주 몹쓸 취향의 장난 기사라면 좋겠군요."

"불행하게도 그렇지는 않습니다."

에드거는 자리에서 벌떡 일어선다.

"그리스월드, 만약 제가 이 사건에 대해 뭔가를 알고 있다고 생각하셨다면, 별로 기분좋은 일은 아니군요."

"그런 얘기를 하려던 게 아닙니다."

"그럼 대체 뭡니까?"

"그저 이 기사를 보여주고 싶었을 뿐입니다."

"그거 고맙군요."

그리스월드는 머리를 설레설레 흔들더니, 그 역시 자리에서 일어난다.

"어쨌든 죄송합니다. 그럴 뜻은 없었는데……"

"됐습니다, 없던 일로 하죠."

"그래야지요. 틀림없이 묘한 우연의 일치일 뿐이니까요."

그리스월드는 찻값으로 동전 몇 닢을 테이블 위에 놓았다.

둘이 함께 로비로 향하는 동안 에드거는 그리스월드의 어깨에 손을 얹고 살짝 힘을 주며 말한다.

"시를 읽을 땐 세상의 파국과 순수한 미에 마음을 활짝 열어야만 합니다. 당신에겐 분명 있어요."

"제게 있다니요?"

"재능 말입니다. 시를 읽어내는 재능. 당신 안에 그게 보입니다."

그리스월드의 시선이 바닥을 헤맨다.

"노력해보죠." 이렇게 중얼거리더니 그는 발개진 얼굴을 바짝 들이댄다. 잠시 동안 두 사람은 말없이 서로를 노려본다. 에드거는 상대의 얼굴이 달아오르는 것을 느낀다. 그리스월드가 숨을 고르는 게 보인다. 심연이라도 마주한 듯 가슴이 들썩이고 있다. 당장 뛰어들 것처럼 온몸이 긴장 상태이나 두려움이 발목을 붙잡고 있다. 근육 하나라도 움직일 수 있을지, 아니면 이대로 잠자코 있을

지, 그 자신도 모른다.

별안간, 마치 균형을 잃은 것처럼 그리스월드의 상체가 앞으로 기울어진다. 그의 입술이 에드거의 뺨을 스치기라도 할 것 같다.

에드거는 흠칫 뒤로 물러선다.

"미안합니다, 미안해요." 그리스월드가 당혹한 표정으로 말한다.

"괜찮습니다."

에드거는 정중하고도 단호하게 돌아선다.

"정말 모르겠군……"

에드거는 양팔을 크게 벌리며 중얼거린다.

"차 잘 마셨습니다."

고개를 꾸벅한 뒤, 그리스월드는 성큼성큼 로비를 가로질러 간다.

계단 앞에 이르자 문득 불안한 생각이 에드거의 뇌리를 스친다.

그는 정말 넘어질 뻔한 걸까?

포

소년

(필라델피아)

호텔 앞 거리에 우두커니 선 에드거는 외투 단추를 맨 위까지 바짝 채운다. 목에 닿는 옷깃 가장자리가 여리고 축축한 피부를 스치는 느낌이 좋다. 길 맞은편에서 마차에 오르는 그리스월드가 보인다. 마차꾼이 고삐를 움켜쥐자 말들이 힘차게 내달린다. 하늘에서 천둥소리가 우르릉 들리더니 버찌알 같은 우박이 난데없이 떨어진다. 삽시간에 이마와 손이 냉기로 얼얼해진다. 그는 달리기 시작한다.

'그리스월드도 그 누구도 나를 해치려는 게 아니야…… 음험한 계획 따위는 없다니까……' 포도를 때리는 소나기에 쫓기며 그는 생각한다. 광장 상인들의 매대 주변은 순식간에 썰렁해지고, 채소 상자마다 마대와 낡은 신문지가 덮인다. 에드거는 두 손을 머리에 얹고서 잰걸음으로 광장을 가로지른다. 어느 건물 담벼락 앞에 웅크리고 있는 떠돌이 개 한 마리를 지나치며 그가 중얼거린다. "웃기는 일이지……" 개 여러 마리가 그의 뒤에서 짖어댄다.

여전히 머리에 두 손을 얹은 채 그는 아내 버지니아와 살고 있는 하숙집으로 향한다.

멀베리 스트리트 어느 발코니 아래서 걸음을 멈춘 그는 늘 앉아 글을 쓰는 작은 창문 너머를 흘끔 건너다본다. 그곳에서 끔찍한 바다 여행에 관한 장편소설을 쓰기 시작했고 여러 편의 시와 단편소설, 비평문을 집필중이다. 하숙집 계단을 오르면서 그는 런던의 거리를 쉴새없이 쏘다니는 노인에 관한 단편소설을 다시 손보기로 결심한다. 문을 열고 아내의 이름을 소리쳐 부르지만 대답이 없다. 외출할 정도로 몸 상태가 좋아진 모양이다. 그나마 다행이다! 그저 비를 피할 곳이나 찾았기를 바랄 뿐이다. 그는 축축이 젖은 프록코트를 벗어 말리기 위해 의자에 걸쳐놓는다. 얼굴과 손을 수건으로 훔친 뒤 책상 앞에 앉는다. 방 전체에 진동하는 비냄새…… 그리고 또 이건? 그렇다, 암모니아 냄새다. 순간 한쪽 구석 의자에 걸쳐진 프록코트로 눈길이 간다.

한동안 당혹감 속에 묵묵히 앉아 있던 그가 펜을 내려놓더니 두 눈을 감는다.

그리스월드가 보여준 기사 속에 모종의 경고가 담겨 있는 건 아닐까? 거기 어딘가 "왜소한 몸집에 송장처럼 창백한 낯빛"이라는 언급이 있지 않았나? 별안간 그를 중심으로 방 전체가 좁아드는 듯하면서 암모니아 냄새가 훨씬 역겹고 자극적으로 느껴진다.

몇 해 전에 떠나온 여러 장소들과 더는 보지 않겠다고 작심했던 누군가의 얼굴이 다시금 눈앞에 어른거린다. 책상 뒤로 한 소년의 얼굴이 떠오른다. 두 눈과 창백한 피부, 두 손이 윤곽을 드러내고 있다. 에드거는 그렇게 소년을 바라보고 있다. 소년은 나무 아래 앉아 메모장을 읽느라 여념이 없다. 그 안에 담긴 것은 다름 아닌 에드거의 이야기다. 소년의 두 눈은 찬탄을 갈구하는 눈빛으로 가득하다.

*

리치먼드의 양부모 집에서 지낸 처음 몇 년 동안 에드거는 자기 방 창가에 앉아 어머니가 무척이나 좋아하던 목련을 바라보곤 했다. 그러면서 '똑같은 나무들을 저렇게 많이 키워서 뭐하지?'라는 생각을 곱씹곤 했다. 방이 수도 없이 많은 어마어마하게 큰 집, 그 자체로 하나의 세계인 정원. 금빛 의자들과 흰색으로 칠한 아치 장식들이 있고 거실에는 조지 워싱턴의 초상화가 걸려 있었다. 안뜰에는 마차가 한 대 있고, 정원에는 여덟 명의 노예가 여주인이 심어놓은 모든 나무를 관리했다. 에드거는 혼자서 무얼 할지 몰라—하긴 그 텅 빈 방들에서 무얼 한단 말인가?—하루 중 대부분을 창가에 앉아 보내기 일쑤였다. 거기서 무엇을 지켜보았는지 지금은 기억이 희미하다. 구름 사이로 언뜻언뜻 비치는 햇살, 어쩌면 지붕을 때리는 거센 폭우였나?

초기에 존 앨런은 여행차 자주 집을 비웠다. 그런데 일단 귀가만 하면 아침부터 저녁까지 집안을 온통 쑤시고 다니며 소란을 피웠고, 에드거에게 귀가 따갑도록 잔소리를 늘어놓곤 했다.

"이 녀석아, 목소리 좀 알아듣게 얘기해야지! 못난 계집애처럼 그렇게 빙빙 돌리며 우물거리지 말고!"

그야말로 '스코틀랜드식 올바른 행실법'을 톡톡히 가르칠 태세였다.

발음부터 고분고분한 태도에 이르기까지.

손님이 있을 때는 조용히 하되, 묻는 말에는 크고 분명하게 대답해야 했다. 어느 날 아침에는 엉뚱한 생각을 떠올렸다. 에드거한테 체력 단련이 필요하다는 것이었다. 그때부터 그는 거창한 운동 계획을 세웠다. 멀리뛰기라든가 달리기, 활쏘기 등등.

하루는 오후에 정원에서 한창 멀리뛰기를 연습하던 중, 우거진 목련 사이로 얼굴을 내민 작은 체구의 한 창백한 소년이 에드거의 눈에 들어왔다. 무성한 잎사귀에 반쯤 가려진 소년은 이쪽을 뚫어져라 응시하고 있었다. 난데없이 나타난 소년에 대해 설명해줄 노예가 주변에 아무도 없었다. 에드거는 침착하게 목련나무 쪽으로 다가가 부드럽게 물었다.

"너 여기서 뭐하니?"

소년은 뼈마디가 앙상한 몸에 얼굴은 석고처럼 하얗고 늙은이처럼 주름투성이였다. 혐오감을 불러일으킬 만큼 못생겼음에도 불구하고 소년에게는 에드거를 다가오게 만드는 무언가가 있었다.

"전 이 집 지하실에 살아요. 엄마하고 같이. 엄만 이곳 하녀죠."

"데이지 말이니?"

소년은 슬퍼 보이는 미소를 지었다.

"네, 도련님."

툭하면 노예들이 '도련님'이라 불러대는 판에, 낯선 소년까지 자신을 그 어색한 억양에 실어 부르자, 에드거는 모든 것이 재밌기만 했다. 새어나오는 웃음을 참지 못하는 에드거의 눈을 소년이 똑바로 쳐다보며 물었다.

"엄마가 진짜 죽었어요?"

"누가 그래?"

소년은 대답 대신 어깨를 으쓱하며 덧붙였다.

"혹시 그거 알아요? 자식들 보는 앞에서 죽은 사람은 절대로 하늘나라에 갈 수 없다는 거?"

에드거는 엄마의 얼굴을 떠올려보았다.

"도대체 무슨 얘기를 하고 싶은 거야?"

"그 사람들은 결코 들어갈 수가 없대요."

"들어갈 수가 없다니?"

"네, 하늘나라 문 앞에서 이리저리 방황할 뿐, 안으로 들어갈 수가 없대요."

에드거는 주먹을 바짝 움켜쥐었다. 속에서 화가 울컥 치밀었다. 소년 쪽으로 한 발 다가서다 말고 멈춰 섰다. 머릿속이 부글거리는 듯하더니 별안간 어지러웠다. 나무를 짚으려고 손을 뻗었지만, 그만 거꾸러지고 말았다. 그가 마지막으로 기억하는 것은, 잔디밭에 누운 자신을 물끄러미 내려다보는 소년의 어두운 미소였다. 그 미소가 왠지 친근하게 느껴졌다.

방에서 깨어나자, 양어머니인 패니가 침대 가장자리에 앉아 있었다.

"깨어났구나, 얘야……" 그녀는 에드거를 꼭 안아주며 말했다.

에드거가 주위를 둘러본 뒤 물었다.

"내가 왜 여기 있죠?"

"데이지가 정원에 쓰러진 너를 발견했단다. 무슨 일이 있었던 거니?"

에드거는 벌떡 몸을 일으켜 창밖을 바라보았다.

"아무것도 아니에요. 그냥 넘어졌어요."

다음날 에드거는 꽃이 흐드러지게 핀 목련나무 아래서 소년과 다시 마주쳤다. 소년 곁에 앉으며 그가 물었다.

"무얼 그렇게 읽고 있어?"

"그냥 보는 거예요. 전 글 읽을 줄 몰라요."

에드거는 소년에게서 책을 빼들어 살펴보았다. 『걸리버 여행기』의 낡은 판본이었다.

"이 책 어디서 났어?"

"엄마가 주셨어요…… 주인님이 엄마한테 주신 거래요."

"존 앨런 씨가?"

"네."

에드거는 책장을 이리저리 넘겨보았다. 거인과 소인이 싸우는 삽화가 있었다. 슬그머니 웃음이 나왔다.

"읽을 줄 모른다고?"

"네. 글을 몰라요."

에드거는 제목 페이지를 펼치며 말했다.

"내가 가르쳐줄까?"

"뭐라고요, 도련님?"

"잘 안 들려? 글 읽는 법 배우고 싶냐고!"

"그거 어렵지 않아요?"

또 슬그머니 웃음이 나왔다.

"네 이름이 뭐야?"

"새뮤얼이요." 소년이 대답했다.

흑인 여자의 자식임에도 새뮤얼은 머리색이 밝고 혈색은 유령처럼 창백했다. 노예들은 일하는 동안 소년이 곁에 오는 것을 싫어했다. 패니 말로는 그들이 미신을 믿어서 그러는 것 같다고 했다. 새뮤얼은 흑인이 아니었고, 그렇다고 백인은 더더욱 아니었던 것이다. 별종이라고나 할까. 그 때문에 다들 찜찜해했다. 그들이 죽은 자의 왕국과 산 자의 왕국을 제멋대로 오가는 유령들에 관한 제이크 영감의 이야기에 귀기울이는 것도 다 그 때문이었다. 새뮤얼은 보통 숲속 나무 아래 홀로 앉아 일하는 사람들을 구경하거나, 존 앨런이 준 책을 들춰보곤 했다. 저만치 에드거가 다가오는 걸 보자마자 소년은 그 작은 몸을 곧추세우며 후닥닥 달려갔다. 얼굴이 온통 환해져 있었다.

"오늘도 몇 글자 더 가르쳐줄 거죠, 도련님?"

새뮤얼은 착실한 학생이었다. 책 위로 두 눈을 반짝이면서 에드거가 하는 얘기를 귀담아들었다.

그렇게 몇 주가 지나자 소년은 문장들을 읽을 수 있게 되었다. 두세 달이 지난 뒤에는 『걸리버 여행기』를 읽었다.

그후 수년간 둘은 숲속에서 함께 멀리뛰기를 하거나, 에드거가 잠 못 이룰 때마다 이불을 뒤집어쓴 채 고안해낸 암호문 같은 언어를 다듬으며 자기들만의 놀이를 즐겼다. 때로는 정원을 돌아다니는 동물 사냥에 나서기도 했는데, 하루는 들고양이 한 마리를 죽이고 말았다. 총알에 관통당한 고양이의 장기가 머리 위 나뭇가지에 늘어져 마치 벌레들처럼 보였다. 존 앨런은 에드거가 자신의 엽총을 슬쩍한 걸 알고는 으름장을 놓았다.

"다시 또 이런 짓을 했다가는 집에서 쫓겨날 줄 알아라! 내 말 알아들어, 이 몹쓸 자식아!"

그날 양부모가 다투는 소리가 에드거의 방까지 들려왔다.

"녀석은 도무지 행실이 글러먹었단 말이야!" 존 앨런이 고래고래 악을 썼다.

"내가 잘 알아듣게 얘기해볼게요." 패니는 기어들어가는 소리로 대꾸했다.

"소용없어. 타고난 걸 어쩔 건데. 광대 피를 타고났어. 떠돌이 운명이란 말이야."

"어린애일 뿐이잖아요."

"잡초를 솎아내지 않으면 열매가 상한다니까." 패니의 항변에 존 앨런이 매몰차게 쏘아붙였다.

한편 에드거는 새뮤얼을 동굴로 데려가 상의 주머니 속 봉투 안에 고이 간직해오던 엘리자의 머리카락을 보여주었다.

에드거가 글쓰기에 들어가면 새뮤얼은 항상 그의 노트를 속속들이 읽고 싶어했다.

"도련님, 그동안 쓴 걸 보여주실 거죠?"

에드거는 자신이 쓴 이야기 몇 개를 보여주었고 소년은 그 이야기들을 무척이나 맘에 들어했다. 특히 음산한 이야기일수록 더 좋아했다.

"도련님, 아주 무서운 이야기를 보여줄 순 없어요? 제발 부탁이에요."

그래서 에드거는 아버지의 노트를 훔친 뒤로 유명 작가가 되는 한 소년의 이야기와 하인에 의해 지하실에 감금된 어느 집주인의 이야기를 썼다. "가벼운 복수극이라 할 수 있지." 그뿐 아니라 어느 극장에서 일어나는 치명적인 화재 이야기를 들려주기도 했다. 어찌나 실감나는지, 새뮤얼은 그 이야기가 머지않아 현실이 될 거라 믿었다. 조만간 리치먼드극장이 활활 타버리고 말 거라는 생각.

에드거는 웃음을 터뜨렸다.

"너도 참 어처구니없는 아이로구나, 그렇게 생각지 않니?"

새뮤얼은 고개를 끄덕였다.

"도련님이 그렇다면 당연히 그렇겠죠."

하지만 새뮤얼이 얼마나 고집불통인지 에드거는 표정만으로도 알 수 있었다.

학업을 위해 버지니아대학으로 떠날 때 에드거는 상반되는 감정을 느꼈다. 리치먼드와 새뮤얼 모두 그리울 것이 분명했지만, 샬러츠빌로 향하는 마차 속에서는 뛸듯이 기뻤다.

이제 대학에 가서 열심히 공부해 여러 시험을 통과하고, 시와 소설을 써 운명의 주인이 된 다음, 리치먼드로 당당히 돌아갈 것이다. 시침을 뗀 채 입가에 미소를 머금고는 그 고약한 존 앨런의 코 앞에 최종 시험 결과를—학과 최고 점수—내밀어 할말을 잃게 만들어버릴 것이다.

처음 강의를 들었을 때 에드거는 아는 것이 세상을 바꾸리라는 확신으로 충만한 젊은 햄릿 같은 기분이었다. 대학생이 된다는 것은 곧 변화의 시작을 의미하며, 학술 서적을 한 권씩 뗄 때마다 자신은 그만큼 변모할 거라 생각했다. 게다가 공부하는 생활 자체가 시 쓸 기회를 많이 만들어줄 거라 믿었다. 아침 일찍 잠에서 깨어나면 머릿속에 기나긴 시구가 떠올랐다. 음산한 풍광과 죽어가는 여인들을 환기하는 시구를 그는 눈물을 흘리며 종이에 옮겨 적었다. 마치 잠결에 그 모든 것을 발견해낸 것처럼, 불현듯 어떤 음성이 의식 속에 그 모든 걸 귀띔해주기라도 한 것처럼, 비로소 옛날 에드거 포의 낡은 껍질을 확 벗겨버리기라도 할 것처럼.

바야흐로 새로운 세상이 그를 기다리고 있었다.

하지만 대학 생활은 실패였다. 중요한 시험을 하나도 통과하지 못했다. 악랄하기 짝이 없는 존 앨런은 충분한 자금을 보내주지 않았다. 책이나 옷을 사는 것은 물론, 입에 풀칠할 돈조차 부족했다! 돈깨나 드는 캠퍼스 생활을 꾸려나가기 위해 그는 밤마다 카드 도박에 손을 댔고, 처음부터 뭉칫돈을 걸었다. 이후 돈을 잃는 일이 거듭되자 따보겠다는 욕구가 아예 사라지고 말았다. 도박판 앞에 앉으면 오로지 한 가지 생각이 머릿속을 점령하는 것 같았다. 어떻게 하면 최대한 많은 돈을 잃을까? 내가 가진 모든 것을 무모한 베팅에 쏟아부어 어떻게 하면 멋지게 날려버릴 수 있을까? '아니다,

지금 하고 있는 짓은 정상이 아니다, 순전히 미친 짓이다'라고 속삭여주는 내면의 정제된 목소리도 느껴졌지만, 그와 같은 기이한 욕망은 좀처럼 수그러들지 않았다. 망조로 치닫는 욕망은 그깟 고결한 목소리에 전혀 영향을 받지 않았다. 오히려 욕망을 억누르려고 애쓸수록 기세가 더욱 살아났다. 그렇게 몇 주가 지나자 완전한 파산을 꿈꾸는 사람처럼 되었다. 그는 가진 것을 몽땅 잃고 고주망태로 취해 나자빠질 핑곗거리를 구하기 위해서만 도박을 했다.

"오늘 저녁 내 수중에 있는 돈을 다 털어놓을 테니 두고봐!" 도박판 앞에 앉으며 호기 있게 내뱉는 그의 말을 다들 농담이겠거니 생각했다. 하지만 몇 시간이 지났을 때 그의 손에는 정말 한 푼도 남아 있지 않았다.

그러고 나면 으레 위스키 작은 병을 병째 들이켰다. 눈을 떠보면 바닥이 이리저리 기분좋게 출렁이고 있었다. 그것은 어떤 존재감이랄까, 은연중에 드러나는 일종의 에너지장場 같은 것이었다. 매번 옷을 입은 채 그대로 침대에 몸을 던지는데, 그렇게 뻗어 있는 동안 천장을 바라보며 중얼거리곤 했다. "그래, 바로 이거야! 제대로 뻗었어!" 정말이지 늘어지게 뻗는 자세로는 그를 따라올 자가 없을 터였다.

양아들의 새로운 생활 방식에 관한 소문은 당연히 리치먼드의 존 앨런 귀에도 들어갔다. 존 앨런이 수차례 꾸지람도 했지만 에드거는 아랑곳하지 않았다. 그에게 영향을 미칠 수 있는 것은 아무것도 없는 듯했다.

시간이 흐를수록 에드거의 도박 빚은 늘어만 갔다. 마침내 존 앨런이 새로 이사한 몰도비아로 데려가기 위해 그를 찾아왔을 땐, 이미 2500달러에 가까운 빚이 쌓여 있었다. 그중 법적 책임이 있다고 여겨지는 일부를 갚아준 뒤, 존 앨런은 에드거가 다시 돌아오지 않을 것임을 대학에 통보했다.

리치먼드로 돌아오는 마차 안에서 존 앨런이 떠들어댄 말들 가운데 에드거가 잊지 못할 얘기는 이것 딱 하나였다.

"네가 정신 나간 삶을 살든, 거렁뱅이 노릇을 하든, 그건 그럴 수 있다. 그래봤자 너만 어리석은 놈이 되는 것뿐이니까. 하지만 네가 도둑질을 하는 것은 완전히 다른 문제다."

"도둑질을 하다니요?"

"모르는 척하지 마라."

"모르는 척하는 게 아닙니다. 저는 결백해요."

"미련한 놈! 천하의 미련한 도둑놈! 내가 모를 줄 알았느냐? 반지들과 금붙이를 훔치고서 영영 안 들킬 줄 알았어? 아무튼 걱정 마라. 그런 식으로 굴어서 득 될 거 하나 없다는 걸 이제 곧 깨닫게 될 테니."

그 밖에 존 앨런이 쏟아내는 얘기들은 그저 한쪽 귀로 흘려들었다. 어차피 무어라 덮어씌우든 제 마음 내키는 대로였으니까. 도둑질 책망의 진의는 나중에 차근차근 생각해볼 터였다.

그후 수개월간 에드거는 존 앨런에게 진 빚을 갚기 위해 엘리스 앤드 앨런 회계사무소의 회계사 보조로 일했다. 그는 책상 앞에서 숫자들을 골똘히 바라보곤 했다. 그럴 때마다 숫자들이 그 시선을 고스란히 되돌려주는 느낌이었다. 그의 일은 근무시간 내내 옆에 놓인 장부를 확인하고 체크 표시를 하는 것이었다. 그러던 어느 날 에드거는 체크 표시를 멈추었다. 그날 저녁 사무실을 나서면서 장부책을 가지고 나왔다. 집으로 향하는 길에 그는 있는 힘껏 장부를 개울에 내던졌다. 장부는 아이들의 장난감 배처럼 물살을 따라 떠내려가다가 가라앉았다. 순간 에드거는 결심했다. 이제 끝났다! 앞으로는 최대한 은밀하게 너희가 그토록 원하는 대로 살아주마. 떠돌이에, 거짓말쟁이에, 이젠 도둑놈이라 했겠다…… 아니, 그 이상으로, 몰도비아에서는 만인의 적으로 살아주마!

그중 새뮤얼은 예외였다. 소년은 에드거가 쓴 새로운 글들을 예전과 똑같이 열정을 보이며 집중해서 읽어주었다. 에드거의 말에 귀기울이는 소년의 얼굴에선 황홀함이 묻어났다. 소년은 한 번도 이토록 벅찬 감정을 느껴본 적 없었다.

"도련님은 예언자예요!"

어느 오후, 에드거는 존 앨런의 서재 문을 노크했다.

가죽 의자에 앉은 양아버지는 한 손에 시가를, 다른 한 손에는 큼직한 브랜디 잔을 쥐고 있었다. 그는 마호가니 탁자에 놓인 신문을 들여다보는 중이었다.

"들어가도 되겠습니까?"

존 앨런은 아주 만족한 얼굴로 에드거를 바라보았다.

"와서 앉아라, 네드."

에드거는 양아버지의 맞은편 의자에 앉았다. 이 방에 들어와 앉아도 좋다는 허락을 받은 건 난생처음이었다. 서재는 존 앨런만의 공간이었다. 패니도 에드거도 그 안에서 어정댈 권리가 없었다. 몰도비아로 이사온 뒤 존 앨런은 자신의 서재를 리치먼드에서 최고로 성공한 인물의 위엄에 어울리도록 단장했다. 그는 에드거의 이마에 손을 얹고 그대로 눅눅한 가죽 의자에 밀어 앉혔다.

"시가 피울 테냐?"

시가가 가득 든 상자를 내밀며 그가 물었다.

"괜찮습니다."

"이 시가 상자는 내가 버지니아 은행장으로 임명되었을 당시 선물받은 것이다. 맛이 기막히지."

"정말 그렇겠네요."

"아무렴, 두말하면 잔소리지!"

뿌듯한 얼굴의 존 앨런은 집게손가락으로 재를 턴 뒤, 연기 너머 에드거를 바라보았다.

"실은 드릴 말씀이 있습니다."

에드거의 말에 존 앨런은 고개를 가로저으며 대꾸했다.

"그보다 먼저 내가 너에게 질문 하나 해보자. 엘리스 앤드 앨런에서는 좀 어떠냐?"

잠시 침묵이 흘렀다. 에드거는 목을 가다듬은 뒤 상체를 숙이며 대답했다.

"별로입니다."

순간, 존 앨런의 코와 입 주위가 하얗게 질렸다. 에드거가 자세를 꼿꼿이 하고는 말을 이었다.

"저는 집을 떠나기로 결심했습니다."

존 앨런은 자리에서 벌떡 일어나 서가 쪽으로 가더니, 스코틀랜드 귀족계급에 관한 책을 한 권 꺼내 슬쩍 훑어보고는 다시 제자리에 놓았다. 한동안 등을 돌린 채 그는 그대로 서 있었다. 파르르 떨리는 두 손이 에드거의 눈에 들어왔다. 이윽고 그가 말을 하기 시작하는데, 마치 제분기에서 단어 하나하나가 빻아져 입 밖으로 튀어나오는 것 같았다.

"맙소사, 대체 어딜 가겠다는 거냐? 단순한 보조 업무조차 말끔하게 해내지 못할 녀석이."

"어딘가에는 저만이 가진 능력을 제대로 평가해줄 사람이 분명 있을 겁니다." 에드거가 나지막한 목소리로 대꾸했다.

"그러니까 네게 마땅한 대접을 해줄 누군가를 찾겠단 얘기냐?" 존 앨런이 으르렁댔다.

그는 이제 에드거를 굽어보고 있었다. 입김에서 브랜디 냄새가 훅 풍겨왔다. 그 엄혹한 눈초리 때문에 에드거는 한마디도 대꾸할 수 없었다. 거대한 행성의 무게에 짓눌려 의자 속으로 파묻혀 들어가는 느낌이었다.

별안간 앨런이 대찬 웃음을 터뜨리며 안락의자에 털썩 앉더니 호탕하게 외쳤다.

"에드거 앨런 포, 비범한 젊은이여! 헤어지기 전에 내가 이것 하나만 짚어주지. 만약 네가 지금껏 나한테서 입은 은혜의 십분의 일 정도라도 네게 베풀어줄 사람을 만난다면, 그건 정말 엄청난 행운인 줄 알아야 한다! 다시 말해, 그런 누군가를 네가 만날 가능성이란 안타깝게도 지극히 미미하단 얘기지. 보통 그런 횡재는 한 사람의 일생에서 두 번 오지 않는 법이니까. 그럼에도 불구하고 내가 장담할 수 있는 건, 만에 하나 모든 예상을 뛰어넘어 그런 복이 네게 굴러든다 해도 넌 분명히 네게 은혜를 베푼 그 고마운 사람을 못마땅해할 거란 사실이다. 그가 가진 전부를 네게 주지 않았다며 터무니없는 비난을 퍼부을 거란 말이야."

"네?"

"너란 녀석은 천하의 배은망덕한 트집쟁이란 걸 알아야 한다. 너는 네 너절한 예술가 가문 대대로 천부적인 재능을 물려받았다고 상상하겠지. 너의 가장 큰 문제는 바로 너 스스로 재능깨나 있다고 생각한다는 점이다. 널 생각해서 하는 말인데, 그런 멍청한 생각은 빨리 버려야 한다. 그런 오만한 착각 때문에 파탄으로 치닫게 된다는 걸 알아야 해. 욕망도 아니고 사악함도 아닌 착각 말이다. 내 말을 명심해라! 그런 얼토당토않은 생각을 계속 가지고 있다가는 네 친아버지가 성질 더럽고 떳떳하지 못한 사이비 예술가로 전락했던 것처럼 너도 한심한 인간이 되고 말 거다. 자, 철부지 포 선생, 말은 바로 하자고. 난 여태껏 너를 대하면서 떳떳하지 못한 적이 한 번도 없었다. 왜 그런지 아니? 너는 항상 네 분수 이상으로 내게서 많은 것을 받았기 때문이다. 내가 늘 성의를 다해 너를 보살펴왔기 때문이라고. 만약 내가 내키는 대로 너를 대했다면, 벌써 여러 해 전에 너는 내 집에서 쫓겨났을 거다. 무릇 기생충 같은 인간들은 호의가 아닌 냉정함으로 다뤄야 하는 법이지. 그 점을 머릿속에 잘 담아두어야 한다. 적어도 네 비참한 친아버지와는 다른 인생을 살고 싶다면 반드시 새겨두어야 할 충고란 말이다."

"충고, 감사합니다." 에드거는 뻣뻣한 자세로 간명하게 말했다.

사실 내심으로는 쾌재를 부르고 있었다. 그는 지긋지긋한 자리에서 일어나 양아버지에게 악수를 청하며 말을 이었다.

"세상을 돌아다니면서 그 충고를 되새겨보겠습니다. 저에게 불어넣어주신 지혜로운 말씀을 기억하겠습니다. 그처럼 세심한 호의가 담긴 말씀은 결코 잊을 수 없을 거예요. 저의 가장 소중한 희망이었던 대학 교육을 이제는 접을 수밖에 없는 입장에서, 그런 충고는 정말이지 값진 격려의 말씀으로 받아들일 만합니다. 언젠가 그러셨죠, 저에게는 조금도 좋은 감정을 느끼지 못하시겠다고. 당시 제가 그 말을 귀담아들었을 줄은 모르셨겠지만, 지금 보니 그때 그 말씀은 전혀 진심이 아니라는 생각이 드네요. 진정 아버지의 감정으로 저를 걱정해주신다는 걸 이제야 알았습니다. 그래서 드리는 말씀인데, 앞으로 제가 준비중인 여행에 작은 도움을 좀 주셨으면 하는 바람이……"

순간 존 앨런은 브랜디 잔을 탁자 위에 거칠게 내려놓았는데, 잔이 깨지면서 술이 바닥에 쏟아졌다.

"당장 꺼져! 이 돼먹지 못한 버러지 같은 놈!"

"그래도 옷가지는 좀 가져가야 하지 않겠습니까? 여행 가방도요…… 돈도 얼마쯤 가져가야……"

"이 집에 네가 가져갈 수 있는 건 아무것도 없다, 네드! 넌 무얼 얻을 만큼 일하지 않았어. 넌 자격이 없어. 이곳에 있는 그 어떤 것도 가질 생각 말아라. 내가 진작에 널 내쫓았어야 했는데, 그 꼴을 당하기 전에 당장 내 눈앞에서 사라져!"

서재를 나와 문을 닫는 에드거의 등뒤로 존 앨런은 거친 욕설을 뱉어댔다. 패니의 방문 앞에 이르러 에드거는 '친애하는' 양어머니에게 작별 인사를 하지 않기로 마음먹었다. 어차피 양부모는 같은 편이 아닌가. 이제 그는 완전히 혼자였다.

그날 저녁 새뮤얼에게 여행 갈 생각이 있는지 물었다.
"내 하인 자격으로 함께 가는 거지."
새뮤얼은 망설였다.
"여길 벗어나면 사람들이 저를 붙잡아서 집단농장에 처넣을 텐데요……" 에드거는 소년의 눈빛에서 두려움을 읽었다.
"오, 천만에! 백인 주인과 함께라면 괜찮을 거야. 나와 같이 지내는 한 아무도 너를 해코지할 수 없어. 더군다나 네 겉모습을 보고 누가 흑인이라고 생각하겠어?"
"정말 그럴까요?"
에드거는 대답 대신 새뮤얼의 볼을 어루만져주었다.
"네가 누구인지 단정하기는 어려워. 워낙 별종이거든."
"전 아무것도 아니에요." 새뮤얼이 중얼거렸다.
다음날 둘은 리치먼드항에 정박한 석탄운반선에 올랐다. 배가 부두를 벗어날 즈음, 포구에 격렬한 소나기가 쏟아졌다. 빗줄기가 갑판에 휘몰아치기 시작하자 에드거는 겁에 질린 소년을 끌어안았다. 배가 항구를 벗어날 때까지 그는 뱃전을 지키고 서 있었다. 얼굴로 흘러내리는 빗물의 감촉을 느끼며 기쁨의 탄성을 내질렀다.
마침내 그는 리치먼드를, 존 앨런의 저 빌어먹을 몰도비아를, 회계사무소를, 장부책들을 떠나고 있었다.

도시를 벗어나면서 '양아들'이라는 딱지를 떼내버린 것이다. 이제는 그 누구의 자식도 아니었다. 이제부터 그는 자신의 진정한 주인이었다.

가슴 저 밑바닥에서부터 태풍 같은 해방감이 회오리쳐 올라오고 있었다.

새뮤얼은 밧줄 꾸러미에 등을 기댄 채 비를 피하고 있었다. 뱃전에는 얼씬도 못하는 소년에게 주위의 모든 소리는 그저 두려울 뿐이었다.

에드거는 좁은 선실 간이침대에 앉아 밤새도록 글을 썼다. 그동안 소년은 담요를 뒤집어쓴 채 웅크리고 있었다. 선체에 끊임없이 격랑이 부닥치며 울부짖었다. 에드거는 폭풍이 좋았다. 자유의 몸이 되면 글 또한 훨씬 더 자유롭고 힘있게 풀리리라는 걸 그는 알고 있었다. 존 앨런의 집에서는 글을 한 줄 쓸 때마다 주위를 살펴야만 했다. 양부모는 글을 쓰는 게 무슨 큰 죄라도 되는 양, 그가 쓴 시들을 일일이 검사했다.

그런 자들의 지배력을 벗어난 지금에야 진정한 작가 인생이 시작될 수 있을 터였다.

배가 보스턴에 닿자 홀가분한 마음이었다.

하지만 그에겐 가족도 친지도 없었고, 남은 돈도 얼마 되지 않았다. 두 사람은 일단 부두 창고로 몸을 피해 마지막 남은 식량을 해치우기로 했다. 식량이라고 해봐야 햄 몇 조각과 몰도비아에서 슬쩍해온 존 앨런의 브랜디 조금이 고작이었다. 여행의 피로에 지친 에드거는 빈 밀가루 자루들을 깔고 누워 곯아떨어졌다.

얼마나 지났을까, 일어나보니 새뮤얼이 그의 노트를 열심히 읽고 있었다.

날이 밝아 희부연 빛줄기가 창고 지붕 틈새로 비쳐들었다. 에드거는 양팔로 서늘한 어깨를 감싸안으며 일어나 앉았다.

"도련님."

"응?"

소년은 에드거를 뚫어져라 바라보았다.

"언제쯤 이뤄질까요?"

"뭐가?"

"지금까지 쓰신 내용 말이에요."

"이뤄지다니?"

"네, 그대로 언제쯤 이뤄지겠냐고요?"

"절대 그대로 이뤄지는 일은 없어. 그냥 상상해서 썼을 뿐이야."

"정말요?"

"그렇다니까."

"그렇지 않을 거예요, 도련님." 새뮤얼은 고집스럽게 대꾸했다.

"그럴 순 없다니?"

"머지않아 이뤄질 거예요."

에드거는 히죽 웃었다.

"그쯤 해둬."

"도련님은 곧 유명해지실 거예요. 그리고 도련님이 쓴 모든 게 그대로 이뤄질 거예요."

자리에서 일어난 에드거가 새뮤얼에게 다가가 말했다.

"그런 얘기 하지 마."

"사실인걸요!" 새뮤얼이 소리쳤다.

그 순간 에드거가 새뮤얼의 따귀를 후려쳤다. 그런데 생각보다 힘이 들어갔던 터라 소년은 코피를 쏟으면서 울음을 터뜨렸다. 에드거는 속에서 격한 울화가 치밀었다. 그는 주먹을 움켜쥐고 다시 소년을 세차게 후려쳤다.

"다시는 내게 그런 얘기 하지 마!" 에드거가 창고를 나서며 내뱉었고, 새뮤얼은 두 손으로 양쪽 귀를 감싸쥔 채 종종걸음으로 따라나섰다.

그날 밤, 둘은 도시 외곽의 어느 마구간에서 잠을 청했다. 어둠 속에서 눈을 뜬 에드거는 혼자라는 것을 깨달았다. 뿐만 아니라 그의 상의와 노트가 사라지고 없었다. 에드거는 길을 내달렸다. 새뮤얼이 노트를 가지고 무슨 짓을 할 것인가에 대한 생각으로 머릿속이 들끓었다. 그대로 버릴 것인지, 아니면 혹시 제멋대로 고쳐서 다른 이름으로 세상에 내는 것은 아닌지.

어두운 숲길을 따라 달리던 그는 돌부리에 걸려 미끄러지면서 두 손에 찰과상을 입었다. 어느덧 낮은 언덕바지에 자리잡은 작은 교회 건물이 저만치 보였다. 그는 교회 묘지의 담벼락을 타넘은 다음, 눈을 끔벅이며 무덤들 사이를 가로질러 계속 걸어갔다.

파놓은 지 얼마 안 된 무덤 바로 옆에서, 꿈틀대는 웬 꾸러미가 문득 눈에 들어왔다. 에드거는 소리를 죽여 다가가 발끝으로 조심스럽게 그것을 건드려보았다. 꾸러미는 아주 천천히 움직거렸다.

이번에는 나무 십자가를 하나 뽑아서 꾸러미를 툭툭 두드리기 시작했다. 그제야 새뮤얼의 신음소리가 흘러나왔다.

"이 빌어먹을 도둑놈!" 십자가를 도로 제자리에 꽂아넣으며 에드거가 내뱉었다.

꾸러미를 벗겨내자 새뮤얼의 머리가 보였다. 그의 호주머니 속에는 도둑맞은 노트가 들어 있었다. 교회에서 새어나오는 흐린 불빛에 피투성이가 된 소년의 얼굴이 비쳤다. 입에 피딱지가 덕지덕지 앉았는데도 소년은 말을 하려 애쓰고 있었다. 그리고 꺼져가는 목소리로 신음했다.

"저를 버리지 마세요."

에드거는 아무런 대꾸도 하지 않았다. 길가로 되돌아나오는 동안 어린 '친구'가 내지르는 찢어질 듯한 외침 소리가 귓전을 때렸다. 하지만 이제 어찌되든 상관없는 일이었다.

그날 밤 이후, 새뮤얼을 다시 볼 일은 없을 것 같았다. 소년의 목숨이 아마도 그때 볼티모어 근방에서 다했을 거라고 생각했다. 그렇게 숨이 끊어져 땅에 묻혔으니, 더는 눈앞에 나타나는 일은 없을 거라고.

그해 여름, 에드거는 에드거 A. 페리라는 이름으로 오 년간의 군복무를 시작했다. 그리고 얼마 지나지 않아 보스턴항구에 위치한 인디펜던스 요새 제1포병대에 배치받았다.

오 년이 지나고 나서는 리치먼드로 돌아와 〈서던 리터러리 메신저〉에서 토머스 윌리스 화이트와 더불어 일했다. 양부모는 이미 세상을 하직한 뒤였으며, 유년기의 요람은 이제 아무런 의미가 없어진 잡다한 기억과 사건들의 무덤에 지나지 않았다. 한편으로는 오히려 잘된 일이라는 생각도 들었다. 인생이 마치 처음인 듯 다시 시작해볼 수 있지 않겠는가.

문학잡지 출판에 참여하는 것은 그가 가장 열망하던 일이었다. 그는 잡지에 게재할 여러 비평문과 생동감 넘치는 문체의 단편들을 써내느라 하루종일 근무하면서—워낙 다혈질인데다 일에 대한 욕구로 충만했기에—거의 잠도 자지 않았다. 그리고 밤에는 자기만의 시와 단편소설에 몰두했다. 글을 쓰다가 그대로 곯아떨어져, 뺨이 잉크 범벅인 채로 깨어나기 일쑤였다.

그해 봄 〈메신저〉에 「베레니스」가 실렸다. 몽상가 에게우스와 그의 아름다운 사촌 여동생 베레니스에 관한 이야기였다. 에드거는 작품이 맘에 들었다. 주인공의 음산한 백일몽과 사고의 묘사가 무척 만족스러웠다. 베레니스가 앓는 질환과 성급한 매장에 얽힌 이야기는 독자를 극도의 긴장 상태로 몰아가기에 충분했다. 그중에서도 결말 부분에 각별한 정성을 쏟았다. 특히 맨 마지막 문장이 탁월했다(단속적으로 끊어지는 리듬이 각 부분을 하나로 모은다). 주인공이 어떻게 베레니스의 치아들을 발견하는지(바닥에 흩어져 있는 상아처럼 흰 서른 개의 작은 조각), 죽은 여자의 입에서 그것들을 뽑아낸 장본인인 에게우스의 정체가 그 문장 속에 함축되어 있었다. 작품을 다시 읽어보다 에드거는 한 가지 의문에 휩싸였다. 이런 결말은 너무 잔혹하지 않을까? 잡지 발행인 토머스 윌리스 화이트도 그런 생각을 하는 것이 분명했다. 「베레니스」에 관해 이야기했을 때 그의 표정이 순간적으로 일그러지면서 조심스러운 지탄을 드러냈던 것이다. 에드거는 그 '조심스러움'에 감춰진 뜻 때문에 능갈맞은 악귀한테 시달리듯 온종일 시달려야 했다. 정녕 이 작품의 아름다움을 이해하지 못한단 말인가? 베레니스의 뭉그러진 입이 그렇게까지 흉측했단 말인가?

잡지 일을 처음 시작하면서 에드거는 자신에게 비평가로서의 재능이 있음을 느꼈다. 일단 자신감이 생긴 뒤부터는 거침없는 필력을 발휘하면서 비평 대상을 향해 더없이 신랄한 기질을 마음껏 쏟아부었다. 어떤 멋진 표현을 칭송할 때 못잖게 열성적으로 저급한 작가들을 질타했다. 화이트는 한번 따져보고 싶은 평문이 있을 때면 종종 에드거의 자리로 들고 와 서서 이렇게 말하곤 했다.

"도무지 이해가 안 가네." 새로 발표된 소설에 대한 장황한 평문을 큰 소리로 낭독하고는 말을 이었다. "소위 '눈부신 작품'이라는 이 소설을 들춰볼 때마다 나는 그저 평범하다는 생각밖에 안 들더구먼. 글도 별로 안 좋고, 그 안에 담긴 사상도 안 좋아."

"수준 낮은 작품을 터무니없이 상찬하는 평론가들은 적어도 징역형에 처해야 마땅할 텐데요." 에드거도 거들었다.

이처럼 기발하면서 대담한 의견에 화이트는 한편으로 흠칫 놀랐다.

"이런 자들에게 즉결 처단을 내리고, 나아가 프랑스식으로 목을 베어버리는 일을 금할 만한 합리적 주장은 결코 없을 겁니다." 에드거는 아이러니와 무게를 실어 말을 보탰다. 화이트는 입가에 엷은 미소를 머금었다. 사람들의 표정이나 태도의 아주 작은 변화도

민감하게 포착해내는 편집장이 분노를 다스리려 애쓰는 자신의 지금 심정을 눈치채지 못했을 거라는 생각은 들지 않았다.

하찮은 작품을 잔뜩 부풀리는 비평가들의 성향은 작가로서 작품을 출간할 기회가 적은 미국 문단의 현주소와 무관하지 않다는 점을 그는 잘 알았다. 미국의 출판업자들은 영국의 소설들을 돈 한 푼 들이지 않고 펴내고 있었다. 그 같은 해적 출판 행위가 자국의 작가들에게 어떤 결과를 초래할지는 뻔한 일이었다. 시작도 하기 전에 승부가 이미 정해진 게임, 보편적인 저작권법이 통하지 않는 상황에서 신인 작가들이 자기가 쓴 글로 이렇다 할 수익을 기대하기란 여간 어려운 일이 아니었다.

오로지 터무니없는 인기 작가들—그저 무난한 수준의 작가들—만이 책을 펴내는 세상이었다. 어떤 저자도 일단 그 작품이 발표되어야 인기를 기대할 수 있기에 어쩔 수 없이 무난한 수준에 머물러야 했고, 그 결과 잡지사 편집자들을 통해 우상의 위상은 저절로 확보되는 식이었다. 그들의 조언 덕분에 저자는 출판에 적합할 만큼 진부한 수준의 작품을 내놓을 수 있었다. 그런 가운데 일부 지역, 특히 롱펠로 같은 유명 작가이자 교수가 심판 노릇을 하는 뉴욕과 보스턴의 비대한 문인 집단에서는 아직 작품을 발표하지 못한 (무난한) 작가들을 발굴하고 칭찬하는 일이 일종의 스포츠처럼 되어가서, 결과적으로 출판업자들이 그들 작품을 펴낼 수밖에 없는 분위기가 만연해 있었다.

포는 도처에서 느껴지는 이 오염의 실태를 폐부 깊숙이 실감했다.

첫해가 다 가기 전, 에드거는 시어도어 S. 페이의 소설 「노먼 레슬리」에 대해 평론을 썼다.

드디어 책이 나왔다! 바로 그 책! 어마어마한, 잔뜩 부풀려지고 온갖 칭찬이 쏟아지던 바로 그 책이 비로소 우리 앞에 위용을 드러냈다! '아무개' 혹은 '모씨'가 쓴 대로 '생동감'과 '고품격'을 표방해온 그 책은 오랜 기간 '출간 준비중'이랄지 '집필중'이랄지 '최종 제작 단계' 등등의 꼬리표를 달고 잔뜩 변죽만 울려왔다. 자랑에 자랑을 거듭하면서 기대만 부풀려온 책인 만큼, 이제 그 내용을 본격적으로 들여다보자!

그렇게 운을 뗀 뒤 에드거는 이야기를 풀어갔다.

소설의 줄거리는 앞서 언급했듯이, 터무니없는 엉터리와 비논리의 잡탕 그 자체다. 문체로 말하자면, 페이 씨의 문체는 초등생 수준에도 이르지 못한다. 작가가 머리Murray 문법책을 단 한 번도 본 적이 없다거나, 세계 여행을 너무 오래해서 모국어를 완전히 잊어버린 것 같다.

밤에 창가에 앉아 위스키를 홀짝이며 글을 쓸 때면, 에드거는 책상 너머 거울에 비친 자신의 어둑한 얼굴 윤곽을 마주하곤 했다. 어떤 그림자가 아예 자신을 뚫어져라 지켜보고 있다고 느낀 적도 한두 번이 아니다. 그럴 때마다 장난치듯 몸을 홱 돌려 "거기 있는 거 다 알아!" 소리치지만, 뒤에는 아무도 없다. 처음에는 방에 무언가가 있다는 상상을 하며 재미를 느끼기도 했지만, 그것이 당최 떠나지 않는 망상으로 자리잡자 슬슬 기분이 나빠지면서 무엇에도 집중하기가 어려워졌다.

도시가 갑갑하게만 느껴졌다. 밤마다 각다귀와 귀뚜라미가 어둠 속에서 득시글거렸다. 창문을 닫아도 방안까지 기어들어왔다. 어스름한 가운데 팔을 휘젓다 지쳐 유리창에 이마를 기대고 서면, 버려진 쓰레기처럼 달빛이 제임스강에 둥둥 떠 있었다.

하루는 밤에 문득 잠이 깼는데, 방안에 누가 있다는 걸 깨달았다. 에드거는 숨을 죽이고서 책상과 출입문, 침대를 차례로 둘러보았다. 무슨 소리가 들리지 않았던가? 그는 조용히 몸을 일으켜 출입문 쪽으로 다가갔다. 손잡이를 돌려보았으나 문은 잠겨 있었다. 낯선 자가 있다는 느낌을 지우지 못한 채 그는 방 한복판에 잠시 붙박인 듯 서 있었다. 책상 앞으로 돌아와 등에 불을 밝혔다. 펜 바로 옆, 원고들 한가운데에 머리카락이 한 움큼 놓여 있었다. 쌓아놓은 종이 위에 휘갈겨 쓴 어린애 글씨체가 눈에 띄었다. "이제 곧 시작될 것이다."

에드거는 한 손으로 자기 머리를 쓸어보았다. 왼쪽 귀 바로 윗부분 머리카락이 잘려나가 있었다. 그는 머리카락을 집어들고 살짝 열린 창문 쪽으로 다가갔다. 창문을 열고 바깥을 훑어보았다. 아무도 없었지만, 저 아래쪽 건물 지붕 위로 사람의 윤곽이 언뜻 보인 것 같았다.

"빌어먹을 도둑놈!" 에드거는 손에 쥔 머리카락을 어둠 속으로 내던졌다.

다음날 아침 그는 거리 모퉁이 가게로 곧장 가, 술을 한 병 작은 걸로 구입했다. 술병을 안주머니에 쑤셔넣고 하루종일 손도 안 댄 채 거리를 헤매고 다녔다.

그후로 매일 아침 그는 누군가가 손에 가위를 들고서 침대 머리맡을 지키고 서 있다는 확신 속에 잠을 깼다. 그리고 호들갑스럽게 두 손으로 머리를 더듬어본 뒤 다시 침대에 쓰러져서는 뛰는 가슴을 가라앉히려 깊은 한숨을 내쉬었다.

*

멀베리 스트리트의 사무실 책상 앞에 앉아 그는 존스호텔에서 그리스월드가 보여준 기사를 곱씹어본다. 공동묘지에서 일어난 그 일들이 과연 실제로 있었던 것일까? 그리고 '혹시 나를 겨냥한 악의적인 장난질이 아닐까?' 하고 생각한다.

그는 초조해하며 책상을 박차고 일어난다.

그리고 팔짱을 끼고서 거리를 내다본다.

"진정해." 마침내 큰 소리로 혼잣말을 한다. "너를 해치려는 사람은 아무도 없어. 그저 우연의 일치로 그런 일들이 일어났을 뿐이라고."

존스호텔에서 만나고 며칠 후, 에드거는 〈그레이엄스 매거진〉의 발행인 조지 그레이엄에게 루퍼스 그리스월드에 관하여 묻는다.

책상을 지키고 앉은 그레이엄이 눈을 들어 쳐다본다. 그 삐딱한 눈초리에 젊은 기세가 두드러진다. 그는 확신에 찬 말투에 절도 있는 손동작을 곁들여 말하는데 그의 가느다란 손가락들이 허공을 채치는 것 같다.

"전직 기자예요." 그가 불현듯 왼손을 움직여 간결하게 운을 떼기 시작한다. "이스트코스트 전역의 숱한 신문사들에서 일했고, 내가 셔츠를 갈아입는 것만큼이나 자주 자신의 입장을 번복했지. 성마르고, 지칠 줄 모르는 열정에, 야심 또한 대단한 사람이고. 아니, 아니지, 이런 표현으론 부족해. 그가 참여한 가장 유명한 신문은 바로 뉴욕에 있는 〈브라더 조너선〉이었어요. 당신도 잘 알 거야, 가십 전문지라고나 할까. 거기선 그나마 몇 년을 붙어 일했거든. 돈도 적잖게 벌었고 말이지. 그러고 나서는 언론 일에 흥미를 잃더군. 대신 사교계에 이름을 얻고 싶어했지. 시를 쓰고 싶어했지만 허튼소리만 늘어놓는 수준이었고. 그러던 와중에 그 시평론집인가 뭔가에 들어갈 자료들을 끌어모은 거예요. 그리스월드는 사람을 두루 알지만, 정작 그를 아는 사람은 아무도 없는 셈이지. 도무지 의중을 알 수 없는 사람이라니까."

"도대체 무슨 짓까지 할 수 있는 사람입니까?"

"그게 무슨 소리죠?"

"글쎄요. 그 사람이 전에 무슨 기사 하나를 제게 보여주었는데, 왠지 느낌이⋯⋯ 아니, 제 말은⋯⋯ 무언가 숨기는 게 있는 것 같아서요."

"너무 과민반응할 필요는 없어요. 성공을 위해서라면 물불 안 가리는 사람이긴 하지만, 조금이라도 나쁜 짓을 할 만큼 배짱이 있는 것 같지는 않으니까."

에드거는 고개를 끄덕이면서도 마음이 놓이지 않는다.

그리스월드라는 사람이 왠지 위험한 인물이면서 그만큼 기회가 되어줄 수도 있다는 사실을 에드거는 잘 알고 있다.

"그나저나," 조지 그레이엄이 말을 이었다. "그 사람이 당신에 대해서 〈보스턴 노션〉에 쓴 글 읽어보았나요?"

에드거는 금시초문이었다.

"뭐라고 했는데요?"

순간 그레이엄의 입가에 묘한 미소가 어른거린다.

"대신 읽어주시죠."

"어디 보자……" 에드거의 부탁에 조지는 신문을 들춘다. "당신이 쓴 서평에 대해 한마디했더군."

"그렇군요."

"들어봐요. '지난 몇 년 사이 유명해지지 못해 안달난 일부 검증되지 않은 어설픈 젊은이들의 유치찬란한 작품이 무수히 쏟아져나왔다. 그중에서도 〈그레이엄스 매거진〉의 편집자가 최근 찬사를 늘어놓은 시들만큼 현학적이고 어처구니없는 작품은 본 적이 없다.' 이게 그 기세등등한 그리스월드가 한 얘기예요."

조지가 신문을 건네자 에드거는 제목만 흘끔 보고 되돌려준다.

"새로 나온 그의 시평론집에 대해 조만간 익명 기사를 하나 써보면 어떨까 싶어요." 자리를 뜰 채비를 하며 그가 말한다.

돌아오는 길에 그리스월드가 자신을 굽어보다가 덥석 끌어안고는 얼굴을 들이대며 볼에 입맞춤하는 상상을 해본다. 언젠가 이곳

리치먼드에서 화이트 씨가 격려와 동시에 경고 차원에서 해준 이야기가 문득 생각난다. "자고로 문단이란 표독스러운 오소리들로 가득한 곳이라네. 아무리 견고한 보루를 쌓아도 부지불식간에 안으로 파고들지. 그러다가 어느새 털이 죄다 뜯겨나간 알몸 상태가 되고 마는 거라네. 내 말 명심하게. 이 좁은 바닥에서 자네가 마음 놓고 믿을 사람은 아무도 없어."

그리스월드

포, 포, 포, 포, 포

(필라델피아)

그는 포장을 풀고 조심스럽게 시평론집을 꺼낸다. 표지를 보고는 가만히 쓰다듬는다. 눈을 감은 채 손끝에 묻어나는 감촉을 음미한다. 그런 다음 손닿는 대로 책을 펼쳐 롱펠로의 시에 대해 쓴 소개글을 눈으로 훑는다.

엄청난 희열에 가슴이 뛴다. 이 복받치는 행복감이 지속될 수 있을까? 한데 자세히 들여다보니 오자가 하나 눈에 들어온다. 사소한 부분 같지만, 유달리 눈에 띄고 거슬려 그 페이지의 완벽함을 여지없이 깨뜨린다. 책이 손에서 미끄러져 바닥에 떨어진다. 그는 다급하게 몸을 숙여 책을 집어들고는 이리저리 책장을 넘겨본다. 마침내 문제가 된 부분을 찾아 다시 읽어본다.

천만다행이다.

오자가 아니다.

불안증이다. 시력에 이상이 생기다보면, 특정 상황에서 인간의 정신 체계가 일거에 허물어질 수 있다. 요즘 들어 가끔 앞이 제대로 보이지 않는다. 루퍼스는 책에 얼굴을 바짝 갖다댄다. 인쇄용 잉크와 풀, 종이 냄새가 코로 스며든다.

"멋지군!"

그는 책갈피 속에 코를 박는다.

정녕 그의 작품이다. 단어 하나하나가 그 자신이 선택한 결과물이다. 그렇다, 책을 연내 출간하는 데 사활을 건 것처럼, 초고속으로 일을 몰아붙였다. 자신의 책을 전 미국인이 필수로 읽어야 한다는 자기암시가 워낙 지나치다보니, 마치 구마 의식의 주문처럼 작용한 셈이다. 이제 미국은 비로소 안정을 찾을 것이며, 롱펠로, 휘티어, R. C. 샌즈, 로웰, 찰스 페노 호프먼의 시와 그 모든 작품에 대한 루퍼스 월멋 그리스월드의 소개글을 읽게 되리라.

어쩌면 너무 서둘러 일을 끝마친 건지도 모른다. 막상 책이 출간되자 그동안 얼마나 잠이 부족했는지, 영양 상태는 또 얼마나 부실한지, 책상에 달라붙어 지새운 기나긴 밤들이 얼마나 사람을 혹사시켜왔는지 실감하게 된다. 더이상 예전의 자신이 아님을 그는 느끼고 있다.

어쨌든 기념비적인 책인 것만은 분명하다.

바로 루퍼스 그리스월드가 이 책을 써냈다.

이는 그가 거둔 승리다.

루퍼스 월멋 그리스월드는 의당 그의 것이어야 할 위상을 비로소 차지한 것이다.

내로라하는 주요 인사들의 서신이 날아든다. 신문 지면은 그에 대한 존경의 언사로 가득하다. 잡지들은 그의 책에 대한 서평을 앞다퉈 싣는다. 시인들이 찾아오고, 그는 친구들과 적들을 만들어간다. 살롱에 입장하면, 상류층 인사들이 다들 그의 얼굴을 보려고 고개를 돌린다. 그가 그들을 쳐다보는 것이 아니라, 그들이 그를 쳐다본다. 그 자신이 관심의 대상이다. 시평론집이 그를 일약 스타로 만들었다.

그는 어두운색 긴 프록코트와 새 장갑을 장만한다. 전신거울에 자신의 모습을 비추어 보며 중얼거린다. "성공했구나……"

과연 포는 이 책을 어떻게 생각할는지 몹시 궁금했다.

결국 그는 시평론집에 포의 시 세 편을 실었다. 「잠자는 여인」과 「콜로세오」 그리고 「귀신 들린 궁전」. 「바닷속 도시」는 시인 자신이 자부심을 보이는 시였지만, 책에 실을 생각이 선뜻 들지 않았다. 그 시에 대한 혐오감이 아직 가시지 않았다. 영혼의 어두운 심연으로 끌어들이려는 시 같았달까.

그러면서도 자꾸만 그 시를 반복해서 읽지 않을 수 없다. 심지어 시를 외우기까지 했고 그도 그 사실을 자각하고 있다. 포의 시를 결코 좋아하는 것은 아니나, 자기도 모르게 뇌리에 깊이 스며든 것이다. 시구들이 생각 속을 잠행하면서 부지불식간에 천천히 입으로 되뇌어진다. 그런 상태가 될 때마다, 그 시에 대한 혐오감은 더욱 깊어져만 간다.

그리스월드는 포가 어떤 반응을 보이는지 날마다 예의 주시하고 있다.

그러던 중 〈보스턴 미셀러니〉에 실린 호의적인 서평을 보자 마음이 놓일 뿐 아니라 감동받기까지 한다. "이 책은 지난 수년을 통틀어 우리 문학에 바쳐진 가장 중요한 공헌으로 평가받을 만하다. 그리스월드는 직관과 재능, 감각을 두루 갖춘 인물임이 틀림없다." 이 서평을 그는 읽고 또 읽는다.

"포가 쓴 것치고는 아주 친절한 글이로군요." 아내 캐럴라인이 남편의 볼을 쓰다듬으며 속삭인다.

"당신은 천사야. 당신 없이 내가 어찌 살지?"

"그야 나 없으면 하루도 못 살겠죠." 그를 끌어안으며 캐럴라인이 대답한다.

"맞아……"

사실 그에게는 현실적이거나 경제적인 감각이 턱없이 부족하다. 가족과 가사를 책임지고 이끌어가는 사람은 캐럴라인이다. 아내나 루퍼스 자신이나, 몽상에 빠진 아이를 대하는 부모의 너그러운 심정으로 루퍼스를 바라보고 있다.

"단 하루도 못 살고말고." 루퍼스는 이렇게 되뇐다.

그는 포의 얼굴을 떠올리면서, 특히 서평의 한 부분을 곱씹는다. '감각을 갖춘 인물'이라…… 한데 며칠이 지나자 바로 그 '감각'이라는 단어가 슬슬 마음에 걸리기 시작한다. 포가 일부러 골라 쓴 단어라면 그 이면에 무언가를 숨기고 있지 않을까? 포가 루퍼스에 관해, 루퍼스 자신도 인지하지 못한 어떤 점을 간파하고 있는 건 아닐까? 모든 미국인 중에서도 유독 포만이 그를 낱낱이 꿰뚫고 있을 거라 생각하는 이유가 대체 무엇인가? 어처구니없는 일이다.

그뒤로 몇 주에 걸쳐 루퍼스 그리스월드는 포에 관한 정보를 수집하는 데 시간을 바친다. 그의 이력부터 그가 쓴 시와 단편소설, 평문, 기사 등등 포에 대해서든 그의 글과 관련해서든 닥치는 대로 모든 것을 긁어모은다. 신경을 곤두세워야만 어렴풋이나마 겨우 낌새를 알아챌 수 있을 무언가가 단어 사이사이에 도사리고 있기라도 한 듯.

*

베개에 머리를 누이고 눈을 감자 포의 얼굴이 떠오른다. 이제 (또다시) 무슨 일이 벌어질지 곧장 감이 온다. 그가 몸을 기울여 포의 볼에 입술을 갖다댄다. 포의 차가운 볼이 루퍼스의 입술에 부드러운 애무의 감촉으로 다가온다. 비로소 루퍼스는 깊은 잠에 빠져 꿈을 꾸기 시작한다. 타는 듯한 여름날, 그는 배를 타고 강물 위를 떠간다. 검은 옷을 입은 한 남자가 이쪽을 등진 채 느리고 신중한 동작으로 노를 젓고 있다. 노깃이 물속에 잠겼다가 수면 위로 나온다. 노가 밖으로 완전히 모습을 드러내 잠시 멈춰 있는 동안 굵은 물방울들이 강물로 떨어진다. 루퍼스는 고개를 뒤로 젖히고 두 눈을 지그시 감은 상태다. 햇살이 얼굴을 따스하게 데운다. 눈을 뜨자 노 젓던 남자가 뒤돌아보고 있다. 루퍼스는 포에게 미소를 지어 보인다. 온몸을 감싸는 햇살의 온기가 느껴진다. 그가 웃는데 포의 눈빛엔 의심 혹은 흥분감 같은 무언가가 담겨 있다. 뭔가가 잘못되어가고 있다는 생각과 함께 루퍼스는 배 안에서 벌떡 일어선다. 문득 내려다보니, 옷을 전혀 입지 않은 자신의 몸뚱이가 눈에 들어온다. 완전한 알몸 상태인데, 성기가 뭔가 이상하다. 비단같이 부드러워 보이고 모양이 기괴하다. 루퍼스는 고개를 거칠게 내젓다 침대에서 벌떡 몸을 일으킨다. 주위가 어둡다. 무릎에 얼굴을 묻고서 호흡을 가다듬으려 애쓴다. 땀에 흠뻑 젖은 이마를 두 손으로 짚는다.

"주여, 저를 용서하소서……" 나지막하게 중얼거린다.

옆을 돌아보니 아내 캐럴라인의 실루엣이 눈에 들어온다. 호흡을 가다듬고 그녀를 굽어보면서 가녀린 어깨에 손을 얹는다. 어둠속에서 그녀가 남편 쪽으로 돌아눕는다. "여보……" 나른한 목소리로 그녀가 우물거린다.

좀더 몸을 숙여 들여다본 순간, 아내의 잠옷을 입고 곁에 누워 있는 사람이 다름아니라 포라는 사실을 깨닫는다. 이런 생각이 문득 든다. '이 친구, 캐럴라인을 어떻게 꼬드겼기에 이런 장난을 치지?'

포가 씩 웃는다. 선정적이면서도 초연한 얼굴이다. "내가 누구인지 알아보겠어?" 그렇게 속삭이면서 팔을 살짝 건드리자 비로소 루퍼스는 자신이 아직 잠들어 있으며 망상이 계속 이어지리라는 걸 깨닫는다.

마침내 머릿속을 울리는 격렬한 소음에 화들짝 깨어난다. 윙윙거리는 소리는 그에게만 들리는데, 어찌나 소리가 거센지 얼굴을 베개에 파묻지 않고는 터져나오는 비명을 주체할 수 없을 것 같다.

"지옥이야!" 똑같은 신음을 수차례 토해낸다.

그제야 차츰 소음이 잦아든다.

수개월 동안 그는 포에 관해 아무에게도 이야기하지 않는다. 심지어 캐럴라인에게도 꿈 이야기는 하지 않지만, 머릿속에 늘 그 생각이 맴도는 건 어쩔 수 없다. 매일 밤 잠자리로 기어들면서 아내의 어깨를 끌어안을 때면 어김없이 포의 얼굴이 눈앞을 스친다.

그해 여름, 루퍼스는 〈그레이엄스 매거진〉의 편집자 자리를 제의받는다. 그런 자리를 얻기 위해 몇 달을 애써왔던가. 자신이 열망하는 것이 다름아니라 잡지사 편집자 자리라는 걸 만나는 사람 모두에게 납득시킨 결과다. 그리고 결국에는 그 자리를 거머쥐었다. 이 일은 그의 적성에 딱 맞았지만, 작가에게 필수적인 인내심이 그에게는 없다. 그는 성격이 지나치게 불안정했고, 문장이라는 세밀한 구조와 씨름하며 하루하루를 견디는 일은 그의 취향이 아니었다. 그의 입장에서 중요한 자질은 전혀 다른 것이다. 일종의 총체적 관점이랄까, 앞을 내다보는 전망이다. 잡지 기자로서 그는 큰 그림을 다루고 싶다. 보고, 고르고, 지적하고, 그렇게 길을 제시하는 것이 그가 하려는 일이다.

이제 그는 '바람직한 작품'의 전도사가 될 것이다. 그만이 할 수 있는 위대한 책무. 루퍼스 그리스월드는 결코 그 일을 가벼이 여기지 않을 터다.

포는 바로 전달에 잡지사를 그만두었다. 그렇다고 루퍼스의 채용을 반대해서 그만둔 것은 아니다. 하지만 포가 여름 내내 기분이 상해 있다는 것은 들어 알고 있다. 시평론집이 파렴치한 수준인데다 순전한 사기라며 떠들고 다닌단다.

그런 소문이 귀에 들어와도 루퍼스는 믿으려 하지 않는다. 그저 뉴욕 같은 대도시에 흔히 떠도는 악의적인 풍문에 불과하리라 여긴다. 한데 짧은 기간 병치레(악성 기침)를 하고 나서도 같은 소문이 또다시 귀에 들려오는 것이다. 결국 소문의 진상을 좀더 알아보기로 결심한다. 어느 밤, 그는 포가 의견을 바꾼 동기가 무엇인지 조지 그레이엄에게 물어본다.

"포가 그런 식으로 구는 게 어디 한두 번이어야지!" 그레이엄이 툭 내뱉는다.

"그건 그렇죠."

그후 루퍼스는 집에서든 신문 지면에서든 길거리에서든 포가 항상 자신을 추적하고 있다는 느낌을 받는다. 밤에 잠자리에 누웠을 때조차 감시당하는 느낌이다. 캐럴라인이 잠자는 동안 그는 이불을 뒤집어쓴 채 이리저리 몸을 뒤치면서 포를 저주하고, 생각을 곱씹는다. 도대체 그자의 본심은 무엇인가? 이 루퍼스 그리스월드가 정녕 아무도 알아주지 않을 사람이란 말인가? 그토록 보잘것없는 사람인가?

그의 생각에, 포가 그런 악의를 품은 이유는 뻔하다. 루퍼스가 시평론집에 포의 시를 단 세 편만(롱펠로의 시는 열다섯 편이 실렸다), 그것도 포 자신은 그다지 높이 평가하지 않는 작품들을 골라 수록한 것이다. 게다가 신경과민으로 워낙 유명한 인물 아닌가.

"쳇, 어쩌라고?" 루퍼스는 연신 툴툴거린다. "부끄러워할 사람은 내가 아니지. 믿지 못할 사람은 포가 아니냔 말이야! 남부 출신의 그 주제넘은 술주정뱅이야말로 하루아침에 자기 의견을 손바닥

뒤집듯 뒤집었잖아!"

그런 인물에 대해서는 늘 최악을 대비해야 한다. 고약한 건, 이쪽에선 그보다 더 악랄하게 대처하는 수밖에 없다는 사실이다.

"어디 두고 보라지." 루퍼스는 책상 앞을 이리저리 서성이면서 웅얼거린다. 포 때문에 기분이 상할 때마다 그는 도무지 정신을 집중할 수가 없다!

포가 시평론집을 두고 대체 무슨 이야기를 하려는지 신경이 쓰여 그는 하루 온종일 골머리를 앓고 있다. 존스호텔에서 이야기를 나누는 동안만 해도 포가 애정을 품은 사람들에겐 상당한 배려심을 보이는 느낌이 들었다. 그런데 지금은 전혀 다른 모습이다. 언론에 종사하다보면 항간에 떠도는 숱한 풍문을 접하게 된다. 일부 소문에 따르면, 아직 열네 살도 안 된 사촌 여동생과 결혼했다고 한다. 다시 폭음을 시작했고 아편을 피운다는 소문도 있다. 루퍼스에겐 놀랄 일도 아니다. 원래 포의 의식 세계에는 '활활 타오르는 죄악'이 기거하지 않던가! 그의 형은 스물두 살에 볼티모어에서 주취 폭행으로 사망하지 않았던가? 비렁뱅이에다 전형적인 낙오자였다. 그 자신 역시 폭음으로 명을 재촉할 것이 분명하다. 따라서 시평론집에 대해 아무리 통렬한 비판을 가해온다 해도 그건 포 자신의 병든 의식 세계에서 비롯된 것일 뿐이다. 한마디로 그의 영혼은 시커멓다. 그가 결코 하느님의 존재를 인정하지 않으니 아무것도 그를 구원할 수 없다. 그는 자신의 가슴속에 아무런 자리도 차지하지 못하는 선善을 경멸한다. 그가 유일하게 갈망하는 것은, 스스로 '미美'라고 부르는 한심스러운 것에 관해 시를 쓰는 일뿐이다.

비정상적이고, 역겹다.

루퍼스에게 하느님의 음성이 들려와 선을 위해 일하라 명하였을 때—십오 년 전 트로이에서의 어느 밤이었다—그는 이미 죄악에서 구원받은 셈이다. (그게 아니라면 젊은 날의 죄악이 그를 어느 지경까지 끌고 갔을지 감히 상상조차 하기 어렵다!) 반면 포는 죄인으로서 자기 자신의 목소리 말고는 다른 어떤 음성도 듣지 못했다. 그의 시는 죄악 그 자체를 직시하지 않고, 그것의 결과만을 다루고 있다.

그의 영혼은 저주받았다.

루퍼스는 기분이 좋아져 이렇게 덧붙이고 싶은 심정이다. '포는 어차피 끝난 인생이니, 주를 찬미할지어다!'

루퍼스는 음흉하게 부풀어가는 승리감을 감추지 못한 채, 틈만 나면 공개적으로 떠벌린다.

"포가 어린아이와 결혼한 것을 아십니까? 필경 정신이 돈 모양입니다. 집안 내력이라지요. 원래 술주정뱅이 아닙니까. 그자의 결혼에 얽힌 사연을 모르세요? 거의 미쳐버린 게 틀림없습니다. 그러니까 여자아이를 배필로 삼은 거죠. 딴에는 마지막 도리를 지킨답시고 자기 사촌 여동생과 결혼했다네요. 확실한 정보입니다."

그뿐만 아니라, 포가 어릴 적 리치먼드에서 스태너드 부인인가 하는 유부녀와도 관계를 맺었더라는 얘기도 닥치는 대로 해댄다(의사이자 시인인 토머스 던 잉글리시에게 전해들은 얘기다). 그 여자가 죽은 뒤에도 포는 수년간 무덤을 찾아가 불륜의 옛 기억을 되새겼다고 한다.

그런 인간을 신뢰할 사람은 아무도 없을 것이다. 아니, 없다.

포에겐 진정한 친구가 없고 단지 동조자가 있을 뿐이라고 루퍼스는 생각한다.

적과 동지만 있는 셈이다.

'앞으로 포의 개인사를 속속들이 알아둬야겠어.' 루퍼스는 속으로 중얼거린다.

기자로서의 오랜 경험을 통해 그는 상류층 사람들이 쉬쉬해온 질 나쁜 품행을 어떻게 하면 적나라하게 파헤칠 수 있는지 알게 되었다. 포를 오물구덩이 속으로 곤두박질치게 만들기는 쉬운 일일 것이다. 급할 것 없다. 충분한 시간을 갖고, 온갖 불명예로 뒤범벅되게 만들 것이다.

포의 몰락은 이제 시간문제였다. 그는 자기에게 주어진 파멸을 홀로 맞이하게 되리라.

1월의 어느 날, 루퍼스는 〈필라델피아 새터데이 뮤지엄〉에 실린 『미국의 시와 시인들』에 대한 익명의 단평 기사를 읽는다.

"그리스월드는 이미 그에게 공격받아 상처 입은 사람들을 제외한다면 모두에게 잊힌 이름이지만, 앞으로도 이렇다 할 흔적 하나 남기지 않고 사라져버릴 운명이다. 만에 하나 누군가 그 이름을 언급한다면, 그것은 오로지 그로 인해 피해를 본 독자들의 불이익을 따져보기 위해서일 것이다."

같은 날, 루퍼스는 그것이 다른 누구도 아닌 포가 쓴 글임을 알게 된다.

도대체 그는 어디까지 알고 있나? 루퍼스가 그에 관해 퍼뜨리고 다닌 이야기도 알고 있나? 누가 그걸 이야기해주었나?

루퍼스는 잡지를 덮어 창가에 놓아둔다. 밖에 다시 눈이 내리기 시작했다. 창문을 열자 눈 덮인 도로가 한눈에 들어온다. 길 한복판에, 고개를 드는 어린 소녀의 얼굴이 눈발에 가려 보이지 않는다.

〈서던 리터러리 메신저〉 지난 호를 들추어 「베레니스」를 다시 읽어본다. 기억 속에 새겨진 그 특유의 어둠과 페시미즘은 여전한 것 같다("세상의 불행은 가지각색이다"). 포라는 인간이 어떤 야만성의 소유자인지 소설에 잘 나타나 있다. 신의 이름을 걸고 말하건대, 루퍼스가 할 수 있는 유일한 일은 포에 관해 알아낸 모든 것을 가감 없이 세상에 공개하는 것이다.

그날 밤 책상에 앉아 있는데 난데없이 눈물이 볼을 타고 흘러내리기 시작한다. 순진하게도 그는 포가 자기를 좋아한다고 믿었다. 그자가 그렇게 쓰지 않았나. "그리스월드는 직관과 재능, 감각을 두루 갖춘 인물임이 틀림없다"고.

포, 포, 포, 포, 포, 포, 포.

절망감이 엄습한다. 루퍼스는 그를 반드시 뭉개버리리라 생각한다. 포는 등뒤에서 그에게 칼을 꽂았다. 따라서 그 악랄한 인간을 요절내는 것은 지당한 일이다. 다른 선택의 여지가 없다.

그다음주, 루퍼스의 끝없는 고민과 분노에 화답이라도 하듯, 서툰 글씨로 끼적인 편지 한 통이 발신자 이름도 없이 날아온다.

선생님,

에드거 앨런 포의 시를 선생님의 위대한 평론집에 실어주셔서 얼마나 감사한지 모르겠습니다. 주인님과 저 그리고 주인님을 존경하는 모든 사람이 정말 영광스럽게 생각한답니다. 선생님께 큰 감사의 빚을 졌습니다. 저는 앞으로 선생님과 선생님이 하시는 일에 대해 기회만 있으면 놓치지 않고 열렬히 이야기하고 다닐 겁니다. 선생님은 훌륭한 모범이십니다. 그런데 말이죠, 선생님. 그 위대한 평론집에 주인님의 시가 좀더 많이 실렸어야 하는 것 아닌가요? 주인님이야말로 우리 시대의 가장 탁월한 시인 아닙니까, 선생님?

그분이 쓰신 글들은 제 삶을 바꿨고요, 선생님, 우리의 세상이 반드시 변해야 한다는 것을 가르쳐주셨습니다. 공포는 우리의 핏속에 사는 짐승이어서, 우리를 이런 식으로 계속 살아가게 내버려두지 않아요.

제가 드린 말씀을 진지하게 생각해보겠다고 약속해주세요. 그리고 선생님의 그 위대한 책을 다시 찍을 때 주인님의 시를 여러 편 싣는 것을 고려해주세요. 그러면 저도 최선을 다해 우리 주인님을 돕고, 그분께 명성을 가져다드릴 것입니다. 어쩌면 선생님과 제가 가는 길이 언젠가 한곳에서 만나겠지요. 그날을 저는 무한한 열정을 가지고 기다린답니다.

루퍼스는 편지를 저만치 밀어놓고는 거북한 기분으로 생각에 잠긴다.

아침나절 한참 동안 허드슨 강변을 산책하다보니 생각이 맑아지면서 거북함도 서서히 가신다. 바람이 불어와 머리카락을 헝클어뜨린다. 다리 모퉁이에 멈춰 서서 강둑에 철썩이는 물살을 바라본다. 며칠 전부터 햇살이 선명해지는 것을 보면, 겨울도 이제 막바지를 향하는 듯하다…… 돛단배 하나가 지나쳐가는데 키잡이의 활달한 동작이 눈에 들어온다. 전날 밤 들었던 생각은 절대적으로 옳다. 그의 임무는 에드거 앨런 포를 선善의 길로 인도하는 것이다. 하지만 그 자신이 포의 적이 되어서는 그 목적을 이룰 수 없을 것이다. 그거야말로 포가 원하는 것이니까. 포라는 인간은 주위에 적이 많아야 오히려 만족한다. 그를 공격하면 주도권이 그에게 넘어간다. 그런 인간에게 타격을 입히기 위해서는 친구가 되는 길밖에 없다. 믿고 의지해서, 속내 이야기까지 털어놓을 만큼 막역한 친구.

마음이 한결 가벼워진 루퍼스는 다시 책상 앞으로 돌아와 앉는다.

포

르포

(필라델피아)

만약 그가 부자라면, 두 사람은 우아한 털이불이 펼쳐진 침대에서 잠을 잘 것이다. 아침마다 그는 사랑하는 아내를 위해 마을에서 가장 좋은 시럽을 뿌린 크레이프를 준비할 것이다. 만약 그가 부자라면, 다리를 저는 하인 하나와 말 한 필도 있을 것이다. 매일 아침 그 하인이 침대까지 신문을 대령할 것이고, 그와 그의 아내는 아침 아홉시가 되도록 천국 같은 털이불 속에서 나오지 않을 것이다. 만약 그가 부자라면, 바닥에 온통 페르시아풍 양탄자—칭기즈칸의 피비린내나는 원정 장면들이 수놓인—를 깔아 그녀의 발이 시리지 않게 해줄 것이다. 그는 또 몰도비아에 사는 존 앨런의 것보다 훨씬 거창한, 그야말로 환상적인 서가를 소유하고 있을 것이다. 만약 그가 부자라면, 병약하고 소심했던 양어머니를 기리는 뜻에서 정원에 목련나무 한 그루를 심을 것이다. 만약 생활에 여유가 있다면, 차라리 보드빌 대본이나 희극만을 쓸 것이다. 형 헨리가 생각날 때는 오래 묵은 고급 코냑만 마실 것이다. 돈이 많다면, 아내의 여린 가슴에 부적처럼 매달려 있을 보석을 선물할 것이다. 만약 존 앨런이 죽고 그 유산의 8분의 1, 아니 16분의 1이라도 그의 몫으로 돌아온다면, 결핵을 앓는 아내와 결코 이런 하숙집을 전전하지는 않을 것이다.

언젠가 그에게 자식이 생긴다면(감히 꿈꿔볼 수도 없는 일이지만), 물려줄 재산 한 푼 없이 내팽개치는 일은 결단코 없을 것이다. 양자를 한 명 들이더라도, 그 아이의 힘겨운 운명에 속수무책 내맡겨두지는 않을 것이다. 그 꿈 많을 아이를 편협하고 힘겨운 세상에 방치하는 대신, 넘치는 애정과 혜택으로 감싸줄 것이다. 그 자신은 누릴 수 없었던 안락한 조건을 마련해주기 위해 최선을 다할 것이다. 공연한 미움과 비하, 학대, 상스러운 언행으로 아이를 대하는 일은 없을 것이다. 아이는 포근한 털이불을 덮고 고이 잠을 청할 수 있을 것이다!

그는 자식에게 말해줄 것이다. "너는 재능이 풍부하단다. 내가 가진 모든 것은 바로 네가 물려받게 될 거야." 아울러 아이에게 엄마와 결혼하게 된 이야기를 들려줄 것이다. 엄마의 드레스가 얼마나 아름다웠는지, 피부가 얼마나 희었는지, 손은 또 얼마나 섬세했는지 이야기해줄 것이다.

"아, 네 엄마는 상상을 초월할 만큼 아름다운 신부였단다!" 그는 가슴이 벅차올라 말할 것이다. "젊고, 우아하고, 감수성 풍부하고…… 비록 나이는 아직 어렸고, 아는 것도 별로 없는데다 변변

한 학교도 다닌 적이 없지만, 네 엄마는 내가 만나본 여인 중 가장 지혜로운 존재였어. 한데 그만 병에 걸리고 만 거지……" 그렇게 말해준 다음, 어린 자식을 품에 안고서 약 먹을 시간이 된 아내의 침대로 향할 것이다.

에드거는 하숙집 창가에 서서 건물 지붕들 사이에 펼쳐진 띠 모양의 밝은 회색빛 하늘을 응시하고 있다. 비둘기들이 무리 지어 그 위를 날아간다. 호화로운 식당에 차려진 근사한 식탁을 머릿속에 그려본다. 먹음직스레 구운 비둘기 고기, 삶은 달걀, 버섯 찜 요리, 그리고 백포도주 한 잔.

벌써 몇 주 동안 두 사람은 마른 빵과 고기 없는 수프로만 연명해 오고 있다. 그저 고료가 들어오기만을 기다리는 상황이다. "내일이면 분명히 들어올 거야." 아내에게 장담은 하지만 억지스러운 낙천주의 때문에 오히려 숨통이 조여든다. 그렇다고 달리 무어라 말하겠는가? 정녕 '버지니아, 희망이라곤 눈곱만큼도 없어'라는 말을 해야 할까? 그는 그렇게 잔인한 사람이 못 된다. 하늘은 어둡고, 발밑으로는 심연이 열려, 두 사람은 마지막 남은 존엄과 도리를 소진하는 중이다. 하지만 그는 아내에게 진실을 이야기할 용기가 없다.

진실의 민낯은 이렇다. 더이상 에드거에겐 선불을 기대할 수입원도 없고, 돈을 빌려줄 친구도 없다. 이른바 '잡지의 도시'에서도 글을 써서 먹고살 만큼 충분한 돈을 벌 수 없다. 미국의 여타 도시들과 비교해 필라델피아에서 유통되는 잡지의 종류와 부수는 월등히 많지만 이곳 사람들은 작가를 싫어한다. 관심의 대상은 오로지 목회자와 변호사다. 언제나 그는 아직 시작도 못한 작품의 선불을 부탁해야 했다. 필라델피아는 리치먼드보다 훨씬 큰 도시로, 20만 명이 거주한다. 하지만 이 도시 사람들 모두가 외과수술을 받아 심장을 태엽시계로 교체해버린 게 틀림없다. 청각만 좋다면 누구든 도시를 가득 채우는 째깍 소리를 감지할 수 있을 것이다. 이런 곳에 터를 잡고 살다니, 끔찍한 실수다. 이런저런 편집자의 그럴듯한 말에 넘어가지 말았어야 했다. 저들은 그가 하는 일에 대한 대가를 지불할 뜻이 없다. 낮에 일을 하든 밤에 일을 하든, 이렇다 할 안정된 수입을 기대할 수가 없다. 도대체 안정된 수입을 위해선 무얼 해야 한단 말인가? 머리를 떼어내 쟁반에라도 받쳐 드려야 하나? 그래봤자 마지못해 고개를 한 번 끄덕이고는 5달러 50센트쯤 던져 주는 게 고작일 터.

"더이상은 한 푼도 안 돼요." 그러고는 싸늘한 미소를 머금고 말하리라. "포 선생, 당신 머리는 이제 곯았단 말입니다. 그다지 좋은 상태가 아니에요. 몇 달만 더 일찍 우릴 찾아왔다면, 좀더 후하게 쳐드릴 수 있었을 텐데 말이죠."

"위선자들 같으니!" 쟁반 위에 덩그러니 놓인 잘린 머리통도 가만있진 않는다. "나를 이 꼴로 곯게 만든 건 바로 당신들이잖아! 언제는 나를 밤낮없이 부려먹더니…… 이제는 고작……"

거리가 유난히 적막하다. 필라델피아 사람들은 고즈넉한 기독교적 삶을 살아간다. 리치먼드 같은 남부 도시의 떠들썩하고 멋들어진, 약간은 비도덕적인 삶과는 너무도 다르다. 필라델피아 사람들은 얌전히 앉아 기다리고, 기도하며, 우아하게 살아가길 원한다.

그 때문에 타지에서 이주해온 사람이 주목받고 존중받는 길은 스스로 목숨을 끊는 방법밖에 없을 정도다. 일요일만 되면 교회들이 거리를 가로막아 사람들의 통행과 소음을 차단한다. 그러면 살아 숨쉬는 존재를 연상시키는 것은 이 도시에 아무것도 남지 않는다. 큼직한 빗자루로 무장한 사람들이 허구한 날 도시를 쓸어낸다. 자자, 어서 쓸어내시오, 경건한 신도들이여! 분노, 즐거움, 시끄러운 목소리들일랑 죄다 쓸어버리시오!

최근 몇 달 사이에 버지니아까지 조용해졌다. 그녀는 너무 말라서 몸에 허름한 옷자락이 처량하게 감긴다. 에드거는 어쩌다 밖에서 당과 한 상자를 얻는 날엔 집에 들어서기 무섭게 상자째로 아내에게 선물을 건넨다(에드거 자신은 그런 단것은 입에 대지 않아도 얼마든지 버틸 수 있다). 상자를 들여다보는 그녀의 손가락 마디마디가 초조하게 떨리며 창백하다. 그럼에도 그처럼 우아하고 세련된 몸짓으로 당과를 입에 넣는 사람을 본 적이 없다. 그렇다, 필라델피아에서 그것 하나만은 제대로 배운 모양이다. 어떤 상황에서도 마음 깊은 곳의 처절한 절망감을 겉으로 드러내서는 안 된다는 것.

무엇보다도 에드거를 놀라게 한 건 그녀의 창백함이었다. 그가 볼티모어에 있는 마리아 클렘—보통 머디 고모라고 불렀다—집에 살 때였던가, 파리한 얼굴의 사촌 여동생을 거기서 처음 만났다. 보랏빛 눈동자와 푸르스름할 정도로 창백한 피부, 볼수록 가슴 철렁하게 만드는 매력은 그때나 지금이나 여전하다.

당시 그는 읽고 셈하는 걸 아이에게 가르쳐주겠노라고 머디 고모한테 약속했었다. 그러고는 우선 테니슨의 시부터 들려주었다.

해맑고 푸른 강물이 눈앞을 흐르며 반짝일 때,
남쪽에서 불어오는 따스한 바람의 숨결.
새하얀 구름이 하나둘 떠가누나.
5월의 이 아침,
환희에 복받친 가슴들 힘차게 뛰지만,
세상 만물은 죽어야 한다네.

그녀는 놀란 표정으로 그를 빤히 바라보고 있었다.

그날 밤, 잠에서 깨어보니 침대 발치에 그녀가 서 있었다. 어둠 속에서 이쪽을 뚫어져라 바라보고 있었다.

"뭘 그렇게 보고 있어?"

"오빠 보고 있어."

당황한 에드거는 얼른 일어나 침대에 앉은 채 사촌 여동생을 유심히 살펴보았다. 얇은 잠옷자락 아래로 바닥을 디디고 선 맨발이 눈에 들어왔다.

"춥지 않아?"

"추워."

"여기 이불 속으로 들어와 누워." 그가 자리를 내주며 말했다.

그녀가 옆에 누워 가슴에 머리를 기대자 그는 두 눈을 지그시 감았다. 눈물이 차올라 목이 멨다. 소녀가 옆에 꼭 달라붙어 잠들자, 그는 반듯이 누운 채 소리 죽여 울었다. 도대체 왜 눈물이 나는 것일까? 무엇보다 제대로 된 안식처가 아쉬워서라는 생각이 들었다. 그의 나이 스물여섯, 그녀는 겨우 아홉 살밖에 되지 않았지만 둘 다 불행한 포 가문의 일원이고, 바로 그런 연유로 서로 깊은 유대감을 느끼고 있었다. 그날 밤, 사촌 여동생은 엄마와 자신이 그를 돌봐줄 것이며, 결코 모른 척하지 않을 것임을 증명해준 셈이다.

1836년 5월 16일, 에드거는 당시 열세 살인 사촌 여동생 버지니아 엘리자 클렘과 결혼했다.

무엇보다 그녀의 얼굴, 그 시원한 이마와 광대뼈가 좋다. 그녀의 입은 그의 마음을 들뜨게 하고, 시원스럽게 생긴 큰 귀는 지금껏 보아온 것 중 최고로 사랑스럽다. 밤마다 잠자리에 들 때면 그녀의 귀를 만지작거린다. 그녀의 유난히 긴 목을 애무하는 것도 기분좋은 일이다. 손가락으로 목 언저리를 부드럽게 쓰다듬다가, 일단 몸을 누인 다음부터는 머리와 몸을 연결하는 그 길쭉한 목에 지칠 줄 모르는 찬사를 바친다. 그러면 버지니아는 두 눈을 감고 빙그레 웃는다. 잠이 깼나, 아니면 아직 자고 있는 걸까?

멀베리 스트리트에 자리한 두 사람의 방은 너무 춥다. 필라델피아는 깔끔하지만 아름답지 못한 도시다. 에드거는 리치먼드가 그립기만 하다. 생기 넘치는 거리, 토속적인 음악, 농장에 부는 훈훈한 바람, 담배 냄새와 꽃향기가 그립다. 제임스강에서 아내와 함께 하는 물놀이를 꿈꾼다. 함께 꽃밭을 뛰어다니는 꿈. 무엇보다 필라델피아는 춥고, 무엇으로도 그 추위를 녹일 수가 없다. 아내의 몸은 산속 급류가 씻어내린 돌멩이들처럼 차갑다. 끔찍하리만치 깡마른 그 몸을 감히 탐할 엄두가 나지 않는다. 손가락은 뼈와 가죽

뿐이다. 칼슘이 빠져나간 손톱은 온통 하얀색이다. 우유 한 잔이면 더없이 큰 힘이 될 것이다. 아, 샴페인 한 잔(한 사람에게 필요한 각종 미네랄이 든), 꿀을 탄 따뜻한 우유, 굴, 육즙이 풍부한 스테이크 그리고 버터에 조린 감자 몇 알이 그녀에게 허락된다면!

깜박 잠이 들었던 모양이다. 1월의 아침, 눈을 떠보니 평상시와 달리 곁에 그녀가 없다(원래 아침잠이 많은 편이다). 작은 방안에서 낮은 천장을 올려다본다. 지난밤은 몹시 추웠다. 눈이 내려 창문 위쪽에 성에가 잔뜩 끼었다. 방 저쪽 구석에서 땅이 꺼질 듯한 숨소리가 들려온다. 그러다가 이내 발작적인 기침 소리가, 마치 우물 속으로 금속 상자들이 한꺼번에 떨어지는 듯한 소리가 이어진다. 그녀를 모포로 감싸 침대로 데려오려면 어서 일어나야 하는데…… 그는 다시 베개에 머리를 대고 잠시 뜸을 들인다. 목덜미에 닿은 베갯잇이 차갑다. 몇 초만 그대로 있다가 일어날 것이다. 잠시, 그야말로 잠깐만 쉬는 것이다. 문득 기침이 멎는다. 방안에 적막이 스며든다. 그러고는 그녀의 허파에서 길게 새어나오는 바람소리와 더불어 죽음의 장단이 다시금 시작된다.

일 년 전 혈관 하나가 터진 이후부터 발작이 반복되었다. 성탄절 몇 주 전만 해도 그녀의 상태는 양호했다. 그러나 새해를 맞이하면서 그 몹쓸 혈관이 다시 파열해 끔찍하게 고통스러운 병이 재발하고 만 것이다. 마침내 에드거가 그녀에게 다가간다. 그녀는 가슴을 두 손으로 누른 채 물이 가득 담긴 양동이에 기대앉아 있다. 그가 창문 커튼을 열어젖히자, 그녀가 겨우 숨을 고르며 속삭인다.

"그냥 코가 좀 막혔을 뿐이에요."

그는 살짝 웃어 보이고는 모포로 그녀를 감싼다. 가냘픈 몸을 일으켜 침대로 데려온 뒤 이불을 덮어준다. 그는 방을 나와 물을 끓인 다음 그 안에 당밀과 함께 박하잎을 이겨 넣는다. 그걸 마시고 나면 아내는 다시 곤한 잠을 이룰 것이다. 그러면 편안해진 아내의 고운 얼굴을 잠시 들여다본 뒤, 책상에 앉아 암호문에 관한 단평 기사를 비밀스레 쓰기 시작할 것이다.

도시를 떠날 생각으로 조지 그레이엄의 잡지사를 뛰쳐나왔건만, 이사에 필요한 돈을 끌어모으는 데는 실패했다. 봄이 되면 어떻게든 상황이 나아질 것이다. 날씨만 조금 풀리면 아내의 몸 상태가 나아지고 이사도 할 수 있게 되리라.

최근 몇 주 동안은 글이 제법 잘 써졌다. 일련의 단평 기사에 몰두하면서 정말이지 술술 잘 풀렸다. 이 일로 돈을 얼마간 만질 수 있을 것이다. 아내의 기침만 진정된다면, 둘은 멋진 새봄을 맞이하리라.

*

월터 스콧의 소설 『파리의 로버트 백작』을 읽던 에드거는 오랑우탄의 목소리를 묘사한 문장 하나를 눈여겨본다. "꽥꽥거리는 걸걸한 목소리의 누군가가 알아들을 수 없는 언어를 발설하고 있었다." 한데 그 언어라는 것이 정작 이야기 속에서는 아무런 쓸모가 없어 뜻밖이다. 어쩌다 그런 기발한 아이디어가 떠올랐으나 그걸 제대로 발전시키기엔 작가가 너무 게을렀던 게 아닌가 싶다.

그야말로 돼지 목에 진주 목걸이라고나 할까! 에드거는 자신이 그 아이디어를 훨씬 더 멋지게 써먹을 수 있는 적임자라는 걸 알고 있다.

깊은 침묵을 두른 채 그는 오랑우탄에 관한 긴 사색의 시간에 자신을 내맡긴다. 말 그대로 빛으로 감싸는, 원초적이면서도 지적이고 강렬한 생각이 그를 사로잡는다. 펜에는 손끝 하나 대지 않고, 그는 몇 시간이나 꼼짝 않고 책상 앞에 앉아 있다.

그는 천천히 머릿속에 그려본다. 인간의 언어로 착각할 만한, 그러나 알아들을 수는 없는 꽥꽥거리는 걸걸한 목소리다. 마치 프랑스어나 포르투갈어가 이를 귀기울여 들어본 적 없는 사람들의 귀에는 괴상한 소리로 들리듯이, 인간의 모든 언어가 단순한 괴성으로 들릴 수 있듯이 말이다.

암호문이라는 것도 마찬가지다. 처음에 숫자와 기호는 도무지 이해할 수 없는 것처럼 보인다. 그러나 가령 종이에 적힌 수많은 기호를 대조해가며 맥을 되짚어가다보면 어느새 수수께끼가 풀린다. 그의 생각에, 어차피 암호문은 인간의 손으로 제작된 것이니, 인간이 고안한 체계는 또다른 인간에 의해 해독될 수 있다. 그만큼 복잡하면서도 단순한 것이다! 예전에도 그는 〈버턴스 매거진〉에 같은 주제로 글을 쓴 적이 있다. 당시 몇몇 사람들은 그가 초인적인 분석 능력을 자랑한다고 평가했다. 하지만 그것은 핵심을 이해하지 못한 평가였다. 무엇보다 암호문을 읽어내는 방식 자체가 수수께끼를 푸는 관건인 것이다.

예컨대 어느 날 밤 누군가 암호 해독 체계를 맞춰놓고 다음날 자기가 어떤 원리를 적용했는지 까먹는다 해도, 그 해법은 다른 많은 이들이 손쉽게 얻어낼 수 있다. 같은 이치가 모든 암호문에 그대로 통용된다고 보면 맞다. 암호문의 해법은 산수 문제 풀이보다 어렵지 않다.

해독 불가능한 암호문이란 상상 저 너머에나 존재한다.

그런데 딱 하나 예외적인 경우가 에드거의 뇌리를 스쳤다. 만약 숫자와 기호가 총체적으로 구성된 체계도 아니고, 알파벳에 대응하지도 않는다면 어떻게 해서도 해독할 수 없지 않겠는가! 그 경우, 숫자와 기호는 카오스를 조직화한 형태일 것이다. 처음에는 암호문이 일반 수수께끼와 크게 다르지 않아 보일 수 있다. 하지만 시간을 두고 천천히 접근하다보면, 막강한 지성에 의해 정교하게 구축된 체계임이 드러난다. 에드거는 종이 몇 장에 걸쳐 제시된 기호의 체계를 상상해본다. 몇 날 며칠 그 해독에 매달릴지도 모르는 일이다. 그러면서 갈수록 실패를 거듭하고, 결국에는 끓어오르는 좌절감을 견디지 못해 그 안에 어떤 해독 가능한 체계도 수수께끼도 없다는 결론에 도달하고야 만다.

만약 바깥을 지나는 행인이 열린 창문으로 새어나오는 오랑우탄의 목소리를 우연히 듣는다면, 그것을 전혀 생소한 문화권의 언어처럼 하나의 '카오스적인 암호문'으로 여기게 될 것이다.

최근 단편소설을 쓰는 동안, 에드거는 1839년 가을 매소닉홀에 전시된 오랑우탄 그림들이 자꾸만 머릿속에 떠오른다. 무시무시한 피조물. 그 같은 유인원의 완력은 아마 어마어마할 것이며, 그런 괴력으로 저지를 수 있는 범죄행위는 신문지상을 수놓던 다른 범죄행위의 수준을 훌쩍 뛰어넘을 것이다.

어느 화창한 봄날 아침, 그는 어림잡아두었던 이야기의 결말이 실은 소설의 시작이 되어야 한다는 생각에 도달한다. 범행이 저질러지는 시점에서 이야기가 시작되는 거다. 그러니까 이야기는 수수께끼를 풀기 위한 시도에 발맞춰 진행되어야 한다. 텍스트의 긴장감이 에피소드별로 점점 높아지자 그는 흥분을 감추지 못한다. '호기심의 역설이 아닌가!' 한껏 달아오른 그가 속으로 중얼거린다. 우리가 모르고 있음을 깨달을수록, 무엇을 알고자 하는지조차 모르고 있음을 밝히는 것이 중요해진다.

그는 며칠 동안 환희에 들떠서 글쓰기는 뒷전으로 미뤄둔다. 그리고 마침내 책상에 다시 앉자마자 그야말로 단숨에 소설을 써내려간다.

'범행' 그 자체만 놓고 보면 길게 생각할 것도 없다. 열린 창문으로 유인원 한 마리가 들어온다. 놈은 두 낯선 여자와 맞닥뜨리자 기겁하고 혼비백산해 그들을 죽이고 집안 가구를 망가뜨린다. 그런 다음 창문을 통해 달아나는데, 거칠게 빠져나가다보니 창문이 안쪽에서 저절로 닫혀버린다.

이웃 주민과 경찰이 들이닥치지만, 어찌된 영문인지 당최 알 수가 없다. 문과 창문이 닫혀 있고, 굴뚝도 막혀 있다. 사건 현장은 그야말로 밀실이다. "이해할 수 없고" "불가해하고" "수수께끼 같은" 상황…… 거리 쪽에서는 누군가 "포르투갈어로 떠드는 소리"를 들었고, 또다른 이들은 "프랑스어"였던 것 같다고 한다. 단서들을 재구성하는 작업이 곧바로 시작된다. 분석하고 결론을 도출한다. 눈앞에 펼쳐진 불가사의한 상황을 놓고 경찰이 논리적 체계를 찾아가기 시작하는 것이다.

우리는 과연 무엇을 두려워하는 걸까?

에드거는 이렇게 써내려간다.

……선원이 방안을 들여다보았을 때, 그 끔찍한 짐승은 레스파네 부인의 머리채를 움켜잡고 있었다. 빗질을 하던 중이었는지 머리가 산발이었다. 놈은 이발사의 동작을 흉내내면서 여자의 얼굴 주위로 이리저리 면도날을 휘두르고 있었다. 딸은 바닥에 쓰러진 채 꼼짝 않고 있었다. 기절한 모양이었다. 노부인이 비명을 지르고 발버둥치는 가운데 머리채가 뿌리째 뽑혀나가고, 어쩌면 온순했을지 모를 오랑우탄의 기질은 급격한 광기에 휩싸였다. 놈이 그 억센 팔을 대차게 휘두르자 부인의 머리가 몸통에서 거의 떨어져나갈 지경이 되었다. 피를 본 놈은 더욱 심한 광란의 상태로 빠져들었다. 이빨을 갈고 눈에서 불을 뿜었다. 놈은 이제 젊은 여자에게 달려들어 목에 손톱을 박아넣은 채 숨통이 끊어질 때까지 그러쥐고 있었다. 이리저리 두리번거리던 야수의 시선이 침대 머리 쪽을 향하자, 공포로 굳어진 주인의 얼굴이 순간 눈에 들어왔다.

우발적으로 닥치는 죽음이야말로 우리가 가장 두려워하는 것이 아닐까? 하는 생각에 이르자 그는 갑자기 가슴이 철렁한다. 계획적인 살인 사건은 거리를 두고 보기가 더없이 쉬울 터였고, 모두들

저건 내 얘기가 되진 않을 거라 생각하리라. 반면 모든 논리적 구성을 치명적으로 무너뜨리는 우연한 사건들은 우리 앞에 우뚝 서 있는 부조리한—그리고 포악한—세계를, 미소를 띠우듯 가리켜 보이며 우리의 허를 찌른다. 오랑우탄이 저지르는 광란의 행태가 우리 의식을 옥죄는 이유가 바로 거기에 있다. 상식을 비켜가는 것일수록 우리 자신의 이해력을 의심하게끔 만들기 때문이다.

그렇다면 다음으로 두려운 것은?

격정, 불안, 무덤의 공포……

그는 생각한다, 우리는 오직 냉철한 분석을 거쳐야 엽기적 사건을 받아들이게 된다고. 그 여성들을 상대로 아무 맥락도 없이 저질러진 살해 행위는 너무나 충격적이어서 충분히 주목할 만한 발상이다. 범행의 전모, 그 방법을 밝혀내기 위해 최선을 다할 것이다. 사건 수사에 들어가면 일단 마음은 진정된다. 그러나 본격적인 분석 자체가 난관에 봉착할 운명이라면?

사건 분석을 해줄 주인공의 이름은 C. 오귀스트 뒤팽. 포가 묘사하는 뒤팽은 단순히 범죄의 수수께끼를 풀기만 하는 게 아니라 자신의 분석력을 스스로 뒤엎어버리기도 한다. 경찰서장이 뭔가 복잡한 선후 맥락을 찾느라 여념이 없을 때, 뒤팽은 경찰의 범죄 수사 방법을 아예 제쳐놓는다. 모르그가의 살인 사건의 해결 여부는 범행 동기를 밝히는 일과 무관하다. 범행 현장인 아파트 안에는 파헤쳐야 할 그 어떤 '체계'도 존재하지 않는다. 바로 그 점이 사건 해결의 열쇠다!

이야기의 제목은 「모르그가의 살인 사건」으로 정한다. 이런 작품을 그 누구도 쓴 적이 없다는 것을 그는 잘 알고 있다. 이제부터 이런 장르의 소설을 '논리적 사고의 이야기'라 부를 생각이다.

소설은 〈그레이엄스 매거진〉 4월호에 게재된다. 에드거는 덕분에 고료 11달러를 모처럼 손에 쥔다.

조지 그레이엄과의 일을 그만두자 고정 수입이 더이상 없다. 이젠 집세를 낼 수도 없다.

다시 길을 떠나야 한다.

원래 조지 그레이엄이 〈버턴스 매거진〉을 인수하면서 들인 총비용은 3500달러였다. 당시 정기구독료는 한 부당 1달러. 그곳에 에드거가 기자로 채용되었을 때 총 발행 부수는 5천 부였는데, 1842년 겨울 그가 그만둘 시점에는 4만 부를 훌쩍 상회했다. 그사이 〈그레이엄스 매거진〉은 미국을 대표하는 최고의 잡지 중 하나가 되어 있었다. 조지 그레이엄을 엄청난 부자로 만들어주고, 정작 에드거는 필라델피아에 도착한 날과 마찬가지로 떠나는 날 역시 빈털터리 신세다.

떠날 짐을 챙기면서 그는 혼잣말을 중얼거린다.

"이런 것이 미국에서 작가를 대접하는 방식이지. 말라비틀어질 때까지 우리의 피와 재능을 빨아먹고는 길바닥에 내팽개쳐버리는 거야."

그렇게 그는 깜찍하고 발칙한 필라델피아에서의 생활을 청산했다.

이제 고담*으로 출발이다!

열다섯 살 때부터 그는 뉴욕의 유명한 작가가 되는 게 꿈이었다. 드디어 그 꿈을 이룰 때가 된 것이다, 어떠한 희생을 치르더라도.

* 뉴욕의 별칭.

포

고담

(뉴욕)

머디 고모,

방금 아침식사를 마치고 편지로 이런저런 얘기나 해드리려고 책상 앞에 앉았습니다…… 저희 부부는 월넛스트리트항에 무사히 도착했답니다. 마차꾼이 운임으로 1달러를 요구하기에 제가 싫다고 했어요. 그래서 어쩔 수 없이 짐꾼한테 1센트를 주고 가방들을 열차에 옮겼습니다. 그사이 저는 아내를 데리고 디포 호텔을 둘러보았죠. 여섯시 십오분밖에 되지 않았는데, 기차는 일곱시가 넘어야 출발하더라고요. 〈레저〉와 〈타임스〉를 훑어보았는데 둘 다 신통한 내용은 없었어요. 〈크로니클〉도 심심한 건 마찬가지였고요. 여정은 순조롭게 시작했지만, 도착하고 보니 세시가 다 되었답니다. 뉴욕에서 40마일가량 떨어진 앰보이까지는 열차를 탔고, 그후엔 증기선으로 이동했어요. 아내는 기침을 한 번도 안 했습니다. 부두에 다다랐을 때 갑자기 소나기가 퍼붓더군요. 저는 숙녀용 선실에 짐들을 맡긴 다음 아내를 배 위에 남겨두고 숙소를 찾기 전에 우산부터 구하려고 배에서 내렸지요. 마침 내리자마자 우산 장수를 만났고, 62센트를 주고 우산을 하나 샀습니다. 그러고는 그리니치 스트리트로 가서 단박에 하숙집을 발견했어요. 집세를 흥정한 다음, 아내를 데리러 다시 돌아왔지요. 전부 해서 삼십 분도 걸리지 않았기에, 아내는 그리 빨리 돌아온 저를 보고 놀라더군요. 적어도 한 시간은 걸릴 거라고 생각한 모양이에요. 다른 부인 두 명과 함께 있었기 때문에 혼자 심심하진 않았을 겁니다…… 어제저녁에는 차를 대접받았는데, 얼마나 맛있었는지 아마 상상도 못하실 거예요. 향도 진하고 따뜻하고, 뿐만 아니라 통밀 빵과 치즈, (고급) 과자와 커다란 접시 하나(실은 작은 접시 둘)에 담긴 맛있는 햄 요리, 겹겹이 쌓은 차가운 송아지 고기 슬라이스 두 점, 마지막으로 케이크 세 접시가 나오더군요. 나무랄 데 없이 근사한 저녁이었어요. 이곳에서는 적어도 굶어죽을 걱정은 없겠어요. 하숙집 여주인은 정말 좋은 분입니다. 처음부터 이 집이 아주 편안하게 느껴졌어요. 남편분도 여기 같이 사는데, 넉넉한 풍채에 아주 친절한 어른이십니다. 이곳 하숙인들이 우리 두 사람을 포함해 모두 여덟인가 열 명 되는데 그중 여자는 두세 명이에요. 하숙집 직원은 두 명이고요. 아침식사로는 크림이 많지 않은 따뜻하고 진한 블랙커피와 얇게 썬 송아지 고기와 최고급 햄, 달걀, 부드러운 빵과 버터가 나옵니다. 제 평생 이렇게 근사하고 푸짐한 아침식사를 즐기는 것은 처음이에요. 그 달걀과 고기 슬라이스를 고모가 보셨어야 하는데 말이에요. 저희가 고모 곁을 떠난 이후 그야말로 아침식사다운 아침식사를 해봤어요. 저희 두 사람은 아주 잘 지냅니다. 아내가 얼마나 좋아하는지, 기침도 거의 안 해요. 밤에 식은땀도 안 흘리고요. 저 역시 술을 한 방울도 안 마셔서 그런지 몸 상태가 아주 좋습니다. 앞으로도 조심해야죠. 제가 돈을 좀 모으는 대로 고모께 보내드릴게요. 저희가 얼마나 그리워하는지 모르실 겁니다.

에디

백 년 전만 해도 맨해튼은 새와 인디언, 그리고 네덜란드 출신 주정뱅이 뱃사람 들의 터전이었다. 오늘날 이 대도시 거리에는 삼십만 명 이상의 사람들이 저마다 희망의 눈빛을 반짝이며 쏘다니고 있다. 샌디후크 앞바다에는 정박할 곳을 찾는 유럽발 소형 돛배들이 줄을 잇는다. 아일랜드, 독일, 스칸디나비아반도, 러시아에서 건너온 수많은 이민자들이 선창에 내려서자마자 판자촌을 향해 거리로 쏟아져 들어온다. 일 처리가 깐깐한 임대업자들, 전과 기록이 의심스러운 몽상가들, 그보다 더 의심스러운 야심만만한 한탕주의자들. 돈 없고 고집 센 저들의 낙관주의란 대개 가난과 취기 속에서 흐지부지 맥을 잃고 만다는 것을 에드거는 잘 알고 있다(어쨌든 그들 중 대다수는 능히 그럴 만한 인물들이다). 하지만 그중 일부는 자신들이 머물 일그러진 거리에서 언젠가는 새로운 무엇이 태동하리라는 믿음을 결코 놓지 않는다.

이제 에드거도 그런 이들 중 하나인 셈이다. 드디어 고담에 발을 내디뎠으니 말이다.

그는 아내를 데리러 배로 돌아온다. 부부가 배에서 내릴 때는 비가 그친 상태다. 유럽에서 온 배 한 척이 좀더 멀리 떨어진 곳에 정박중이다.

이민자들이 온갖 종류의 언어로 말을 하며 부두 위를 어슬렁거린다. 구걸하는 사람, 우는 사람, 기도하는 사람. 하나같이 기진맥진한 상태에 불결하기 짝이 없다. 아이가 둘 딸린 어느 가족이 에드거와 버지니아를 부른다. 언뜻 듣기에 스칸디나비아지방의 말 같다. 아이들은 금발이고, 눈동자는 흐릿하다.

에드거는 얼른 버지니아의 팔을 붙잡아 끌어당긴다. 그녀는 아픈 아이들만 보면 대책 없이 마음이 약해진다.

부두를 벗어나 지저분한 거리를 가로질러 두 사람은 이제 브로드웨이를 향해 걷고 있다. (적어도 뉴욕 토박이들에게) 그곳은 세상에서 가장 번화하고 넓은 거리다.

"뉴욕을 사람들이 뭐라고 부르더라? 기회의 도시?" 아내가 묻는다.

"그래, 별명이야 한둘이 아니지."

"꿈의 도시?"

"맞아."

"약속의 땅?"

"응."

"고담? 야망과 몰락의 방앗간?"

에드거는 씩 웃는다. 엄청나게 붐비는 브로드웨이를 둘이 함께 거니는 기분이 무척 좋다. 버지니아가 문득 걸음을 멈추고는 거리 한복판에 의자를 놓고 앉은 어떤 여자를 손으로 가리킨다. 멋진 목걸이를 착용한 여자 주변으로 돼지 한 무리가 진창 속을 뛰어다니고 있다.

"저 암퇘지 봤어요?" 버지니아가 유쾌하게 웃는다.

위스키 냄새를 물씬 풍기는 한 선교사가 그녀의 손을 붙잡고 구원의 설교를 시작하려 한다.

"됐습니다. 난 지옥 갈 거거든요."

버지니아가 대뜸 내뱉더니, 에드거를 쳐다보며 까르르 웃음을 터뜨린다.

주님께선 만물을 내려다보십니다! 그분께선 하늘 아래 모든 걸 다 꿰뚫어보십니다!

펄펄 뛰며 화를 내는 선교사를 따돌리고 두 사람은 거리를 내달린다.

길 위는 인파로 북적인다.

에드거는 아내 쪽으로 몸을 숙여 귀엣말로 속삭인다.

"당신처럼 귀여운 여자가 또 있을까."

몇 시간 동안 두 사람은 거리를 거닐고 호흡하면서, 도시와 사람들 구경에 푹 빠져든다. 신문팔이, 독한 향수를 뿌린 부자, 수녀, 거리의 마술사, 경찰, 야바위꾼, 거만한 가게 주인, 술기운에 얼굴이 잔뜩 부어오른 부랑아들……

바글바글한 사람들 앞에서 그저 어리둥절하다. 그는 사람들이 좋으면서도, 무슨 짓을 할지 몰라 한편으로 두렵고 싫다. 덜컥 욕이 나오다가, 문득 부럽기도 하다. 아무리 구경해도 싫증나지 않는다. 길바닥의 진창과 악취에도 그는 아랑곳하지 않는다. 매춘부의 몸뚱이나 걸인의 불결한 위생 상태도 신경쓰지 않는다. 머릿속이 군중의 존재로 가득 들어차면서, 그로부터 무언가 자양분이 될 만한 것을 끌어내고 싶을 따름이다.

예상과는 달리, 다른 어디보다 이곳에서 그는 안정감이 든다. 뉴욕은 이미 그의 마음속에 일에 대한 열정과 활력을 일깨우고 있었다.

하숙집은 분위기가 엄격하긴 하지만 그런대로 쾌적하다. 침실도 그리 춥지 않다.

그리니치빌리지가 맘에 든다며 행복해하는 아내를 바라보니 에드거도 기쁘기 그지없다. 그녀의 기침이 잦아들고 양볼엔 다시금 화색이 돈다. 그녀의 미소는 그가 아는 최고의 아름다움을 보여준다. 두 사람은 함께 공원 벤치에 앉는다. 에드거는 아내의 손을 가만히 잡고서 언젠가 잡지사를 운영할 거라고 속삭인다. 이곳 뉴욕에서 수많은 작가와 평론가, 기자 들을 만나 사귈 거라고.

그런 에드거를 버지니아는 한껏 칭찬해준다. 기분이 좋아진 그가 아내의 볼을 다정하게 쓰다듬는다. 아내의 얼굴이 발개진다.

에드거는 분명 낙천주의자다.

뉴욕의 거리에는 끊임없이 새로운 신문과 새로운 잡지가 선을 보이며, 도처에서 외치는 소리가 들려온다.

"〈선〉 사세요!"

"〈트리뷴〉 최신호요!"

"〈헤럴드〉요! 〈헤럴드〉! 〈헤럴드〉!"

"〈타임스〉를 읽지 않고 하루도 못 배깁니다!"

담벼락이나 가게 진열창에는 음악회라든가 금주禁酒 모임, 듣도 보도 못한 정치꾼들에 관한 온갖 광고 벽보들이 다닥다닥 붙어 있다.

그는 모자를 푹 눌러쓴 채 한참 도시를 거닌다. 깊은 생각에 잠긴 동안 얼굴을 알아보는 이 때문에 방해받고 싶지가 않다. 그는 걸음을 옮기면서 생각을 굴린다. 북적대며 지나치는 사람들을 유심히 관찰하고 사색한다. 상상의 흐름에 자신을 맡긴다. 그렇게 거니는 사이 여러 발상이 떠오르고, 그는 거리 한 모퉁이에 잠시 멈춰 서서 늘 몸에 지니고 다니는 메모지철을 꺼내 무언가를 끼적인다.

몇 주가 지날 즈음부터 잠을 설치기 시작한다. 그러고 보면 필라델피아는 정말 조용했다. 한데 뉴욕에선 오전 다섯시부터 소음이 일기 시작해 밤낮으로 무자비하게 거리를 휩쓴다. 그리니치 스트리트에서 들려오는 수레바퀴 소리는 도로의 포석들을 일부러 망가뜨리려는 것처럼 요란하기 짝이 없다.

소음이 이마 밑을 파고들어 수레가 흡사 몸안 어딘가를 굴러다니는 느낌에 그는 잠을 자려다가도 소스라쳐 벌떡 일어난다. 처음에는 그리니치빌리지가 꽤 괜찮은 것 같았지만, 이제는 또다시 의문에 휩싸인다. 과연 잘한 일일까?

이불이 다리에 엉긴다. 땀이 나는데 거리에 면한 창문을 열 생각은 추호도 안 든다. 들이치는 공기가 아내의 폐에 좋을 리 없기 때문이다. 에드거는 조심스레 맨다리 한쪽을 이불 밖으로 내밀고 아내 쪽으로 몸을 돌린다. 아내는 눈꺼풀이 파르르 떨릴 뿐 잠이 깨지는 않는다. 이쪽으로 얼굴을 향한 채 모로 누워 잠들어 있다. 얼마나 사랑스러운 여자인가! 그는 손끝으로 부드럽게 그녀의 목 언저리를 쓰다듬는다. 입술을 움직이는 모습이, 마치 살짝 눌러 마음대로 조종할 수 있는 아리따운 기계 인간 같은 느낌이다. 흠칫, 손을 뗀다. 딱하고 어린 아내를 놓고 그런 생각을 하고 싶지는 않다! 그는 벌떡 일어나 부랴부랴 옷을 챙겨 입는다.

일단 거리로 나서자 가슴속에서 부글거리던 감정이 미끄러운 바위를 씻어내리는 파도처럼 한순간 흩어진다. 분노, 불안, 의혹, 격정, 쓰라린 좌절감…… 주여, 정녕 유령처럼 저를 따라다니며 괴롭히는 이 감정들을 떨쳐낼 수는 없나요? 날카로운 칼로 살을 베듯, 밤마다 거듭되는 고통에 잠들기조차 두려워진 이 상태를 벗어날 수는 없는 건가요? 도대체 제 내면에는 무엇이 도사리고 있나요? 매번 눈을 감을 때마다 떠올라 기겁하게 만드는 그것의 정체는 과연 무어란 말인가요?

그게 무언지 에드거 자신도 모른다. 단지 이렇게 말하고 싶을 뿐이다. 그것은 나의 세계일 뿐이라고. 혹시 자격 미달의 양아버지라든가 그의 글솜씨를 제대로 알아보지 못하는 편집자들, 그 밖의 온갖 불우한 상황이 중첩되어 가슴속에 굳어진 앙금 같은 것은 아닐까? 이따금 그는 자신이 살아온 이 세상, 즉 사기꾼과 협잡꾼, 양아치 같은 유력 인사들과 힘없는 노예들, 돈만 많은 멍청이들과 정신의 살해범들이 판치는 이 거짓투성이 세계가 송두리째 가짜라는 느낌이 들곤 한다. 언제라도 무대 위 몽롱한 연기 속에 흔적도 없이 사라져버릴 단순한 허상이라는 생각. 그리고 그 모든 것의 이면에 진정 평온한 세계가 존재하는 것이다. 그는 항상 그곳이 어디 있는지, 어떻게 가닿을 수 있는지 알고 싶었다. 누구든 방향만 가르쳐준다면 길은 얼마든지 혼자서 찾아낼 수 있을 텐데.

'정신 차려, 에드거!' 그는 속으로 중얼거리며 눈을 들어 워싱턴스퀘어를 바라본다.

눈을 들란 말이다!

그나마 다행으로, 아내와 함께 제대로 된 곳에 둥지를 틀었다는 생각이 든다. 아내는 저 위 아늑한 방에서 잠을 자고, 그는 이제 대도시에서 일감을 찾을 것이다. 글을 쓸 것이다. 최근 몇 년 사이 이름을 알리는 데는 성공했다. 비록 비평가로서이지만, 여기저기서 그의 글에 주목하기 시작했다. 명실상부한 작가로서 이름을 각인시킬 때가 드디어 온 것이다.

멋진 층계와 대리석 발코니, 큼직큼직한 창문을 갖춘 근사한 건물들이 워싱턴스퀘어를 에워싸고 있다. 뉴욕의 다른 구역에 비해 이곳이 특히 편안하게 느껴지는 것은 유럽풍의 고풍스럽고도 우아한 분위기가 리치먼드를 연상시키기 때문이다. 불현듯, 공원에 우거진 가죽나무로부터 싸한 향기가 코끝에 와닿는다. 에드거는 잠시 걸음을 멈추고 날개 모양의 잎사귀들과 나뭇가지 사이로 비쳐드는 불빛을 들여다본다.

길모퉁이를 돌아 피프스 스트리트로 접어드는 순간, 작고 소박한 마을에서 기이한 진짜 대도시로 불쑥 건너가는 느낌에 휩싸인다. 아직은 이른 아침, 거리에는 안개가 스멀스멀 퍼져나가고 있다.

한 사내가 눈앞에서 대로를 건넌다. 에드거가 가볍게 인사를 건네지만, 사내는 시선을 피하면서 고개를 숙인 채 걸음을 재촉한다. 우아한 차림새의 남녀가 계단을 내려온다. 에드거는 잠시 그들을 정면으로 마주보는데 남녀는 빠른 걸음으로 지나쳐 가버린다. 또다시 에드거 혼자 바보처럼 길바닥에 인사하는 꼴이 되고 만다.

문득, 낡은 연미복 차림에 시선을 아래로 떨군 남자의 모습이 눈에 들어온다. 에드거 자신의 단편소설 「군중 속의 남자」에 등장하는 그 남자, 뚜렷한 목적 없이 몇 시간이고 런던의 거리를 헤매고 다니는 바로 그 노인이다.

에드거는 머릿속에서 그 이미지를 쫓아낸다.

'단순한 우연의 일치야. 지나는 사람의 인사를 받아줄 여유가 없는 바쁜 뉴욕 시민일 뿐이라고.' 그렇게 생각을 다잡는다. 문득 지난번 들렀을 때의 분주한 거리 풍경이 떠오른다.

그는 젠틀맨이다. 양어머니는 그에게 이렇게 말하곤 했다. "너에게 신사가 되는 법을 가르쳐주마." 그는 모범적인 예절교육을 받았고 교양을 쌓았다. 마음만 먹으면 세련된 품위와 예의를 갖춰 얼마든지 처신할 수 있다. 패니 앨런이 말하기를, 자고로 북부 사람들은 예의범절을 익힌다 해도 진정한 매너에는 결코 이르지 못할 먹통이라 하지 않았던가. 피프스 스트리트를 거슬러오르면서 에드거는 눈을 들고 생각에 잠긴다. 따지고 보면 참으로 유치하면서도 재미있는 단어가 아닌가, "젠틀맨, 젠틀맨……" 노래라도 읊조리듯 낮은 음성으로 그 말을 반복하며 자신을 굽어보던 패니의 얼굴이 눈앞에 떠오른다. 동작이면 동작, 말투면 말투…… 그 밖의 모든 것…… 그렇다, 어린 에드거에게 그 모두를 철저히 주입시켰다. 하지만 영혼의 자세는? 아직 거기까지는 제대로 각인되지 못한 상태라니 새삼 충격이다. 그렇다면 이 도시에서 그에게 하나의 임무가 주어진 셈일 터. 요컨대 이제 그는 양심을 숨긴 두렵고도 대담무쌍한 젠틀맨이어야 한다.

애스터 플레이스에는 각종 언론사들이 다닥다닥 붙어 있다. 바로 그곳에서 일자리를 찾아야 한다. 〈선〉 〈익스프레스〉 〈뉴 미러〉를 비롯해 기세등등한 일간지와 각종 잡지사가 포진해 있다. 거리에서 보면 저 수많은 창문엔 범접할 수 없을 것만 같다. 하지만 사무실에 눌러앉은 편집자들이란 그저 고함이나 질러대는 잔소리꾼에 지나지 않음을 그는 잘 알고 있다. 그 앞에서 결코 주눅들 필요가 없다는 걸 익히 알 만큼, 지금껏 얼마나 여러 번 그 사무실 문들을 노크했던가!

에드거 앨런 포는 젠틀맨이다, 아시겠는가? 적어도 종이 위에서만큼은 그대들보다 훨씬 더 교양 있고, 훨씬 더 펄펄 살아 숨쉰단 말이다!

많은 수의 잔소리꾼들이 글을 읽을 줄 안다. 상당수는 오류 없이 문장 몇 개쯤 쓰는 능력을 갖추었다. 하지만 모리배에게 그 이상을 요구해선 안 된다.

그러니 에드거 앨런 포를 위해 깍듯한 환영의 말이나 준비하란 말이다!

그는 결연한 걸음걸이로 〈선〉 잡지사의 문을 열고 어둑한 계단을 오르기 시작한다. 편집장 매슈스 씨의 사무실 문을 노크하려고 손을 들어올린 순간, 무언가 일이 잘못되었음을 느낀다. 손이 허공에 그대로 멈춰 있다. 그렇다, 그의 내면에서 뭔가가 거부하고 있다. 빌어먹을 문을 노크하고픈 마음이 싹 가셔버렸다. 이봐, 심호흡을 해! 가슴을 활짝 펴라고! 그래봤자 다들 아무것도 아니야! 하지만 그의 손은 문 두드리기를 완강히 거부한다.

어서 두드려, 이 친구야! 주먹을 쥐란 말이야!

바로 옆 사무실에서 마룻바닥에 의자 끌리는 소리가 새어나온다. 고개를 왼쪽으로 돌리자 출입문 가까이 걸린 거울이 눈에 들어온다. 전에는 셔츠가 새하얬는데, 지금은 누렇게 바래 있다. 웃옷은 걸치지 않았다. 셔츠 앞섶이 벌어진 상처처럼 빠끔 열려 있다. 갑자기 그는 매슈스 씨의 사무실 문에서 물러나 계단을 내달리더니, 밖으로 뛰쳐나가 광장을 가로질러 잇닿은 길로 파고든다.

벽돌담 그늘에 이르러서야—아무도 그를 알아볼 수 없을 만한 장소다—그는 호흡을 가다듬는다. 심장이 두방망이질하고 있다. 어릴 적부터 그는 옷차림에 무척이나 주의를 기울이는 편이었다. 심지어 지금처럼 차림새가 낡고 허름할 때에도 신경을 쓰는 것은 여전했다. 가난이 더해갈수록 그런 부분에 신경은 더 예민해졌다. 그런데 오늘 아침엔? 오늘 아침엔 일어나자마자 바지와 셔츠를 꿰어 입고 곧장 밖으로 나섰다. 어쩐 일인지 웃옷도 머플러도 걸치지 않은 채였다.

이런 멍청이! 도대체 어쩐 일인가? 전에는 한 번도 이런 적이 없었는데 어떻게 옷 입는 걸 까먹을 수 있나? 웃옷도 머플러도 없이…… 어디 그것뿐인가? 양손으로 눈을 가린 채 그는 잠시 그대로 서 있다. 아까 거울에 비친 자신의 셔츠가 자꾸 떠오른다.

이대로 편집장 사무실에 들어가 자신에 대해, 자신이 써내는 글에 대해 떠들어댔다면…… 생각만 해도 끔찍하다! 어엿한 편집장 겸 작가가 될 기회는 그 즉시 물거품이 되고 말았을 것이다. 그런 불상사가 일어난 다음에는 아무도 그를 진지하게 대하지 않을 것이다. 낡고 더러운 셔츠 바람으로 편집장 앞에서 자신의 장점을 어필하려 애쓰는 에드거 앨런 포라는 인간의 처참한 모습이라니! 어쨌든 아무 일도 일어나지 않았다는 걸 위안으로 삼으면서 그는 그리니치빌리지로 걸음을 돌린다. 이럴 때 딱 한 잔이면 기분이 좀 나아질 거라 생각하면서도 그는 선술집 앞을 빠르게 지나친다. 머리를 꼿꼿이 들고 하숙집을 향해 뛰어간다.

아내는 잠옷 차림으로 창가에 서 있다.

"저 희한하게 생긴 나무 이름이 뭐죠?" 방에 막 들어서는 에드거에게 그녀가 묻는다. 그녀의 이마에 키스하며 에드거가 속삭인다.

"당신 열이 나잖아?"

"난 괜찮아요. 여기 전망이 아주 맘에 들어요."

"음, 멋지군."

"그리니치빌리지는 정말 예쁘네요."

"조용하고 참 근사하지."

"일자리는 구했어요?"

"그러잖아도 방금 좋은 아이디어가 떠올랐어."

"기삿감으로요?"

"응, 여보. 아무래도 나 뉴욕에서 곧 유명해질 것 같아."

사실 뉴욕에 가는 것을 주위에선 여러 차례 만류했었다. 너새니얼 파커는 그곳이야말로 전국에서 가장 정체된 문학 집판장이라고 편지를 써 보낸 적이 있다. 그러고 보니 언제인가 호러스 그릴리가 이렇게 말한 적도 있는 것 같다. 뉴욕에는 산문이든 시든 제법 쓸 줄 아는 작가가 수천이나 되지만, 그중 글을 써서 입에 풀칠하는 사람은 오십여 명에 불과하다고.

하긴 에드거의 입장에서야 걱정할 일이 무엇이겠는가. 워낙 탁월하고 독창적인 재능의 소유자가 아닌가.

뉴욕은 가능성의 도시다. 이곳의 유력 편집자들과 어떻게든 접촉해서 그들에게 소설과 산문을 선보이겠다는 그의 결심은 단호하기만 하다. 그러려면 일단 자신을 알려야 한다는 것 또한 이제 그는 잘 알고 있다. 아직 발명되지 않은 기계에 관한 기상천외한 기사를 하나 쓸 생각이다. 물론 그에 관한 정보는 전무하다. 열기구와 관련한 허무맹랑한 상상이 있을 뿐이다. 기사가 게재되고 나면 작성자의 정체를 궁금해하지 않을 편집자는 이 도시에 단 한 명도 없을 것이다.

신문 일면이 벌써부터 머릿속에 그려진다.

충격 소식

노퍽 경유 쾌속 여행

단 사흘 만에 대서양 횡단

멍크 메이슨 씨가 발명한 비행기구의 놀라운 성취!!!

기사 바로 옆에는 어마어마한 크기의 열기구 그림이 실려 있다.

'기발한 생각이야!' 에드거는 속으로 중얼거린다.

그는 즉시 기사를 쓰기 시작한다. 하지만 일을 끝내기도 전에 배달된 편지 한 통이 그의 집중력을 완전히 허물어뜨린다.

포

오랑우탄

(뉴욕)

봉투 겉면에는 그의 이름이 서툰 필체의 대문자로 적혀 있다. 그는 봉투를 뜯는다. 내용물을 읽는 동안 손이 부들부들 떨린다.

불가해한 범죄
정체불명의 '잔혹한 손'에
두 여성이 살해당하다
에번 올슨 작성

또다시 뉴욕에서 도저히 사실로 받아들이기 힘든 사건이 발생했다. 잔혹성과 발생 경위로 볼 때 워낙 야만적인 사건이라 미풍양속 차원에서 그냥 덮고 지나가, 기억 속에서 아예 지워버리는 것이 나았을지도 모른다. 하지만 유감스럽게도 그럴 수는 없다. 우리 주변에서 자행된 범죄를 대중에게 알리는 일이야말로 기자의 본분이기 때문이다. 더군다나 어제저녁 크리스티 스트리트 55번지에서 두 여성을 상대로 벌어진 범행은 그 둘뿐만 아니라 우리 모두가 희생자가 될 수 있었던 사건이기에 더욱 그렇다.

제아무리 단련된 경찰도 어제저녁 현장에 펼쳐진 상황 앞에서는 아연실색하지 않을 수 없었다. 이스트 브로드웨이 경찰서 톰 맥닐 반장은 여러 차례 이렇게 외쳤다. "이럴 수가! 이럴 수가!……"

다른 경찰들은 보다 격한 반응을 보였다.

지금 이 기사를 쓰는 필자는 사실 사건 발생 바로 전날 희생자인 두 여성과—모녀 관계인 두 사람 모두 교양 있고 아름다운 여성이었다—인터뷰를 진행했었다. 당시 나눴던 대화는 어쩌면 사건의 핵심과 모종의 관계가 있을지도 모를 내용이다.

전후 사정

주의깊은 독자라면 얼마 전 시내의 한 공동묘지에서 벌어진 일에 대한 필자의 기사를 기억하고 있을 것이다. 생긴 지 얼마 되지 않은 한 무덤에서 친구 조 설리번과 내가 발견한 젊은 여성에 관한 이야기 말이다. 당시 그 여성이 몸에 어떤 상해를 입었는지를 〈선〉의 애독자에게는 굳이 상기시킬 필요가 없을 것이다. 그때 교회지기가 관리실 문 아래 끼워져 있는 걸 발견했다며 건넨 암호화된 종이쪽지를 나는 발굴 작업을 둘러싼 소란의 와중에 어디다 두었는지 까마득히 잊고 있었다. 그러다 몇 주 후,

문제의 그 쪽지를 우연히 다시 보게 된 나는 평소 뉴욕의 수많은 잡지와 신문을 열심히 읽는 아내 메리 앤에게 종이에 휘갈겨 적힌 알 수 없는 숫자들을 좀 살펴봐달라고 청했다.

“여보, 이게 뭐라고 생각해?” 나는 아내에게 쪽지를 건네며 물었다.

아내는 쪽지를 흘끔 보더니 “암호문이네요” 하고 대답했다.

나는 어안이 벙벙해져서 중얼거렸다.

“그러게……”

아내는 캐서린 스트리트의 독일 제과점에서 만든 내가 제일 좋아하는 과자를 찻주전자와 함께 탁자에 차려놓았다.

암호문은 아내가 정기 구독하는 잡지에 제시된 간단한 방법으로 생각보다 쉽게 풀렸다.

암호문은 언뜻 무척 기괴하면서도 완벽한 일관성을 보이고 있다.

10-30-20-7-20-6-7-22-16-31-?-12-3-12-7-9-10-30-20-7-20-6-7-22--17-9-10-3-20-10-30-20- -22-6-7-14-7-16-9-7-14-7-16-9-7-14-7-16-9-16-11-15-3-16-9-7-15-11-16-23-22-22-7-20-11- -15-3-16-9-7-22-11-15-7-20-11-15-3-16-9-7-6-3- -

9-7-20-10-3-20-12-7-9-10-30-20-22-6-7-22-14 11-13-7-24-7-14-22-17-20-6-7-12-7-9-11- -13-13-7-31-22-11-14-9-11-15-7-9-6-7-22-7-14-7-19-11-9-7-24-20-3-13-10-7-9-7--20-!-10- -

7-9-22-17-29-6-7-11-13-13-7-21-11-6-7-22-!-24-11-13-20-22-14-3-9-22-13-7-16-16-- 7-14-7-24-7-16-6-7-11-9-20-3-24-7-16-!-

들려?—응, 들려—실은 오래전부터 들렸어—오래전부터—매분, 매시간, 매일같이 그 소리가 들렸지—하지만 감히 내 입으로는—오, 이 가련한 낙오자를 용서해줘! 감히 내 입으로는—감히 내 입으로는 말할 수 없었어! 우리가 그 여자를 산 채로 무덤에 묻었다는 걸!

거듭해서 쪽지를 읽는 동안, 범행이 시간적으로 면밀하게 계산되어 저질러졌다는 생각이 들었다. 일련의 사태가 제각각 꼬리를 물고 벌어졌던 것이다. 요컨대 무덤 발굴 자체가 이 암호문과 떼려야 뗄 수 없는 관계에 있다. 살인자는 텍스트를 손에 넣어 암호문으로 만들었으며, 여성을 결박해 고문한 다음 무덤에 매장해버렸다. 가엾은 여성은 결국 주도면밀한 계획에 따라 살해당한 것이다. 이상이 내가 파악한 사건의 전모다.

그리고 정확히 일주일 전, 나의 예상은 사실로 확인되었다.

〈선〉에 실린 경고문

사무실에서 일하던 중 내게 봉투 하나가 배달되었다. 내용은 전체가 대문자로 적혀 있었는데, 암호문과 거의 흡사한 필체였다.

암호를 풀어보시라

소녀의 모가지가 부러지기 전에

주목!

M. 스트리트의 야수는

가만있지 않는다

55번지 묘지 근처 거리에서
불한당에 야만인 노릇을 한다
암호를 풀어보시라

화이트 스트리트의 경찰서 방향으로 브로드웨이를 부랴부랴 거슬러오르는 동안 나는 위의 글귀를 끊임없이 되뇌고 있었다. 내 생각에, 그 자체가 은밀한 메시지를 담은 암호임이 분명했다. 문제는 암호 작성자가 왜 하필 〈선〉의 기자에게 그 메시지를 전하려고 했는가였다.

내 친구이자 경찰인 조 설리번과 함께 암호문을 거듭 읽고 난 뒤, 우리는 다음과 같은 결론에 도달했다. 일단 묘지 근처 55번지가 어디쯤인지부터 찾아내야, 향후에 예견되는 범죄의 가능성을 차단할 수 있을 것이라고.

〈선〉의 독자라면 다들 알다시피 뉴욕에는 무수한 공동묘지가 있으며 그중 특정 묘지의 위치를 알려줄 만큼 완벽한 지도는 아직 존재하지 않는 실정이다. 1832년 콜레라가 창궐한 이후, 도시의 이곳저곳이 묘터로 바뀌었다. 요컨대 현재 기자와 경찰관 앞에 놓인 일이란 결코 만만하지 않다.

딜랜시 스트리트와 크리스티 스트리트 사이의 침례교회 가까운 곳에서 우리는 결국 55번지를 찾아냈다. 곤한 잠에 빠져든 그곳 건물 주민들에게는 만일의 사태에 대비토록 미리 경고했다. 그중 나중에 끔찍한 운명을 맞게 될 두 여성과도 바로 그때 이야기할 기회가 있었다. 그 당시 우리가 달리 어쩔 수 있었겠는가? 그나마 내 친구 조 설리번은 열정적인 경찰이기에 일단 건물 주위에서 잠복하기로 결정했다. 문제는 우리가 받은 편지에 범행 장소 및 시간과 관련한 이렇다 할 언급이 없다는 점이었다. 게다가 누구한테서 온 것인지도 모르는 한낱 종잇장을 뉴욕 경찰이라는 사람이 과연 진지하게 받아들일 수 있었겠는가 말이다! 아니나 다를까, 다음날 설리번 씨는 다른 업무 때문에 자리를 뜨고 말았다. 그리고 바로 그날 밤, 살인 사건이 일어났다.

크리스티 스트리트의 살인 사건

우리가 도착했을 때 아파트에는 이미 경찰들이 들이닥쳐 증거를 수집하고 이웃 주민들을 상대로 탐문 수사를 벌이고 있었다.

실내는 말 그대로 뒤죽박죽이었고 가구들은 산산이 부서진 상태였다. 마룻바닥에는 돈이 흩어져 있었다. 의자마다 머리털 뭉치와 그을음이 뒤덮여 있었다. 굴뚝 속에서 젊은 여성을 발견한 건 설리번 씨였다. 여자는 두 발목에 밧줄이 묶인 채로 매달려 있었다. 그렇게 질식한 것이 분명했다. 경찰들이 시체를 바닥으로 끌어내렸을 때, 나는 그 얼굴에 눈길이 갔다. 그을음 밑으로, 이틀 전 계단에서 얘기를 나누었던 여성의 얼굴을 알아볼 수 있었다. 두 눈이 새카만 먼지로 덮여 있는데, 검시관이 조심스럽게 한쪽 눈꺼풀을 들추자 검댕 가루가 우수수 떨어졌다. 그녀의 어머니는 길거리에 나동그라진 채로 발견되었다. 목이 베이고 얼굴은 갈기갈기 뜯겨나간 상태였다. 입고 있던 잠옷이 벗겨져 실오라기 하나 걸치지 않은 채였다. 그녀의 하반신 역시 그을음

투성이였다. 경찰 두 명이 몸을 들어올리자 간당간당 매달려 있던 머리통이 뚝 떨어져 굴렀다.

두 사람 중 어머니의 살해에 대한 설리번 씨의 의견은 간명했다.

"놈이 저 위에서 내던졌구먼."

수사중 그녀의 입안에서 정체불명의 헝겊이 발견되었다. 똑같은 헝겊 조각이 딸의 입안에서도 발견되었다. 두 뭉치의 천조각 모두 마취제 성분의 용액에 흠뻑 적셔진 게 분명했다.

제법 단련된 경찰들까지도 이번 사건에 적잖이 충격을 받은 듯했다. 아파트 내부의 공기만 해도 숨이 막힐 지경이었다.

사건의 모든 것이 수수께끼다. 범인이 아파트 안으로 어떻게 들어왔는지, 그리고 어떻게 나갔는지 아무도 모른다. 문은 내부에서 잠겨 있었다. 사태가 심상치 않다고 판단한 경찰이 발길질을 해서 문을 열어야 했다. 창문들도 모두 걸쇠로 잠긴 상태였다. '야수'가 굴뚝을 통해 빠져나갔을 거라는 가설은 제기되자마자 곧장 폐기되었다. 굴뚝 통로를 보다 자세히 조사한 결과, 성인 남성이 드나들기에는 너무 좁다는 결론이 나온 것이다. 게다가 집안 도처에 묻어난 검댕 자국으로 미루어, 범인이 여성의 몸을 굴뚝 아래에서 쑤셔박아 통로를 막았다고밖에는 볼 수 없었다. 이상의 모든 점을 종합해보건대 사건은 몹시 당혹스러운 양상으로 전개되었다. 범행 자체는 무척이나 잔혹하고 야만스러운 반면, 아주 지능적인 범인이 지극히 냉정하게 계산해 벌인 사건처럼 여겨지니 말이다.

지금으로서는 뉴욕시 경찰 당국도 속수무책으로, 증인이 아무도 나서지 않고 있다. 물론 밤새 이웃 주민들 귀에 떠들썩한 소리가 들리긴 했으나, 건물을 드나드는 범인을 목격한 사람은 아무도 없었다.

도대체 범인은 어떻게 현장을 빠져나갔을까?

범행 동기는 과연 무엇일까? 두 여성의 귀중품이나 돈은 왜 가져가지 않았을까?

보다시피, 뉴욕을 발칵 뒤집어놓은 이 사건에는 영문 모를 수수께끼가 한둘이 아니다.

사건은 해결되지 않았다

나는 두 여성을 생각하며 뜬눈으로 밤을 새웠다. 그 결과, 크리스티 스트리트의 살인 사건이 무고한 두 여성을 일부러 해칠 의도로 저질러졌다기보다, 범인이 무언가를 보여주는 과정에서 두 여성이 희생되었을 거라는 결론에 도달했다. 하지만 나로선 이와 관련한 '미스터리'를 속 시원히 꿰뚫거나 새로운 시각으로 바라볼 형편이 아직 못 된다. 다만 내 머릿속을 떠나지 않는 단 하나의 단서가 있으니, 그건 바로 이 기분 나쁜 문장이다. **불한당에 야만인 노릇을 한다.**

신문사로 돌아가는 길에 나는 희생자들의 이웃 두 명이 나누는 대화를 우연히 엿들을 수 있었다.

보아하니 그 건물 세입자들 다수가 사건 당일 사람 목소리를 들었던 모양이다. 그중 한 명이 그건 분명 프랑스어를 말하는 남자 목소리였다고 했다. 그런가 하면 두 여성의 집 바로 위층 세입자 부부는 그게 이탈리아어였다고 했다. 또다른 세입자는 외국어이긴 한데 러시아어 같았다고 얘기했다. 독자 여러분, 이상이 아직까지 해결의 기미가 보이지 않는, 그야말로 백주대낮의 악몽과도 같은 사건의 전모다.

기사를 다 읽자마자 에드거는 이상하게 전신의 맥이 풀려나가는 느낌이다. 의식이 더이상 버텨낼 힘을 잃고 내부에서 저절로 허물어지는 듯하다. 그는 창가에 서서 공원을 바라본다. 그런데 사지가 너무 무거워서, 두 손으로 창틀을 단단히 붙잡고 버텨야 겨우 서 있을 수가 있다.

그는 소파에 길게 누워 선잠에 빠져든다. 지붕들 사이로 커다란 선박이 미끄러지듯 쉭 지나가는 소리에 머리가 띵해진다. 날이 어둑해지고서야 그는 소파에서 일어난다. 주방에서 진한 홍차를 마신다.

기사문을 대체 누가 보냈는지, 왜 자신의 정체를 드러내길 꺼리는지, 궁금증이 떨쳐지지 않는다. 그에게 이름을 감출 만한 사람이 과연 누구일까? 이름을 알면 해코지라도 당할까봐 겁내고 있단 뜻일까? 왜 겁을 내는 거지?

그러고 보면 에드거 앨런 포라는 이름 역시 가짜가 아닐까? 그가 어쨌든 부모인 데이비드와 엘리자를 잘 안다고 할 수는 없는 일 아닌가. 그럼에도 불구하고 그는 포라는 성을 간직하고 있다. 양부모의 성은 솔직히 그리 탐탁지가 않다. 앨런이란 성은 왠지 퇴폐적으로 느껴진다. 그래서 성명을 댈 때 종종 그 성을 생략한다. 하지만 곧바로 그 혐오스러운 중간 성을 슬그머니 집어넣는다. 아마도 '앨런'이란 성을 존중하게 된 것인지도 모른다. 상속과 무역, 수상쩍은 인맥을 통해 존 앨런이 쌓아온 재력을 내심 은근히 자랑스러워하게 되었는지도. 비록 당당함을 지키겠다며 과감히 포기해버린 양아버지의 재산이지만 말이다.

그러니 그가 가진 성 어느 것도 진짜라고 할 수 없는 것 아닐까?

그는 신문을 이리저리 들춰본다. 누군가 그에게 이 기사문을 보내왔다. 어쩌면 에드거 자신의 상상력이 어떤 결실로 이어지는지 스스로 확인해보라는 뜻일지도 모른다. 이는 곧 문제의 기사를 읽는 사람들 또한 소설과의 유사점을 알아보지 않겠느냐는 뜻일 거다.

문학 살롱마다 사람들이 이 기사에 대해 이야기를 주고받는 장면이 떠오른다. 찻잔과 과자를 앞에 놓고 다들 비겁하게 수군거리는 가운데 이따금 에드거의 이름이 입에 오르내린다. 정녕 이곳 사람들 모두가 쑥덕거릴 만큼 사건과 소설 내용이 흡사하단 말인가?

불쾌감이 치밀어오른 나머지, 그는 턱이 아플 정도로 양쪽 어금니를 앙다문다.

혹시 그리스월드가 보낸 걸까? 그가 펴낸 시평론집부터가 에드거에게는 상상할 수 있는 가장 모욕적인 도발이 아니었던가! 그의 시를 단 세 편만 싣다니, 그런 횡포를 버젓이 저지르는 걸 보면 여간 개망나니가 아닐 것이다. 그럴 바엔 차라리 한 편도 싣지 않는 것이 낫지 않은가. 그런 식으로 몇 편 추려냄으로써 그리스월드는 에드거를 소위 '롱펠로류類'의 발뒤꿈치에도 못 미칠 '그저 그런'

글쟁이 취급을 한 것이 아닌가! 그것이 모욕임을 깨닫고 분을 삭이는 데만 몇 주를 흘려보냈다. 이제는 그 일을 생각할 때마다 비명이라도 내지르고 싶어진다. 그리스월드가 시를 골라 실으며 덧붙인 평론에는 시큰둥한 태도가 어찌나 노골적으로 내비치는지, 단단히 작정하고 썼다고 생각할 수밖에 없다. 그 놀랄 만큼 사악한 저의에 에드거는 적잖은 충격을 받은 상태다……

'그리스월드, 이 인간이 대체 뭘 바라는 거지?' 에드거는 속으로 중얼거린다. 사람을 완전히 거꾸러뜨리겠다는 건가? 무명의 늪에 빠뜨려 맥을 못 추게 해서 인간 버섯처럼 곰팡 슬게 만들겠다는 뜻인가? 왕성한 언론인의 필력으로 한 사람의 이름에 회복 불가능한 먹칠을 해 작가로서 우뚝 설 기회를 영영 박탈해버릴 심산인가? 에드거의 생각에는 그 모두가 아주 그럴듯한 가정으로 보인다. 다만 그놈의 목사가 왜 그런 뜻을 품었는지 도무지 동기를 알 수 없다. 에드거는 시평론집을 이리저리 들춘다. 가벼우면서 잔뜩 멋부린 문체의 평론을 주욱 한번 훑어본다. 잠시 후 정리된 생각은 이렇다. 발신자를 표기하지 않고 편지를 보내는 것은 그리스월드다운 행동이 아니다. 그의 주특기는 당사자가 미처 깨닫지도 못하는 사이 엿을 먹이는 것이다. 졸지에 털이 뽑힌 거위 새끼처럼, 희생자는 눈썹 하나 깜빡거리지 못한 채 당하고 만다. 그게 바로 그자의 스타일이다. 그는 한 마리 악랄한 오소리다.

다시 기사문을 읽어본다. 루퍼스 그리스월드가 보낸 것이 아닐지도 모른다는 생각에 불안감이 훨씬 가중되는 느낌이다. 그렇다면 누구 소행인가? 대체 무슨 의도로? 그냥 괴롭히기 위해서? 뉴욕에서 두 여자가 살해당한 일을 굳이 그에게 알릴 필요가 무엇인가?

며칠 후 그는 기사문을 다시 꺼내 읽어보다가 극도의 흥분 상태에 빠져 갈기갈기 찢어버린다. 그러더니 추측의 여지를 아예 말살해버린 자신의 행동을 곧바로 후회한다.

종잇조각을 내던진 뒤, 그는 아이처럼 인상을 찌푸리며 두 눈을 꽉 감아버린다. 여태 우연의 일치를 믿어본 적이 한 번도 없다. 이 일은 분명 우연히 벌어진 게 아닐 것이다. 어느 정신 나간 자가 그의 소설을 읽은 것이다. 머릿속 밑바닥에서부터 웅웅거리는 소리가 올라온다. 지평선을 넘어 점점 다가오는 기차 소리 같다. 시시각각 증기기관차의 소음이 뚜렷해진다. 머지않아 그는 엄청난 굉음의 소용돌이에 휩싸일 것이다. 그렇다. 그렇다. 그렇다. 난 알고 있다…… 하지만 알고 싶지 않다. 잊어야 한다. 더는 생각하지 말아야 한다.

문학과 현실, 어느 것이 먼저인가? 살인과 그 살인의 묘사, 어느 것이 우선인가? 공포인가, 문장인가?

탈출구가 없다.

그리스월드

범인은?

(뉴욕)

어느 날 오후, 〈선〉의 약간 통통하고 쾌활한 기자가 루퍼스 그리스월드를 찾아온다. 방문객은 문 앞에 멀뚱히 선 채 금빛 콧수염을 만지작거리면서 상대를 훑어본다. 용건 자체가 꺼림한 태도다.

"루퍼스 그리스월드 씨?"

"그렇소."

"저는 에번 올슨이라고 합니다. 몇 가지 여쭤볼 것이 있는데 시간 좀 내주시겠습니까? 그리 오래 걸리진 않을 겁니다."

"지금 좀 바쁜데요……"

"저로선 워낙 중요한 일이라 꼭 좀 시간을 내주셨으면 합니다."

"아주 잠깐이면 되겠소?"

"오래 걸리진 않을 겁니다."

"무슨 일입니까?"

"에드거 앨런 포라는 작가에 관해 질문할 것이 있습니다."

"포?"

루퍼스는 곧장 기자를 안으로 들인다.

"먼저 응접실로 가 계십시오. 저도 곧 가겠습니다."

두 사람이 각자 레모네이드 잔을 들고 응접실에 마주앉자, 스칸디나비아인 기자는 빙긋이 웃는 얼굴로 가져온 종이 몇 장을 뒤적이기 시작한다. 그것들을 골똘히 들여다보던 그의 눈동자에 점점 난감한 빛이 서린다. 가만 보니, 기자 중에서도 비교적 경우가 바른 타입이라는 생각이 든다. 루퍼스는 이제 제법 품위 있는 인사의 반열에 오른 만큼, 상대의 거듭되는 우스꽝스러운 태도에 토를 달지 않으려고 조심한다. 그렇다고 용건을 상기시킬 요량으로 헛기침을 하는 것까지 자제하는 건 아니지만.

"이런…… 이런……" 손님이 중얼거린다.

"내가 무엇을 도와드리면 되겠소?"

"아, 네…… 다름이 아니라…… 약간 민감한 문제인데요……"

"약간이라니 다행이군요. 지나치게 민감한 문제라면, 그 의자에 앉아 계실 수 없을 테니 말입니다."

기자가 웃어젖히는 통에 잔 속의 레모네이드가 찰랑거린다.

"아닙니다, 그건 물론 아니고요……" 그는 콧수염을 문지르면서 대꾸한다. "단도직입적으로 말씀드리겠습니다, 그리스월드 씨."

"얼마든지요……" 루퍼스는 고개를 끄덕이고는 기다린다.

"지난번 출간하신 미국 시평론집을 아주 흥미롭게 읽었습니다.

대단한 작업이더군요. 정말 놀랍습니다. 그런데 말입니다, 그리스월드 씨, 아시다시피 제가 〈선〉 기자로 일하다보니 얼마 전 우연히 어떤 끔찍한 살인 사건을 취재하게 되었지 뭡니까. 그와 관련해 에드거 앨런 포라는 작가의 이름이 오르내리던데요. 자, 여기 기사를 좀 보십시오."

올슨은 둘 사이의 탁자 위에 신문을 펼쳐놓는다. '공동묘지에서 끔찍한 시신 발견'이라는 제목이 단번에 시선을 끈다.

루퍼스는 눈을 들어 기자를 쳐다본다.

"그 끔찍한 사건은 기억합니다. 하지만 다행히도 그 당시 포라는 이름이 직접 거론되진 않았는데요?"

"맞습니다. 바로 그래서 이 문제가 민감하다는 겁니다, 그리스월드 씨. 이곳 뉴욕에서 또다른 잔혹한 살인 사건이 벌어졌거든요. 이번에는 크리스티 스트리트 어느 아파트가 범행 장소였습니다. 물론 이 사건을 포 씨와 직접적으로 연결시킬 만한 점은 전혀 없습니다. 공동묘지 사건이 발생했을 당시 그는 필라델피아에 있었죠. 뉴욕 경찰 당국에서도 그가 사건에 연루되었다고 주장하는 사람은 하나도 없고요. 그런데도 저는 무언가 께름칙합니다…… 우선 이 사건들이 아직 만족스러운 해답을 찾지 못했기 때문이겠죠. 제가 관심 있는 건 범죄의 형태입니다. 좀더 적절한 어휘를 쓰지 못하는 점을 이해해주십시오, 그리스월드 씨. 선생님 같은 문인이라면 저의 서툰 표현쯤은 충분히 양해해주실 거라 생각합니다. 저도 글로 쓰면 이보단 훨씬 나은데 말이죠."

"아뇨, 아주 좋은 표현입니다, 올슨 씨." 루퍼스는 상대 쪽으로 몸을 기울이며 낮게 말한다. "계속하시죠."

"음, 그러죠. 크리스티 스트리트에서 발생한 사건에는 포 씨의 소설에 묘사된 사건과 완벽히 일치하는, 뭐랄까, 일련의 특징이 상당수 있단 말입니다."

루퍼스는 입을 열었지만 혀가 바짝 말라 한마디도 뱉어낼 수가 없다. 그저 올슨이 계속 얘기를 이어가도록 고개만 끄덕이며 레모네이드를 마실 뿐이다.

"다름아니라 「모르그가의 살인 사건」이란 작품 말입니다. 그 작품을 아시죠?"

"그야 물론이죠."

"수사관들과 그 문제를 두고 장시간 이야기했지만, 둘 사이의 유사성이 단순한 우연의 일치가 아니라는 걸 납득시키기엔 제가 역부족이었습니다. 다들 저더러 '가설만 늘어놓는다'고 하더군요. 원래 경찰들은 좀 유별난 사람들이죠, 그리스월드 씨. 사정이 이렇다보니, 께름칙한 기분이 가시지 않는 겁니다."

"이해할 만합니다."

기자는 다소 위안을 받았는지 한숨을 내쉰다. 그는 레모네이드를 한 모금 길게 들이켜더니 목을 긁는 걸쭉한 소리와 함께 잔을 탁자에 내려놓고는 입가의 수염을 쓱 훔친다.

"저를 이해해주실 줄 알았습니다."

"물론입니다, 물론이고말고요. 어떤 점들이 유사한지 말씀해보세요."

"정말 놀라운 건 말입니다," 올슨이 얘기를 이어간다. "이건 우리 수사관들도 다 동의한 건데요, 사건 현장이 포 씨의 소설에 묘사된 장면과 그야말로 구두점 하나 틀리지 않고 똑같더라는 겁니다! 젊은 여자는 굴뚝 통로 속에 거꾸로 처박혀 있고, 나이든 여자는 온몸이 난자당한 채 창밖으로 내던져져 있습니다. 가구들은 엎어져 있고, 창문과 출입문은 안쪽에서 잠겨 있고 말이죠."

"아, 그래요?"

"끔찍한 광경이었어요! 소설을 읽어보셨으니, 제가 어떤 상황을 이야기하는지 잘 아실 겁니다. 한데 께름칙했던 점이 바로 이거예요. 이런 일을 우연의 일치로 받아들이기가 저로서는 힘든 겁니다. 작가가 이 일에 연루되었다는 증거가 없다는 사실은 인정합니다. 하지만 이 문제에서 경찰이 무언가를 놓치고 있다는 생각이 자꾸 들거든요. 문학작품을 미개한 방식으로 읽고 받아들이는 사람이 어딘가에 존재한다는 생각을 떨칠 수가 없습니다. 이를테면, 이유는 모르지만, 포의 소설을 그대로 모방해 자기 자신의 범행 모델로 삼는 사람 말입니다."

둘은 잠시 서로를 빤히 쳐다본다. 골똘히 생각에 잠긴 기자의 어두운 눈빛을 보니 살해당한 두 여자를 떠올리고 있는 게 분명하다. 루퍼스는 현기증을 느낀다. 일어서면서 의자를 짚어야 할 정도다.

그는 솔직하게 이야기해준 것에 대해 새삼 고마움을 표하며 손님을 배웅하고는 문을 닫아건다. 머리가 몹시 혼란스럽다. 눈에 눈물이 차오른다.

포란 대체 어떤 인간인가?

그의 죄는 무엇인가?

'우린 모두 죄인이야.' 그는 속으로 나직이 중얼거린다. '우린 모두 심판받을 거라고. 주님 앞에서 모두 머리를 조아리게 될 거야.'

'하지만 포는 우리 모두보다 더 큰 죄인이야.'

포

굴 요리

(뉴욕)

레스토랑 테이블, 에드거가 앉은 자리에 굴 요리와 햄 샌드위치, 수란이 놓여 있다. 루퍼스 그리스월드는 크리스티 스트리트 살인 사건에 대해 열을 내며 이야기하고 있다. 눈을 휘둥그레 뜨고 손을 흔들어대는 모습이 사이비 목사 같다. 에드거는 굴 요리를 곁눈질하고 있다. 그리스월드는 손가락을 꼼지락거리면서 에드거의 표정을 유심히 살핀다. 그는 두 여자의 시체와 경찰이 하고 있는 일, 언론 기사, 성 바울의 훈계에 대해 이야기한다. 목소리가 부들부들 떨리고, 고조되었다 누그러지고, 조곤조곤 속삭이다가 불시에 몰아친다. "이런 천인공노할 일이 있나! 가엾은 사람들 같으니!……" 그러다 거의 하소연이나 다름없는 말투로 묻는다.

"그러니 이를 어찌 생각해야 합니까?"

에드거는 그저 굴 요리만 흘끔거릴 따름이다.

그는 지금 뉴욕에서 많이 읽히는 작가 중 한 명이 되어 있다. 연극 평론과 시, 잡다한 기사, 단편소설이 각종 신문과 잡지에 실린다. 그럼에도 그는 늘 허기지고 빚은 해소할 길이 없다. 천장에서 떨어지는 혼탁한 불빛이 그리스월드의 이마에 내려앉는다. 양쪽 눈썹 사이에 주름 한 줄이 깊이 패어 있다. 전에는 에드거의 눈에 한 번도 띈 적 없던 주름이다. 필경 오랜 숙고의 흔적일 터. 그리스월드가 성 바울의 말을 인용한다.

"'그러므로 거짓말을 하지 말고 이웃에게 진실을 말하십시오. 우리는 서로 한몸의 지체들입니다. 화나는 일이 있더라도 죄를 짓지 마십시오. 해 질 때까지 화를 풀지 않으면 안 됩니다. 악마에게 발붙일 기회를 주지 마십시오.'"*

그리스월드의 목소리는 듣지 않고 얼굴 표정에만 애써 주의를 집중하니 에드거는 상대가 무슨 뜻으로 저러는지를 보다 잘 알아차리게 된다. 연민과 짜증, 분노와 거부감이 머릿속에서 마구 겹치는 모양이다. 절망적인—필사적이다가 금세 무기력해지는—눈빛. 솔직히 말해 그는 지금 제정신이 아닌 것 같다.

"크리스티 스트리트 살인 사건에 대해 뭔가 아시는 게 있습니까?"

벌써 네번째 같은 질문이다.

그렇다, 분명 에드거는 뭔가를 알고 있다. 자신의 소설과 사건들 사이에 모종의 관계가 있다는 것을 그는 알고 있다. 그것도 아주

---

* 「에베소서」 4장 25~27절.

잘 알고 있다. 하지만 어쩌란 말인가? 집필을 멈춰야 할까? 소설 출간을 그만둬야 하나? 그러잖아도 쥐꼬리만한 수입마저 포기해 버려?

우윳빛 껍데기 속에서 굴이 오그라들고 있다. 두 여자의 죽음을 안타까워하는 그리스월드의 목소리는 에드거의 반응을 살피기 위해 미리 의도된 것이 분명하다. 하지만 에드거는 살인 사건에 대해 말을 삼가기로 결심했다. 무슨 말을 하든 그에게 불리한 진술이 될 터였다. 그리스월드는 추궁하는 눈빛으로 묻는다.

"좋아요, 그만둡시다. 그래, 요즘은 어떻게 지내십니까?"

"잘 지냅니다." 에드거는 침착하게 대답한다.

"다행입니다. 실은 그런 식으로 비교하는 얘기를 들으면서 나는 이만저만 놀란 게 아니었어요."

"그런 식으로 비교하다니요?" 에드거의 말투는 그저 차분하고 초연하다.

"살인 사건과 소설 말입니다."

"뉴욕 사람들, 참 말이 많죠. 매일 새로운 소문이 등장하더군요. 전날보다 더 황당하고 야비한 소문이 말이죠. 그래서 바로 이런 결론을 내렸습니다. 잡소리에 대처하는 가장 효과적인 방법은 귀를 틀어막는 것이라고요."

그리스월드는 잠시 아랫입술을 잘근거리더니 이윽고 점잖게 말문을 연다.

"하느님의 갑옷을 입을지어다! 그래야 마귀가 쳐놓은 덫에 저항할 수 있나니."

"옷은 이미 입었는걸요." 에드거가 씩 웃으며 대꾸한다.

속이 쓰려온다. 그리스월드, 이자는 이젠 뭐 좀 먹을 때가 되었다는 걸 알아차리지 못하는 걸까?…… 그는 여전히 소문만 주워섬기고 있지만 에드거는 한 마디도 듣지 않는다. 호기심에 이끌려, 이미 축 늘어진 두 여자를 유린하는 오랑우탄의 광란을 아파트 창문 너머로 들여다보는 루퍼스 그리스월드의 모습이 눈앞에 그려진다. 마침내 그리스월드는 두 손을 탁자에 내려놓으며 외친다.

"시장하신 것 같은데, 어서 드시죠."

에드거는 헛기침을 한 뒤 의자에서 몸을 뒤튼다. 너무 늦었다.

"유감스럽게도 별로 식욕이 없네요."

"굴 요리 맛 좀 보세요, 아주 맛있습니다."

"배가 고프지 않아요." 에드거가 접시를 멀리 밀어놓으며 거듭 말한다.

"그거참 안됐군요." 그리스월드는 굴 하나를 입에 넣는다. "내가 보기에 당신 너무 말랐어요, 포. 무얼 좀 먹으려고 해야 할 텐데 말입니다." 자못 걱정스럽다는 투로 말을 잇는다. "그러다 당신의 그 대단한 에너지가 소멸해버리면 어쩌려고……"

"괜찮습니다." 포가 두 눈을 끔벅이며 대꾸한다.

굴을 게걸스럽게 먹어대는 소리가 에드거의 신경을 거스른다. 쩝쩝대는 소리가 날 때마다 그리스월드의 입과 혀가 귀를 파고드는 느낌이다.

몇 시간 후, 에드거는 아내 버지니아 옆에 누워 있다. 저녁 여덟

시. 둘은 약간의 수프로 식사를 때웠다. 기진맥진한 그는 글을 쓸 기운이 나지 않는다. 아내는 식사 도중 현기증을 느껴 먼저 방으로 들어갔다. 뉴욕에서 첫 여름을 날 때만 해도 아내가 완쾌했다고 확신했었다. 하지만 겨울이 되자 기침이 전보다 훨씬 심해졌다. 현기증과 각혈, 심상치 않은 증상들이었다. 그런데도 아내는 그런 병증에 대해 입도 뻥긋 못하게 한다. 어쩌다 누가 '병'이라는 단어를 입 밖에 낼라치면 그 즉시 벌떡 일어나 자리를 떴다. 집에 의사를 들이는 것도 거부한다. 오히려 의사들이 자기를 병들게 한다면서.
에드거는 아내의 연약한 가슴에 뺨을 갖다댄다. 그저 그렇게 쉬고, 잠들고, 새로운 활력과 되살아난 용기를 품고서 다시 깨어나고 싶다.

"당신 무슨 생각 해?" 그가 묻는다.

베개 삼아 가슴을 내어줄 뿐, 그의 물음에 버지니아는 아무런 반응이 없다. 시트에 달라붙은 얼음덩어리 같다.

"아무 생각도 안 해요."

"아프지 않아?"

"멀쩡해요." 발끈하는 말투다.

에드거는 아내를 찬찬히 살펴본다. 처음 보는 엄숙한 표정이다. 어딘지 낯선 분위기. 그가 모르는 무슨 일이 있었나?

"무슨 일 있었어?" 에드거가 아내에게 입맞춤을 하며 묻는데, 그는 당장이라도 울고 싶은 심정이다. 그가 이해할 수 없는 무엇이 그녀 안에 있다.

"아무것도, 아무것도 아니에요."

"도대체 무슨 일이야?"

"아무것도 아니라니까요."

"뭔지는 모르겠지만, 분명 무언가 있는 것 같으니까 그러지." 이번에는 좀 짜증이 난다.

그러자 아내가 등지고 돌아눕는다. 남편이 욱할 때마다 그녀가 취하는 동작이다. 이후 몇 시간 동안은 그런 아내에게 말 한마디 건넬 수 없다.

한밤중에 극심한 두통을 느끼며 잠이 깬다. 그는 침대에서 굴러 떨어지듯 내려와 물을 마시러 주방으로 간다. 큰 잔으로 연거푸 두 차례 들이켠다. 거기 붙어 있는 작업 계획표 옆에서, 낮에 그리스월드가 게걸스럽게 먹어치우던 굴 요리가 떠오른다. 그는 생각에 잠긴다. 대체 그리스월드는 어떤 인간인가? 하느님의 갑옷을 걸친 별 볼 일 없는 위선자인가, 아니면 그 번듯한 겉모습 뒤에 진짜 명석한 마귀가 숨어 있는 걸까? 그가 도저히 신뢰할 수 없는 인간이라는 것을 에드거는 잘 안다. 다만 묘한 친밀감이 느껴지는 것은 어찌할 수가 없다.

에드거는 찬장에서 작은 브랜디병을 찾아낸다. 그리고 한 잔 한 잔, 병을 비우기 시작한다. 네번째 잔을 비운 다음에는 아예 눈을 감은 채 들이켠다. 잔을 입으로 가져갈 때마다, 어둠처럼 알코올이 가슴속에 퍼져나간다.

그때 볼티모어 인근에 비스듬히 서 있는 작은 교회 건물이 얼핏 눈앞에 떠오른다. 꾸러미가 하나 보이더니 땅에서 십자가를 뽑아내는 손이 어른거린다. 이제 그는 신음소리를 내는 꾸러미를 두들기기 시작한다. 그러다가 웬 시골길이 또 떠오른다. 바람이 얼굴을 후려치고 눈물이 두 볼을 타고 흐르는 가운데, 그는 화를 낸 자신을 저주하면서 길가 피신처에 몸을 웅크린다.

2부

◆

(1843~1846년, 뉴욕—포드햄)

어쨌든 사람들을 올바르게 이해하는 것이 살아가는 일의 본질은 아니라는 사실에는 변함이 없다. 산다는 것은 사람들을 오해하는 것이고, 오해하고 오해하고 또 오해하다가, 신중하게 다시 생각해본 뒤에 또 오해하는 것이다. 그렇게 하면서 우리는 우리가 살아 있다는 것을 안다. 우리가 틀렸다는 것을 알면서.

필립 로스, 『미국의 목가』*

* 정영목 옮김, 『미국의 목가』, 문학동네, 2014.

포

소문

(뉴욕)

레스토랑 샌디스의 희부연 불빛 아래 조지 그레이엄의 얼굴은 새삼 수심이 가득하다.

"장안에 소문이 파다합니다." 에드거가 미처 앉기도 전에 그가 말한다.

에드거는 한숨을 내쉰다.

"포도주 한 잔 걸치지도 못했는데 벌써 소문이 파다하다니요……"

그레이엄은 재채기를 하자마자 손수건을 얼굴에 갖다댄다.

"어디 불편하세요?"

잡지 발행인 그레이엄은 고개를 젓더니 다시 손수건에다 재채기를 한다.

옆 테이블의 남자 두 명이 진을 마시고 있다. 서로를 향해 고개를 기울인 채 낮은 목소리로 말하는 품새가 꽤 심각한 이야기를 나누는 모양이다. 두 사람이 하도 닮아서 분명 쌍둥이일 거라고 에드거는 생각한다. 맞은편에 보이는 쌍둥이 한 명의 모자챙 아래로 얼굴 왼쪽 전체를 뒤덮은 화상 흉터가 눈에 띈다.

"그래요, 이실직고합니다." 에드거는 상대에게 단호히 말한다. "내가 죄인입니다. 처음부터 그랬어요. 그러니 어서 이 목을 치세요, 그레이엄. 이런 식으로 사람 괴롭히지 말고."

"허, 세게 나오는군요."

"포도주나 한 잔 마셔도 되겠습니까?"

조지 그레이엄이 앞에 놓인 잔을 가득 채워준다.

"무슨 일인지 자초지종이나 들어봅시다." 에드거가 다그치듯 말한다. 옆 테이블의 숙덕이는 얘깃소리가 잠시 멈추는가 싶더니 다시 이어진다.

"루퍼스 그리스월드한테 한 신문기자가 찾아간 것 같습니다."

"기자, 누구요?"

"올슨이라던가."

"그런데요?"

"그 기자가 그리스월드에게 살인 사건 얘기를 하려고 했다는 겁니다." 그레이엄은 일사천리로 얘기를 풀어간다. "당신도 아시지요? 크리스티 스트리트에서 여자 두 명이 살해당한 사건."

"아, 그래요?"

"그 올슨이라는 스칸디나비아인이 아마도 루퍼스 그리스월드의 엄청난 숭배자인 모양입니다. 한데 당신도 알다시피 우리의 목사께서 그런 숭배를 보통 달가워하시는 분이 아니지 않습니까! 올슨은 우리 존귀하신 목사 나리께 한참 아첨을 떨더니, 자신이 무언가 밝혀냈다며 본론을 꺼냈다는군요. 살인 사건의 '시놉시스'를 나름대로 끼워맞췄다는 거죠. 즉 실제 살인 사건과 어떤 단편소설의 몇 가지 '특징'이 서로 정확하게 일치한다더군요."

"대체 어떤 특징 말인가요?"

"진정하세요. 진짜 할 얘기는 지금부터니까."

에드거는 그레이엄의 얼굴에 번지는 미소를 주시한다.

"말씀해보시죠."

"십중팔구 올슨은 경찰에 상당한 인맥을 가지고 있을 겁니다. 화이트 스트리트의 경찰서 수사관인 친구에게 문제의 소설을 가져다 읽혔다는데, 그리스월드 말로는 그 수사관이 '무척 흥분해서' 관심을 보이더랍니다." 그레이엄이 장난기어린 표정으로 물었다. "그래서 얘긴데, 당신이 보기에는 그게 어떤 소설인 것 같습니까?"

"「모르그가의 살인 사건」……" 에드거가 우물거리며 대답한다.

"옳거니!"

"수사관은 뭐라고 했다던가요?"

"바로 그 대목이 재미있는 점이에요. 경찰에선 논평을 일절 거부했다는 거죠. 여하튼 당신한테는 혐의가 없다는 얘깁니다. 그 모든 사건이 벌어지기 시작한 시점에 당신은 뉴욕에 없었으니까. 그런데도 당신이 살인범의 정체를 알고 있다는 소문이 파다해요."

"그 밖에 저에 대한 다른 얘기는요?"

"그리스월드가 그런 소문에 맞서 당신을 변호한다는군요."

"그거참 반가운 얘기네요."

"당신의 결백을 주장하고 있어요. 모종의 음모에 희생당했거나, 뭐 그런 입장이라고요. 누군가 당신의 소설을 엉뚱하게 해석한 게 틀림없다면서요. 당신 소설은 그렇게까지 야만스러운 작품이 아니라고도 했죠. 그 사람, 당신을 친구로 생각하고 있어요."

"그래요?"

"그리스월드가 직접 한 얘기예요. 대놓고 그러더군요, 자기는 당신의 친구라고."

"그가 그렇게 말했다고요?"

"그래요. 아닌가요?"

"내 친구라고요?"

"그렇다니까요!"

"이것 보세요, 그레이엄, 헛갈리게 하지 마세요. 그리스월드와 내가 항상 적대 관계인 거 잘 아시지 않습니까. 우린 서로 상대방에게서 이득을 취하려고 친구인 척할 뿐, 엄연한 적이에요. 둘 다 그 점을 분명하게 의식하고 있고요. 서로에 대해 좋은 말만 해주는 건 바로 그런 이유 때문입니다. 혹시라도 상대를 꼴보기 싫어한다는 게 공개적으로 알려질까봐요. 이를테면 우린 서로에 대한 적의와 직업상의 관계를 동시에 유지하는 사이인 거죠. 당신도 이 점을 훤히 꿰뚫고 있다고 생각했는데요, 그레이엄."

"나 역시 그렇게 알고 있었죠."

"그런데 왜……"

"그게 그렇게 간단한 문제가 아니라는 생각이 문득 들더군요."

"누가 간단한 문제라고 했나요? 도대체 무슨 생각을 하는 겁니까?"

"두 사람 모두 오래전부터 싸움의 진짜 목표를 망각한 채 기진맥진한 상태로 서로의 주변을 빙빙 맴돌기만 한다는 생각이 들어서요."

"그것참 엉터리 책에나 나올 법한 이야기군요. 아무래도 당신은 작가가 되기엔 틀린 것 같습니다."

"아무렴요, 당신 말이 맞아요, 포."

"문제는 내가 그자를 전혀 파악하지 못하고 있다는 겁니다. 그자의 꿍꿍이속을 도무지 알 수가 없어요…… 대체 무얼 하려는 건지…… 모르겠습니다."

"그리스월드는 어디서 무얼 하든 항상 속으로 딴생각을 품는 스타일이에요."

"맞습니다. 한데 그 올슨인가 뭔가 하는 사이비 기자는……"

"무척 곤혹스러워하고 있어요. 사건이 충분하게 해명되지 못했다는 생각 때문에 여간 시달리는 게 아닌 모양이에요. 말하자면 세상에 정의를 바로 세우기 위해서는 자신이 나서서 증언도 하고 수사도 하고 판결도 내려야 한다는 신념으로 똘똘 뭉친 언론 종사자라고나 할까."

"혹시 그 기자라는 사람도 그리스월드가 꾸며낸 존재 아닐까요? 그러니까 내 말은 그 올슨이라는 사람이 과연 실존 인물이냔 말입니다."

"그건 아마 그럴 거예요."

"그나저나 그레이엄! 어쩌다가 그런 인간과 함께 일을 하게 된 겁니까?"

"난들 어쩔 수 있겠어요? 가장 신임하던 편집장이 도시를 떠나겠다며 일을 그만두었으니 나라고 당신 후임자 구하기가 그리 쉬웠는 줄 알아요?"

에드거는 손에 쥔 잔을 이리저리 돌려보더니 몇 모금 마시고는 잔 속을 유심히 들여다본다.

"그자가 나에 대해 또 뭐라고 합니까?"

"별의별 얘기를 다 하더군요. 그 사람, 아무래도 당신을 시기하는 것 같아요, 포."

"허, 그것참, 대체 뭐라고 하는데요?"

"아주 심도 깊게 조사를 했더군요."

"전부 다 얘기해주세요."

그레이엄은 한숨을 내쉰다.

"자신이 신뢰하는 사람들을 상대할 때는 당신에 대해 친구로서 도저히 해서는 안 될 이야기들을 하더군요. 당신 아내 얘기를 할 때도 마치 자연에 반하는 결혼을 한 것으로 여겨질 발언을 하고. 당신이 다시 술을 마시기 시작했다고도 했어요. '활활 타오르는 죄악'의 세계에 살고 있다고 말이죠."

"그게 사실이라면 억울하지나 않지!"

"당신 형 얘기도 했어요."

"헨리 얘기를?"

"당신도 그처럼 폭음으로 명을 재촉할 거라 하더군요. 당신이 이미 이성을 잃은 것 같다고요. 포의 영혼은 암흑이라고. 당신이 하느님의 존재를 인정하지 않기 때문에 아무것도 당신을 구원해줄 수가 없다면서 말예요."

"완전히 헛소리뿐이로군!"

"내가 그자의 위선을 두고 보지 못한다는 건 당신도 잘 알 거예요. 하지만 지금 당장은 마땅히 다른 편집장을 구하기가 어려운 형편이에요."

에드거는 포도주를 들이켠다. 옆 테이블의 쌍둥이가 자리에서 일어나 출입문 쪽으로 비틀대며 걸어간다. 에드거가 앉은 테이블 앞을 지나치다 말고 그중 한 명이 몸을 기울여 그의 어깨를 덥석 짚는다. 쌍둥이가 밖으로 나간 뒤, 에드거는 잠시 문 쪽을 바라본다.

"이젠 누굴 믿어야 할지 모르겠어요."

"믿을 사람이 루퍼스 그리스월드가 아니라는 것만은 확실해요. 자칭 영혼부터 기독교인이라지만, 실제로는 당신이 상상할 수 있는 가장 음흉한 거짓말쟁이니까."

"만약 당신이 내 입장이라면 어떻게 하시겠습니까?" 에드거가 포도주 잔을 흔들며 묻는다.

"모르겠어요."

"결국 내가 할 수 있는 일이 아무것도 없군요."

"그래요."

"정말 아무것도 없을까요?"

"없어요. 물론 예외는 있겠지만……"

"그게 뭐죠?"

"그야 당신이 잘 알겠지요……"

에드거는 그레이엄의 얼굴을 가만히 들여다본다.

"그자와 더욱 친해지라고요?"

"그래요."

"당신 머리가 어떻게 된 모양이로군요, 그레이엄!"

"이래 봬도 배울 만큼 배운 사람입니다만."

에드거는 남은 잔을 비우고 자리에서 일어선다.

"달리 할말은 없나요?" 그레이엄이 미동도 하지 않고 내뱉는다.

에드거는 의자를 짚고 서서 대꾸한다.

"달리 할말이라뇨?"

"혹시 내게 털어놓고 싶지 않은 뭔가를 알고 있나요?"

에드거는 잔뜩 화가 난 얼굴로 몸을 기울여 상대를 뚫어져라 들여다본다.

"많은 사람들이 내가 처한 이 악몽 같은 상황에 대해 내가 무언가 알고 있을 거라 생각하는 것 같은데…… 이보세요, 그레이엄, 내가 이 상황에서 벗어나고 싶어한다는 생각은 안 듭니까? 이 빌어먹을 상황에서 벗어날 방법을 조금이라도 안다면 내가 당신한테 죄다 털어놓고 상의할 거라고는 생각 안 해요?"

"미안합니다. 그냥 해본 소리예요." 그제야 그레이엄이 우물거린다.

"아무튼 이번 면담은 대단히 고마웠습니다, 그레이엄. 다음에 다시 뉴욕에 들르거든 그때 또 뵙죠." 그 말을 끝으로 그는 출입문 쪽으로 향한다.

밖으로 나오니 배가 더부룩하다. 추락하고 난 뒤의 멍한 느낌.

해가 저물기 시작하고 있었다. 주위의 건물들이 돌무더기처럼 보인다. 길가의 가스등들은 노르스름하지만 제법 생기 있는 빛을 뿜어댄다. 에드거는 눈을 내리깔고 레스토랑에서 성큼성큼 멀어져간다. 혼란스러운 마음으로 어느 길모퉁이를 돌아든다. 옷깃을 바짝 추어올린 채 어디에 있는지, 어디로 가는지도 모르고 걸음을 뗀다. 겉옷 속에 움츠러든 자세로 끊임없는 탄식을 내뱉는다. 일부러 유난스럽게 반응함으로써 이 모두가 우스꽝스러운 해프닝으로 귀결되기를 바라는 마음 같다. 하지만 소용없다. 눈물이 볼을 타고 입까지 흘러내려 침과 섞인다.

두 여자의 살해범이 누구인지 그가 알고 있다는 사실을 사람들이 접하면 어떤 일이 벌어질지 불 보듯 뻔하다. 그는 파멸하고 말 것이다. 공범으로 몰릴 테니까. 당장 작품을 발표할 기회부터 박탈당해 수입을 모두 잃게 될 것이다.

당장 그의 이름에는 믿을 수 없는 존재라는 낙인이 찍힐 것이다.

맙소사, 앞으로 펼쳐질 숱한 나날에 단 한 줄의 문장이나마 써낼 수 있겠는가?

대학 건물 뒤편, 막다른 길에 이르러 그는 자세를 더욱 웅크린다. 명치 끝이 울렁거리는 고통. 앞으로 거꾸러지듯 허리를 숙이고 한동안 구토를 한다. 겨우 허리를 펴자 머리 위 하늘이 어둑해져 있다. 높이 솟은 양쪽 담벼락이 길을 따라 이어지면서, 그 끝의 막다른 벽이 멍든 달의 검붉은 빛을 머금고 있다. 문득 되돌아서자, 벽을 따라 울리는 자신의 발소리가 귓가를 맴돈다.

*

실제로 벌어진 일만큼이나 정확하게 기억나는 꿈을 꾼다. 그 꿈속에서, 하루는 에드거 앨런 포라는 이름의 어떤 남자로부터 편지 한 통이 당도한다. 거기엔 자기와 놀라울 만큼 유사한 필체로 다음과 같이 적혀 있다. "참으로 오랜 세월 당신을 만나고 싶었습니다……" 그는 편지를 책상에 놔두고 장대비 속으로 산책을 나간다. 잠시 후 바람이 비구름을 몰아내자 화창한 햇살이 내리쬔다. 햇빛을 못 견디는 그는 (꿈속에서도 오래전부터 그 사실을 잘 알고 있다) 어느 양복점 문을 밀고 들어가 몸을 피한다. 덥수룩한 머리에 깡마른 체구의 재단사가 앞을 가로막는데, 발끝까지 내려오는 프록코트 차림이다.

"이쪽으로 오세요, 보여드리겠습니다." 재단사는 에드거에게 작업실로 들어오라고 손짓한다. 두 사람은 재봉틀과 재단할 옷감들 앞을 지나쳐간다. 면직물의 부드러운 냄새가 에드거의 코끝을 맴돈다. 재단사는 어느 문 앞에서 걸음을 멈춘다. 그의 목덜미를 덮은 곱슬곱슬하고 풍성한 머리채를 에드거는 골똘히 바라본다.

"이제 다 왔습니다." 재단사가 돌아보지도 않고 말한다.

에드거는 그를 따라 좁은 통로를 지나간다. 복도 끝에 모자 상자가 하나 보관되어 있다. 재단사는 에드거한테 가까이 다가오라고 손짓한다. 상처가 벌어지듯, 갑작스러운 공포가 그의 가슴팍을 후빈다. 재단사가 준엄한 눈빛으로 에드거를 노려보며 말한다.

"상자를 열어보세요."

에드거는 어린아이처럼 두 눈 질끈 감고 시키는 대로 한다. 상자에서 시큼한 냄새가 뿜어져나오고, 그는 눈을 뜬다. 상자 안에는 손이 하나 들어 있는데, 에드거는 단번에 자기 손이라는 걸 알아차린다. 뒤를 돌아보자 재단사가 '에드거 앨런 포'의 편지를 손에 쥐고서 앙심과 혐오감이 잔뜩 묻어나는 목소리로 내뱉는다.

"당신이 무슨 일을 꾸미는지 우린 아주 잘 알고 있습니다. 당신이 계속 그자인 척하다가는 자칫 사형을 당할 수도 있다는 걸 모르십니까?"

에드거는 무어라 대답할지 당최 알 수가 없다. 그의 시선은 상자 속 손과 자신의 손을 번갈아 오갈 뿐이다. 별안간 속에서 욱 하고 화가 치미는가 싶더니, 에드거는 상자 속에서 손을 꺼내 마치 무기라도 되는 듯 휘두르며 재단사에게 달려든다. 재단사가 신음을 토하며 마룻바닥에 쓰러지자 에드거는 그의 면상이 붉은 피반죽이 될 때까지 얼굴을 가격한다.

다시 거리로 나왔을 땐 이미 햇살의 자취는 모두 사라진 상태다. 하지만 공기는 아직 후텁지근하고, 양복점에서 힘을 쓴 탓에 그의 몸은 땀범벅이다. 입천장이 시원한 뭔가를 갈구하듯 그는 이제 목이 마르다.

포

수사관

(뉴욕)

"포 선생님?"

당장 문을 열어주진 않는다. 그는 문설주에 귀를 바짝 갖다댄 채 묻는다.

"누구시죠?"

"포 선생님? 문 좀 열어주시겠습니까?"

"대체 누구십니까?"

"제 이름은 조 설리번입니다. 경찰이고요. 실례지만 문 좀 열어주시겠습니까?"

"경찰?"

"네. 문을 열어주시겠습니까?"

"무슨 일입니까?"

"포 선생님, 이 문을 열어주시기 전에는 아무 말씀도 드리지 않겠습니다."

"중요한 일입니까?"

"몇 가지 질문만 드리면 됩니다, 선생님. 그뿐입니다."

그제야 에드거는 문을 열어준다. 경찰을 보자 금세 후회가 밀려온다.

"중요한 질문입니까? 지금 아내가 곤히 자고 있어서요."

"괜찮다면 같이 좀 걸으시든지요."

에드거는 선뜻 수락한다.

둘은 현관 계단에 멈춰 서서 이야기를 나눈다. 조금 떨어진 곳에서 아이들이 벽에 구리 단추들을 던지며 놀고 있다.

"도대체 무슨 일입니까?" 에드거가 묻는다.

경찰은 자신의 뾰족한 턱을 어루만지고 있다. 쑥 들어간 작은 눈매이지만, 눈빛만큼은 기세가 강렬하다. 에드거는 고개를 숙인다. 실제로는 그렇지 않으면서도, 마치 창피해하는 것처럼 행동하고 있다. 이런 굴욕적인 연극에 왜 기꺼이 몸을 내맡기는 것인지 자기도 이유를 모른다. 다만, 꼼꼼하게 매듭을 맨 경찰의 검정 구두를 응시하며 속으로 중얼거릴 뿐이다. '정신 바짝 차려야지! 지금 창피해서 어쩔 줄 모르는 사내의 모습을 정확하게 연기해야 하는 거 아닌가? 당혹감의 명백한 징표를 감추기 위해 애쓰는 모습 말이야……'

"크리스티 스트리트의 여성들에 관한 일입니다, 포 선생님." 설리번은 단어 하나하나에 힘을 줘가며 말한다.

"네?"

"살인 사건 말입니다. 아파트에서 벌어진……"

"아, 압니다."

"선생님의 소설이 무척 흥미롭더군요."

"그런가요?"

"둘 사이에 유사점이 있지 않습니까? 다시 말해서, 선생님이 쓰신 소설의 줄거리가 그 두 여성에게 일어난 일과 흡사하단 얘기입니다."

"맞습니다."

"제 생각에, 선생님도 그런 일들이 우연의 일치로 발생할 수 있다고는 상상하기 어려울 것 같은데 말이죠."

"그야 물론이죠."

"사실 저는 모릅니다. 그저 선생님께 그런 사정을 알려드리려고 온 것뿐이니까요. 아마도 우연의 일치겠죠. 하지만 누군가 소설 내용을 모방했을 가능성이 아주 없지는 않습니다……"

"모방이요?"

"제정신이 아닌 누군가가 선생님의 소설에 아주 깊이 빠져들어, 그대로 따라 해보기로 작심했을 수도 있단 얘기지요."

"정말 그럴까요?"

"물론 어쩌다 든 생각이긴 합니다."

"그래요?"

경찰의 시선이 거리를 이리저리 훑고 있다.

"좋습니다. 뭐든 추가하고 싶으신 얘기가 있으면 여기……"

조 설리번은 호주머니에서 작은 수첩과 연필을 꺼내, 자기 이름을 적은 뒤 종이를 뜯어내 에드거에게 건넨다.

"제 연락처입니다."

"고맙습니다."

에드거가 무슨 말을 해야 할지 몰라 머뭇거리자, 경찰이 나선다.

"저는 단지…… 사정을 알려드리려 한 겁니다."

"잘 알겠습니다."

"그럼 안녕히 계세요."

"안녕히 가세요."

성큼성큼 길을 내려가는 설리번을 에드거는 계단 꼭대기에서 눈으로 좇는다. 그 모습이 사라지려 하자, 그는 뒤늦게 따라잡으려고 계단을 내려간다.

잠시 후 시야에서 완전히 놓치고도, 에드거는 스스로 걸음을 멈출 만큼 흥분이 가라앉을 때까지 동네 이곳저곳을 끊임없이 파고든다.

저녁이 다 되어 귀가한 그가 주방으로 들어서자, 버지니아가 손에 웬 봉투를 들고 서 있다. 무척이나 불안한 모습이다.

"그게 뭐지?"

"어떤 남자가 아까 이른 시간에 찾아왔어요."

"그래?"

"여기……" 그녀는 봉투를 내밀며 우물거린다.

에드거는 봉투를 받아 쥔 채 개봉하지 않는다. 손이 부들부들 떨린다. 경찰의 방문으로 신경이 예민해진 게 분명하다.

"어떤 남자였어?"

"아주 왜소한 남자였어요."

"어떻게 생겼는데?"

"석고처럼 하얀 얼굴에 주름투성이였어요. 남부 사투리를 썼고요."

"이름은 말 안 했나보지?"

"네." 버지니아는 침으로 입술을 축이며 대꾸한다.

에드거는 봉투를 찬찬히 살펴보더니 조심스럽게 뜯어 편지의 첫 장을 꺼낸다.

거기엔 서툰 필체의 대문자로 '볼티모어 정산'이라 쓰여 있다.

새뮤얼

주인님에게 보내는 첫번째 편지

(볼티모어 정산)

주의: 다음 문서는 1844년 5월 버지니아 포에게 전달된 원본 그대로, 수정이나 교정을 거치지 않고 게재된 것임을 밝혀둔다.

저는 글을 쓸 줄 모릅니다. 조금이나마 제가 아는 건 당신한테서 배운 거죠. 주인님은 천재예요. 별로 세련되지 못한 글이지만 주인님이 관심을 보일 만한 비밀이 담겨 있어요. 볼티모어에서 우리가 헤어진 후에 저는 미국을 두루 돌아다녔지요. 그리고 이제야 저의 이야기를 해드릴 시간이 온 겁니다.

지금부터 저는 주인님에게 편지를 여러 통 보낼 생각입니다. 제가 당신을 잊지 않았고, 당신의 성공을 위해 노력하고 있다는 걸 알려드리기 위해서입니다.

밤마다 저는 아이처럼 잠을 자고 꿈속에서 당신 얼굴을 봅니다. 저의 꿈은 모두 행복한 꿈이랍니다. 저는 행복한 사람이지요.

우선 제 어머니에 관해 말씀드리려고 합니다. 한때 시내의 어느 집에서 일하던 제 어머니는 저를 가졌을 때 집단농장으로 보내졌습니다. 리치먼드에서 조금 벗어난 곳인데, 아마 주인님은 한 번도 가본 적이 없을 거예요. 제일 먼저 기억나는 것은 제가 숲속에 있었고, 거기서 일하는 사람들이 노래를 부르던 장면입니다. 그다음으로는 작업반장의 부인이 하얀 피부에 하얀 장갑을 끼고 있었다는 게 기억나고요. 제 어머니는 농장에서 제일 아름다운 여자였습니다. 손바닥만 하얗고 나머지 살결은 반들반들한 검은색이었지요. 저는 오두막 마룻바닥에 누워 어머니가 자는 동안 그 고운 피부를 바라보곤 했답니다. 제가 그렇게 오랫동안 바라보고 있으면 어머니는 눈을 뜨고는 무얼 그리 빤히 보느냐며 소곤거리셨지요.

당신은 아마 무슨 소리인지 모르실 겁니다.

저는 목화처럼 온통 하얘요. 머리카락도 하얗고, 팔도 하얗고, 이마도 하얗고요. 아무 색깔도 없지요. 그래서 작업반장은 제가 일꾼들한테 방해가 되고, 담배 농사에도 영 좋지 않다고 말했어요. 하루는 작업반장이 밤에 어머니를 보러 왔답니다. 어머니 옆에 있는 그의 하얀 피부가 제 눈에 띄었죠. 그가 몸을 일으켰을 때 제 얼굴을 보았고, 저는 얼른 눈을 감았지만 때는 이미 늦었지요. 다음날 그가 오두막에 오더니 저를 밖으로 불러냈어요. 그러더니 '산 채로 껍데기를 확 벗겨버릴 테다'라고 나지막하게 말하더군요. '그럼 앞으로 네가 하얗다고 말할 사람은 아무도 없을 거다'라면서요.

작업반장은 저를 숲으로 끌고 가서 말했어요. '너는 앞으로 여기서 살아. 다른 사람들처럼 피부가 검어질 때까지'라고요. 어머니가 사정했지만 소용이 없었지요. 그는 저를 숲속 나무에 묶었어요. 그러고는 아버지가 누구냐고 물었어요. 하지만 저도 아버지가 누구인지 모르기 때문에 대답할 수가 없었답니다. 그는 채찍질을 해서 제 살갗을 찢었지만 저는 비명을 지르지 않고 그냥 쏘아보기만 했어요. 쏘아보니까 그가 좀 누그러지더군요. 술을 병째 들이켜더니 채찍을 내던져버렸어요. 그는 자기 아들들을 데리고 다시 돌아왔는데, 잔뜩 화가 나서 다들 그 작은 손으로 흙바닥에 구멍을 파는 거예요. 그리고 자기들이 가져온 상자 안에 저를 집어넣는 겁니다. 저는 제가 누군지도 모를 지경이 될 때까지 그 상태로 처박혀 있었어요.

작업반장의 부인이 죽자 작업반장도 농장을 떠났습니다. 그리고 새로운 작업반장이 왔지요. 바로 그 작업반장이 저를 땅에서 끄집어내주었어요. 그로부터 며칠 후 저와 제 어머니는 시내에 사는 새 주인에게 다시 팔려갔지요.

우리는 주인집 지하에서 남자 네 명, 여자 한 명하고 더불어 살았어요. 처음에 저는 어머니와 다른 여자 노예와 함께 잠을 잤고, 나중에는 남자들 네 명과 한곳에서 잤지요. 저는 늘 행복했답니다. 딱 하나 저에게 부족했던 것은 일다운 일이었는데, 남자들은 제가 자기들과 함께 무얼 하는 걸 꺼렸어요. 저는 행복한 노예였답니다. 하지만 그들과 함께 일을 할 수는 없었지요.

어머니는 주인님이 노예들을 얼마나 사랑하는지 얘기해주곤 하셨어요.

주인님은 검둥이 노예를 나의 검둥이, 나의 재산이라고 부르셨지요.

저는 언제나 당신의 재산이었답니다, 도련님.

*

당신은 엄청난 이야기들을 쓰셨고 그걸 저한테 보여주셨습니다. 그중 한 이야기에서는 어느 부유한 지주가 자기 아들에 의해 별채에 갇히지요. 저는 당신이 당신 방 창문으로 노예들이 별채를 짓는 광경을 지켜보았을 거라고 생각합니다. 그래서 그런 이야기를 쓸 생각을 하게 된 거라고요. 건물 벽들이 천천히 올라가고 있었어요. 일꾼들 머리 주위로 벌레들이 윙윙거리며 날아다녔고요. 햇볕이 마치 타오르는 등불처럼 돌들을 달구었어요. 이제 남은 것은 마룻바닥을 까는 일뿐이었지요.

당신이 대학으로 떠난 날 밤 저는 잠을 잘 수가 없었답니다. 벤저민, 피터, 리치, 제이크, 이 네 남자는 지하실 바닥에 나란히 붙어 누워 자고 있었어요. 캄캄한 어둠 속에서 저는 그들의 팔들과 얼굴들 사이로 조심스럽게 까치발을 디디며 문 쪽으로 다가갔어요. 그들이 깨지 않게 말이죠.

달이 지붕들 위로 푸르스름한 빛을 던지고 있더군요. 저는 목련나무 아래 우두커니 서서 주인님의 방 창문을 올려다보았어요. 텅 빈 방, 텅 빈 침대뿐인 방안에서는 아무런 소리도 나지 않았어요.

저 아래 시내에서는 밤 생활의 온갖 소음이 들려왔어요. 투박한 바이올린 소리, 검둥이가 노래하는 소리, 아이들이 잔디밭을 뛰어다니는 소리. 몰도비아라고 불리는 주인집 주변은 조용했고요. 무화과나무숲에서 부는 바람은 저에게 새콤달콤한 향기를 실어다주었죠. 전날 밤에는 가난한 몇몇 개구쟁이가 농지 안으로 들어와 채소를 훔쳐갔었답니다.

제 몸안에서 어떤 분노가 달아오르고 있었습니다. 근데 제 손이 말입니다. 제 두 손이 변하는 거예요.

꽈악 움켜쥐고. 바스러뜨리고. 새로운 세상을 만듭니다.

저는 정원에서 자요. 행복합니다.

다음날 아침 앨런 씨가 오더니 별채 마룻바닥은 조금 기다려야겠다고 말했어요. 건물 주위로 새 목련나무들을 빙 둘러 심어야 한다고 말이죠.

입구 쪽에 관목이 스물네 그루 있었고, 사람들이 그걸 심는 데 하루종일 걸렸지요.

그러고 하루인가 이틀 밤은 기억나지 않아요. 여전히 잠이 안 와 정원 나무 아래에서 밤을 지새웠답니다. 노예들은 다들 자고 있었죠. 앨런 씨와 앨런 부인도 마찬가지고요. 고양이 한 마리가 건물 사이에서 울고 있더군요. 후텁지근한 밤이었어요. 저는 고요한 가운데 그곳에 있는 게 좋았어요. 거기서 정원 이곳저곳을 우두커니 바라보는 게 좋았어요.

동쪽에서 무슨 소리가 들렸어요. 사람들을 깨울 생각은 전혀 못하고, 몽둥이를 집어들고 까치발로 텃밭으로 향했답니다. 관목 아래로 어떤 그림자가 보이는데, 누군가의 두 맨발이 삐죽이 튀어나와 있는 거예요. 관목 너머로는 아이의 얼굴이 보이고요. 나뭇가지 아래서 곤히 자고 있더군요. 기껏해야 열 살 정도 되어 보였어요. 하얀 피부는 여기저기 까져 있고 셔츠는 구멍투성이더군요. 산 아래 사는 가난한 농부들 중 누군가의 아이였어요. 저는 가만히 그 가녀린 얼굴을 들여다보았어요. 그런데 아이가 눈썹을 실룩거리다 머리를 모로 돌리더니, 눈을 반짝 떠 저를 바라보는 거예요. 그 순간 제 손에 들린 몽둥이가 그애의 이마에 정통으로 내리꽂혔어요. 아이는 비명 한 번 지르지 않았어요. 그애 머리통이 뒤로 훌렁 넘어가 이제 훨씬 깊은 잠을 자게 된 거죠.

건물 안에다 구멍을 파는 동안 저는 이 아이가 제 평판을 망친 어느 부유한 노예상이라고 상상했습니다. 그가 저를 속인 거라고요. 그래서 산 채로 묻는 거라고 말이죠. 잠시 후면 그가 잠에서 깨어나 발버둥을 칠 터였어요. 두 손으로 땅을 짚고 무릎으로 밀쳐대겠지만 소용없었을 겁니다. 흙이 너무 무거웠으니까요. 무거운 흙더미에 깔려 꼼짝도 못했을 겁니다.

입을 열면 흙이 쏟아져들어가 입을 막아버렸을 거예요. 혀를 더는 움직일 수 없게 되었겠죠. 비명을 지르고 싶어도 그러지 못했을 겁니다.

그 아이는 저의 정산 대상 제1호였습니다.

도련님의 이야기가 현실이 된 겁니다.

그리스월드

관

(뉴욕)

도시에 어둠이 퍼졌다. 루퍼스는 성큼성큼 걸음을 내딛는다. 그는 마차꾼이 졸고 있는 마차 앞을 지나고 있다. 공기가 습하다. 공동묘지 출입문을 밀어 여는 순간, 손에 떨어지는 빗방울이 느껴진다. 그는 고개를 들어 머리 위를 맴도는 구름들을 쳐다본다. 땅의 풀들이 그의 발걸음을 갈망하고 있다. 밤은 그의 몸안에 잠겨 있다가 그가 행하는 모든 행동 속으로 스며든다. 손과 손톱 속으로, 발과 풀들 사이로.

교회지기의 숙소 창문이 캄캄하다. 루퍼스는 안치소 앞에서 걸음을 멈춘다.

새로운 시평론집 작업을 하는 와중에 그는 몸져눕고 말았다. 기침과 근육 경련 때문에 글을 쓰는 일이 불가능했다. 밤마다 땀에 흠뻑 젖은 상태로 잠이 깬 그는 누군가 질병의 저주를 자신에게 퍼붓는다고 생각했다. 눈도 거의 보이지 않았다. 캐럴라인이 구세주였다. 그녀가 보살펴주고, 위로해주고, 치료 효과가 있는 음료를 만들어주었다.

"당신 열이 있어요." 그녀는 속삭이곤 했다. "그만 가서 누워요. 아무 생각도 하지 말고요. 곧 나아질 거예요."

"내게 왜 이리 잘해주는 거지?"

그가 부드럽게 물으면 그녀는 (조금 못마땅한 표정으로) 웃었다.

"무슨 질문이 그래요? 내가 당신한테 잘해주는 데 이유가 필요해요?"

그럼 마땅히 대꾸할 말이 없었다.

그는 요양차 메인주로 떠났다. 모처럼 봄 햇살에 몸을 맡기며 전원에서 여유를 즐겼다. 몇 주를 그렇게 보내자 몸이 나아지는 듯했다. 그즈음, 캐럴라인이 몸져누웠다는 편지를 받게 되었다. 뉴욕에서 두 딸과 함께 지내다가 갑자기 쓰러졌다는 것이다. 편지를 받자마자 루퍼스는 곧바로 돌아왔다.

하지만 집에 돌아왔을 땐 이미 늦었다.

도무지 이해할 수 없다. 그의 천사가 죽다니!

병명도 모르는 상태에서 어떻게 이렇게 갑자기 죽을 수 있단 말인가? 자신에겐 한마디 말도 없이?

이해할 수 없다.

그들 부부의 집은 눈물바다에 잠겨 질식 상태다. 모두가 울고 있다. 아무도 위로해줄 수 없다. 루퍼스의 천사는 떠나버렸다. 그 역시 죽어가기라도 하듯 가족들은 그에게 소곤소곤 이야기한다. 하지만 그는 더이상 환자가 아니다. 끔찍하게도, 아내의 죽음이 그의 병을 낫게 한 셈이다. 이제 그에게는 아무것도 의미가 없다. 더는 하느님을 믿고 싶은 마음도 없다.

그는 안치소 문을 조심스레 연다. 안으로 들어가 초에 불을 붙이자 캐럴라인의 관이 보인다.

관 뚜껑을 들어올리니 어둠이 그를 휩싼다.

이제 어떻게 할 것인가? 두 손을 어디에 둘 것인가? 몸은 똑바로 서 있고 관절 마디마디가 연결되어 있지만, 딱히 계획도 없이 왜 그런 식으로 구성되어 있는지 알 수가 없다. 이 관은 무얼 의미하는가? 그 형태, 윤곽과 내부 공간은 무슨 의미인가? 그는 도대체 어디로 파고들려 하는가? 그는 이제 안으로 들어가 눕는다. 그의 무릎이 죽은 여자의 무릎에 닿는다. 그의 손가락들이 그녀의 어깨 위로 미끄러진다. 그의 체취가 망토처럼 그녀의 몸을 감싼다. 이제야 비로소 그는 살아갈 수 있다. 자신의 자리를 죽음에 내어주는 바로 지금, 그는 진정으로 사랑할 수 있다.

그는 자신의 입술을 죽은 여자의 입에 살짝 갖다댄다. 그의 입이 그녀의 입술을 찾는다. 이건 그녀의 입술이 아니다. 이 입술에는 그녀가 없다. 그녀의 겨드랑이, 손가락 사이사이, 머리채 속에서 그녀를 찾아 헤맨다.

그는 그녀에게 말을 하기 시작한다.

그 누구에게도 해본 적 없는 이야기. 자신을 떠나지 않는 어떤 소리에 대해 이야기한다. 그녀의 귓가에 입술을 바짝 대고서 어떻게 그 소리와 맞닥뜨리게 되었는지, 왜 그 소리가 자신의 귀에 들리는지 처음에는 이해할 수 없었다고 이야기해준다. 그는 또 말한다. 하느님의 도움으로 자신이 어떤 능력을 부여받았는지 깨달았을 때, 그 사실을 다른 이들에게 절대 이야기하지 않기로 다짐했었다고. 그 소리는 무엇이 악인지 자신에게 가르쳐준다고. 그것은 하느님의 경고. 선하지 않은 짓을 하거나, 하느님의 뜻을 거스를 때마다 그만이 들을 수 있는 어떤 소리가 일어난다. 어떤 조치를 취하기 전에는 중단되지 않는 소리다.

그 소리에 대해 아무한테도 이야기하지 않겠다는 약속을 이전까지는 잘 지켜왔다. 그런데 지금 그는 캐럴라인의 귀에 속삭이고 있다. 그 약속을 지킬 의미가 이제 사라진 것이다. 그는 하느님이 트로이에서 "너는 악에 대적할 것이로다"라고 하신 말씀을 그녀에게 들려주고 싶다. 그러면서 이렇게 덧붙이고 싶다. "지금은 더이상 그 소리가 내게 들리지 않아. 하느님이 내게 더이상 중요하지 않은 거지. 당신이 하느님보다 더 중요해졌거든. 당신을 이렇게 앗아가버린 하느님이 내게 무슨 의미가 있겠어? 선한 것들은 이제 모두 끝이야. 악이 승리를 거둔 거야."

관의 내벽이 차갑다. 어깨가 저절로 움츠러든다. 두 사람이 머물기에는 너무나 비좁은 세계다.

"캐럴라인, 나의 천사…… 내가 어떻게 해주길 바라?"

갑자기 문이 열리면서 안치소 안으로 들어서는 누군가의 발소리가 들린다. 그는 눈을 뜨고 싶지 않다. 시신에 바짝 달라붙어 떨어지지 않는다. 한 남자가 그에게 조용히 말을 건다. 손위 처남인 랜돌프가 캐럴라인의 목을 부둥켜안은 그의 팔을 떼어내려 한다.

"나를 내버려두세요." 그가 신음처럼 내뱉는다.

"그만 단념할 때가 왔네, 루퍼스."

"그녀의 대답을 듣기 전까지는 떨어질 수 없어요! 아직 대답을 듣지 못했단 말입니다!" 루퍼스가 소리친다.

하지만 결국 랜돌프와 교회지기가 힘을 합쳐 그를 안치소 밖으로 끌어낸다. 얼마 뒤, 그는 아편팅크를 처방받아 복용한 뒤 그대로 침대에 쓰러진다.

얼마나 지났을까, 깨어나보니 몹시 춥다. 온몸이 부들부들 떨린다. 그는 더이상 그 소리가 들리지 않는다며 웅얼거린다. 아편팅크를 좀더 처방받고 솜이불을 뒤집어쓴 채 다시 곯아떨어진다.

다시 눈을 떴을 땐 랜돌프가 머리맡에 앉아 있다.

"루퍼스, 이제 일어나야 해." 랜돌프가 나직한 목소리로 힘을 북돋운다.

"왜죠?"

"이렇게 누워만 있을 순 없으니까."

"내가 앞으로 무얼 하겠어요?"

랜돌프는 루퍼스의 몸을 잡아 흔들며 타이른다.

"우리도 힘든 건 다 마찬가지라고. 게다가 자네한테는 아직 어린 딸이 둘이나 있잖나!"

"그렇죠……" 굽어보는 처남을 향해 루퍼스가 힘없이 중얼거린다.

"캐럴라인도 자네가 다시 일하기를 바라고 있어." 랜돌프의 목소리가 긴장되어 있다.

"그걸 형님이 어떻게 알죠?"

"나는 내 동생을 알아. 캐럴라인은 자네를 이해했지. 그건 아무나 할 수 있는 일이 아니야. 나 같은 경우는 자네를 전혀 이해하지 못하거든. 하지만 캐럴라인은 달랐어. 그애는 자네에 대해서, 심지어 자네 자신도 모르는 부분까지 모든 것을 파악하고 있었다네."

루퍼스는 처남을 휘둥그런 눈으로 바라보다가 이내 고개를 끄덕이기 시작한다.

다음날 그는 새롭게 집필중인 평론집 『미국의 산문가들』에 다시 매달린다.

*

그는 책상 앞에 앉아 어릴 적 버몬트주에서 살 때 기르던 고양이를 생각한다. 당시 그는 토끼, 새, 다람쥐 등 동물을 무척이나 좋아했다. 동물들을 불러모으겠다며 숲속을 몇 시간이고 돌아다니기도 했다. 피혁 공장 천장에 매달린 동물 가죽들을 보고 기겁한 그가 공장 안에는 한 발짝도 들어서려고 하질 않아 아버지의 애를 태운 적도 한두 번이 아니었다. 어린 마음에, 그 가죽들이 모두 살아 있는 동물들로 변해 부모님이 사는 집까지 떼로 쳐들어오는 상상을 했던 것이다. 하루는 아침에 숲속에서 발 하나가 없는 고양이를 발견하고는 집에 데려왔다. 그리고 며칠을 떼를 쓴 끝에 길러도 좋다는 허락을 어머니에게서 받아냈다. 그뒤로는 세상 무엇보다 그 하얀 고양이를 애지중지했다. 그는 고양이에게 힐데가르트라는 이름을 붙여주었는데, 어느 저녁 어머니가 읽던 종교화가 수록된 책에서 본 성녀의 이름을 딴 것이었다. 나중에 그 고양이가 수컷이라는 사실을 알고 나서도 루퍼스는 계속 그 이름으로 불렀다.

구사일생으로 목숨을 건진 힐데가르트는 저녁마다 아이들 방 침대를 여기저기 오가다가 루퍼스의 이불 속으로 기어들곤 했다. 녀석은 어린 루퍼스의 배에 등을 비비면서 가르릉거렸다. 그 가녀린 소리를 들으며 루퍼스는 녀석의 가슴팍을 손끝으로 쓰다듬었고, 어둠에 잠긴 방안 침대들과 잠든 아이들, 창문 너머 바람에 살랑이는 단풍나무 잎사귀들을 눈으로 훑곤 했다.

'나는 착한 사람이 될 거야. 착한 기독교인이 될 거야……' 그는 고양이 배를 쓰다듬으면서 스르르 잠이 들 때까지 그렇게 속으로 중얼거렸다.

아주 어릴 적부터 그는 언젠가 자신이 용서받지 못할 행동을 저지를 거라는 막연한 느낌이 들었다. 언제고 그런 사태가 닥치리라 하루하루 각오하며 지냈다. 어디서 그런 불행이 고개를 들지는 정확히 알 수 없었다. 다만 불행에 직면하자마자 어머니의 심장이 멈춰버리고 말 것을 알고 있었다. 눈을 감으면 하느님이 떠올랐다. 하늘에 거대한 빛의 얼굴이 보이면서 귀청을 찢는 듯한 음성이 들렸다. 네가 한 짓을 보아라!

그 불행은 여전히 실현되지 않았지만, 매일 아침 그는 바로 오늘이 그날이라는 생각으로 하루를 시작했다. 그것이야말로 허구한 날 그가 거짓말을 일삼아온 배경일 터였다. 자기 자신이 언제든 끔찍한 짓을 저지를 사람임을 알고 있었던 것이다.

하루는 어머니의 침대 머리맡 탁자에 있던 책을 한 권 슬쩍했다. 존 밀턴의 『실낙원』이었다. 언젠가 어머니가 세상에서 가장 아름다운 시를 쓰는 사람이라고 이야기해준 바로 그 시인의 작품이었다. 책을 낚아챌 때 머릿속에 떠오른 것도 바로 어머니의 그 얘기였다. 그는 숲속 어느 좁은 구석의 땅을 파고 그 구멍에 가죽 장정의 그 책을 묻었다. '책 무덤'을 발로 밟아 다지는 와중에 문득 어머니의 낙담한 얼굴이 떠올랐고, 그의 눈에는 금세 눈물이 고였다. 그는 곧장 집으로 뛰어들어가 어머니 품에 달려들면서 훌쩍였다.

"용서해주세요…… 용서해주세요……"

"루퍼스, 무슨 일이니?" 어머니 데버라가 아들의 머리를 쓰다듬으며 물었다. "다 큰 애가 왜 울고 있어?"

어머니의 앞치마에 얼굴을 묻고 한동안 매달려 있던 그가 마침내 얼굴을 들었다. 눈물이 줄줄 흐르고 있었다.

"도대체 왜 우는 거야?"

"또 멍청한 짓을 저질렀어요." 루퍼스는 훌쩍이며 대답했다.

"이번엔 무슨 일인데?"

"도둑질을 했어요."

어머니는 하늘을 쳐다보며 내뱉었다.

"아니, 또 그런 몹쓸 짓을?"

"네, 책을 한 권 훔쳤어요."

"학교에서 그랬니?"

"아뇨. 어머니 책을요. 정말 잘못했어요, 어머니."

"그래, 어떤 책을 훔쳤는데, 루퍼스?"

"침대 옆 탁자에 있던 가죽 장정 책이요."

데버라는 즉시 침실로 향했고, 책이 사라진 것을 확인했다.

문가에 우두커니 선 채 어머니를 바라보면서, 루퍼스는 잘못을 저질러 단죄당한다는 감미로운 기분을 느끼고 있었다.

"제가 말했잖아요, 어머니. 책은 그곳에 없어요." 목소리가 의기양양했다.

데버라는 깊은 한숨을 내쉬었다.

"도대체 네가 무슨 말을 하는지 모르겠구나……" 그녀는 아들을 돌아보며 말했다. "……여긴 없어진 게 하나도 없는걸."

"아니, 모르시겠어요?"

"그래, 모르겠구나, 루퍼스. 자, 그만 나가보려무나. 난 할일이 있으니까."

루퍼스는 황당해하며 '책 무덤'을 만들어놓은 곳으로 돌아가보았다. 땅을 도로 파내어 다시 책을 펼치자, 흙더미가 우수수 쏟아져 내렸다. 흙먼지를 정성껏 털어낸 다음, 그는 하느님을 향한 사탄의 반란과 혼돈 속으로의 추락에 관한 이야기를 읽기 시작했다.

어두워지고 나서야 그는 집으로 돌아왔다.

어머니는 현관 앞 계단에 걸터앉아 다른 형제자매들에게 성경책을 읽어주고 있었다. 루퍼스는 그녀에게 다가가 땅에서 파낸 책을 건네주었다. 어머니는 아무 말 없이 책을 받아들고서 「욥기」 제40장을 마저 읽기 시작했다. 폭풍 속의 음성이 욥에게 말하는 장면이었다. "네가 나의 판결을 뒤엎을 셈이냐? 너의 무죄함을 내세워 나를 죄인으로 몰 작정이냐?" 그녀 곁으로 바짝 다가선 루퍼스는 열에 들뜬 얼굴로 딸꾹질을 해가며 뒤이은 구절을 낭송했다. "네 팔이 하느님의 팔만큼 힘이 있단 말이냐? 너의 목소리가 천둥소리와 같단 말이냐?"

데버라는 그의 입을 다물게 한 뒤 가슴에 손을 얹고는 다른 형제자매 옆에 앉혔다.

다음날, 집밖으로 나선 루퍼스는 나무에 목이 매달린 힐데가르트와 맞닥뜨렸다. 세 겹의 밧줄로 목이 졸린 고양이의 눈알이 마치 광택을 낸 돌멩이처럼 번들거렸다. 헤벌어진 주둥이 밖으로 분홍색 혀가 길게 늘어져 있었다. 격분한 루퍼스는 나뭇가지를 하나 분질러 가지고서 당장 주방에 있는 어머니한테 달려갔다. 그리고 있는 힘껏 그녀의 얼굴을 가격하기 시작했다. 데버라의 왼쪽 눈 아래로 한줄기 피가 흘러내렸다.

"당신은 살인마야!" 그는 고래고래 소리를 질러댔다. "당신은 지옥불에 타 죽을 거라고!"

그는 피혁 공장에 갇힌 채 고양이를 생각하며 밤새도록 엉엉 울었다.

어머니는 다음날 아침 피혁 공장으로 찾아와, 앞으로 그가 집에서 멀리 떠나 있어야 할 거라고 알려주었다.

"루퍼스, 너는 아무래도 좋은 기독교인이 아니구나."

루퍼스 역시 어머니를 쳐다보며 고개를 끄덕였다.

"네, 어머니 말씀이 옳아요."

"너는 앞으로 많이 배워야 한다. 네가 좋은 기독교인이 되지 못한다면 나는 너를 더이상 보지 않을 거다. 알아듣겠니?"

루퍼스는 다시금 고개를 끄덕였다.

"네, 물론이에요, 어머니."

그날 저녁 식탁에서 그의 형 사일러스가 털어놓았다, 힐데가르트를 목매단 건 자신이라고. 고양이가 자신을 공격했다는 것이다. 그 말을 들은 아버지는 고개를 들더니, 게다가 녀석은 병에 걸려 있었다고 나지막이 말했다. 그러면서 노기 띤 눈빛으로 식탁 너머 루퍼스를 노려보았다. 루퍼스는 쩔쩔매면서 눈을 내리깔고 앞에 놓인 접시만 바라보았다.

며칠 후 루퍼스는 트로이에 사는 허먼 형의 집으로 보내졌다. 몇 년 동안 보지 못한 형이었다. 그럼에도 불구하고 허버드턴을 떠나는 마차에 몸을 싣자 루퍼스는 이상하리만치 뿌듯한 기분이 들었다. 그는 어머니와 다른 형제자매를 향해 기고만장한 미소를 지으며 손을 흔들어댔다. 드넓은 미국 대륙에서 기필코 유명해질 것이고, 널리 존경받아 행복해질 터였으니까……

캐럴라인이 세상을 뜬 뒤로는 그와 같은 과거의 일화들이 자주, 그것도 놀랄 만큼 생생하게 떠오를 것 같았다. 마치 아내의 갑작스러운 죽음에 있는 힘껏 저항하려다보니, 내면의 무언가가 시간의 흐름을 저지하려는 것처럼.

*

몇 해 전 나는 하디 선장의 정기여객선 '인디펜던스'호로 찰스턴에서 뉴욕까지 여행을 한 적이 있다. 당시 날씨가 괜찮을 경우 출항 예정일은 (6월) 15일이었다. 나는 몇 가지 짐을 선실 안으로 들여놓기 위해 14일 승선했다.

에드거 앨런 포의 소설 「직사각형 상자」는 이렇게 시작한다.

루퍼스는 니블로스 가든의 벤치에 앉아 독서에 몰입해 있다. 아직 여름이라서 뜨거운 햇살이 잡지의 지면을 달군다.

수많은 승객 중 여성의 비율이 눈에 띄게 높다는 것을 알 수 있었다. 승객 명단에는 아는 이름이 여럿 있었는데, 그중에서 반갑게도 코닐리어스 와이엇 씨가 눈에 띄었다. 젊은 화가인 그는 나와 돈독한 우정으로 맺어진 관계였다. 우리는 수년간 C대학의 동기생으로 지냈었다. 그는 천재의 전형과도 같은 기질을 보였고 순수한 열정과 감수성을 지녔으며 염세적이기도 했다. 아울러 인간이 품을 수 있는 가장 진실하고 따스한 마음의 소유자이기도 했다.

글을 읽다가 루퍼스는 갑자기 갈증을 느낀다. 하지만 당장 마실 것이 없다.

딱히 별다르지는 않아도 충분히 호기심을 끄는 이 도입부는 곧장 하나의 주제로 이어진다. 코닐리어스 와이엇은 과연 선실에 있는 직사각형 상자 속에 무엇을 감추었을까?

와이엇은 갓 결혼한 배우자와 두 누이를 데리고 배에 올랐는데,

주인공과는 아직 대면하지 않은 상태다. 배에 오를 당시 그의 기분은 꽤 우울했지만, 그로서는 일상적인 일이다. 워낙에 극과 극을 쉬이 오가는 기질이었으니. 한편 와이엇 부인에게 인사를 건네면서 베일 너머 그 얼굴을 흘끔 보게 된 화자는 적잖이 놀란다. 평상시 코널리어스 와이엇이 끌릴 만한 여성이 전혀 아니었기 때문이다. 그녀는 유난히 불편한 기색인데다 한두 마디 말만 내뱉고는 곧바로 베일을 내려버린다. 화자는 자신의 선실로 돌아가면서, 그 과묵한 여자가 내면의 아름다움을 갖추었겠거니 생각해버린다. 얼마 뒤 저녁 시간에 와이엇의 선실을 찾은 화자는 그가 손님을 들이고 싶어하지 않는다는 것을 알게 된다. 아울러 그의 선실에서 새어나오는 희미한 신음소리는 밤새도록 화자의 심기를 어지럽힌다.

이제 루퍼스는 태양 광선이 입안까지 파고드는 느낌이다. 그는 잡지를 덮고 자리에서 일어난다. 소설을 다 읽기 전에는 일어나지 않을 생각이었지만, 지독한 갈증에 두 손 들 수밖에 없었다. 뭐든 당장 마셔야만 했다.

그는 길 건너 어느 선술집으로 들어간다.

막상 카운터 앞에 서자 무얼 주문해야 할지 모르겠다.

그는 레모네이드 대신 맥주를 한 잔 시켜 단숨에 들이켠다. 잔을 다시 내려놓고 나서 그는 속으로 중얼거린다. '그것참 이상하군…… 난 원래 맥주 안 마시는데……'

루퍼스는 원래 금욕적인 사람이다. 그래서 특히 알코올과 그로 인한 폐해를 혐오한다. 그런데 지금 선술집 카운터 앞에 서서 맥주를 마시다니. 그는 불쑥 잔을 밀쳐놓는다. 종업원이 그런 그를 유심히 바라본다.

"한 잔 더 드릴까요, 손님?"

"그래요, 고맙소."

맥주가 나오자마자 잔을 들고 벌컥벌컥 마셔버린다. 다시 거리로 나선 그는 약간 어지러우면서도 기분은 대단히 좋다.

니블로스 가든으로 돌아온 그는 같은 벤치에 앉아 다시 소설을 읽는다.

하지만 지면 위의 활자들이 마구 흔들린다. 마치 뒤로 벌렁 나자빠진 작은 짐승들이 햇살 아래 네발을 바동거리고 있는 듯하다. 햇살이 머리 위 나무우듬지를 가르며 그대로 내리꽂힌다. 루퍼스는 어스름한 그늘로 자리를 옮긴다. 그제야 활자들이 얌전해지고 그는 계속 읽어나간다.

코닐리어스 와이엇이 상자 안에서 신음을 토해내고 있다.

배가 폭풍을 만난다. 승객들이 배에서 뛰어내려야 할 판이다.

모두들 소형 보트에 옮겨 탔는데, 와이엇은 선실에 놔둔 상자를 가져와야 한다며 보트를 돌리라고 난리다.

하디 선장은 그런 정신 나간 짓이 어디 있느냐며 호통을 친다.

와이엇은 바다에 뛰어들어 여객선까지 헤엄쳐 간다. 그는 배에 기어오르고, 잠시 후 상갑판 난간 너머 커다란 상자를 어깨에 밧줄로 동여맨 그의 모습이 보인다. 그는 난간 너머 훌쩍 몸을 날려 바다로 뛰어든다.

그의 몸과 상자가 수면에 보이는가 싶더니 이내 물속으로 사라져버렸다.

"선장, 방금 저 광경 보셨습니까? 어떻게 저리 갑작스럽게 가라앉을 수가 있죠?"

"조만간 다시 떠오를 겁니다. 다만 소금이 다 녹은 다음에 말이죠……"

비극적인 사건이 벌어진 지 한 달 뒤, 화자는 뉴욕의 어느 거리에서 하디 선장과 마주친다. 그리고 그날 사건의 진상을 전해듣는다.

출항 전날 와이엇 부인은 갑작스럽게 세상을 떠났다. 깊은 슬픔에 짓눌린 젊은 홀아비는 아내의 장례를 치러주기 위해 최대한 빨리 뉴욕에 가야 하는 상황이었다. 하지만 시신을 운반한다는 생각에 선장이 난색을 표했고, 결국 적당한 상자를 활용해 뉴욕까지 최대한 비밀리에 이동하자는 합의에 도달했다. 반쯤 방부 처리가 된 시신은 소금에 파묻혀 상자 속에 안치되었다.

사람들의 의심을 사지 않기 위해 하녀가 대신 와이엇 부인 행세를 하기로 했다.

코닐리어스 와이엇은 밤마다 상자 속에 들어가 아내를 잃은 슬픔을 눈물로 달랬던 것이다.

루퍼스는 벤치 위에 책을 내동댕이친다.

"포……" 그는 눈물로 목이 메어 웅얼거린다.

데카르트는 인간의 의식이 사고를 통해 드러난다고 말했다. 책을 읽는 행위를 일종의 사고 형태라 본다면, 그것은 타인의 의식을 경유한 사고일 것이다. 나 아닌 다른 남자, 혹은 다른 여자의 사고.

소설을 읽는 동안 루퍼스는 에드거 앨런 포처럼 사고한 셈이다. 그런데 과연 에드거 앨런 포를 거쳐온 사고 속에서 그의 의식이 발현될까? 아니면 소멸해버릴까?

사고가 인간의 의식을 해체하고 인간 자체를 허물어뜨릴 수 있는 것과 마찬가지로, 의식을 공고히 할 수도 있는가?

“포의 소설들이 추구하는 게 혹시 그런 사고의 작용은 아닐까?” 루퍼스는 완전히 멍한 상태로 중얼중얼하고 있다. 포의 소설은 분명 사람을 위로하거나 인도하려는 목적과는 무관해 보인다. 오히려 독자를 부숴버리려는 것 같다. 상처를 아물게 하는 것이 아니라, 더 파헤친다. 바로 그것이 에드거 포가 지닌 아름다움이다. 독자를 지옥으로 끌어당기는 아름다움. 독자의 사고에 독毒을 풀어넣는 희열감. 독자의 존재를 와해해버리는 즐거움.

그런 식의 사고를 하기 위함이라면, 과연 사고한다는 것이 무슨 의미가 있을까? 맙소사! 인간 존재 안에 시커먼 구멍을 뚫어놓는 것이 목적이라면, 문학의 소용이 무엇이란 말인가!

니블로스 가든을 가로지르는 내내 루퍼스는 줄곧 태양의 공세에 시달린다. 온몸이 땀에 젖는다. 끔찍한 갈증이 목구멍을 파고든다.

그는 또다시 선술집으로 들어선다. 이번에는 레모네이드를 주문한다.

그는 여전히 금욕주의자다.

자기 방으로 돌아온 뒤에도 그는 자고 싶은 생각이 없다. 그저 책상 앞에 꼼짝 않고 있는 게 낫다. 그는 곰곰이 생각에 잠긴다. 사탄이라는 존재가 결과적으로 하늘의 계획의 일부이듯, 에드거 포 역시 하느님의 의도에 속한 존재가 아닐까? 무릇 악이라는 것도 부지불식간에 하느님의 뜻에 종속되기 마련이다. 하느님의 종이라면, 의당 선에 이롭도록 악을 활용할 의무가 있다. 그것이야말로 악이 존재하는 이유다. 만약 하느님이 악에 대한 계획을 세우지 않으셨더라면, 그 존재가 허락될 리 없다. 어릴 적부터 루퍼스는 악의 존재와 관련한 하느님의 의도에 대해 어머니로부터 숱한 이야기를 들어왔다. 지금, 어머니의 그 목소리가 다시금 귓가를 맴돈다. 이제 포의 얼굴이 전혀 다른 관점에서 부각되어 떠오른다. 악의 또다른 변주의 형태로.

바로 그 변주 형태 속의 악을 쳐부수는 것이 루퍼스의 사명이다. '하느님의 도움으로 내 그것을 쳐부수리……' 루퍼스는 속으로 되뇐다.

그러기 위해서는 우선 포에게 접근해 따뜻하게 말을 걸고, 관찰하면서, 그에게 공감과 우정을 표해야 한다. 그의 뺨을 부드럽게 어루만지다가 느닷없이 그 가면을 벗겨버려야 한다!

그가 어둑한 방에서 담요를 덮고 잠자리에 들 무렵, 시간은 자정을 훌쩍 넘기고 있었다. 그는 눈을 감고 두 손을 가슴 위로 포갠다. 이제야 마음이 편안하다.

몸을 돌려 모로 누우려는 순간, 누군가 옆자리에 길게 누워 이쪽을 보고 있음을 깨닫는다. 그는 손을 뻗어 그 얼굴을 만져본다.

"캐럴라인?"

어둠 속에서 아내의 번득이는 눈빛이 보인다. 몸에 닿는 그녀의 손끝이 느껴진다. 더는 숨이 쉬어지지 않는다.

*

두통으로 인한 현기증이 심하다. 어느 오후, 보트에 타고 있던 그가 물속으로 곤두박질친다. 갑작스럽게 '벼락'을 맞은 꼴이 된 건 허드슨강에서다. 가려움증 같은 감각이 목덜미에서 시작되어 삽시간에 온몸으로 번진다. 머리가 쪼개질 것만 같은 통증이다. 통증이 어찌나 심한지 사지를 주체할 수가 없다. 더이상 아무것도 보이지 않는다. 그는 보트에서 몸을 일으키는가 싶더니, 양팔을 휘저으며 강물 속으로 곤두박질친다.

'이제 죽는구나……' 비명을 지르려고 해보지만, 입으로 곧장 물이 밀려든다. 공황 상태가 되어 무작정 팔다리를 휘젓는다. 문득 차가운 물속에서 통증이 사라져버린 걸 깨닫는다. 가까스로 강기슭에 닿자, 몸은 젖었지만 기분은 나아진다. 두통이 싹 가셨다. 며칠 동안 신열과 감기를 앓으며 침대에 누워 책만 보며 지낸다. 몸을 추스를 기운을 차리자 그는 의사를 찾는다. 이 빌어먹을 발작 증세를 면하려면 뭔가 조치가 필요하다.

"그리스월드, 당신은 책을 너무 읽어요." 통통하게 살이 찐 의사가 말한다.

"쓸데없는 소리……"

"내가 할 수 있는 일은 그저 통증을 완화하는 약을 주는 것이 전부입니다. 아편 성분의 약 말입니다."

"그럼 그냥 약이나 주세요!"

흥분한 루퍼스는 진료실 문을 거칠게 닫으며 나간다.

그는 약을 복용한 뒤 잠을 청한다. 편안한 온기가 가슴에 퍼진다. 이제는 머릿속 생각들도 잠잠해져간다. 스스로 단념하는 중임을 깨닫는다. 그동안 기자, 편집자, 정치인을 막론하고 대화를 해보았지만, 누구도 만족스러운 대답을 주지 못했다. 신문지상에서 떠들어대는 살인 사건들과 관련해 포가 어떤 식으로든 연루되어 있다고 말하는 이는 아무도 없다. 하지만 루퍼스는 포가 무언가 숨기고 있음을 알고 있다. 겉으로 드러나지 않은 그 무엇. 포의 격앙된 심장에 이르는 길을 찾는 것이 그의 임무다. 그런데 왠지 그 길을 고집하노라면 어느 곳에도 이르지 못할 것 같은 느낌이다.

루퍼스는 잠이 든다.

다시 눈을 뜨자 저녁이다. 방안에 누군가 있는 느낌이다.

그는 몸을 일으키며 외친다.

"누굽니까?"

백색증을 앓는 어떤 이가 발끝까지 내려오는 누더기 프록코트 차림으로 방 한구석에 서 있다. 그자는 루퍼스를 바라보며 씩 웃는다.

루퍼스는 침대에 앉아 머리맡 탁자의 등불을 밝힌다.

희미한 불빛 속 사내의 얼굴은 구겨진 장갑 안감과 흡사하다.

"누구…… 누구십니까?" 루퍼스가 더듬거리며 묻는다.

"그리스월드 씨, 문이 열려 있더군요." 왜소한 사내가 입을 연다. "어찌나 곤히 주무시는지. 아, 저는 자는 걸 무척 좋아해요. 그보다 더 기분좋은 일은 없죠. 며칠 내리 잠만 잘 수도 있습니다!"

루퍼스는 눈을 찡그려가며 방 저쪽 구석에 서 있는 사람의 윤곽을 탐색한다.

"뭐라고요?"

"저는 포 선생의 지인입니다."

루퍼스는 침대에서 일어나 발치에 걸린 가운을 집어들고는 소매를 더듬어 찾는다.

"저 때문에 혹시 겁을 먹진 않으셨길 바랍니다, 그리스월드 씨."

사내의 목소리에 루퍼스는 왠지 소름이 돋는다.

"원하는 게 뭡니까?"

"제가 그분 생각만 하면 걱정이 이만저만 아니라서요." 칠삭둥이 같은 사내가 대답한다.

루퍼스는 비딱하게 상대를 흘겨본다.

"좀 앉으시겠습니까?"

두 사람은 책상을 사이에 두고 마주앉는다. 백색증 환자는 가슴 앞에 팔짱을 낀다.

"걱정이라니…… 무슨 걱정 말입니까?" 루퍼스가 묻는다.

"일전에 보내드린 편지를 보고 이미 아셨겠지만, 제가 신경쓰는 문제는……"

"아, 그게 당신 편지였군!"

"그러니까…… 이전이나 지금이나…… 앞으로도 항상 제 관심사는 포 선생의 명성이랍니다!"

방안 어스름 속에서 루퍼스는 왜소한 사내의 눈빛을 읽으려 애쓴다. 슬쩍 떠보는 것인가? 솔직한 고백인가?

"제 가슴속에는 뭐랄까……" 사내가 계속 말을 이어간다. "그 분을 위한 열정이 항상 고동치고 있지요…… 인생의 사명감이라고나 할까요."

"당신이 포의 명성에 신경을 쓰고 있단 말입니까?"

"그렇습니다."

루퍼스의 입가에 미소가 스친다.

"그것뿐입니까?"

백색증 환자는 루퍼스를 말없이 바라보더니 덧붙인다.

"그분은 진실을 이야기하고 있어요."

순간 루퍼스는 살짝 소름이 돋는다. 그는 생각한다. '귀에 익은 톤이야. 위협당할 땐 항상 이런 식으로 느낌이 오지.'

백색증 환자의 목구멍에서 날카로운 잔기침이 터져나온다.

"그리스월드 씨, 제가 상황을 지켜보건대 우리는 당신 없이 아무것도 이루지 못할 겁니다."

"무슨 말인지 모르겠군요."

"아뇨, 무슨 뜻인지 아주 잘 알고 계십니다."

"나는……"

"어느 누구보다 잘 이해하고 계시죠."

"아무래도 나의 영향력을 과대평가하는 것 같군요."

"제 생각은 다릅니다. 포 선생은 당신의 도움 없이는 결코 정당한 평가를 받지 못하실 겁니다."

"별소리를 다 듣겠군!"

"이것 보세요, 친애하는 그리스월드 씨, 당신은 스스로 믿지도 않는 말을 하고 있어요."

"내가 무얼 믿는지 당신이 어떻게 압니까?"

"그야 당신 입을 보면 알 수 있지요."

"뭐요?"

"당신은 그분에게 맞서고 있어요. 그건 좋지 않습니다. 저는 당신이 그분을 돕기를 바랍니다⋯⋯ 그분에 대해 뭔가 좀 다른 방식으로 글을 써주길 바라요⋯⋯ 마음을 담아서 말입니다, 그리스월드 씨⋯⋯ 당신이 그분을 높이 받들어주고 변호해주면 좋겠습니다⋯⋯ 제 말 아시겠습니까, 그리스월드 씨?"

이제 어떤 상황인지 분명해진다. 따끔한 바늘이 등허리를 쑤시듯 섬뜩한 공포가 치민다. 루퍼스는 백색증 환자를 굳이 자극하고 싶지 않다. 아니, 감히 그럴 엄두가 나지 않는다. 그리스월드는 포의 친구라고 굳게 믿고서 이대로 사라져주기만을 바랄 뿐이다.

"물론입니다." 그리스월드가 말한다.

"당신은 그분의 재능을 몰라보고 있어요." 백색증 환자가 쏘아붙인다.

"아닙니다. 나도 알아요."

"그분이 쓰는 글을 곧이곧대로 믿지 않잖아요."

"대체 내가 믿고 말고가 무슨 상관이란 말입니까?"

"당신은 그걸 믿질 않아요!"

의자에 앉은 루퍼스의 자세가 잔뜩 움츠러든다.

"그런 말 마세요."

"무슨 말?"

"믿음 운운하지 말란 말입니다."

백색증 환자는 상대를 굽어보며 말한다.

"그분을 믿는다고 말해봐요."

"뭐라고요?"

"주인님을 믿는다고 말해보란 말입니다!"

"황당하군."

상대의 집요한 시선에 못 이겨 루퍼스가 한숨을 토해내듯 대답한다.

"그를 믿습니다."

사내가 씩 웃는다. 음울하면서 뭔가에 취한 듯한 미소지만, 루퍼스에게는 딱 바라던 상황이다.

"이제 우리는 서로 협력하는 겁니다, 그리스월드 씨?"

루퍼스는 고개를 끄덕여 답한다.

"차나 한잔하시겠습니까?"

루퍼스의 제안에도 백색증 환자는 그냥 일어선다.

"괜찮습니다. 이제 가봐야 해서요."

"포 씨를 만나거든, 대신 안부 좀 전해주시죠……"

사내는 문 앞에 이르러 돌아본다.

"사실 요즘 그분과 저의 관계가 썩 좋지는 않습니다……" 그가 씁쓸한 미소를 지으며 털어놓는다.

루퍼스는 창문 너머로 계속 그를 주시한다. 사내는 다급하게 거리로 나서자마자 어디론가 사라진다.

루퍼스는 목덜미 쪽에 갑작스러운 통증을 느낀다.

그는 침대 머리맡 탁자로 다가가 의사가 처방해준 약을 또 한번 복용한다.

에드거 앨런 포와의 대담

(뉴욕, 1844년 12월 4일자 〈선〉)

포, 도난당했나?

에번 올슨

이 기사를 쓴 본 기자의 문학적 소양이 특출난 편이라고는 말할 수 없다. 지난 수년간 본인은 경찰 보고서와 신문 기사, 쪽지에 휘갈긴 증언 내용, 그리고 물론 각종 영장과 사법부의 여러 판결문을 탐독해왔다. 내가 문학에 관심을 갖기 시작한 것은 바로 그 무렵부터였다.

이렇게 갑자기 문학에 관심을 갖게 된 데는 에드거 앨런 포라는 비범한 인물의 영향이 중요하게 작용했다. 포의 소설은 아름답고도 공포스러우며 기자로서의 내 경험과 밀접하게 연관되어 있다. 따라서 나는 뜻밖의 열정을 다해 그 소설들에 몰입하지 않을 수 없었다. 그 안에는 온갖 엽기적인 악행과 놀라운 고백이 가득 담겨 있다.

작가가 현재 뉴욕에 거주하고 있다는 걸 알았을 때, 나는 일단 그를 직접 만나 이야기를 나누어봐야겠다는 생각이 곧바로 들었다. 예리한 통찰력의 소유자인 그 문인이 어쩌면 우리 도시를 발칵 뒤집은 끔찍한 사건들, 경찰력을 속수무책으로 만들어버린 범죄들에 새롭게 조명을 비춰줄 수도 있을 터였다. 작가를 찾아내 입을 열게 만드는 데만, 과장 없이 말해, 몇 날 며칠이 소요되었는지 모른다. 그를 찾으러 네 개의 서로 다른 주소지와 여러 편집실, 바워리 스트리트의 숱한 물웅덩이 사이를 누비고 다녔다.

그러다 결국 그리니치빌리지의 벤치에 앉아 있는 그를 만났다. 그는 어느 작은 책에 실린 암호문을 푸느라 여념이 없었다. 가을 햇살이 넓은 이마를 비추고 있었다. 그는 고개를 돌려 나를 발견하자 보랏빛 눈동자로 쏘아보았다. 왠지 그 눈빛에서 부드럽고도 엄숙한 권위가 뿜어져나오는 것 같았다. 포 씨가 소위 "피에 목말라하는 사람"이라는 그 숱한 소문이 단번에 의미를 상실하는 듯했다.

내 앞에 있던 사내는 그야말로 기품 그 자체를 구현하는 듯 보였다. 그 자신은 사라지고 오직 절제와 품위, 인간적인 매력만으로 정제된 존재 말이다. 그것이 형형한 안광을 소유한 리치먼드 출신 작가의 첫인상이었다. 그런데 과연 나의 질문에 일일이 대답을 해줄 것인가? 수많은 독자를 놀라게 한 살인 사건에 대해 명쾌한 설명을 해줄 수 있을 것인가?

포 선생님, 최근 이 도시에서 벌어진 사건들을 주의깊게 지켜보셨는지요.

—무슨 말씀이시죠?

일전에 크리스티 스트리트에서 두 여성이 살해당한 채 발견되었는

데, 그 사건에 관해 선생님이 알고 계시는지 궁금합니다.

—신문에서 본 게 전부입니다.

물론 그러시겠죠. 선생님도 잘 알고 계시겠지만, 크리스티 스트리트의 끔찍한 사건과 선생님의 소설 「모르그가의 살인 사건」 속 이야기 사이에 주목할 만한 유사성이 존재하는데요……

—그런 유사성에 대해서는 딱히 들은 얘기가 없습니다만, 현실이 문학을 때론 부주의하고 무책임한 방식으로 모방할 수 있다는 것은 그다지 새삼스러운 일이 아니지요.

제가 포 선생님의 말씀을 제대로 이해했는지 확인하는 의미에서 다시 한번 질문을 드리겠습니다. 방금 하신 말씀은, 누군가 선생님의 문학작품을 그대로 모방하고 있다는 뜻입니까?

—표절에 관해서라면, 롱펠로 씨의 작품을 둘러싼 논란을 지켜보아온 사람들은 저의 단호한 입장이 그다지 놀랍지는 않을 것입니다. 표절은 더도 덜도 아닌 도둑질로 간주되어야 하지요.

누군가 선생님의 소설을 '도둑질'했다는 말씀인가요?

—모르겠습니다. 다만, 우리는 저마다 서로에게서 무언가를 훔치며 살아가는 것이 아닌가 싶군요. 산다는 것 자체가 일종의 도둑질이 아닐까요?

제가 선생님의 말씀을 제대로 이해했는지 모르겠습니다.

—모든 걸 이해할 수는 없지요.

혹시 선생님이 쓴 잔혹한 이야기가 또다른 범죄, 또다른 잔혹한 행동을 유발할까 걱정되지는 않으십니까?

—제 생각은 그 반대인걸요.

그 반대라뇨?

—저는 문학이란 정화의 수단이 될 수도 있다고 생각합니다. 이를테면 진흙 목욕이 그렇듯이 말이죠.

이 말을 전하며 이 위대한 작가는 설핏 미소를 지었다. 그는 낡은 프록코트의 옷깃을 세우고 벤치에서 일어났다.

—그만 가봐야겠군요.

포 선생님, 왜 그냥 가십니까? 대답을 해주셔야죠. 죄책감을 느끼시진 않나요? 뭔가 뉘우칠 일은 없습니까?

하지만 그는 돌아보지 않았다. 나는 다시 그를 불렀다.

뭐든 덧붙일 말씀은 없습니까? 현실이 걱정되지는 않으십니까? 포 선생님?

작가는 분명 다른 생각에 골몰하고 있었다. 그는 눈에 띄게 힘찬 발걸음으로 거리로 나서더니 금세 모습을 감추었다.

이렇듯 사건은 여전히 미궁 속에 빠져 있다.

포

고무적인 일들

(뉴욕)

머디 고모가 오기로 한 아침, 잠에서 깨어난 그는 치아가 너무 아픈 나머지—입 안쪽 좌측의 어금니가 하나 흔들린다—침대를 벗어나는 순간 기절이라도 할 것 같다. 열린 문 앞에 머디 고모가 불쑥 나타나 몸을 좌우로 흔들며 미소 짓고 있다. 창문으로 들어온 5월의 따스한 햇살이 그녀를 향해 쏟아진다. 그들과 같이 살려고 볼티모어에서 온 그녀는 이제 문가에 서서 그들 부부의 침대를 바라보고 있다.

에드거는 머디 고모의 정감 넘치는 작은 눈과 살찐 얼굴을 좋아한다. 그녀는 약간 때 묻은 검정 머플러로 머리를 감싸고 있다. 빛깔이 불분명한 머리카락 몇 올만 그 아래로 비어져나와 있다. 에드거는 득달같이 달려가 그녀의 널찍한 이마에 입을 맞춘다.

"몸은 괜찮으세요?"

"에디!" 그녀가 에드거를 꼭 껴안으며 말한다.

"고모!" 그러자 에드거는 아이처럼 울먹인다. "도대체 어디 계셨어요? 저를 돌봐주겠다고 약속하셨으면서……"

에드거의 머리를 쓰다듬어주는 머디 고모의 환한 웃음.

"아, 너도 참, 이제 다시는 떨어져 있지 않을게."

"정말이죠? 약속하셨어요!"

그녀는 지그시 웃는다.

"그나저나 입은 왜 그러니, 에디? 퉁퉁 부었잖아!"

"치통이 심해요." 에드거가 손으로 뺨을 감싸며 웅얼거린다.

"어디 좀 봐." 머디 고모는 에드거를 의자에 밀어 앉힌 다음, 벌어진 입안으로 조심스럽게 한 손가락을 넣는다.

"아이고, 어떡해!" 그녀가 무거운 표정으로 한숨을 내쉰다. 사형선고인지 무죄방면인지, 아무튼 무슨 통지서라도 받아든 얼굴이다.

"그러게요, 어떡하죠?" 에드거가 눈물을 글썽인다.

"걱정 마. 괜찮아질 거야." 머디 고모가 입 주변을 부드럽게 어루만져준다.

며칠 후 그들은 그리니치빌리지를 떠나 허드슨 강변의 한 농장에 정착한다. 가죽나무 냄새와 도로의 소음에서 멀리 떨어진, 블루밍데일 도로에서 서쪽으로 벗어난 곳이다. 버지니아와 머디 모두 농장주인 브레넌 부부의 집에서 지내게 되어 흡족하다.

천만다행으로 에드거의 치통도 깨끗이 나았다.

'이제 다시 글을 쓸 수 있겠어.' 에드거는 생각한다.

농지를 둘러싼 숲속에서 그는 큼직한 바위를 하나 발견했다. '마운틴 톰'이라 이름 붙인 그 바위에 걸터앉아, 몇 시간이고 허드슨 강을 바라보며 글도 쓰고 사색도 한다. 그야말로 평화와 행복의 공간이었다!

그는 「까마귀」라는 제목의 시를 쓰는 중이다. 아직 많이 쓰지는 않았지만 몇 시간이나 꼼짝 않고 지어놓은 시구를 되새겨보고 각 단어의 울림에 귀기울인다. 그런데 매번 되풀이해 읽을 때마다 더 깊이 파고들어야 할 무언가가 있다는 느낌이 든다. 그게 무엇인지 도무지 갈피가 잡히지 않는다……

그는 뉴욕에 있는 너새니얼 파커 윌리스 앞으로 편지를 써서 새로운 작품 이야기를 한다. 윌리스는 작품이 마음에 든다면서도 자기는 그걸 지면에 실어줄 방도가 없다는 답장을 보내온다. 에드거는 때마침 머디 고모가 와 있어서 참 다행이라고 생각한다. 인생의 대부분을 가진 것 없이 헤쳐온 여성이 아닌가! 그녀는 기름등 하나와 당근 몇 개, 얼마 되지 않는 돈으로도 매우 훌륭하게 살림을 꾸려갈 줄 안다. 드디어 그가 현실을 직시했다고나 할까! 몇 주 전만 해도 그런 편지에 에드거는 펄쩍 뛰었을 터다. 하지만 이제는 덤덤할 뿐이다. 필경 마운틴 톰에서의 평온한 명상이 그의 성격에 좋은 영향을 미친 모양이다. 돈 없는 사람이 무자비하게 괄시당하는 이 미국이라는 나라의 글 쓰는 작가로서, 에드거는 숱한 모욕과 가난을 의연히 받아들이고 견뎌내야만 할 터다.

그는 결코 무너지지 않을 것이며, 어떻게든 포기하지 않고 성공에 이를 좋은 작품을 구상하기로 결심했다. 그는 결코 가난하게 살 운명이 아니다. 아직은 얼마든지 영화를 누리고, 자신 안에 감추고 있는 것을 이 세상에 펼쳐 보일 수 있다. 늦지 않았다. 천만에!

"알겠느냐, 세상아!"

그의 가슴속에서 또다시 무언가 끓어오른다.

그는 마운틴 톱에 올라 미국 문단 전체를 향해 저주를 퍼붓는다.

방안에 누운 버지니아의 기침이 심하다. 습한 가을 날씨는 그녀의 폐에 좋지 않다. 이불을 덮은 그녀의 몸이 쇠꼬챙이처럼 야위었다. 그나마 방에 들어서는 남편을 바라보며 웃는 얼굴을 하니 다행이다.

"나 좀 봐요…… 꼭 해골바가지 같죠?……"

"당신 기름진 고기를 좀 먹어야겠어."

"그런 말 마요. 벌써 군침 돌잖아요."

둘이 한바탕 웃어댄다. 에드거는 아내에게 다음주 원고료가 들어오면 고기를 사주겠노라고 약속한다. 아내가 조그만 살점 하나 겨우 입에 넣는 둥 마는 둥 하리라는 걸 잘 알면서도, 그는 고기 빛깔하며 그에 곁들인 요리하며 함께 즐길 감미로운 포도주 등에 대해 장황하게 말잔치를 벌인다.

그해 말, 몇 가지 고무적인 일이 발생한다. 프랑스 일간지 〈라 코티디엔〉에 그의 소설 「윌리엄 윌슨」이 번역되어 실린 것이다. 그의 소설로는 처음 번역되어 소개된 작품이다. 에드거는 도플갱어에 관한 이야기가 자신의 첫 국제적 성공작이 되었다며 뛸듯이 기뻐한다. 그로부터 얼마 지나지 않아, 제임스 러셀 로웰이 그의 작품에 대해 상당한 호평을 쓴다. 이 평문은 실제 에드거와 그리 비슷하지는 않지만 나름대로 호감을 불러일으킬 만한 동판화 초상과 함께 〈그레이엄스 매거진〉에 실린다. 초상화를 보며 에드거는 자신의 모습이 아니라고 여기면서도 실제보다 더 생동감 있고 살도 포동포동해서 훨씬 만족스러운 모습이라고 생각한다.

너새니얼 윌리스가 그에게 〈미러〉에서 일해볼 것을 제안한다. 근무시간이 너무 길어서 작품을 쓰고 아내를 돌볼 시간적 여유가 줄어들더라도 에드거로서는 제안을 거절할 수 있는 입장이 아니다.

결국 그는 '시인의 왕' 헨리 워즈워스 롱펠로가 '잊힌 시들'을 모아 발간한 시선집 『집 없는 사람들』에 대해 서평을 쓴다. 시선집에 롱펠로가 고르고 수록한 시들이 더없이 훌륭한 작품이라 해도 차마 그렇다고 말하기는 쉬운 일이 아니다. 사실상 그 모든 '익명'의 시들을 출판사에 보내 휴지통 신세를 면하게 만든 이가 바로 롱펠로 자신이 아니었던가! 에드거는 시들을 면밀히 살펴보면서, 롱펠로가 어떻게 독자를 속이려 했는지 깨닫게 된다. 롱펠로가 쓴 시를 포함해 거기 실린 작품들은, 보다 독창성 있는 미국 작가들 작품의 명백한 모작이었던 것이다!

"시선집은 도덕적으로 병들어 있다. 주도면밀하게 구상되어 엮인 이 책은 요컨대 롱펠로 선생의 주장을 뒤엎을 만한 모든 기도를 내치려는 목적에서 꾸려진 것이다."

그것은 롱펠로가 계속해서 표절하고 있다는 또하나의 증거이겠으나, 어쨌든 에드거는 직접적으로 그렇게 쓰고 싶지는 않다. 대신 그가 쓰고 싶고, 그래서 동원한 단어는 바로 '흉내'다. 과연 엄청난 파장을 불러올 표현이 아닌가! 뉴잉글랜드를 대표하는 거물급 인사를 누군가 감히 '흉내쟁이'로 몰아붙인다니 얼마나 충격적인 사태인가! 에드거는 무척 통쾌했다. 거드름이나 피울 줄 아는 기름진 보스턴 놈들에게 드디어 제대로 한 방 먹인 셈이니 말이다.

그런데 서평을 두고 이렇다 할 반응을 보이는 사람이 없다. 도무지 논박하는 이가 없다. 다들 장님에 귀머거리인가? 롱펠로는 왜 아무 말도 하지 않는가? 이거야말로 환장할 노릇이다. 이건 마치 어둠 속에서 저 혼자 칼을 휘두르거나 아무도 보지 못하는 허깨비를 상대로 난투극을 벌인 꼴이다. 그때 별안간 반짝하며 기발한 아이디어가 떠오른다. 바로, 자신의 글에 직접 반론을 제기하고, 그에 이어 또다시 대응을 하는 것이다. 그렇게 계속 담론을 연장해가다보면 모든 것이 제대로 정리되지 않겠는가.

그는 '포 씨의 롱펠로 비판'을 반박하는 기사를 다시 쓰기로 한다. 글은 우티스Outis라는 이름으로 기고했는데 그리스어로 '아무도'라는 뜻인지라, 혹시라도 어정쩡한 교양인들이 눈치채지는 않을까 걱정되기도 했다. 그러고는 다시 우티스의 반박에 대한 재반박문을 쓰는데, 이번에는 단발로 끝내지 않고 무려 오십여 쪽에 달하는 분량으로 총 다섯 차례에 걸쳐 〈버턴스 매거진〉에 평문을 발표한다.

이렇게 하여 도처에서 여러 반응이 쇄도하고 이른바 '롱펠로 논쟁'이 불붙는다. 바로 우티스 덕분에 말이다!

이후 각종 신문과 잡지를 통해 퍼져나가는 엄청난 파장을 포는 마냥 뿌듯한 심정으로 지켜본다. 그는 끝까지 밀어붙여 롱펠로 스스로 딛고 올라선 그 말도 안 되는 명예의 전당에서 그를 깨끗이 밀어버리고 싶다. 그 모든 허상을 철저히 파괴하고 불살라버리는 것, 내면의 목소리가 부추기는 공격이 적중할 때마다 에드거는 더없이 흐뭇하다.

게다가 이런 소소한 성공만으론 충분치 않은 듯, 루퍼스 그리스월드로부터 그간의 불화와 오해를 애석히 여기며 관계 회복을 바란다는 내용의 편지가 날아든다.

당신도 기억하다시피 우리 사이에는 그간 불화가 있었습니다만, 그렇다고 해서 당신이 늘 문제삼았던 것처럼, 그런 불화로 인해 내 전문적인 판단력이 편견으로 흔들리는 것은 나 또한 원치 않습니다.

우리가 필라델피아에서 처음 만난 이래, 나는 항상 당신 작품을 높게 평가해왔으며 그 분명한 징표를 당신에게 보이고 싶은 마음입니다. 지금 이 편지도 그래서 쓰는 것이고요. 이번에 캐리앤드하트출판사에서 나의 새 산문 평론집이 나올 예정입니다. 제목은 『미국의 산문가들』이지요. 나는 물론 그 책에 당신의 작품들을 싣고 싶습니다. 혹시 내가 아직 읽지 못한 당신의 단편소설이 있다면, 조속히 읽어보고 싶습니다.

새로 발표한 소설이 있다면 알려주시고, 어디서 그걸 구할 수 있는지 정보까지 주신다면 대단히 감사하겠습니다. 그리고 내가 『미국의 시와 시인들』에서 언급한 당신의 전기적 사항 중 마음에 들지 않는 내용이 있다면, 언제라도 알려주시면 좋겠습니다.

존경하는 마음을 담아.

루퍼스 윌멋 그리스월드

에드거는 편지를 여러 번 곱씹어 읽는다. 그리스월드는 세련된 문학 모임에서 이미 주요 인사가 되어 있다. 그러니 이런 식의 화해 요청이 날아들리라고는 전혀 예상치 못했다. 일단은 목사의 제안을 대수롭지 않게 넘겨버리기로 한다. 하지만 시간이 지나면서 에드거의 입장에 변화가 생긴다. 이 편지에는 전에 없던 진지함이 담겨 있지 않은가! 며칠이 더 지나 다시 편지를 읽어보자, 가슴에 확실히 와닿는 느낌이 있다. 그리스월드의 어조에는 분명 진실한 뭔가가 담겨 있다. 진정한 호의라고까지 말할 수 있을지도 모른다. 에드거의 입장에서 그리스월드는 뉴욕의 살롱들과 린치 양의 집에서 열리는 사교 모임, 그 밖에 신문사 편집국으로 입성하는 티켓을 의미할 수도 있다. 그 이면에 무엇이 도사리고 있든, 도저히 거부할 수는 없는 노릇이다. 아마 그리스월드는 살인 사건을 둘러싸고 세간에 떠도는 흉흉한 소문보다 포의 작품들 앞에 펼쳐질 성공 가능성이 더 믿을 만하다는 걸 깨달았는지도 모른다. 그렇다면 에드거 앨런 포가 장대한 쾌거를 이루는 마당에 자기만 따로 소외될 위험을 무릅써서는 안 되는 것이다!

며칠 후 에드거는 그리스월드에게 답장을 보내, 그에게 편지를 받고 심히 반가우면서도 마음이 무척 아팠다고 전한다.

선생께서 『미국의 시와 시인들』에 대한 저의 공격을 상당히 언짢게 여기신다는 점 이해합니다. 그래서 우리가 〈트리뷴〉 사무실에서 만났을 때 저는 아무 말도 하지 못했죠. 이제 부디 사과를 받아주시기 바랍니다.

저를 용서하고 과거를 잊어주시겠다면, 제가 선생을 따로 찾아뵐 방도를 알려주시든가, 아니면 어느 날이고 좋으니 〈미러〉 편집실로 아침 열시쯤 저를 찾아와주시기 바랍니다. 그때 선생께서 제의하신 문제에 관해 이야기를 나눌 수 있을 것입니다. 물론 선생이 만족하시는 게 그 모든 것보다 우선이지만 말입니다.

선생의 충실한 벗,

에드거 앨런 포

그로부터 겨우 며칠 후, 루퍼스 그리스월드가 〈미러〉 편집실로 에드거를 찾아온다. "포! 오랜만입니다, 포!" 그는 에드거의 손을 열렬히 붙잡으며 외친다.

고급 송아지 가죽 장갑의 촉감이 그대로 에드거의 맨손에 전해진다.

"당신의 답장이 얼마나 반가웠는지 모릅니다." 그리스월드는 자못 차분하면서 진지한 말투로 덧붙인다.

그리스월드는 당면한 상황에 집중하는 데 방해가 되는 것들은 일단 옆으로 제쳐놓는 탁월한 재주를 가진 것 같다. 현재로선 정말로 화해를 바라는 눈치다. 하긴, 그러지 못할 이유도 없지 않은가? 뜬금없이 강렬한 눈빛과 차분하고 진지한 음성은 그런 바람의 표현인 듯싶다.

저녁에 귀가해 그 사실을 털어놓자, 버지니아는 그리스월드가 정말 사무실로 찾아왔느냐며 믿기 힘들어한다.

"당신이 그 사람 책에 대해 쓴 글을 봤을 텐데도요?"

"보았지."

"그것참 이상한 일이군요."

"내 생각도 그래. 그러고 보면 참 유별난 사람이야."

에드거는 아내에게 그리스월드의 뉴욕 인맥에 대해서, 그리고 그런 비평가와 좋은 관계를 유지하는 것이 얼마나 중요한지 장황하게 설명한다. 귀담아듣던 버지니아가 고개를 끄덕인다.

지금 에드거는 마운틴 톰에 올라앉아 자기 자신과 회의를 하고 있다. 다름아니라 뉴욕이라는 곳에 대해서다. 거기서 살아야 하나, 말아야 하나? 그곳 인간들을 견딜 수 있을까, 없을까? 그들의 논리와 사고방식에 그가 과연 동화될 수 있을까?

그는 답을 찾지 못한다. 내면의 토론이 끝없이 이어진다.

그러다 그가 큰 소리로 외친다.

"내 명예를 걸고 장담하는데, 뉴욕 사람들은 자잘한 것들에 목을 매지! 그들은 세상만사를 바짝 들여다볼수록 더 잘 보인다는 착각 속에 빠져 살고 있어. 사실은 자잘한 것들의 안개 속을 헤매고 다닐 뿐인데. 그들은 툭하면 '논증을 하라!'며 난리지.

그러면서 자신들이 내세우는 논증의 개념에 부합하지 않으면 설사 진실이라 해도 받아들이려고 하질 않아. 그런데 내가 나서서 천하의 얼토당토않은 것도 자기들 입맛에 맞게끔 잘 치장해서 늘어놓으면 당장 쌍수를 들고 환호한다니까. 몇 달 전인가, 내가 〈선〉에 발표한 열기구 여행에 관한 글은 순전히 지어낸 이야기였어. 하지만 이야기를 풀어나가는 방식이 자기들이 생각하는 올바른 논증에 부합하자, 곧이곧대로 그걸 받아들이는 거야. 열기구를 타고 대서양을 사흘 만에 건너는 일이 불가능하다는 건 어린애라도 다 알 텐데 말이지!

아무튼 뉴욕 사람들이란 다 그렇다니까! 그들은 신도 이성도 믿지를 않지. 그들이 믿는 것은 오직 유행뿐! 참으로 대단들하지 않아?

명심해, 고담은 견딜 만한 도시가 아니란 걸. 그곳 포석 도로는 시민들을 미치광이로 만들려고 특별히 고안된 것이 분명해. 마차 바퀴와 엉성하게 깔린 포석이 부딪쳐 불쾌한 소음이 발생할 줄은 알고 있었지만, 일할 때 그토록 끔찍하게 방해가 될 줄은 정말 꿈에도 생각 못했지. 정상인치고 그런 도시에서 제대로 살아갈 사람은 아마 없을 거야. 사색과 글쓰기가 직업인 사람에게는 그야말로 자살 행위나 다름없어. 거기 살면서 내가 얼마나 미쳐버릴 지경인지 너는 상상도 못할걸. 책상에서 일하다 말고 쫓겨나듯 밖으로 뛰쳐나가 살롱들을 얼마나 쑤시고 다녔는지 말이야. 달리 어쩔 수 있었겠어? 도시의 소음이 내 머릿속을 완전히 점령해, 값싼 포트와인이라도 한 잔 들이켜지 않고는 도저히 견딜 수가 없어. 마시지 않고는 배겨낼 수가 없었다고. 근데 너도 알다시피 내가 술이 한참 약하잖아! 아무튼 지금은 술을 완전히 끊었지. 이곳에는 새소리밖에 들리지 않아. 그런데 솔직히 말해 이런 환경도 글을 쓰는 데 그다지 좋은 것만은 아니야. 이곳에선 고요함에 진절머리가 나거든. 도무지 아이디어가 떠오르질 않아. 글을 쓰려는 욕망은 완전히 고갈됐고. 이런 환경에서 과연 무슨 이야기를 그럴듯하게 풀어낼 수 있을까? 새들 이야기나 쓸까?

언젠가 진짜 늙어버리면, 나는 열기구를 타고 도시 위를 날아다닐 거야. 그리고 저 아래 상점들 사이에서 바글거리는 뉴욕 사람들을 내려다볼 거야. 대차게 박장대소를 해야지. 그땐 이 도시 사람들의 상상력이 터무니없이 부족하다는 말을 어느 누구도 입에 올릴 수 없을 테니까.

근데 나는 네가 뉴욕을 퍽이나 사랑하는 줄 알았는데, 아니었나?

아무렴, 좋아하고말고! 내 얼굴만큼이나 마음에 드는 도시인걸!"

1월에 가족 모두가 다시 그리니치빌리지로 돌아온다.

1월 14일 아침, 에드거는 새로운 편지 한 통을 받는다. 봉투에는 '포'라고만 표기되어 있다. 편지 맨 위에 '주인님에게 보내는 두번째 편지'라고 적혀 있다. 에드거는 현관에 그대로 선 채 편지를 읽어내려간다.

새뮤얼

주인님에게 보내는 두번째 편지

치과의사

당신이 볼티모어의 음울한 묘지 구석에 저를 내팽개치셨을 때 제가 얼마나 좌절했는지는 굳이 이야기하지 않아도 될 겁니다. 저는 당신의 발소리를 듣고 있었어요. 당신이 돌아올 거라 확신했죠. 절망감에 고통스러웠어요. 당신이 더이상 저를 원치 않는다는 걸 깨닫고선 얼마나 오랫동안 울었는지 당신은 모를 거예요. 정말 치욕스러웠죠.

당신은 아무도 저를 발견하지 못할 거고, 그래서 집단농장으로 돌려보내질 일은 없을 거라고 했지요. 사실이었어요. 아무도 제가 백인인지 흑인인지 모르더라고요. 저는 아무것도 아니었어요. 당신이 말했듯이 그냥 별종이었죠. 여러 해 동안 저는 미국을 가로질러 여행을 하면서 당신을 잊으려고 노력했어요. 하지만 당신이 해준 이야기들이 자꾸만 생각나는 거예요. 저는 갈 데 없는 불쌍한 사람처럼 옷을 입고 거리를 쏘다녔어요. 워낙 몸집도 작아 아무도 눈여겨보지 않더군요. 그러다가 필라델피아에서, 리치먼드에서 당신을 찾아내고는 웅크린 그림자처럼 당신 뒤를 따라다녔지요. 저는 아무 말도 하지 않았습니다. 아무것도 아니었으니까요. 그저 당신을 바라보고 당신을 쫓아다니는 것이 무작정 좋았어요.

당신의 이야기가 신문과 잡지에 실리는 것을 보고 저는 행복했답니다. 도련님, 정말이지 저는 그 이야기들을 누구보다 열심히 읽었어요. 저야말로 당신의 유일한 진짜 독자랍니다.

그때부터 저는 그 모든 이야기가 사실이 될 수 있다는 것, 그건 좋은 일이라는 것을 깨달았습니다.

그 이야기 속 공포가 현실이 된다면 미국은 변할 수 있을 겁니다.

제가 필라델피아에서 뉴욕으로 오자 도시가 꿈처럼 펼쳐지더군요. 이 엄청난 혼란의 도가니 속으로 뛰어들기 위해 사람들은 그 거대한 대양을 건너온 거죠. 걸인, 사기꾼, 큰 꿈을 품은 시골 농부, 스칸디나비아인, 재기 넘치는 눈빛의 아일랜드인 등등이 말입니다. 그들 모두가 하나같이 행복을 찾아 여기까지 왔고 줄줄이 배에서 내려 거리로 쏟아져나왔건만 다들 빈민촌으로 기어들고 말지요. 차가운 밤공기가 그들의 천막집을 파고들면 아침에는 다들 언 손으로 땅을 짚으며 잠에서 깨어난답니다. 이곳 뉴욕에는 온갖 종류의 사람들이 있지요. 실크해트를 쓴 부자가 있는가 하면 소매치기, 술주정꾼, 그을린 가죽 같은 두 주먹을 불끈 쥔 소방관도 있습니다. 저 역시 도시를 어슬렁거리면서 여자, 채소 장수, 소방관, 지저분한 차림에 술기운으로 눈빛만 이글거리는 아일랜드 소년들의 얼굴을 두루 구경했지요. 그들을 둘러싸고 점점 커져만 가는 도시를 지켜보았답니다. 걷는 것은 저의 직업이나 마찬가지였어요.

당신의 소설 「베레니스」를 읽었을 때 제 사명이 무엇인지 분명해졌어요. 그 소설은 저를 위해 쓰인 작품 아닌가요, 주인님. 당신이 제게 계시를 던져준 겁니다. 저는 사람들에게 신세계가 어떻게 종말을 고할지를 보여줄 참입니다.

여러분 모두에게 공포를 보여줄 겁니다.

제가 맨 처음 빠져든 「베레니스」로 일은 시작되었으니, 머지않아 저들은 당신의 세계를 이해하게 될 것입니다. 공포를 발견하면서부터 세상의 질서에 대해 다시 생각하게 될 거예요.

저들에게 공포를 보여주기 전에 일단 저부터 공부를 좀 해야 했어요. 그래서 R. C. 스키너의 『인간 치아에 관하여』를 읽었지요. 주인님은 혹시 읽어보셨나요, 아주 흥미롭답니다. 스키너는 치과 관련 직종의 현황에 걱정을 표하고 있어요. 규모가 작은 소도시들에서는 치과기공사와 발치까지 해주는 이발사들이 이렇다 할 전문지식도 없이 치과 일을 하고 있답니다. 필수적인 위생 조치도 없이 세척, 발치, 교체, 이식, 의치 제조 등과 관련한 아마추어 시술을 하고 있죠. 저는 쓸 만한 치과의사를 찾아 도시 전체를 뒤지고 다녔습니다. 그리고 불행히도 치과 일을 한다는 많은 이들이 죄다 부적격자일 뿐 아니라 무지막지하다는 걸 알아냈어요. 저는 공짜로 도우려고 그렇게 돌아다녔는데 아예 문전박대를 당하거나 보고 싶지 않은 꼴을 보고야 말았답니다. 스키너는 환자의 입 주변이 세균으로 지나치게 오염되지 않게 하는 것이 얼마나 중요한 일인지 자세히 설명해놓았어요. 치과 시술을 받은 환자들이 대부분 치통으로 고생하는 이유가 그놈의 세균들 때문이라는 겁니다.

어쨌든 저를 받아준 단 한 사람은 백내장을 앓고 있는 늙은 치과의사였습니다. 플래거 박사라고 하는 그 치과의사에게서 다양한 집게를 사용하는 방법을 배웠어요. 하루는 그가 저를 어떤 시연 자리에 데려간 적이 있었어요. 가드너 박사라는 사람이 질소 마취의 효과에 관해 설명해주는 자리였어요. 지체 높으신 부인들 몇몇이 조그만 갈색 병에 든 가스를 들이마시는데 참으로 재미있는 결과가 벌어지더군요. 어떤 젊은이는 그걸 마시고서 너무 기분이 좋아 아무런 통증도 느끼지 못한다는 걸 보여주려고 벤치라든가 나무에 스스로 몸을 부딪쳤어요. 그날 이후 플래거 박사는 자기 환자들을 상대로 그 가스를 사용하기 시작했습니다. 환자들은 의자에 길게 누워 아무것도 느끼지 못했죠. 마치 다들 자는 것 같았어요. 저는 플래거 박사 옆에서 각종 도구들을 건네주면서 그의 열정적인 목소리에 귀기울였습니다.

일단 이 바람직한 직무에 관해 필요한 지식을 터득하자, 저는 당신의 환상적인 소설을 현실화하는 데 도움이 될 만한 다른 일감을 찾기 시작했어요. 뉴욕에 있는 공동묘지들을 돌아다니면서 혹시 일손이 필요한지 알아보았는데 늘 그랬듯이 퇴짜만 당했죠. 그러다가 결국 피골이 상접한 한 남자를 만나게 됐는데 이름은 스트로크라고 했고, 마침 저 같은 사람을 조수로 쓰고 싶어하더라고요.

저는 힘이 아주 세다고 그에게 말해주었어요. 그리고 며칠 후 제가 얼마나 힘이 센지 증명해 보여주었죠.

도련님에게 이런 이야기를 해드리는 이유는 제가 실없이 살지 않고 당신과 비슷한 수준에 오르기 위해 열심히 노력하고 있다는 걸 알려드리기 위해서예요.

결국 저는 브로드웨이에 인접한 어느 길가 상점 앞에서 베레니스를 찾아내고야 말았답니다. 그녀는 진열창 안의 한 드레스를 넋을 잃고 바라보고 있었죠. 저는 당신 소설에 나오는 여자의 얼굴을 첫눈에 알아보았습니다. 주인님, 바로 그 여자였어요! 제가 넌지시 물어보았죠.

"아가씨, 저 옷이 마음에 드십니까?"

"네?"

"죄송합니다. 귀찮게 해드리려는 것이 아니라, 저는 그저 저 드레스가 아가씨한테 무척 잘 어울릴 것 같다고 말씀드리고 싶었답니다."

저는 아주 정중하게 이야기를 했어요. 제가 위험한 사람이 아니라는 걸 알려야 했으니까요.

그럼에도 불구하고 그녀는 저를 외면한 채 종종걸음으로 자리를 피하더군요.

그다음날 저는 같은 동네의 한 어둑한 통행로에서 그 여자를 기다리고 있었습니다. 저 아래쪽에 지나가는 그녀가 보이자 저는 난간을 넘어 훌쩍 뛰어내렸죠. 우선 두 손으로 그녀의 목을 제압한 다음 마취제를 적신 손수건으로 코와 입을 막았습니다.

이내 눈꺼풀이 스르르 감기면서 드레스가 포장된 꾸러미를 툭 떨구더군요. 꾸러미는 썩은 사과 자루처럼 그녀의 두 발 사이에 놓여 있었어요. 저는 여자를 어느 건물 현관 앞으로 질질 끌고 갔어요. 그리고 자루를 그녀에게 씌웠어요. 그런 다음 손수레를 구해 왔죠. 거기에 자루를 싣고 그 위에 판자를 몇 개 얹었어요. 일단 수레를 강가로 밀고 가 그동안 필요한 물건들을 모아둔 창고 안으로 여자를 옮겼어요. 그러는 동안 여자는 편안히 자고 있는 것 같더군요. 이제 완전히 제 것이었죠.

저는 그녀를 곤히 재웠어요.

날카로운 소리 때문에 여자는 잠이 깼어요. 눈을 떴을 때 아래턱에 압박감을 느꼈을 거예요. 창고 안은 캄캄해서 아무것도 보이지 않았을 테고요. 저는 오랫동안 그녀의 얼굴을 들여다보았어요. 사랑스러운 그녀는 일어나려고 했지만 그럴 수 없다는 걸 곧장 깨달았어요. 몸통과 두 팔이 작업대에 꽁꽁 묶여 있었거든요. 머리조차 움직일 수가 없었죠. 머리도 작업대에 고정된 마스크로 단단히 조여져 있었거든요. 그녀는 마치 여우 덫에 걸린 인형 같았어요.

무슨 말을 하려고 했지만 정상적인 소리는 전혀 나오지 않았어요. 말 못하는 젖먹이나 그저 끙끙거리는 짐승 꼴이었죠. 워낙 어두워서 그녀는 저를 보지 못했어요. 그래도 눈을 휘둥그렇게 뜨고 있었어요. 혀는 축 늘어져 움직이지 못하는 상태였고요.

그녀는 제 얼굴을 전혀 보지 못했어요. 그저 머리 바로 위에서 내리쬐는 빛만 바라보고 제 손에 들린 집게 소리만 들었죠. 그리고 허벅지를 타고 흘러내리는 자신의 뜨거운 오줌 줄기만 느끼고 있었어요. 저는 그녀를 지그시 굽어보았어요. 그녀가 제 손에 쥐인

집게를 뚫어져라 쳐다보더군요. 고통을 기다리는 거였어요. 혀에 와닿는 차가운 냉기를 말이에요. 이내 엄청난 통증이 펄펄 끓는 물솥처럼 그녀를 집어삼켜버렸어요. 가냘픈 몸이 부르르 떨리더군요. 자신에게 더이상 혀가 없다는 걸 깨닫자 그녀의 얼굴은 경련으로 일그러지기 시작했어요. 온몸이 들썩이면서 두 눈이 허옇게 뒤집혔어요.

몇 시간 동안 그녀는 완전히 의식을 잃은 상태였어요. 얼마 동안인지 정확히는 몰라도 내리 자더군요.

그러다 입안 가득 통증이 돌아오자 사랑스러운 그녀는 다시 두 눈을 치떴어요. 마취제 약효가 다 떨어졌던 거죠. 그녀의 입은 고통의 분화구 같았어요. 환한 조명 아래서 그녀는 자신의 치아가 하나둘 떨어져나가는 걸 지켜보아야 했어요. 저는 조용히 일을 진행했죠. 집게가 그녀의 눈앞에 솟아올랐다가 다시 사라지기를 반복했죠. 나의 어여쁜 베레니스는 비명을 지를 수도 있었겠지만 산 채로 고통의 먹이가 되어 아무것도 할 수가 없었어요.

도련님, 저는 그녀를 해방하고 새롭게 혁신해주었답니다. 저는 가벼워진 마음으로 묘지를 떠났어요. 일단 암호문이 사람들을 헷갈리게 만들겠죠. 그러다가 결국엔 다들 알아차릴 거예요. 머지않아 그녀를 찾아낼 테고 곧 온 세상에 공포가 쫙 퍼져나갈 겁니다.

변화의 시간이 오고 있어요.

이 편지를 읽으면서 가슴 벅찬 행복으로 충만해지지 않으세요, 도련님?

그 일이 있고 며칠 지나 〈선〉에 기사가 하나 실렸더라고요. '묘지에서 발견된 끔찍한 시체'에 관한 내용이었죠.

그래요, 저는 정말 우쭐했어요. 도련님, 그건 좋은 징조였습니다. 저의 첫 데뷔 작품이 신문에 대서특필된 거예요! 그래요, 이제 시작인 거죠. 저는 그 기사를 아주 조심스럽게 오려내 잘 접어서 봉투에 넣은 다음 영향력 있는 언론인인 루퍼스 그리스월드에게 부쳤답니다.

포

까마귀

(뉴욕)

앤 샬럿 린치와 그녀의 꺽다리 모친이 중국 농촌 풍경화로 장식된 으리으리한 도자기 세트를 내와 손수 차를 대접한다. 에드거는 찻잔을 들고 살짝 몸을 숙이면서 무미건조한 차 냄새를 맡아본다(이곳에서 술은 금지다. 린치 양이 완고한 금주가라는 사실은 그도 알고 있다). 그는 살짝 웃어 보이고 고개를 숙여 차를 홀짝인다. 맛은 전혀 모르겠다. 맙소사, 감기가 오려나? 설탕 한 숟가락을 다시 넣어 살살 젓는다. 주위를 천천히 둘러본다. 샹들리에에서 사람들 가발로, 부인네들의 장갑 낀 손에서 금박 입힌 코담뱃갑으로, 눈길이 이리저리 옮겨간다. 손끝으로 카이저수염을 우아하게 말아 올리는 편집자들은 신문사 사주가 앞을 지나가자 맵시 좋은 실크해트를 저마다 들썩이며 인사하기 바쁘다. 오로지 작가 혼자만 모로 앉아 차를 마신다. 갑자기 기침이 나기 시작한다. 당장이라도 숨이 넘어갈 것 같다. 린치 양의 아파트는 웨이벌리 플레이스에 있다. 그곳의 널찍한 응접실에서 격주 토요일마다 문학 '사교 모임'이 열린다. 모임은 저녁 여섯시에 시작한다. 장안에서 가장 비중 있는 '문학 살롱'이다. 랠프 월도 에머슨, 마거릿 풀러, 윌리엄 컬런 브라이언트 같은 작가들이 그곳을 자주 드나든다. 그리스월드, 윌리스, 조지 그레이엄 같은 편집자들도 종종 얼굴을 내비친다. 그 밖에 '니커보커스'와 '영 아메리칸즈'라 불리는 두 문학 진영 소속의 인사들도 참석해 노예제도와 정치 문제, 문학 관련 주제를 놓고 사사건건 대립각을 세운다.

이곳에서 에드거는 경계심을 늦추지 않는다. 말을 조심하고 몸가짐에 유념한다. 도대체 얼마 만인가, 저들과 더불어 이렇게 앉아 있는 것이.

"차가 참 맛있습니다, 린치 양." 그가 여자 쪽으로 살짝 고개를 기울이며 나직이 말한다. "굉장한 모임이군요."

그제야 앤 린치가 그를 돌아보고, 둘은 서로 마주본다.

"포 선생님, 다음 토요일에도 오셔서 작품 낭독을 해주시면 어떨까요?"

"좋습니다." 에드거는 속내를 드러내지 않고 대답한다.

"무척 잘됐군요!" 앤 린치가 금방이라도 그에게 달려들 듯한 몸짓을 하며 탄성을 지른다.

"실은 최근에 「까마귀」라는 새로운 시를 한 편 썼답니다."

"그래요? 정말 들어보고 싶은데요."

"그 시를 읽어드릴 수 있다면 저도 몹시 기쁠 겁니다."

앤 린치는 에드거의 찻잔을 다시 채워준다.

"그 시가 선생님의 다른 작품들과 비슷하다면, 분명 환영받을 거예요."

"제 작품 중 최고입니다." 에드거는 자신감 넘치는 눈빛으로 그녀를 바라본다.

"정말요?"

"아주 많은 시간을 쏟아부었거든요. 음절 하나하나 공들여 다듬었지요."

그러자 린치 양이 다소 걱정스러운 듯 대꾸한다.

"결과물이 너무 난해하지 않았으면 좋겠군요."

"천만에요, 린치 양. 제가 쓴 것 중에 가장 단순하면서도 서정적인 시인걸요."

"아, 그렇군요!"

에드거는 고개를 끄덕한다.

그가 시의 첫 구절을 읽어내려가자 사람들 얼굴에 졸린 표정이 스친다. 눈이 스르르 감기고 고개가 한쪽으로 기운다. 아름답고 지적인 여성들이 시 낭송에 귀를 기울이다 깊은 잠에 빠져들기라도 하는 것 같다. 에드거는 결코 목소리를 높이지 않는다. 나지막한 목소리로 시를 읊으며 이런 생각을 할 뿐이다. '다들 꿈을 꾸고 있는 거야. 내 목소리에 모두 사로잡힌 거라고.'

사람들 앞에서 처음 공개 낭송을 하자마자 「까마귀」에 호평이 쏟아진다. 린치 양 살롱에서의 열화와 같은 갈채와 환호가 그리니치빌리지로 돌아오는 그의 귓가를 끝없이 맴돈다.

"거기가 맘에 든 모양이네요." 버지니아가 말한다.

물론이다! 왜 아니겠는가? 이런 순간을 열네 살 때부터 고대해 왔다는 걸 모른단 말인가? 한 번도 이런 기분을 충분히 누린 적이 없었을뿐더러 앞으로도 늘 아쉽기만 할 순간들이 아닌가 말이다!

"뜨거운 반응이 전혀 과장된 것 같지 않더라니까." 그는 아내의 말을 못 알아들은 것처럼 이야기한다. "환호가 영원히 계속될 것만 같았어. 하지만 그리 오래가지는 않았지. 아무튼 오늘 저녁 내 시 낭송은 정말 끝내줬어. 그 이상 멋질 수가 없었지."

"환호야 당연히 받을 만했겠죠." 버지니아가 나긋하게 대꾸한다.

"받을 만한 정도가 아니었다니까. 다들 더 오랫동안 박수를 쳤어야 했다고. 내가 시를 낭송할 기회를 갖게 된 이상, 그들은 밤새도록 환호하고 박수를 쳤어야 마땅해."

버지니아는 미소를 짓는다.

"손목이 떨어져나갈 때까지 말이야!"

"맞아요."

에드거는 아내를 와락 부둥켜안는다. 버지니아의 심장 박동이 그대로 전해진다.

1월 말경 〈미러〉에 그 시가 처음 발표된 뒤, "인구에 회자될 만한 작품"이라는 세간의 평이 어딜 가나 그의 귀에 들려온다. 언론에서도 "모두가 「까마귀」를 읽고 그에 관해 토론을 한다" "독자들은 그 독특한 절규 '두 번 다시는Nevermore' 앞에서 전율한다"라고 적고 있다. 조금 시간이 흘러 〈뉴 월드〉에는 그의 시가 "야성적이고 예민하다"면서 "신들도 인간도 모르고, 도서관에서도 구경해보지 못한 시절들"로 구성되었다는 논평까지 곁들여진다. 아!

1월이 가기 전 각기 다른 지면 열 군데에 시가 실리고, 그때마다 그는 환희에 찬다. 이후 얼마 지나지 않아 이제는 그 시에 대한 패러디가 줄을 잇는다. 「'포!'의 까막눈」이라든지 「가젤」 「칠면조」 「몽유병자」 「거대한 딱정벌레」 등등. 하지만 에드거는 전혀 개의치 않는다. 심지어 재미있어한다. 신문에 실린 그 패러디 시들을 정성껏 오려내 따로 이어붙이고는 아내와 머디 고모한테 읽어주기까지 한다.

그러면 셋이 다 함께 실컷 웃어젖힌다.

미리 맛보는 유명세라고나 할까.

프랜시스 박사의 집에서 열린 연회에서 에드거는 「까마귀」의 시인으로 소개된다. 집에 돌아온 그는 연회 참석자들의 기대에 부응하기 위해 일부러 음산한 사람처럼 행동했노라고 아내한테 털어놓는다.

"이렇게 말이지."

그가 인상을 잔뜩 찌푸리며 말하자, 아내 역시 같은 표정으로 맞장구친다.

"이렇게?"

"아니, 그게 아니고 이렇게!"

버지니아는 까르르 웃음을 터뜨린다.

하루는 저녁 연극 공연에서 어떤 배우가 포 부부를 흘끔 보더니 대사 중에 "두 번 다시는!"을 슬쩍 끼워넣기도 한다. 그러면 수많은 관객들이 일제히 에드거를 돌아보고 에드거는 그만 얼굴이 빨개진다. 극장 안이 어두컴컴해서 천만다행일 정도로.

급기야 와일리앤드퍼트넘출판사에서 그의 시집을 출간하기로 결정한다.

말뿐만 아니라 실제로 돈을 손에 쥐어보게 된 것이다.

이제 그는 편집자, 잡지사 사주, 작가와 시인, 언론인 그리고 살롱의 주최자로 이루어진 뉴욕 문학 모임의 단골손님이 되었다. 감탄을 표하는 독자들과도 수없이 마주친다. 이전까지는 문단이라는 환경이 그저 폐쇄적이고 허영으로 똘똘 뭉친 썩은 집단이라고만 생각했다. 한데 「까마귀」를 낭송하러 린치 양의 살롱을 두번째로 찾은 지금, 그는 순수한 행복감에 충만해 있다. 지적이고 아름다운 여성들이 두 눈을 지그시 감고 자신의 시 낭송에 귀기울이는 모습이라니…… 세상에 이보다 더 황홀한 일이 어디 있겠는가.

그중에서도 특별히 대화를 나눠본 여자가 딱 한 사람 있었는데, 바로 시인 패니 오스굿이다. 그녀는 아담하고 호리호리한 체구에 대단한 미인일 뿐 아니라, 제법 괜찮은 시를 쓴다. 그리니치빌리지의 허름한 침대에서 지금도 기침에 시달리고 있을 아내를 생각하면 여류 시인과의 로맨스는 감히 생각할 수도 없는 일이지만, 사실 그럼에도 그녀와 담소를 나누고 눈빛을 교환하는 건 즐거운 일이었다. 패니 오스굿 같은 여성에게 칭송을 받다니, 얼마나 욕심 나는 일인가! 지금 그는 마음만 먹으면 얼마든지 '까마귀' 행세를 할 수가 있다. 어딘가 침울하면서 거부할 수 없는 매력을 소유한 반인반조의 신비로운 존재로서 말이다.

술을 입에 안 댄 지 열여덟 달이나 되어서 그런지, 그는 마치 팔팔한 젊은이가 된 느낌이다. 기분이 최고다! 아침 일찍 일어나 글을 쓰기 시작한다. 하루종일 일하고도 저녁때 피곤하지 않다. 활기가 넘치다보니 매일 젊어지는 기분이다. 아침마다 책상 앞에 앉으면 새로운 활력이 차오름을 느낀다. 빠른 속도로 글을 써내려가던 그는 휑하니 편집실로 출근해, 점심시간까지 신랄하게 지적하고 농담도 늘어놓는다. 식사를 하는 동안에도 전날 〈폭풍우〉의 한탄스러운 공연에 대해 열띤 토론을 이어간다. 그렇게 웃고 떠들다가 오후에는 장시간 산책에 나선다. 산책하는 내내 앞으로 쓸 소설을 구상하고, 집에 돌아온 뒤에는 저녁에 있을 모임에서의 작품 낭독을 준비한다.

그가 꼭 참석해야 할 야회가 한둘이 아니다. 그 자체가 몹시 흥분되는 일정이다. 몸이 좋지 않은 버지니아는 정성껏 간호가 필요한 상태지만, 오히려 그의 등을 떠민다. "어서 나가봐요. 야회에 참석해야죠. 우리가 얼마나 기다려왔던 건데요."

그렇게 에드거는 숱한 야회에 참석하면서 패니 오스굿과의 관계를 이어간다. 그러던 어느 밤 그는 시내를 달리는 마차 안에서 그녀에게 키스한다. 아침에 눈을 뜨자 늘 누워 자던 침대가 왠지 낯설게 느껴진다. 그는 벌떡 일어나자마자 책상으로 달려가 사랑의 시를 쓰기 시작한다. 두 눈을 지그시 감자, 바짝 다가든 패니의 얼굴이 선하다. 젊은 여성의 나른한 목선을 타고 흘러내린 긴 머리채…… 시는 곧 신문에 실린다. 한데 막상 그걸 확인한 에드거는 시의 내용을 알아볼 사람이 당사자 둘만은 아닐 거라는 사실을 불현듯 깨닫는다. 맙소사! 두 사람 다 각자 결혼한 처지로, 패니에겐 아이도 있었다. 그녀는 서로 애정을 품었더라도 둘의 관계는 이어질 수 없다고 전해온다. 불행한 사랑이다. 괴로움이 밀려든다. 극심한 고통이 폐부를 찌른다. 그만두자, 그는 포도주 잔을 기울이며 중얼거린다. 그러고는 죽도록 술을 마신다. 수치스러운 마음을 추스르며 자잘한 결혼생활이 기다리는 곳, 병든 아내 버지니아의 곁으로, 침실 벽을 긁어대는 그녀의 기침소리를 향해 걸음을 뗀다.

그래, 패니 오스굿과의 사연은 그걸로 끝이다.

한데 며칠 후 그녀와의 염문설이 그리스월드의 입을 통해 퍼져나갔다는 사실을 알게 된다. "죽어가는 부인을 집에 놔두고 어찌 그럴 수가 있을까?"라며 호들갑을 떤 모양이다. (아마 그리스월드 역시 패니 오스굿에게 마음이 있었던 것 같다.)

2월에 그는 미국 시문학을 주제로 강연을 하게 된다. 뉴욕 문인협회 도서관에 300명의 청중이 들어찼다. 단상에 올라 박수갈채를 받을 때는 손이 덜덜 떨렸지만, 막상 이야기를 시작하면서 안정을 되찾는다. 그는 군중 한복판에 서 있는 느낌이다. 자기 목소리가 귀에 들린다. 흥미진진한 표정으로 그의 이야기를, 그 분노의 숨소리를 귀담아듣는 저 청중처럼 그 역시 자신의 목소리를 듣는다.

여전히 문제는 롱펠로, 롱펠로, 롱펠로와 그 일당이다…… 그는 스프래그, 데이나, 핼럭, 브라이언트 등을 모조리 싸잡아 공격한다.

그러고는 또다시 롱펠로에게 화살을 겨눈다.

"순전히 모작입니다."

그는 군중을 돌아보며 거듭 말한다.

"분명히 말씀드립니다. 표절입니다. 도둑질에 지나지 않아요."

저작권에 관한 법률까지 들먹인다. 목소리를 높이다못해 버럭 소리친다. 자기만족의 구조를 문제삼는다. 그런 다음 지극히 차분한 어조로 말한다. 미국문학의 독자성을 수호해야만 한다고.

문학평론집들에 관한 이야기를 할 때, 저만치 앉아 있는 그리스월드에게 그의 시선이 가닿는다. 이번에는 그 인간을 놀라게 할 심산이다.

"그리스월드의 평론집은 의심의 여지 없이 최고입니다."

이 발언은 마치 '내가 이겼다'는 신호처럼 들린다.

강연이 끝난 뒤, 루퍼스 그리스월드가 다가오더니 미소 지으며 말을 건넨다.

"훌륭하군요." 깊은 감명을 받은 눈치다.

"고맙습니다."

"요즘 아주 좋아 보입니다." 그렇게 말하는 그리스월드의 태도가 다소 위축되어 보인다.

"감사합니다."

"다 하느님의 뜻이겠지요." 그리스월드는 그 말을 끝으로 자리를 뜬다. 줄지어 늘어선 의자들 사이로 멀어져가는 모습이 완전히 낙담한 꼴이다.

에드거가 린치 양의 살롱에 참석해 「까마귀」를 낭송하는 것은 이번이 세번째다. 여성들의 표정을 마주하면서 그 시선을 한몸에 받는 일이 새삼 즐겁다.

그는 고개를 숙여 깍듯하게 인사한다. 왼쪽에는 촛불이 흔들리고 있다. 한 여성이 손가락에 리본을 돌돌 말고 있다. 그는 감정을 너무 드러내지 않게 유념하면서 낮은 목소리로 시를 읽는다. 사람의 입이 아닌 시어 자체로부터 감흥이 솟아나야 한다는 게 그의 생각이다. 두번째 시절 중간쯤에 이르러 그는 눈을 지그시 감는다.

……천사들이 레노어라 부르는, 소중하고 찬란한 그녀

두 눈을 감은 채 시를 낭송하고픈 욕구가 워낙 강하다보니, 눈을 뜨고 있으려면 그만큼 애를 써야 한다. 살롱엔 적막이 감돌고, 이웃집에서 새어나오는 망치질 소리만 둔탁하게 들린다. 왼쪽으로 고개를 돌리니, 서 있는 사람들 중 두번째 줄에 남편과 함께 온 패니 오스굿이 보인다. 남편 샘 오스굿은 아내의 가녀린 어깨에 한쪽 팔을 두르고 있다. 해당 시절을 낭송하면서 에드거는 한동안 샘의 용모를 살핀다. 잠시 후, 정신을 가다듬은 그는 기대감 섞인 고상한 표정으로 자신을 바라보는 사람들의 얼굴을 유유히 살펴본다. 그중 상당수는 두 눈을 지그시 감고 있다.

그리고 까마귀는 꿈적도 하지 않네,
침실 문 바로 위, 창백한 팔라스의 흉상에 올라앉아.
꿈꾸는 악령의 눈을 닮은 놈의 눈동자.
몸뚱어리를 타고 흘러내리는 등불 빛이
바닥에 그림자를 떨구네.

바닥에 어른거리는 그 그림자를 벗어나
내 영혼, 결코 날아오르지 못하리.
두 번 다시는!

그는 종결 부분을 나지막하게 읊는다. 특히 '두 번 다시는!'이란 시구를 거의 들리지 않을 정도로 낮게 읊조리는데, 그럼에도 사람들 뇌리에서는 폭발음처럼 강렬하게 공명하리라는 것을 그는 잘 알고 있다. 갈채가 쏟아져나오기 직전의 몇 초 동안, 그는 고개를 들고 사람들을 눈으로 훑는다.

순간, 문가에 서 있는 그자가 눈에 들어온다.

몸집은 여자들보다 왜소하다. 어둠 속 문틀에 기대서 있다. 십사 년 전 볼티모어에서 헤어진 이후 단 한 번도 본 적 없지만, 그 백토처럼 창백한 얼굴은 단번에 알아볼 수 있다. 잔뜩 오그라들고 주름투성이가 된 얼굴 위로 나무 곁가지처럼 머리칼이 한 가닥 삐죽 내려와 있다. 에드거는 눈을 뗄 수가 없다. 너무나 낯익은 그 얼굴을 보고 있자니, 둘이 서로 떨어진 적이 없었다는 확신이 덜컥 든다. 새뮤얼은 언제나 그의 뒤를 바짝 따라붙고 있었던 것이다.

두 사람이 서로 눈을 마주친 것은 불과 몇 초 동안이다. 곧장 우레와 같은 박수갈채가 터진다. 사람들이 에드거 쪽으로 몰려든다. 그는 몸을 숙여 새뮤얼을 찾지만 이미 사라지고 없다.

낭송을 마친 뒤 그는 술집으로 직행해 포트와인을 한 병 주문한다.

그를 바라보던 모든 얼굴들 가운데 단 하나의 얼굴이 아직까지 뇌리에 박혀 있다.

새뮤얼의 존재가 다른 모든 이들 위로 오버랩된다.

마치 다른 사람은 아무도 그 자리에 없었던 것 같다. 실내 어딘가에서 그의 목소리가 들리는 느낌이다.

"그 일이 일어날 거예요."

에드거는 의자에서 소스라쳐 일어나 사방을 둘러본다. 하지만 그자는 보이지 않는다.

술을 들이켤수록 지금의 성공이 하나의 음모에 불과하다는 생각이 굳어진다. 이면에 뭔가가 있다. 그를 모욕하고, 망가뜨리고야 말겠다는 욕망. 친구는 단 한 명도 없다. 보이지 않는 적들의 무리가 있을 뿐. 두고 보라지…… 그는 반격할 것이다. 지금껏 이룬 것을 엉망으로 만들게 내버려두지는 않을 것이다. 아까 살롱에서 목격한 것, 새뮤얼의 얼굴을 기억에서 지워버리고 이전처럼 계속 나아갈 수는 없을까? 아니. 그건 불가능하다. 크로노스는 제 자식들을 잡아먹는다. 자작시를 낭송하러 그 살롱을 드나드는 일은 더이상 없을 것이다. 끝이다.

*

서커스장 입구, 낡은 벨벳 담요를 뒤집어쓴 그가 저녁 공연의 관람권을 팔고 있다. 한 장에 25센트. 안에선 서커스단장이 조명 아래서 울음보를 터뜨렸다. 이번 공연으로 인한 심적 부담감이 더는 견딜 수 없는 지경으로 치달은 것이다. 그는 손수건에 얼굴을 처박고 있다. 온몸에 경련이 일고, 실크해트가 머리 위에서 부들부들 떨린다. 에드거는 벨벳 담요를 푹 뒤집어쓴 채 포트와인을 한 모금 들이켠다. 그래야 이 쌀쌀한 저녁 시간의 살을 에는 냉기가 조금이나마 덜 느껴진다. "빌어먹을, 몸을 덥히려면 당연히 뭔가가 필요하다고……" 그는 낮은 목소리로 혼잣말을 한다. 슬그머니 머리까지 담요를 끌어올리면서 아무도 보지 못하게 포트와인을 홀짝인다. 그러다가 갑자기 자세를 바로 한다. 관객이 없는 건가? 바깥에 무슨 인기척이라도 있나? 어느 노부인일 뿐이다. 그녀는 눈을 들어 쳐다보지도 않고 푯값 25센트를 지불하고는 서커스장 안으로 들어가 세번째 줄에 자리를 잡는다. 언제나 그래왔듯, 그녀는 서커스를 구경 온 유일한 관객이다. 그때 단장이 병약한 기력을 쥐어짜 작은 나팔을 불어대더니 쉰 목소리로 외친다.

"신사 숙녀 여러분!"

아라비아말들이 장내로 들어선다!

스트리트 오르간 소리! 트롬본과 바이올린! 오케스트라!

말들이 점점 더 빠르게 뛴다. 마장을 빙글빙글 돈다. 담요로 얼굴을 반쯤 가리고서 에드거는 유심히 바라본다. "뭔가 잘못 돌아가고 있어……" 그가 중얼거린다. 말들이 너무 빨리 달린다. 달리던 트랙에서 뛰쳐나간다. 단장이 나팔을 손에 쥔 채 뛰어들어와 말들을 다시 마사에 넣으려 동분서주한다.

"나 이거야 원! 자자, 신사 숙녀 여러분!"

이번에는 칼 던지기 명수 레오와 그의 아내 미리엄의 순서다. 미리엄은 두 눈이 천으로 가려진 채 천천히 돌아가는 바퀴에 묶여 있다. 에드거는 레오를 유심히 관찰한다. 가만 보니 몸을 떨고 있다. 이 서툰 칼잡이는 사실 오늘 일할 마음이 나지 않는다.

"신사 숙녀 여러분! 조용히 해주십시오!"

레오는 주저하며 한쪽 손으로 이마에 송골송골 맺힌 땀을 닦아낸다. 그는 3인치쯤 되는 단도를 양손에 하나씩 쥐고 있다. 미리엄은 노란색 뜨개옷 차림으로 미소 짓고 있다. 마침내 바퀴에 묶인 그녀가 천천히 돌아간다.

첫번째로 날아간 단도가 그녀의 팔에 상처를 낸다.

미소 띤 얼굴이 순간 경직되고 바퀴는 계속 돌아간다. 그녀의 옷에 피가 튄다. 레오는 안절부절못하며 나머지 단도를 든다. 하지만 이번에는 더 운이 나쁘다. 칼날이 아내의 배에 정통으로 꽂힌 것이다. 옷의 노란 빛깔이 순식간에 물들어 사라지고 미리엄이 바퀴 위로 축 늘어진다.

단장은 나팔을 한층 거세게 분다.

이제는 광대들과 유쾌한 난쟁이들 순서다. 터무니없이 낙천적인 그들의 공연마저 잘못될까봐 에드거는 두 눈을 질끈 감는다. 그들은 온갖 장난질을 쳐가면서 깡충깡충 뛰어다닌다. 세번째 줄에 앉은 노부인이 요란하게 웃어댄다. 광대들은 물구나무서기를 하다가 서로 다리를 걸어 넘어뜨리는가 하면, 눈알을 이리저리 굴리고 주먹을 흔들어대며 자기들끼리 으르렁댄다. 그러다가 익살이 과도해지고 격한 재주넘기가 이어지다보니, 서로 드잡이하는 사태까지 치닫고 만다. 이젠 더이상 익살은 부리지 않고, 서로 주먹질이다.

분장한 코에서 피가 나고, 입술이 터진다. 덩치가 큰 쪽이 작은 쪽, 즉 안짱다리 땅딸보의 가슴팍을 깔고 앉는다. 그러고는 상대의 양 팔마저 무릎으로 제압한 뒤 작은 망치로 얼굴을 후려친다.

포트와인을 다시 한 잔 따르며 에드거의 손이 바르르 떨린다.

공중그네 곡예사 줄리언과 줄리아나의 순서다!

이번 공연의 하이라이트다. 오늘의 스타들이 납신다. 노부인은 박수를 치고 또 친다. 서커스장에 일순 적막이 감돈다. 천막 꼭대기에서 그들은 안전그물도 없이 단골 곡예를 선보인다.

그들이 곧 추락하리라는 것을 에드거는 알고 있다. 오늘 저녁엔 모든 것이 엉망으로 돌아간다.

줄리아나가 먼저 추락할 것이다. 그녀의 몸이 바닥에 떨어져 부서지는 소리는 정말 끔찍하리라. 급기야 줄리언도 추락하고, 두 곡예사는 뒷마당에 버려진 산산조각난 나무의자처럼 나란히 뻗어 있게 될 것이다. 단장은 그 주위를 빙빙 돌면서, 도무지 뭐가 잘못되었는지 모르겠다며 탄식과 비명을 내지르리라.

모든 게 엉망진창이다.

만약 지금 도망가버린다면 다시는 돌아오지 않으리라는 걸 에드거 자신이 잘 안다. 지금 떠나면 단장은 이 일감을 다시는 주지 않을 것이다. 그래도 그는 포트와인병을 주머니에 쑤셔넣고 담요를 홀렁 벗어던지고는 서커스장을 빠져나간다.

출구 밖으로 나온 순간, 후련한 기분이다.

서커스장을 벗어나본 지가 얼마나 오래인지, 바깥세상에 대한 기억은 몇몇 단편적인 것들뿐이다. 수많은 군중과 마차, 어린아이,

생선 시장의 비린내와 새빨간 토마토 빛깔 등등. 그런 것 외에는 아무것도 기억나지 않는다.

한데 일단 밖으로 나서자 생각과는 영 딴판이다.

머리 위로 달과 별들이 떠 있다. 아래를 내려다보자 똑같은 천궁이 펼쳐져 있다.

달들 사이에서 서커스단 천막 지붕이 빙글빙글 돌고 있다.

포

포드햄에서

(뉴욕—포드햄)

그는 또다시 뉴욕을 떠나야만 하는 상황이다.

하지만 그전에, 고담에 체류하는 동안 문단이라는 멋들어진 세계에서 경험한 온갖 일들을 짧게나마 글로 정리하고 싶다. 수필 형식의 첫 글은 '아마추어 시인'인 토머스 던 잉글리시에 관한 내용이다. 다음은 입만 열면 거짓말을 떠벌리는 루퍼스 그리스월드 차례다. 이젠 누구도 봐줄 생각이 없다. 예의 같은 걸 따지기엔 너무 늦었다.

'그딴 떠버리의 친구가 될 생각은 추호도 없어!' 두 사람 사이의 허울좋은 '우정'일랑 더는 생각조차 하기 싫다. 다시 또 애써 발톱을 감추고 깃털을 움츠리면서 억지로 인간 냄새를 풍긴다는 것은 말도 안 된다. 더이상 그런 탐욕쟁이 앞으로 굴욕적인 편지 따위는 쓰고 싶지 않다. 그래봤자 곧장 달려들어 눈알이라도 빼 먹으려 할 테니까. 지금까지 그 떠버리와의 관계를 생각하면, 무언가 뒤를 쑤시고 들어오는 기분이다. 바지를 찢고 직장直腸을 파고드는 느낌.

〈고디스〉의 편집자에게 두 인물에 대한 만평을 보여준다. 눈썹을 치켜올리는 걸 보니 대박감이라는 걸 단박에 알아본 모양이다. 피냄새를 맡았으니, 잡지에 싣는 건 기정사실이다.

"흥미롭군." 편집자는 글에서 눈도 떼지 않고 말한다. "음…… 이런 글을 얼마나 쓸 수 있습니까, 포? 언제쯤 원고를 다 넘겨받을 수 있을지…… 정말 좋아…… 아주 훌륭해!"

에드거는 그 글들에 '뉴욕 글쟁이들'이라는 제목을 붙일 예정이다. 글 속에서 작가들의 세계를 묘사하고, 그들에게 옷을 입히고 분을 발라주는가 하면 털을 깡그리 뽑아버릴 것이다. 볼을 쓰다듬다가 손가락을 냉큼 잘라버릴 것이다. 살롱가를 떠도는 이야기, 여기저기 쑥덕거리는 풍문, 거짓말, 뜬소문, 악의적인 중상모략과 허무맹랑한 낭설을 그 안에 모두 담을 것이다. 소위 우아하고 세련된 인사들이 어떻게 관계를 이뤄가고 각자의 경력을 쌓아나가는지, 또 그것들을 어떻게 망쳐버리는지 상세히 기록할 것이다. 신동, 둔재, 좀스러운 향락주의자, 분란만 일으키는 트집쟁이 들에 대해 쓸 것이다. 글쟁이들의 초상을 있는 그대로 묘사할 것이다. 윌리스의 기름기 덕지덕지한 얼굴이랄지, 마거릿 풀러의 신경질적인 윗입술을 놓치지 않고 그려낼 것이다. 숯검댕이 눈썹과 부들부들 떨리는 손, 피둥피둥 살찐 목, 불룩한 똥배와 툭 튀어나온 목젖, 팔꿈치, 코, 치아까지 낱낱이 주워담을 터다. 급기야 그리스월드에 대한 대목에서는 기본적인 교육이 모자라다는 지적도 서슴지 않는다.

그리스월드 씨는 매우 특이한 기질을 가진 사람이다. 그는 어떤 상황에 직면하면, 결코 진실을 이야기하지 못한다. 적어도 독실한 신앙인의 역할을 계속할 생각이라면, 진실을 논하는 문제에 가능한 한 진지한 관심을 기울이는 것이 목회자 그리스월드가 의당 갖춰야 할 자질일 터다. 어쨌든 그리스월드는 아직 젊다. 나무랄 데 없는 학습 능력을 잘만 발휘한다면, 자신에게 치명적인 결핍으로 작용하는 문제들을 신속하게 개선해나갈 수 있을 것이다. 관대한 사람이라면 이제 와 신학 공부를 다시 한다고 해서 그를 나무라지는 않을 것이다.

9월의 어느 아침, 에드거가 새로 쓴 만평 꾸러미를 하나 들고 나타나자 〈고디스〉의 편집자 루이스 고디가 난처한 기색을 보인다.

"이보세요, 포…… 이런 고약한 사람 같으니! 이러다가는 우리 잡지사가 곧 문을 닫아야 할 판입니다! 나더러 대체 어떡하란 말입니까? 이게 다 당신 때문이에요, 포!" 그는 살짝 웃으면서 덧붙인다. "당신이 쓴 풍자글들로 장안이 발칵 뒤집혔어요. 거기 언급된 사람들이 죄다 들고일어났어요."

"그것참 잘됐군요!" 에드거는 새 원고 뭉치를 고디에게 내밀며 말한다.

술이라도 있으면 한 잔 들이켤 태세다.

원고는 넘겨지고, '뉴욕 글쟁이들'은 그렇게 완결된다.

이젠 술을 몇 잔이라도 들이켜야 직성이 풀릴 것 같다. 잔을 층층으로 쌓아도 될 만큼 많은 술을.

도저히 참을 수 없었던 그는 선술집으로 향한다. 그리고 비틀거리며 귀가한다.

이후 사흘 동안 꼬박 침대에 누워 숙취와 싸우면서, 한편으로는 언제 닥칠지 모를 반격을 기다린다.

아니나다를까, 예상했던 반격이 한꺼번에 들이닥친다. 우선 토머스 던 잉글리시로부터 주먹 한 방이 날아든다. 풀러 부인은 예리한 비수를 날린다. 롱펠로의 애독자들은 아예 머리 가죽을 벗겨버리겠다며 난리다.

아무런 반응도 보이지 않는 자는 루퍼스 그리스월드뿐이다.

분명 에드거가 도발을 했는데, 전혀 대응이 없다.

왜일까? 하찮은 도발이라 생각한 걸까? 혹시 글을 보지 못했나? 소문이라도 접했을 것 아닌가?

상대의 묵묵부답에 에드거는 몸져눕는다. 갈증으로 입이 타들어간다. 물을 주전자째로 벌컥벌컥 마셔대도 소용이 없다. 그를 진정시켜줄 음료는 딱 하나, 포트와인이다.

그리스월드의 무반응이 그를 다시 알코올의 세계로 끌어당긴다.

연거푸 술을 들이켜다보면 지금까지 몇 잔을 마셨는지 알 수가 없다. 더이상 제정신이 아니다. 거기가 어디인지도 모르고 무작정 카운터에 달라붙어 있다. 일단 밖으로 나가 맑은 공기를 쐬어야 한다. 포트와인 때문에 머릿속이 울린다. 그만 집으로 돌아갈 때다. 그는 가까스로 출입구 회전문을 통과한다. 거리로 나서 더듬더듬

걷는다. 위협적인 건물 그림자들 한가운데서 비틀거린다. 거리가 좁아지면서 막다른 길들이 그를 에워싼다. 어디로 가야 할지 더는 알 수가 없다. 조만간 그는 끙끙 앓게 될 것이다. 펄펄 끓는 열에다 신장염, 그리고 끔찍한 양심의 가책까지.

그 모든 것이 빌어먹을 그리스월드의 무반응 때문이다.

술집 이곳저곳을 전전하며 포트와인을 퍼마시는 사이, 그가 이미 중병으로 몸져눕는 것도 모자라 정신병원에 수용되었다는 풍문이 그 자신의 귀에까지 들어온다. 지금쯤 문학 살롱의 부인들이라면 십중팔구 몇 명은 직접 발품을 팔아 "고맙게도 그를 받아들여 준 요양원"을 다녀갔을 것이다.

진짜 에드거 앨런 포는 계속 살아가기에는 너무 미쳐 있다.

차라리 누군가 그의 목을 베어주는 것이 나을 듯싶다. 그러고도 머리와 목은 각기 따로 묻혀야 할 것이다. 그래, 좋다. 어쨌거나 그는 이미 오래전부터 매장된 신세다. 스스로의 기억이 미치는 한 그 자신은 벌써 죽은 몸이다. 프록코트 소매에서 피가 콸콸 쏟아져나온다. 완벽한 컨디션이라는 신호랄까. 신체의 뼈마디가 모두 산산조각나 더는 부서질 몸이 없으니 오히려 잘된 일이다. 그는 흐느적흐느적 마룻바닥을 가로질러 침대 밑으로 기어들더니 거기 엎질러진 포트와인을 혀로 핥는다. 어둠 속에 그렇게 잔뜩 웅크리고서야 글을 몇 자 적어볼 만큼 편안한 기분을 느낀다.

그는 글을 쓰기 위해 자신을 감춘다. 분명히 말하지만, 이제 아무도 '뉴욕 글쟁이들'에 포함될 새로운 글쓰기를 막아설 수 없다. 글 자체가 당당해지면서, 그의 주인이자 주군 행세를 한다.

에드거는 속으로 중얼거린다. '내가 처음부터 미쳐 있었다는 걸 나만 모르고 있었나?'

잿빛 얼굴에, 눈 밑으로는 구릿가루를 넣은 불룩한 자루처럼 주름이 늘어져 있다. 처량해 보이는 눈망울에 병색이 완연한 피부. 가슴에선 거북한 숨소리가 그렁거린다. 혹독한 갈증을 이기지 못해 술을 들이켤 때마다 그런 자신을 저주한다. 이불 속에 얼굴을 파묻은 아내의 기침도 그칠 줄 모른다. 가엾은 소녀는 결국 그러다 죽어갈 것이다. 머디 고모가 하염없이 운다. 그녀는 사랑하는 딸을 위해 따뜻한 음료를 준비한다. 그러면서 더 운다. 돈을 구걸하는 편지를 여러 군데에 쓴다. 버지니아가 기침을 하고, 다시 따뜻한 음료를 만들고, 머디 고모는 또 눈물을 쏟고…… 그렇게 나날이 흐른다.

"지금 내 몸 상태는 최상이니 그나마 다행이라 해야겠지, 비록 죽어가는 몸이지만 말이야……" 책상 위쪽에 매달린 거울에 희미하게 비치는 작가의 얼굴을 향해 에드거가 중얼거린다. "아니, 나는 이미 죽은 거야. 죽음 자체를 겪은 다음 한참을 더, 그 죽음의 완전한 상태에 머무르게 될 테지…… 정말 흥미롭지 않은가 말이야."

침실 쪽에서는 머디 고모가 조용히 흐느끼는 소리가 흘러나온다.

적어도 기뻐할 이유가 하나 있다. 이사를 해야 할 새로운 동기가 생겼으니 말이다.

드디어 뉴욕을 떠날 수밖에 없는 상황이다. 그것도 미련 하나 없이.

*

다행히 그에게 아직 기회는 있다. 놀랍게도 조금의 행운이나마 거머쥘 가능성이 여전히 남아 있는 것이다. 봄에 그는 이스트강 근처, 터틀베이에 위치한 작은 집을 빌린다. 그러고는 불과 몇 달 뒤 시내에서 좀더 멀리 떨어진 곳으로 옮겨, 포드햄이라는 소박한 촌락 외곽 지대에 정착한다. 거저나 마찬가지로 들어가 살 수 있는 아주 작은 셋집을 하나 찾은 것이다. 최근 포드햄과 시내가 철도로 연결되긴 했지만, 그래도 거의 시골이나 다름없었다. 집은 언덕 위에 외따로 있다. 에드거는 그곳 테라스에 하루종일 앉아, 사람 하나 보이지 않는 주변의 높은 경관을 마냥 바라볼 수 있다. 머디 고모와 버지니아도 맘에 들어하는 눈치다. 편히들 쉬고 있다. 아내의 양볼에는 살짝 화색이 돈다.

아침마다 에드거는 아담한 테라스에 나와 앉아 완만한 주변 언덕들을 물끄러미 바라본다. 햇살이 발등에 떨어질 때까지 거의 꼼짝 않고 그렇게 앉아 있을 수도 있다.

그는 이 적막이 너무나 좋다.

그러던 중 서툰 필체로 그의 이름이 적힌 편지봉투 하나가 배달된다. 겉에는 이렇게 쓰여 있다. "주인님에게 보내는 세번째 편지".

새뮤얼

주인님에게 보내는 세번째 편지

기자

지난 몇 주 동안 크리스티 스트리트의 살인 사건에 대한 얘기가 자자했지요. "사실로 받아들이기에는 너무나 끔찍한 범죄 사건이 또다시 뉴욕시를 강타했다." 저는 이런 말들이 너무 좋더라고요. 끔찍하다느니 수수께끼라느니, 겁에 질린 얼굴로 시장 사람들이 끼리끼리 떠드는 소리가 그렇게 듣기 좋더라니까요. 난폭한 녀석이 어떻게 들어갔다가 나왔을까, 다음에는 무슨 짓을 저지를까 하며 수다떠는 소리 말이에요. 오, 물론 제가 그들의 공포심을 손쉽게 잠재워줄 수도 있었겠죠. 하지만 그들 얼굴에 공포가 마치 백열처럼 번져가는 걸 구경하는 게 얼마나 즐겁던지요! 몸집이 작은 사람 하나가 4층 창문에서 어렵지 않게 빠져나가는 수수께끼 같은 일이 일어나려면 재봉실을 걸쇠에 감기만 하면 된다고 차근차근 설명해줄 수도 있었을 겁니다. 하지만 그들의 눈동자들 속에서 아리송한 빛이 반짝거리는 게 저는 참 보기 좋더라고요.

그야말로 걸작 아닙니까!

주인님의 소설이 새로운 걸작이 된 겁니다.

바로 우리의 걸작인 거죠.

근데 실망입니다. 그 엄청난 살인 사건을 다룬 기자가 주인님과 인터뷰를 했더군요. 정말 어리석고 위험천만했어요. 그걸 보고 나서 며칠 동안, '저기요, 포 선생님, 뭔가 뉘우칠 일은 없습니까?'라며 소리쳐대는 기자의 목소리가 제 귀에 들리는 듯했다고요.

주인님을 생각하면 제 가슴에서 피가 흘러요……

우리는 비밀을 공유하고 있죠. 우리는 공포보다 위대합니다.

에번 올슨은 뻔뻔하고도 멍청한 새 시대의 표본이나 다름없는 인간이에요. 위대한 사상에 대해 존경심이라고는 조금도 없는 그따위 인간들에겐 모든 게 그저 놀이일 뿐이죠. 그런 보잘것없는 자들이 이 세상을 지배하고 있어요. 올슨은 자기 안의 저속한 기질이 무덤을 파두었다는 걸 모르는 채 뭔가 대단한 걸 성취하려 합니다.

벌써 여러 해 전이죠, 기억나세요? 당신 스스로 완성이라 부르는 것에 대해 제게 말씀하셨잖아요. 당신은 새 시대를 신뢰하지 않는 분입니다. 들판을 밀어버린 자리에 도시들이 세워지지만 거기서 생겨나는 건 죽음과 탐욕밖에 없지요. 시장, 선박, 돈, 추상적 사고 등 사람이 살 만한 세상이 아니에요. 당신은 가증스러운 질환의 폐해로 자연의 얼굴이 일그러졌다고 썼습니다. 당신이 쓴 문장들을 저는 똑똑히 기억하고 있어요. 타락한 취향 때문에 우리는 스스로 파멸을 초래했다고도 당신은 썼지요.

우리는 다시 태어날 거예요. 그전에 먼저 죽어야겠죠. 그후에 새로운 삶이 찾아오는 겁니다.

당신은 제게 미래를 보여주고자 했어요. 앞일이 어떻게 펼쳐질지 알고 계시는 거죠. 경멸과 몰이해의 세상. 그런 건 모두 제풀에 끝나고 말 것들입니다. 집단농장에서의 삶은 검둥이들뿐 아니라 우리 모두에 대한 폭압, 굴욕의 긴 과정 중 마지막이 아닌 시작이었어요. 그걸 당신이 가르쳐주었죠. 새로운 시대. 공포. 노예 상태. 머지않아 공포가 다스리는 시대가 올 겁니다. 만인이 공포를 두려워할 거예요. 공포가 다스리는 것은 정부라든가 땅, 노예 주인 따위가 아닐 거예요. 아무도 새로운 공포를 벗어날 수가 없어요. 아무도 공포의 모가지를 잘라버릴 수 없답니다. 공포는 머릿속 깊숙이 혈관에 단단히 들러붙어 있거든요. 아무도 다른 것에 집중할 수가 없고 책조차 읽을 수 없습니다. 드물게 고집스럽고 꼼꼼한 몇몇 사람만이 책을 암기해둡니다. 바로 그런 사람들이 새로움을 가능케 합니다. 그들은 모두 함께 붙어 있어야 해요. 그들이 죽음을 창출해야 합니다. 죽음이 판치기 전에는 아무도 다시 태어날 수가 없어요. 옛것의 죽음. 새것의 등장. 세상의 변모.

악에서 태어난 선.

그 기자는 살아 있는 시체예요.

저는 에번 올슨을 며칠 동안 미행했답니다. 그가 어디 사는지도 이미 알아냈어요.

그런데 당신은 기어이 저를 또 놀라게 하시더군요.

새로운 걸작을 쓰셨지요!

제목은 「M. 발드마 사건의 진실」.

최면술의 대가인 P가 죽어가는 친구 M. 발드마에게 행한 실험에 대해 이야기할 때 저는 얼마나 기뻤는지 모릅니다. 그 소설은 저를 환희로 들뜨게 만들었어요. 소설에서 P는 죽음의 순간을 고정할 수 있는지 알고 싶어합니다. 발드마는 무려 일곱 달을 최면 상태로 있게 되지요.

"지금 자나?"

그는 아무 대답도 하지 않았지만, 입술이 파르르 떨리는 게 느껴졌다. 나는 같은 질문을 두 번 세 번 반복하지 않을 수 없었다. 세번째로 물었을 때 가벼운 경련이 그의 전신을 훑고 지나갔다. 눈꺼풀이 살짝 들리면서 눈알의 흰자위가 가느다랗게 드러났다. 나른하게 움직이는 입술 사이로는 알아듣기 힘든 중얼거림 속에 이런 말들이 흘러나왔다.

"그래, 지금 나 자고 있어…… 깨우지 말게!…… 이대로 죽게 내버려둬!……"

그의 몸은 천천히 해체되지요. 부패가 시작됩니다. 하지만 발드마는 여전히 살아 있어요. 죽은 입으로 말도 하고요. "제발 부탁인데, 나를 자게 내버려두든지 빨리 깨워주든지 하게. 분명히 말하지만, 난 죽었네."

그 글을 읽자 당신이 저를 잊지 않았다는 생각이 들더라고요. 당신은 항상 제 생각을 하고 있고 앞으로도 영원히 저를 버리지 않을 거라는 확신이 들었어요.

에번 올슨 씨에 관한 문제는 이제 해소된 거나 마찬가지예요. 저는 제가 무슨 일을 해야 하는지 잘 알고 있습니다.

당신이 제게 다시 한번 영감을 불어넣었다는 사실을 알면 당신도 기쁠 거예요.

제가 치과의사 플래거 밑에서 일하던 시절에 그 직업의 여러 비밀에 대해 알게 되었는데요. 그중에서도 특히 중독 증상은 그쪽 일을 하는 사람들에게 큰 문젯거리랍니다. 모르핀과 코카인, 에테르에 대한 피상적 지식은 아주 위험할 수 있어요. 그런데 그보다 더 은밀하면서 천천히 사람을 파괴하는 것이 바로 수은의 효과지요. 플래거 박사한테 나이 지긋한 치과의사 동료가 한 명 있었는데 그 당시 수은중독을 앓고 있었어요. 어리바리한 상태에다 손을 몹시 떨었는데 저를 바라보는 눈빛이 자신이 누구인지도 까먹고 자기 이름도 모르는 사람 같더라고요. 그러다가 급기야는 참으로 해괴한 수면 상태에 빠져버리는 겁니다. 그 늙은 치과의사의 몸은 사기그릇처럼 차가웠어요. 그렇다고 죽은 것도 아니면서 몇 달 동안을 가쁜 숨을 몰아쉬며 그렇게 버티더군요.

저는 플래거 박사의 진료실에서 이염화수은이 든 용기를 몇 병 훔쳤답니다.

가장 효과적인 중독 현상을 일으키려면 매일 소량을 꾸준히 투여해야 하지요.

제가 어떻게 일을 진행할지에 대해서는 에번 올슨 씨의 기사 글들이 큰 도움이 되었어요.

아내인 메리 앤에 관해 여러 번 이야기를 하더군요. 그녀가 차와 함께 과자를 종종 내온다고 썼지요. 어느 독일 제과점에서 사오는 과자를 그가 아주 좋아한다고 했어요. 어느 날 아침 저는 제과점으로 가는 그녀를 미행했답니다. 그리고 가게에서 그녀가 나오기를 기다렸다가 곧장 안으로 들어가 올슨 씨가 좋아한다는 그 과자를 두 상자 사갖고 나왔어요. 바로 그 과자에 이염화수은을 적당히 뿌린 다음, 이튿날 밤 올슨 씨가 먹을 과자 상자와 살짝 바꿔치기했습니다.

그후로 며칠 동안 저는 밤마다 그의 침실 창문 밖에 버티고 서서 안을 지켜보았답니다. 아내 옆에 누운 그가 이리저리 몸을 뒤치는 모습을 말이죠. 한번은 잠을 깬 그가 몸을 반쯤 일으켰다가 창밖의 저와 눈이 마주쳤는데, 마치 저를 보고 있지도 않을뿐더러 자신이 어디에 있는지도 모르는 것 같았습니다.

포

방문

(포드햄)

망원경에 습기가 찼지만, 언덕 발치의 얼룩덜룩한 자작나무 줄기들 사이로 그리스월드의 실루엣을 또렷이 알아보는 데는 지장이 없다. 그의 얼굴에 소탈하고 순박한 분위기는 여전하다. 궁금증이 가득한 눈빛. 어린애처럼 비죽 내민 입술은 살짝 주름져 있다. 이상할 만큼 젊어 보인다. 프록코트 칼라 끝까지 내려온 은빛 곱슬머리카락 몇 올이 순수한 느낌의 첫인상을 흩뜨리면서, 그 자신과 어울리지 않는 분위기를 자아낸다. 그리스월드가 걸어오는 동안 에드거는 다소 신경질적으로 오므린 그의 입 모양에 망원경 초점을 맞추려 애쓴다. 문득 초조한 생각이 스친다. '혼자 중얼거리고 있는 거야…… 근데 무슨 말을 하는지는 모르겠군……'

방문객은 언덕 위의 집을 향해 성큼성큼 비탈을 오르고 있다. 걸음을 멈추고 모자를 벗는 순간, 구름 사이로 고개를 내민 햇살이 그를 비춘다. 한껏 달아오른 표정을 망원경으로 찬찬히 뜯어 살피다보니, 방문 목적이 무엇인지 짐작이 간다. 나락의 현장을 자기 눈으로 직접 확인하고 싶은 것이다. 광기와 임박한 죽음에 관한 소문을 들어오던 차에, 궁금증을 이기지 못하고 길을 나선 것이 분명하다. '뉴욕 글쟁이들'에 대해서 그리스월드가 어떤 반응을 보였는지 전혀 아는 바가 없지만, 앙갚음하려는 욕구가 앞서 있음은 척 봐도 알 것 같다.

그리스월드는 잠시 그대로 서서 집을 관찰한다. 그러고는 다시 성큼성큼 걸음을 떼는데, 에드거가 보기에 마치 구원에 이르기까지의 거리를 재고 있는 느낌이다. 계속해서 망원경을 들여다보던 에드거는 손님이 현관 앞에 도착하자 비로소 그것을 내려놓더니, 옷걸이 기둥 앞에 버티고 선다.

루퍼스 그리스월드는 덤불을 헤치며 걸음을 옮기고 있다. 그는 정원 앞에 멈춰 서서 벚나무 꼭대기를 올려다본다. 무르익은 버찌들이 잎사귀 너머 말 그대로 반짝거리고 있다.

"사다리가 없거든요. 그래서 버찌가 저렇게 주렁주렁 달려 있지요." 에드거가 툭 던지듯 말한다.

그리스월드는 꼼짝 않고 실눈을 뜬 채 상대를 훑는다. 시력이 나빠진 걸까?

에드거가 풀밭으로 나선다. 그리스월드는 흠칫 놀라게 될 것이다. 따뜻하게 환영을 받을 테니 말이다. 에드거가 환하게 웃으며 말한다.

"어서 오세요, 그리스월드!"

그는 방문객의 손을 덥석 붙잡아 꽉 그러쥔다.

"용케 찾아오셨군요."

그리스월드는 살짝 미소를 짓는다.

"참 이상하더군요……" 그가 조금 헐떡이며 대답한다. "언덕 몇 개를 지나오는 동안 가끔 멈춰 서서 주변을 둘러보았는데, 꼭 내 고향 버몬트주가 생각나지 뭡니까. 포드햄이 그곳과 딱히 비슷하지도 않은데 말입니다. 아마도 이곳 풍경의 모양새 때문인 것 같아요. 정말 조화로운 경치입니다. 우습게 보일진 모르지만, 왠지 향수를 자극하는 곳이에요."

그러면서 그리스월드는 에드거의 표정을 이리저리 살핀다.

"뉴욕 생활 끝무렵에 무척 아팠답니다." 에드거는 자신감 넘치는 투로 말한다. "여기로 온 것은 지금까지 내가 내린 결정 중 최선이었어요."

"뉴욕에서는 누구나 결국 병을 얻기 마련이지요." 그리스월드가 위로 삼아 대꾸한다. "거기서 유일하게 해볼 만한 일은 의사나 목회자가 되는 것입니다."

그러면서 자신의 턱을 어루만진다. 턱수염이 가지런하다.

"들어오라고도 안 합니까?"

"오, 물론 들어오셔야죠! 어서, 들어오세요!" 에드거는 얼른 길을 터주며 말한다.

두 사람은 수수한 응접실에 자리를 잡는다. 에드거가 미국 최고의 잡지 〈스타일러스〉와 관련한 계획을 밝히는 동안, 그리스월드는 책이 드문드문 꽂힌 책장들과 서랍장 위에 걸린 노장군 포의 초상화를 둘러본다. 그의 눈빛은 몰락의 징후를 찾아 헤매는 듯하다. 바로 맞은편에선 버지니아가 흔들의자에 앉아 수를 놓고, 그 발치에 고양이가 둥글게 웅크리고 있다. 그리스월드는 그녀의 가느다란 손가락과 뾰족한 손끝, 가녀린 손톱, 실과 바늘, 섬세한 손놀림을 주의깊게 바라본다. 문득 그녀의 흔들의자가 정지한다. 잘못 놓은 수에 골몰하느라 잠시 당황한 표정이다. 발치의 고양이도 고개를 발딱 들고 휘둥그런 눈으로 주위를 둘러본다. 무언가가 멈춘 것이다. 세상의 평온한 리듬에 발맞춘 의자의 흔들거림이. 그럼에도 고양이를 뛰쳐나가지 않게 붙잡는 건 단 하나, 버지니아가 곧 해결책을 찾으리라는 희망이다. 고개를 살짝 끄덕이는 걸 보니 잘못된 부분이 해결된 모양이다. 그녀가 앉은 의자가 다시금 앞뒤로 흔들린다. 고양이도 머리를 도로 바닥에 떨군다. 눈동자엔 아양이 어려 있다.

버지니아와 고양이를 살피던 그리스월드는 이제 눈을 들어 에드거를 바라본다.

"방금 어디까지 얘기했죠?"

"네?"

"다 괜찮은 겁니까, 포? 당신이랑 부인 모두…… 건강한 거죠?"

에드거는 있는 힘을 다해 넉넉한 미소를 지어 보인다. 자신감으로 충만하기에, 그리스월드 앞에서 자신이 얼마나 멀쩡한지 허심탄회하게 이야기하고 싶다. 무언가 의미 있는 말을 하고 싶은 거다.

"내 나이 열일곱이었을 때는 말입니다." 그는 양손을 앞으로 모아 배에 얹은 채 입을 연다. "무조건 뉴욕 같은 대도시로 가서 유명 작가가 되는 것만이 행복해지는 길인 줄 알았습니다……"

그리스월드는 관심을 표하며 상체를 앞으로 내민다.

"아, 그래요?"

"끊임없이 그 생각만 했지요. 그보다 근사해 보이는 일이 없었습니다. 학교 멀리뛰기 대회에서 우승했을 때도 그 생각이었고, 엘리스 가든에서 엘마이라 로이스터와 첫 키스를 했을 때조차 머릿속에는 언젠가 뉴욕 시민들 앞에서 자작시를 낭송하고 갈채를 받겠다는 생각만 가득했지요. 그런데 막상 뉴욕에 가보니 시끌벅적한 분위기를 도저히 견딜 수 없더군요. 밤에는 도통 잠을 이루지 못했습니다. 무엇보다 거리를 오가는 마차와 수레의 지긋지긋한 바퀴 소리가 작가의 꿈을 깔아뭉개더군요. 침대에 누운 채 밤마다 엎치락뒤치락하면서, 스무 살 이래로 매일같이 꿈꿔오던 도시를 저주했답니다. 어떻게 하면 그곳을 벗어날 수 있을까가 당시 내 유일한 관심사였어요. 도무지 생각을 할 수가 없고, 글을 쓸 수가 없었지요. 하물며 남에게 읽힐 만한 글을 쓴다는 것은 어불성설이었습니다. 그러니 가뜩이나 좀스러운 편집자들을 설득해 내가 쓴 시들을 파는 건 애당초 불가능한 일이었지요. 문단으로부터 환영받기를 바라느니, 차라리 그쪽에 온갖 독설과 분노를 표출하는 편이 나았던 겁니다."

이쯤에서 에드거는 벌떡 일어나 이를 악물고 웅얼댄다.

"그깟 아마추어들이나 득실대는 살롱! 마카롱이나 밝히는 빌어먹을 계집들의 소굴!"

그러고는 그가 다시 털썩 앉더니 난감한 표정으로 바닥을 내려다본다.

"내 말에 귀기울이려 한 자들 모두의 면상에 대놓고 문단 욕을 퍼부어준 거지요."

그렇게 한동안 눈으로 바닥을 훑으며 깊이 뉘우치는 듯한 모습이다. 다시 고개를 든 그는 이제 만족한 표정으로 의자에 몸을 파묻고 양손을 아까처럼 배 위로 모은다. 입술에 엷은 미소가 어린다.

"그러던 어느 날 내 시 한 편이 신문에 실렸습니다. 그러자 시인이 대체 누구냐며 온 시내가 떠들썩한 거예요. 그때 비로소 살롱에 정식으로 초대되었죠. 편집자들과 한자리에서 차를 마시고 여성 작가들과 마카롱도 먹고 말이죠. 그런데 웬걸, 내가 세상 무엇보다 그 문단이란 세계를 찬양하게 된 겁니다. 이제는 더없이 즐겁게 들락거리게 된 살롱에 그간 퍼부은 독설일랑 일절 떠올리지 않았고요. 그 안에서의 인간관계가 죄다 사기 행각일 수 있다는 생각은 결코 들지 않았습니다. 그 질식할 것 같은 분위기가 서서히, 그러면서도 확실하게 예전의 내 본모습을 몰아내고 한낱 허깨비 같은 모양새만 부여해줄 뿐이라는 생각 말입니다. 그러다 어느 아침, 잠에서 깼는데 기운이 하나도 없더군요. 전에는 잠자리를 훌쩍 털고 일어나 서둘러 옷을 갖춰 입으면서 유명세를 만끽할 생각에 즐거운 열정이 충만했는데, 그날부터는 왠지 온몸의 맥이 풀리고 핏기가 없는 겁니다. 다리에 힘이 없어서 옷걸이까지 겨우 걸어갈 정도였으니까요. 간신히 걸어가서는 프록코트 소맷부리를 부여잡고 그만 주저앉았지요. 결국엔 바닥을 엉금엉금 기어 간신히 아내 곁으로 갔답니다."

에드거는 손을 들어 머리를 감싸쥐었다.

"신음을 흘리며 이렇게 말했어요. '난 이제 더 제정신이 아니야.'" 그리고 그가 맞나 싶게 한껏 과장되고 처연한 목소리로 덧붙인다.

"아내가 나를 부둥켜안고 위로해주고 돌봐주었지요. 나는 분명 심각한 병을 앓고 있었던 겁니다. 그런데도 모든 걸 희생해가며 살롱에 얼굴을 내밀고 시를 낭송해 사람들의 박수갈채를 얻으러 다녀야 했던 거지요. 그렇게 내 명성을 더해가야만 했어요. 결국 그런 행동은 강박적으로 변했고, 악마의 굶주림으로 변해버렸던 거요. 허영심 말입니다. 그것이 나를 이 거리 저 거리로 끌고 다닌 셈이에요. 목숨을 바쳐서라도 살롱까지 힘겹게 기어가 의자에 걸터앉은 다음, 그놈의 새에 관한 빌어먹을 시를 읽어야 했던 겁니다. 바로 그 시가 나에게 천형이 되어 내린 거예요. 「까마귀」를 낭송할 때마다 나는 스스로가 점점 인간이기보다는 영혼이 없는 조류의 일종이 되어가는 느낌이었어요. 한마디로 미쳐가고 있었던 거지요. 허영의 이미지 그 자체로 화해버린 겁니다. 살아 있는 시체…… 그것이 바로 그때의 내 모습이었어요."

그는 상체를 숙이고 고개를 끄덕이더니 얘기를 이어간다.

"천만다행인 것은, 허영심에 사로잡힌 자는 결국 추문을 찾아나서기 마련이라는 점입니다. 마치 내면의 목소리가 그런 질병의 끔찍한 파국에 대해 경고하길 원하는 것처럼 말이죠. 허영에 대한 가장 효과적인 대응책이 사람을 최대한 욕보이는 추문이라는 사실을 일깨워주는 셈입니다. 추문이란 원래 인간이 맞닥뜨릴 수 있는 가장 유익한 시련이지요. 최대한 가차없이 창피를 당하는 것, 그것은 인간의 보수적 본능을 건강하게 지켜줄 동기로 작용합니다. 다행스럽게도 내가 그에 해당해, 일거에 무너지고 말았죠. 아주 비참하고, 혹독하게요. 영광은 단숨에 증발해버렸습니다. 정신을 차려보니, 내가 다시 바닥에 엎어진 채, 추문에 파묻혀 나라는 존재가 아예 사라져버리기를 바라고 있더군요. 그런데 말입니다, 추문이 그 희생자를 아주 죽이는 법은 없어요. 그렇게까지 친절하지는 않죠. 추문은 사람의 얼굴을 똥 속에 처넣었다가 다음날 버젓이 일터에 그 얼굴을 들고 나가게 만들어 모든 이의 구경거리가 되게 합니다. 일터 문 앞에 멀뚱하니 선 채 사람들의 비웃는 시선을 한몸으로 받아 안은 다음에야 비로소 추문의 역할이 다하는 것이고, 그때부터 부활이 시작되는 것이지요."

어찌나 열정적으로 이야기하는지, 에드거는 의자에 앉은 채 한껏 몸을 들썩이다가 하마터면 바닥에 넘어질 뻔한다.

"결국 나는 영광을 향한 꿈에서 그렇게 깨어난 겁니다, 그리스월드. 전에 나는 뉴욕을 꿈꾸었고, 거기서 유명 작가가 되기를 소망했지요. 지금은 신께 감사하게도 모든 것이 끝났습니다. 꿈은 죽었어요. 이제 바라는 것은 이곳에서 사랑하는 아내와 함께 내게 남은 책 몇 권을 벗삼아 지내면서, 오로지 나만의 만족을 위한 글 몇 조각 끼적이는 것이 전부입니다. 내 손으로 직접 잡지를 창간하겠다는 아주 오랜 꿈조차 포기한 상태지요." 그는 냉소적인 눈빛으로 그리스월드를 흘끔 바라보면서 얘기를 마무리한다.

그리스월드는 버지니아 쪽으로 고개를 돌리며 묻는다.

"요즘은 좀 괜찮으신가요?"

"그럭저럭 지낼 만해요." 그녀는 자수에서 눈을 떼지도 않고 의자를 흔들거리며 대답한다.

"기침은요?"

"했다 안 했다 그러죠."

이번에는 어깨를 으쓱한다.

그리스월드는 다소 서글픈, 적어도 겉으로 보기에는 그런 기색으로 고개를 떨군다.

에드거가 벌떡 일어나더니 서랍장 쪽으로 걸어간다. 그러면서 의자에 앉아 있는 그리스월드를 슬쩍 곁눈질한다. 안타까워하는 감정이 얼굴에서 어찌나 진지하게 우러나는지, 표정을 그토록 실감나게 꾸며냈을 거라 생각하기는 쉽진 않다. 가슴 한쪽에서 뜬금없이 의문 하나가 떠오른다. 그리스월드는 진짜 두 사람을 걱정해서 찾아온 것일까? 그런 일이 과연 가능할까?

"결국 이곳에 온 덕분에 우리 두 사람 다 좋아진 셈이죠." 에드거는 툭 던지듯 말한 다음, 흔들의자로 다가가 버지니아 뒤에 선다. 그녀는 흔들의자를 멈추고 희망과 체념이 뒤섞인, 그래서 더 가슴 두드리는 눈빛으로 그를 올려다본다. 어린 아내의 어깨에 그가 지그시 손을 얹는다.

"손님 모시고 산책이나 할까?" 에드거가 쾌활한 얼굴로 말하자, 버지니아가 대답한다.

"네, 그러세요."

"내친김에 멀리뛰기 시합이나 합시다."

에드거의 제안에 그리스월드가 놀라 일어서며 묻는다.

"멀리뛰기 시합요?"

"집 뒤쪽에 안성맞춤인 평지가 있습니다. 혹시 나한테 질까봐 두려운 건 아니겠죠?"

"오, 천만의 말씀! 멀리뛰기 시합이라면야……" 그가 장난스러운 표정으로 응수한다.

에드거는 아내에게 윙크하며 툭 내뱉는다.

"어디 누가 지는지 두고 봅시다."

에드거와 그리스월드가 줄자를 챙겨들고 뒷마당으로 향한다.

두 사람이 돌아왔을 때, 버지니아는 의자에서 잠이 들었고 고양이가 그녀의 무릎에 올라앉아 있다. 머디 고모는 에드거의 자리에 앉아 버지니아가 놓은 자수를 뚫어져라 살피고 있다. 머디 고모가 두 남자를 보더니 벌떡 일어나 묻는다.

"그래, 어떻게 됐나요?"

"포 선생은 정말 대단한 실력자더군요. 저한테는 조금도 기회가 없었습니다." 그리스월드가 겸손하면서도 당황한 기색이 역력한 태도로 대답한다.

산책과 멀리뛰기 시합 내내 그리스월드는 약간 위축된 상태로 말이 없었다. 에드거가 속으로 경계하고 있음을 눈치채기라도 한 것 같았다. 마지막 멀리뛰기 순서에 이르러 에드거가 바지를 찢어먹고 나서야 비로소 분위기가 누그러졌다. 두 사람은 누가 먼저랄 것도 없이 웃어젖혔다. 그리스월드는 에드거를 일으켜세워 옷에 묻은 흙을 털어주고는 말했다. "당신이 이겼어요."

자초지종을 들은 머디 고모는 요란하게 웃음이 터져나오는 걸 손으로 입을 막아 가까스로 참아낸다.

"쉿! 버지니아가 자요. 에디는 운동신경이 뛰어나답니다. 그리스월드 씨도 아시겠지만, 에드거는 못하는 게 없지요."

"그렇긴 하지만, 바지를 망쳐놨으니……"

에드거가 중얼거리자 머디 고모는 마치 장난꾸리기 아이를 다루듯 에드거의 바지 뒤쪽을 잡아당기며 말한다.

"어디 한번 보자…… 아이고, 맙소사! 엉덩이 부분이 다 타졌네……"

탄식을 넘어 금방 울음이라도 터뜨릴 태세다. 에드거는 저쪽 구석에서 가만히 미소 짓고 있는 그리스월드를 흘끔 돌아본다.

어쩔 수 없이 그는 바지를 벗고 팬티 바람으로 앉아, 머디 고모가 타진 부위를 꿰매는 동안 차를 마신다.

"요즘은 외국에서 들어올 상당한 인세 수익을 기대하고 있답니다. 내 작품들이 프랑스에서 큰 인기라서요."

넌지시 전한 에드거의 말에 그리스월드가 미소를 잃지 않으며 대꾸한다.

"아, 그래요?"

"그렇다마다요."

"정말 대단하군요."

"일단은 기다리는 중입니다."

"기다리다뇨? 무얼요?"

"인세요." 그리스월드의 눈을 똑바로 쳐다보며 에드거가 말한다.

"그렇군요."

"그리스월드, 혹시 내게 몇 달러만 좀 꿔줄 수 있겠습니까? 인세를 기다리는 동안만입니다. 그리 오래 걸리진 않을 겁니다. 알다시피 약이 필요해서요. 버지니아는 약을 먹어야 해요. 먹을거리도 좀 있어야 하고. 그다지 많이 필요한 건 아니고요. 우린 검소하게 살거든요. 몇 달러만 있으면 됩니다."

"몇 달러요? 어디 봅시다. 당장 수중에 얼마가 있는지 몰라서요……"

그는 지갑을 꺼내 에드거에게 줄 돈을 찾는다. 이내 고개를 끄덕이고는 10달러를 내민다. 그러는 내내 버지니아는 의자에 기대앉은 채 잠들어 있다. 고양이는 그녀의 두 손 아래 동그랗게 몸을 웅크리고 있다.

"이 일은 절대로 잊지 않겠습니다, 그리스월드."

"별말씀을 다 하십니다. 괘념치 마세요. 대신 뭐 하나 부탁할게요."

"말씀하세요."

"앞으로 당신이 하는 모든 일에 대해 나에게 편지로 알려주겠다고 약속해주세요. 하나도 빠짐없이 말입니다. 약속할 수 있겠습니까?"

"원하신다면." 에드거는 사뭇 조심스레 대답한다.

"이상하게 들릴지 모르지만," 그리스월드는 무슨 사업상 기밀이라도 논하는 사람처럼 상체를 숙여가며 말한다. "내가 요즘 당신에 관한 제법 상세한 전기문을 한 편 쓰려고 해요. 그 작업을 하는

데 당신 편지가 큰 도움이 될 겁니다."

에드거는 지체 없이 고개를 끄덕인다. '옳거니! 그래요! 그럽시다!' 벌써부터 에드거 앨런 포의 처절한 광기와 죽음에 관한 매우 근사한 이야기가 귓전을 울리는 기분이다.

그리스월드는 자리에서 일어나 잊지 못할 하루의 경험에 대해, 기분좋은 차 대접과 담소에 대해 고마움을 표한다.

"이번 만남이 오랜 우정의 시작이 되면 좋겠습니다."

"나 역시 진심으로 그리되기를 바랍니다." 에드거도 공손하게 대답한다.

"두 영혼이 하나의 생각을 공유하게 됐군요." 출입문 쪽으로 가던 그리스월드가 갑자기 돌아서서 묻는다. "근데 혹시 에번 올슨이라는 사람을 아십니까?"

"기자 말입니까?" 에드거가 그리스월드에게 다가가며 묻는다.

"맞아요."

에드거의 의아해하는 눈빛을 보며 그리스월드가 말을 잇는다.

"며칠 전 그 사람이 몹시 아프다는 얘기를 들었습니다만."

"심각한 모양이로군요."

"모르겠습니다. 의사들이 어떤지 아시잖아요. 어디가 안 좋은지 잘 모를 땐 무조건 약만 들이붓기 일쑤죠. 아마 올슨의 경우에도 그랬나봅니다. 지금 그 사람 완전히 무기력한 상태로 누워 있다던데, 정말 비극이 따로 없어요. 당신의 열렬한 독자였는데 말이죠. 안 그렇습니까?"

에드거는 아무 말도 하지 않는다.

"아무튼……"

그리스월드는 상체를 기울인 채 에드거의 손을 오랫동안 힘주어 그러쥔다.

"당신 추종자들은 정말 가지각색이더군요, 포. 그 점이 늘 놀랍습니다."

마침내 그는 테라스로 나가 푸른 언덕들을 바라본다.

"자, 그럼 또 봅시다." 그리스월드가 벚나무들 사이로 걸어내려가면서 말한다.

에드거는 테라스에 우두커니 서서 손님이 떠나가는 모습을 지켜본다. 그런데 그리스월드가 나무 사이로 모습을 감추고 버지니아가 잠에서 깨어나 식사까지 마친 지 한참이 지나서도, 심지어 벽난로에 불을 지핀 뒤 책상 앞에 앉은 다음에도 한참을, 에드거는 문을 가로막고 서서 묘한 눈빛으로 자신을 쏘아보는 그리스월드의 모습을 보는 듯하다.

그리스월드

새뮤얼

(뉴욕)

비가 왔다. 진창이 되어버린 거리 이곳저곳에서 더러운 물웅덩이가 반짝인다. 루퍼스 그리스월드는 워싱턴스퀘어에 이르러 마차에서 내린다. 장거리를 달려온 터라, 집까지 남은 수백 미터는 걸어서 가고 싶다. 보통 때 같으면 신속하게 집 앞까지 당도했을 것이다. 이 저녁, 발길이 무겁다. 그는 걸음을 멈추고 가스등 기둥에 등을 기댄다. 아침에 집을 나설 때만 해도, 포드햄에 위치한 포의 집으로 향하는 여정이 그에게는 무엇보다 중요한 과업처럼 여겨졌다. 지금 그는 공허한 기분에 그저 울고만 싶다. 무릎을 꿇고 차가운 기둥에 이마를 갖다댄다. 포가 멀리뛰기를 하다가 바지를 찢어먹었을 때는 그 역시 웃음이 터져나올 수밖에 없었다. 하지만 그 바지를 벗고 팬티 바람으로 딱 한 벌뿐인 옷이 수선되기를 기다려야 하는 모습을 보자, 밀러드는 슬픔을 주체하기 어려웠다. 가엾은 포에게 몇 푼 쥐여준 것은 잘한 일이다. 그가 할 수 있는 최소한의 일이었다. 분명한 것은, 포와 그의 아내 두 사람 다 한계에 이르렀으며 더는 오래 버티지 못할 거라는 사실이다. 어떻게든 쾌활해 보이려 하거나 우정을 과장하는 포의 태도는 오히려 보는 이의 가슴을 찢어놓았다. 그리스월드는 생각에 잠긴다. '그 인간, 지금 파멸해가는 중이야……' 아! 지나치게 감정적이 되지 않도록 단단히 마음을 잡아야 한다. 어쨌든 포가 아무리 광기와 죽음의 문턱을 넘나드는 상황이라지만, 해롭기 짝이 없는 그의 문학이 용인되는 것은 아니다. 그리스월드는 새로 각오를 다진다. 나약한 마음에 맞서 버텨내야만 한다. 그는 모름지기 하느님의 사람이다. 완수해야 할 사명이 있다.

현관문 앞에 웅크리고 앉은 왜소한 몸집의 사내가 그의 눈에 들어온 건 집 앞 계단을 올라가면서부터다. 그가 걸음을 멈추자 사내가 고개를 들고 거만한 눈빛으로 바라본다. 마치 걸인이 눈앞에 서 있기라도 한 듯, 사내는 도도하면서도 안쓰러워하는 듯한 미소를 짓는다. 루퍼스는 욱하는 기분을 애써 삼킨다.

"또 당신이군?"

"기다렸습니다. 당신은 나를 기다리게 해요."

사내의 말에 루퍼스는 당장이라도 발끈할 것만 같다.

"나는……" 루퍼스는 우물거린다. 왜 겁이 나는지 알 수가 없다. 그가 아는 건 그냥 겁이 나고, 자신도 어찌할 수 없다는 것뿐이다. 저 사내만 눈앞에 나타나면 가슴이 철렁한다.

"당신은 늘 그런 식이야." 상대가 징징거리는 투로 뇌까린다.

“나는 기다리고 또 기다리고 말이지. 내가 그렇게도 역겹습니까?”

“뭐라고요?”

“나 아닌 다른 사람도 이렇게 오래 기다리게 했을까요? 이봐요, 그리스월드 씨, 나를 왜 이런 식으로 대하는 겁니까?”

“미안합니다.” 루퍼스가 대답한다. “우리가 만날 약속을 했는지 몰랐는데.”

왜소한 사내는 그제야 천천히 일어선다. 루퍼스가 계단 중간쯤 서 있었기에 현관 앞에 있는 백색증 환자와 눈높이가 일치한다. 백색증 환자의 새빨간 눈동자가 번득거리고 있다.

“후회할 겁니다, 그리스월드.”

“미, 미안합니다…… 정말, 몰랐습니다…… 난 그 사람 집에 갔다 오는 길입니다. 돈도 빌려주고 왔어요……”

왜소한 사내의 얼굴에서 험악한 기운이 일순 사라진다.

“포드햄에 말입니까?”

루퍼스가 얼른 고개를 끄덕인다.

“어떻게 지내시던가요?”

“글을 쓰는 것 같았습니다. 마음 다스리는 데는 그만한 게 없지요.”

“그거 잘됐군요.”

“그렇죠.”

“당신의 다음 책에 그분 작품들을 실을 거죠?”

“네, 그럼요.”

“우리가 서로 합의한 대로?”

"그래요."

"그분이 글을 쓰는 게 나한테 얼마나 중요한 문제인지 당신이 잘 이해하길 바랍니다. 실은 주인님에게 내 소견을 몇 자 적어서 보냈어요. 그게 그러니까 초안 수준이긴 한데, 무슨 말이냐면…… 그분이 나름대로…… 활용할 수 있게……"

"소견?"

"그래요…… 말하자면…… 몇 가지 생각을……"

루퍼스가 잠시 묵묵히 있다가 묻는다.

"당신이 가장 좋아하는 게 뭡니까? 그러니까, 특별히 좋아하는 작품이라도……"

백색증 환자는 상대의 눈을 똑바로 보면서 수수께끼 같은 태도로 대답한다.

"「모르그가의 살인 사건」."

루퍼스는 고개를 끄덕인다.

이제야 알 것 같다. 왜소한 사내는 그 사건에 관해 무언가를 알고 있는 것이다. 어쩌면 포가 아니고선 아무도 모를 무언가를 말이다. 이런 확신이 들자 루퍼스는 흥분하기 시작한다.

"도대체 당신 정체가 뭐요?"

"새뮤얼. 새뮤얼 레이놀즈."

"그래요. 이제 나는 그만 들어가봐야겠습니다. 집필에 다시 매달려야 해서."

새뮤얼은 고갯짓으로 동의를 표한다. 그리고 거의 비굴하다 싶을 정도로 허리를 잔뜩 숙이고서 뒤로 물러난다.

"나는 단지 우리의 계약을 당신이 잊지 않았는지 확인하고 싶었을 뿐입니다."

"오, 천만에요. 어쨌든 내가 보기엔, 그곳까지 찾아준 것을 그도 무척 고맙게 생각하는 것 같았소."

루퍼스가 그의 앞을 지나치면서 이렇게 대꾸하자, 백색증 환자는 고개를 번쩍 든다. 그의 가련한 얼굴이 환희의 감정으로 빛나고 있다.

"정말요?"

"확실합니다."

루퍼스는 얼른 현관 안으로 들어가 문을 닫는다. 한쪽 어깨를 문에 기댄 채 한동안 그대로 머물러 있다.

3부

◆

(1846~1849년, 포드햄—뉴욕 —프로비던스—리치먼드—볼티모어)

나는 소리쳤다.
"치사한 놈들! 더이상 시침떼지 마라!
어서 마룻장을 뜯어내! 여기다, 여기!
그의 끔찍한 심장이 뛰고 있단 말이다!"

에드거 앨런 포

포

버지니아

(포드햄)

글을 쓰기가 힘들다. 버지니아는 침대를 떠나지 못하고 매주 기침이 심해지는가 하면, 얼굴은 점점 더 유령처럼 변해간다.

그녀의 기침이 에드거를 중독시키고 있다. 대부분의 낮시간은 그도 조심스럽게 숨을 쉬어서 괜찮다. 하지만 밤중에 그녀가 대놓고 뱉어내는 기침에는 속수무책이다. 어쩌다 그녀의 볼에 입을 맞출 때면, 조심해야 한다는 걸 깜빡하고 그녀의 숨결을 깊이 들이마셔버리고 만다.

뉴욕을 떠나 동부 해안에서 가장 쾌적하고 평화로운 동네인 포드햄에 정착했건만, 세상은 그를 조용히 내버려두려 하지 않는다. 소위 문학판 사람들이 마치 나무 꼭대기에 진을 친 맹금처럼 그의 일거수일투족을 염탐한다. 그가 은퇴해 글쓰기를 그만두었다는 소문이 퍼지자, 너나 할 것 없이 부리와 발톱을 세우고 일제히 쪼아

대는 것이다. 토머스 던 잉글리시, 마거릿 풀러, 롱펠로의 친구들, 그 밖에 에드거로부터 공격과 조롱을 받았던 모든 작가들. 무릇 자신의 허영심에 상처를 입었다고 느끼는 글쟁이만큼 위험천만한 존재는 없으니. 독수리들끼리 모여 서로의 분노를 키워서 꿀처럼 그 맛을 음미하다가, 어느 순간 먹이를 향해 달려드는 꼴이다.

"저 저주받을 작가놈 눈알을 파버립시다! 주제넘은 망나니 녀석 썩어문드러지게 버려두자고요!"

신문들은 에드거를 정신병자 취급한다. 술주정꾼에다 완전히 타락한 변태로. 〈미러〉는 그를 사기꾼으로 소개한다. 이미 언급한 것처럼 도덕의식이 전무한 인간이라고.

좋다. 바닥을 쳤다 치자. 하지만 〈미러〉, 하이럼 풀러, 아구스투스 클래슨 주니어, 이들만큼은 기필코 법정으로 끌고 갈 것이다.

그사이 미국과 멕시코가 전쟁을 일으킨다.

에드거는 〈미러〉와의 전쟁에 돌입한다. 물론 웃기는 일이다. 하지만 어떻게든 〈미러〉를 판사들 앞으로 끌고 갈 생각이다. 그리고 반드시 승리할 것이다.

시청 소속 변호사와의 면담이 9월 초로 잡혔다. 그런데 법원의 재판 일정이 꽉 들어차, 이듬해 2월 전에는 도저히 공판이 열릴 수 없는 상황이다.

그동안 〈미러〉에는 토머스 던 잉글리시의 소설이 한 편 실린다('익명'으로 발표된 작품이나, 그 참담한 수준의 문장을 몇 줄 읽어보기도 전에 에드거는 그것이 던 잉글리시의 솜씨임을 알아본다). 누구를 겨냥한 풍자인지 알아채는 건 어렵지 않다. 주인공 마마듀

크 해머헤드는 허풍선이 술주정뱅이이자 못 말리는 싸움꾼으로, 이야기 내내 이렇게 더듬거리면서 비척거렸다.

"자…… 자네…… 내…… 내가 쓴…… 로…… 롱펠로 비평…… 보…… 보았나……?"

에드거는 포복절도하는 것으로도 모자라 침대 밑으로 기어들어가 실컷, 지치도록 웃어젖힌다.

해머헤드는 장이 넘어갈수록 광기가 악화되어, 결국 유티카에 있는 어느 정신병원 독방에서 생을 마감한다. 에드거는 토머스 던 잉글리시 앞으로 편지라도 한 장 쓰고 싶다. 재주가 무척 인상적이며 유머 감각 또한 대단하다는 칭찬을 담아서 말이다. 그런데 막상 책상 앞에 앉자 편지 쓸 용기가 사라진다.

그 겨울, 그는 월터 G. 보언이라는 가명으로 '한 비평가에 대한 비평'이라는 글을 쓰기 시작한다. 그 글에서 자신이 가진 재능을 동원하여 스스로를 서슴없이 비판하는데, 에드거 앨런 포라는 인간이 "아주 악의적인 트집쟁이이며 가혹하기 짝이 없는" 존재임을 보언의 입을 빌려 주장한다. '그거참 재미나는걸!' 그런 생각을 굴리며 에드거는 수주일 동안 진정 즐기는 마음으로 글에 매진한다. 그러던 어느 오후, 쓰던 글을 갑자기 거칠게 내쳐버린다. 즐겁게 써내려가던 그 글을 그뒤로는 거들떠보지도 않는다.

11월 들어 냉기가 집안 전체에 스민다. 땔감용 나무는 젖었고, 그나마 양도 얼마 되지 않는다. 그걸로 불을 지필 땐 행여나 꺼질세라 가족 모두 달라붙어 지켜야 한다. 저녁에는 그래도 꽤 훈훈한 편이다. 문제는 버지니아가 덮을 만한 따듯한 담요가 없다는 사실이다. 다행히도 에드거가 웨스트포인트 시절에 입던 낡은 장교용 프록코트가 따스한 편이다. 버지니아는 잠에서 깨어나 추위를 느끼는 아침에 그 옷을 두르는 걸 좋아한다.

처음에 그는 그녀가 잠을 많이 자는 게 좋은 일이라고 생각했다. 하지만 몇 주가 지나면서부터는 아침만 되면 언제 아내가 잠을 깰까, 어서 일어나 기운을 차리고 산책이라도 나가고 싶어했으면 하는 마음에 안절부절못하며 침실 문 앞을 서성댔다.

침대 옆에 머물며 아내의 잠든 얼굴을 하염없이 들여다보는 일도 잦았다. 코, 광대뼈, 눈썹 그리고 귀. 곤히 자는 버지니아의 얼굴. 에드거 자신은 잠자리에서 나병 환자처럼 몸을 뒤척인다. 버지니아는 꼼짝도 않는다. 심지어 기침을 할 때도 그녀의 몸은 움직이지 않는다. 무언가가 그녀의 온몸을 흡입해버린 것 같다. 도무지 어디서 기인한 것인지 모를 평온함. 그렇게 조용히 숨쉬며 잠들어 있는 아내를 보면서 에드거는 둘이 같은 침대를 공유하기 시작한 그 시절, 그녀 나이 채 열넷을 넘지 않은 그때를 돌이켜 생각한다. 그로부터 십이 년이 흐른 지금, 잠든 그녀의 얼굴에는 그때와 다름없는 가벼움과 어린애 같은 태평함이 고스란히 담겨 있다. 위안을 찾은 거다.

처음 머디 고모와 버지니아가 리치먼드에 있는 에드거의 집에 함께 살게 됐을 때였다. 하루는 늦은 오후에 세 사람 모두 제임스 강변으로 산책을 나갔다. 갑자기 비가 쏟아졌고, 다들 강 아래쪽에 서 있는 커다란 참나무 밑으로 피했다. 그 축축한 나무껍질 냄새가 아직도 생생하다. 빗방울이 마치 작은 돌멩이처럼 후드득 소리를 내며 수면으로 떨어지고 있었다. 소나기가 퍼붓는 광경을 손으로 가리키며 버지니아는 에드거의 가슴팍에 머리를 기댄 채 마치 그런 장관은 처음 본다는 듯 까르르 웃음을 터뜨렸다. 그녀가 웃을 때마다 그의 목에 닿은 작은 머리가 흔들렸고, 에드거는 그녀가 살짝 겁을 먹은 걸 감지했다. 그가 그녀의 머리칼에 손을 얹자 웃음이 멎었고, 그녀는 고개를 뒤로 젖혔다. 에드거는 얼떨결에 입술을 갖다댔다. 그녀의 혀가 입술에 닿았다. 마치 전기가 온몸을 훑고 지나가는 느낌이었다. 그는 얼른 입술을 벌렸지만 그녀가 고개를 돌렸다. 에드거는 다시 그녀를 바짝 끌어당겨, 이번에는 강하게 힘주어 입을 맞췄다. 몸에 힘이 풀린 듯 그녀는 그의 품안에 축 늘어졌다. 잠시 후 비가 그치고 다시 해가 났다. 그들은 신발을 벗고 강둑을 따라 앞뒤로 나란히 한참을 걸었다. 둘 사이엔 아무 말도 오가지 않았다. 비 온 뒤의 강물은 따스했다. 버지니아가 갑자기 걸음을 멈추더니 무어라고 소리쳤다. 앞서가던 에드거가 뒤돌아보았다. 잎사귀 사이로 들이치는 햇살 아래서 그녀가 손가락을 들어 시내 쪽을 가리켰다.

"저기 좀 봐요!"

그녀가 보는 것을 그 또한 보고 있었다.

황혼 속에서 리치먼드의 근사한 별장들이 불타오르는 것 같았다.

지붕들 위로 불꽃이 솟구쳐오르고 있었다.

에드거와 버지니아는 난생처음 신기루를 목격한 아이들처럼 웃어대면서, 어둠이 내릴 때까지 그 자리에 선 채 집들을 바라보았다.

*

욕실 문을 열자마자 대칭적으로 배열된 하늘색 직사각형 타일 조각들의 섬세한 격자무늬가 눈에 들어온다. 그처럼 멋진 공간은 실로 오랜만이다. 살짝 코를 찌르는 라벤더향이 망토처럼 그의 몸을 감싼다. 마치 피부를 뚫고 스며드는 느낌이다. 공간을 감돌던 한기가 곧장 와닿는다. 그는 욕조 수면에 형성된 얼음 종鐘으로 얼른 다가간다. 거기 얼굴을 바짝 갖다대지만 아무것도 보이지 않는다. 얼음이 볼록볼록한 기포로 가득하다.

종 안쪽에서 그녀의 목소리가 들려온다. 그는 당장 주먹으로 얼음벽을 내리쳐 깨트린다. 얼음판이 갈라져 타일 바닥에 산산조각으로 부서진다. 두꺼운 얼음장을 격파하기 위해서는 있는 힘을 전부 끌어모아야 한다. 그제야 그녀가 보인다. 하얀 욕조 안에 알몸으로 웅크리고 있다. 양 무릎을 접어 끌어안은 그녀의 살갗이 추위로 퍼렇게 질려 있다. 그런데도 그가 욕조 안으로 들어와 함께하자 배시시 웃는다.

"이제야 왔군요……" 그에게 꼭 안기며 그녀가 속삭인다.

*

병세가 깊어질수록 그녀에 대한 사랑은 커져만 간다. 피부, 머리카락, 기침, 목, 허파…… 그녀의 모든 것을 그는 사랑한다.

"이토록 아름다웠던 적이 없어요." 그가 머디 고모에게 말한다.

머디 고모는 뜨개질만 계속할 뿐 묵묵부답이다.

"뭐 만드세요?"

"버지니아에게 입힐 옷." 이번에는 우물우물 대답한다.

그는 층계참으로 나서며 중얼거린다.

"어떤 옷이지?"

포드햄이 가면을 뒤집어쓴 것처럼 캄캄한 밤이다.

버지니아는 날이 갈수록 쇠약해지고 있다. 에드거는 죽음을 미적 체험의 기본 전제로 바라보기 시작한다. 그도 그 사실을 유념하고 있다. 조용히 기다리며 길게 누워 있는 그녀의 자태는 환상적이다. 그녀에게 무슨 이야기를 해주랴? 들리기나 할까? 그의 말을 귀기울여 듣는 일은 벌써 멈추지 않았던가. 무언가를 이야기하기엔 너무 늦은 걸까? 에드거는 계속 의문이 든다. 그녀는 자신을 기다리는 그 무엇만을 생각하고 있나? 남편에 대한 생각은 완전히 중단한 걸까? 어쨌든 그는 한시도 그녀 생각을 떨칠 수가 없다. 버지니아가 지금처럼 그의 정신을 온통 사로잡은 적도 없다. 상황을 바꾸기엔 이미 너무 늦었음에도 그녀 생각에서 도무지 벗어날 수가 없는 것 같다. 그는 모두 다 진정될 거라고 생각한다. 비록 끔찍한 결과일지언정. 냉기와 온기가 그녀의 몸안에 한꺼번에 몰아치고 있다. 그는 그녀의 침대 옆에 앉아 손을 잡고는, 당신의 침묵 때문에 미쳐버릴 것 같다고 말해주고 싶다. 하지만 무슨 말이든 그녀에게 직접 하기 어렵다. 아예 듣지 못할까봐 너무 두려운 것이다. 그는 어디로 피신해야 할지 알지 못한다. 이 집의 모든 방들이 너무 작다. 지독하게 추운 날씨지만, 그는 차라리 숲속으로 기나긴 산책을 나선다.

숲속 공터를 건너는데, 오솔길을 가로질러 쓰러져 있는 썩은 나무 한 그루가 눈에 띈다. 별안간 눈물이 울컥 넘쳐 똑바로 서 있을 수가 없을 정도다. 그러다 그만 쓰러져 나무껍질에 얼굴을 부딪는다. 잠시 후, 얼굴을 타고 흐르던 눈물이 멈추었고 가까스로 다시 일어나 가던 길을 계속 걸어간다. 겨울이다. 눈은 다리가 빠지도록 수북이 쌓였건만, 계절의 혹독함에 맞설 부츠를 신지 못했다. 마침내 집에 돌아와 진흙과 눈으로 만신창이가 된 신을 벗는다. 머디 고모는 입구에서부터 담요를 들고 그를 기다리고 있다. 뭔가 말하려고 입을 열지만, 그에겐 아무 소리도 안 들린다. 귀가 얼어버린 것이다. 응접실 흔들의자 위에 고양이가 잠들어 있다. 에드거는 침실로 직행한다.

"버지니아?"

그녀는 침대에 앉아 그의 시를 읽고 있다.

에드거를 보자 입가에 살짝 미소가 어린다.

"새에 관한 이 시 말이에요…… 나한테 설명 좀 해줄래요? 도대체 무슨 생각으로 쓴 거죠?…… 그리고 이 죽은 여자…… '아리따운 레노어'는 누구죠?…… 시 속 주인공인 학생이 그녀를 사랑하는 것처럼 당신도 나를 사랑했는지 말해봐요…… 나를 그런 식으로 사랑했나요?…… 아니면 내가 아프거나…… 눈앞에 없어서 당신이 나를 사랑하는 게 그만큼 더 쉬웠나요?…… 말해봐요, 에디…… 내가 당신을 얼마나 보고 싶어했는지 당신은 몰라요……

항상 그리웠죠…… 아침부터 저녁까지 당신 얼굴은 머플러로 가려진 것 같았어요…… 아, 그 지긋지긋한 머플러!…… 당신의 음울한 눈빛을 걷어내버리고 싶어요…… 나를 똑바로 봐요! 그 바보 같은 죽음의 가면 뒤에 숨지 마요…… 당신 손을 만지게 해줘요…… 에디…… 오, 당신도 손이 차군요…… 이리 와봐요…… 이 외투 속으로 들어와요…… 둘이 함께 따뜻해질 수 있을 거예요…… 같이 좀 누워요…… 한 시간만이라도……"

책이 그녀의 손에서 미끄러진다. 버지니아는 눈을 들어 남편을 똑바로 바라본다.

"나를 사랑한 적이 있기는 한가요?" 그녀가 자못 진지한 어조로 묻는다.

에드거는 대답하지 않는다. 버지니아의 눈빛이 집요하다.

하지만 그는 한마디도 내뱉을 수가 없다.

진실은 대체 어디에 있는가? 그는 그녀를 사랑하고 또 사랑하지 않는다.

그는 한 번도 경계를 풀어본 적이 없다. 사랑에 맞서 치열한 전쟁을 치러왔다. 무언가로부터 자신을 지켜내고 싶었다. 그러면서 사랑이 자기 안의 그 무언가를 파괴해버릴지 모른다는 자각으로부터도 자유로웠던 적이 없다. 도대체 그것이 무엇인가? 문학인가? 그가 쓰는 작품? 아니다, 아니다, 죽음이다. 역겨워하면서 동시에 그토록 사랑해온 죽음. 죽음이 그토록 압도했기에 그는 버지니아와 사랑에 빠질 수 없었다. 죽음을 향한 열정이 너무나 처절했기에, 그는 다른 누구를 사랑할 줄 몰랐다.

에드거는 침대 속으로 슬그머니 들어가 아내 곁에 눕는다. 둘은 뻣뻣한 군용 외투를 바짝 끌어당긴다. 두 눈을 감고 서로의 낮은 숨소리에 귀기울인다. 잠시 후 그녀가 먼저 잠이 든다. 그렇게 누워 있으니 에드거는 새삼 그녀와 연결된 느낌이다. 그녀가 죽어가고 있다는 생각이 든다. '그래서 이토록 가깝게 느껴지는 거야……' 서로 결합한 상태. 죽음과 사랑, 그 두 경애의 대상이 버지니아의 움직이지 않는 몸 안에서 융합한다. 그러자 덜컥 불안한 마음이 엄습한다. 잠이 깼을 때 옆에 없는 걸 보면 버지니아가 몹시 실망할 것을 알면서도, 그는 벌떡 일어나 머디 고모를 찾으러 주방으로 간다.

그는 도저히 그녀 곁에 가만히 머물러 있지 못한다.

그는 테라스로 나와 눈 덮인 골짜기를 바라본다.

버지니아는 1월 30일 사망한다.

2월 초, 〈미러〉에 제기한 소송 공판이 시청에서 열린다. 에드거가 승소하고 125달러 상당의 배상금을 받아낸다.

새뮤얼

주인님에게 보내는 네번째 편지

자유

당신에게 또 편지를 보냅니다. 아마 지금쯤이면 편지를 받는 게 익숙하실 거예요. 어쩌면 즐기고 계실지도 모르죠. 당신의 가장 소중한 친구로부터 올 편지를 매일 기다리고 있을지도요. 저야 모르죠. 무슨 생각을 하세요? 왜 저를 보러 나오시지 않는 거죠? 왜 저에게 들어오라고 하지 않으시나요? 제가 여기 바깥에서 안에 있는 당신을 줄곧 지켜보고 있다는 걸 벌써 며칠 전부터 잘 알고 있잖아요? 창문에 얼굴을 바짝 갖다대거나 문 쪽을 흘끔거리면서 말이에요. 당신은 저를 보고 있어요. 그러면서도 제가 숨어 있는 정원 구석의 작은 헛간으로는 절대로 접근하지 않으시죠. 당신은 아무 말도 하지 않아요. 저를 여기 이 적막 속에 그냥 방치해두죠. 제 온몸이 아파요.

그녀는 밤에 죽었지요. 다음날 아침 집 앞 계단에 나와 있는 당신을 제 은신처에서 보았어요. 당신 얼굴은 마치 돌로 깎아놓은 것 같았어요. 꼼짝도 하지 않으시더군요. 그렇게 몇 시간이나 우두커니 계셨습니다. 쓰러질 때까지 그렇게 서 계실 거라는 확신이 들더라고요. 해가 중천에 뜨고서야 금발 여자가 숲을 가로질러 와서는 당신을 안으로 데리고 갔지요. 머디 부인이 집에서 우는 소리가 저 있는 데까지 들리더군요. 그러고 나서 몇 시간은 조용했어요. 그동안 저는 등불 아래서 주인님의 작품을 읽고 있었고요.

"오늘날 수학자들은 모든 운동이 초래하는 결과에 끝이란 없다는 사실을 발견했다. 그러하거늘, 그대는 왜 우는가, 아가토스여? 그대의 날개는 왜 땅에 떨구어져 있는가?"

저는 삼 주 전에 이곳에 기차를 타고 도착했습니다. 구릉과 평지를 지나오면서 드넓게 펼쳐진 경치를 마음껏 즐겼지요. 지난 수년간 저는 감히 이렇게까지 당신 가까이 접근할 엄두를 내지 못했어요. 하지만 이제 때가 온 겁니다. 당신의 얼굴을 직접 보아야 했어요. 당신이 결국에는 우리의 재회를 바란다는 걸 저는 알고 있었답니다. 그런데도 왜 저에게 다가오지 않죠?

당신의 가장 우울한 시기에 제가 당신 모습을 보게 된 것은 참 다행한 일이에요. 제가 바라던 모습 그대로였거든요. 그녀가 죽은 날 아침에도 당신은 신사의 자태를 갖추고 계셨어요. 인간이 취할 수 있는 가장 아름다운 모습 말입니다.

당신을 다시 본 그 순간 저는 세상 누구보다 더 당신을 사랑했다고 자부합니다.

사흘 뒤 그녀는 오래된 네덜란드계 개혁교회 묘지에 묻혔지요.

날씨가 추웠지만 많은 사람들이 공동묘지까지 관을 따라갔어요. 당신은 관 앞에서 어떤 손짓을 했는데 그게 무슨 뜻인지 아는 사람은 저밖에 없었습니다.

이제 당신은 미래에 속한 존재입니다. 다시 태어난 거죠.

벚나무들 가운데 자리한 헛간에서 저는 몇 날 며칠을 틀어박혀 있었어요. 추위를 느끼면서 주인님의 작품만 죽어라 읽으면서요. 당신이 오기만을 기다리고 있었답니다.

등불 아래서 책을 읽다 말고 헛간 벽 틈으로 집 쪽을 살펴보면 창문 너머 고요하게 타고 있는 불빛이 보였어요. 조용히 슬픔을 달래는 당신을 생각하면 가슴이 찢어질 것 같았답니다.

그런데 대체 왜 포 주인님은 제게 다가오지 않으시는 거죠?

왜 저를 이리도 갈기갈기 찢어놓으시나요?

도대체 왜 저를 야금야금 갉아먹으시나요?

하루는 밤에 잠이 깼는데 당신이 바로 제 위쪽에 놓인 의자에 가만히 앉아서 물끄러미 저를 내려다보고 계시더라고요. 몸을 일으켜 당신을 부둥켜안고 싶었지만 감히 그럴 수가 없었어요. 그렇게 몇 분간 당신은 손 하나 까딱 않고 저를 지켜보기만 했어요. 당신의 입김이 제 얼굴 위에 흩어지고 있었죠. 잠시 후 당신이 속삭였어요.

"네가 나를 파괴하려는 것이냐?"

"아닙니다, 주인님. 저는 그저 당신을 도와드리려는 겁니다."

당신은 두 손에 얼굴을 파묻더군요. 무슨 생각을 하시는지 저로

선 알 수가 없었습니다.

당신이 말했어요.

"왜 웃느냐?"

"제가 웃고 있나요?"

당신의 보랏빛 눈동자에 불안감이 스쳤습니다.

제가 말했죠.

"당신을 이렇게 만나 정말 행복합니다. 우리가 형제지간인 것처럼 느껴져요."

"난 너의 도움을 원치 않아."

당신은 벌떡 일어나더니 헛간을 나가면서 문을 쾅 닫더군요.

저는 담요를 뒤집어써서 얼굴을 가렸답니다.

그리고 아침에 길을 떠나다가 비로소 당신이 그날 밤 제게 하신 말씀의 진의를 깨달았어요. 당신은 제게 등을 돌린 게 아니었어요.

당신은 제게 자유를 주신 겁니다.

당신은 저를 신뢰하고 계신 거예요.

이제 저는 자유롭게 저 자신의 판단에 따를 수 있어요.

저 혼자 힘으로 해나가며 당신의 지시를 기다릴 필요가 없게 된 겁니다.

주인님이 제게 승인해주신 거예요.

저는 이제 얼마든지 자유롭게 새로운 과업을 수행해나갈 수 있습니다.

포

더 나아지고, 더할 나위 없이 좋아지다

(포드햄)

테라스에 서서, 그는 녹음이 짙어져가는 세상을 바라본다. 풀, 열매, 꽃. 버지니아와 포드햄에 처음 도착했을 당시 골짜기엔 꽃들이 만개해 있었다. 그게 언제였는지 기억해내려고 애쓴다. 아마도 4월쯤, 확실치는 않다. 날은 따스했다. 과일나무들이 온통 꽃을 피웠다. 바람은 없고 새들이 주변 곳곳을 날아다녔다. 언덕 꼭대기에 있는 작은 집까지 걸어올라가자, 계단에 앉아 그들을 기다리는 남자가 눈에 들어왔다. 집주인인 존 밸런타인이었다. 그는 부부에게 매우 친절했고, 특히 버지니아에게는 배려심이 가득 담긴 눈길을 여러 차례 건네곤 했다. 그들은 결국 일 년에 100달러의 집세를 지불하기로 서로 합의했다.

포드햄은 그가 상상한 그대로였다. 버지니아도 그도 그때까지는 포드햄에 대해서 들은 이야기가 없었다. 버지니아는 도착하자마자 이곳에 반해버렸다. 그녀는 정원에 우거진 벚나무 그늘 속에 붙박인 듯 서서 수수한 집을 뚫어져라 쳐다보고 있었다.

“정말 아름다워요!”

그녀는 행복해했고, 에드거는 생각했다. ‘이곳이라면 놈들한테 방해받지 않고 글을 쓸 수 있겠어. 아무도 나를 찾아내지 못할 테니까.’

밤에 그는 아내의 한쪽 무릎을 찾아 팔을 뻗는다. 한데 그 자리에 대신 솔빗이 하나 만져진다. 그녀의 긴 머리카락이 빗살에 엉켜 있다. 그는 조심스레 머리카락을 떼어내 공처럼 뭉친다. 그러고는 불빛에 가까이 비춰본다. 밤색 머리털이다. 그녀는 어린 시절부터 늘 머리를 기르고 다녔다. 마치 그 속에 숨어버리려는 듯, 짙은 빛깔의 치렁치렁한 머리를.

창가 의자에는 최근에 그려진 버지니아의 초상화가 놓여 있다. 등받이에 살짝 기대놓여 있다. 에드거는 등불을 켠다. 침대에 앉아 초상화 속 아내의 섬세한 얼굴 윤곽을 바라본다.

후원자들이 없었다면 도대체 어찌될 뻔했는가?

호의를 베풀고자 하는 그들의 성향에 기대지 않고 단 일 년인들 살아낼 수 있었겠는가! 여행 경비, 식량, 담요, 약품, 아편팅크, 진통제, 무엇보다 숱한 야회의 초대, 비록 오래가지는 않았지만 여러 격려의 말과 약속, 집세, 숙소, 한 잔의 포트와인, 책 그리고 또 책들, 각종 참고 문헌, 옷가지, 아주 때깔 좋은 새 구두! 이 모든 것을 그는 수많은 후원자에게 빚지고 있다. 후원자라는 존재야말로 인류 최고의 종족일 거라고 그는 생각했다.

버지니아가 계속 침대에 누워 지내다시피 할 무렵 메리 루이즈 슈가 한 주에도 여러 번 부부를 찾아왔다.

"저는 그림 그리기를 좋아하는, 의사의 딸입니다." 그녀는 에드거를 부끄럽게 만들 만큼 진지한 태도로 말했다. "온 세상을 향해 활짝 열린 마음을 가지고 있지요." 이 온화하고 정직한 품성의 박애주의자는 시간이 날 때마다 뉴욕에 사는 불쌍하고 가난한 이웃들을 찾아 살피고 있었다. 포를 처음 찾아왔다가 돌아갈 때도 그녀는 이런 말을 남겼다. "이 난관을 극복하도록 제가 있는 힘껏 돕겠습니다."

그때만 해도 에드거는 그녀가 하는 말을 제대로 알아들을 수 없었다. '저러고는 끝이겠지……'가 그의 생각이었다. 지금껏 살아온 길고도 불행한 인생 여정, 그 끝에 이르러 아무것도 남지 않았기에. 하지만 그는 잠자코 있었다. 슈가 매주 거듭해서 찾아오는 걸 보고서야 에드거는 그녀의 진의를 깨달았다. 그녀의 베풂을 통해서 그 몇 주를 버텨낼 수 있었던 것이다. 그녀는 그리니치빌리지에서 각종 약품과 담요, 포도주를 바리바리 챙겨 찾아오곤 했다.

심지어 에드거 곁에서 버지니아의 장례 준비를 돕기도 했다. 버지니아가 사용하던 침실에 손수 향수를 뿌리는가 하면, 관과 수의용 드레스까지 직접 사왔다.

아내가 죽은 다음날 에드거가 침대 옆에 앉아 그 차가운 손을 꼭 쥐고 있는데, 슈가 화구를 가지고 들어왔다. 그녀는 조심스럽게 다가와 나직이 말했다.

"제가 아내분 초상화를 그려드릴까요?"

"글쎄요, 아내가 좋아할지 모르겠군요."

"하지만 당신은 좋아할 것 같은데요, 안 그런가요?"

슈 양은 그렇게 말하며 천진한 눈망울로 그를 바라보았다.

"그래요." 에드거는 버지니아의 찬 손을 놓으며 대답했다. 루이즈 슈는 곧바로 이젤을 세웠다. 에드거는 상체를 기울여 아내의 얼굴을 가만히 들여다보았다. 왠지 자신의 목소리를 다 듣고 있는 것처럼 느껴졌다.

"걱정하지 마……"

루이즈 슈는 수채화를 그리기 시작했다.

에드거는 몇 시간이고 침대에 앉아 초상화를 바라본다. 섬세한 선들이 부드러이 움직이고 있다.

밤새 차가운 기류가 포드햄에 내려앉는다. 손바닥만한 하늘 한 조각이 머리 위에 펼쳐져 있다. 버지니아는 이제 곧 얼음장 같은 저 우주 공간 속으로 떠나갈 것이다.

에드거는 눈을 감고 어떤 풍경을 상상한다. 흐르는 시냇물, 과일나무 몇 그루와 온갖 빛깔의 새들, 조금 멀리 떨어진 산속 바위 동굴에서 흘러나오는 음악소리. 동굴 입구를 들여다보니 어둠 속으로 내려가는 통로가 눈에 띈다. 그는 산속으로 신중하게 발걸음을 옮긴다. 얼마나 지났을까, 길이 넓어지는가 싶더니 화사한 풍경이 눈앞에 펼쳐진다. 강가에 보트 한 척이 보인다. 거기 올라 자리를 잡자, 보트가 저 혼자 움직이는 것처럼 물위를 떠내려간다. 강 쪽으로 돌출한 어느 기슭에 사과나무들이 자라고, 놀라운 광경이 펼쳐진다. 웬 노대가 세워져 있고 그 위에 꽃으로 장식한 관이 놓여 있는 것이다. 그가 기쁜 건 단순히 관과 꽃 때문이 아니다. 낙원의 순수한 모습이 명백하게 느껴졌기 때문이다. 노대를 오르는 동안 그는 루이즈 슈가 초상화를 그릴 당시의 모습 그대로 버지니아를 머릿속에 그려본다. 다음 순간, 사방이 어두워지면서 그가 추락한다. 빙글빙글 소용돌이치며 떨어지는 동안 그는 속으로 중얼거린다. '이번에는 다시 일어나지 못할 거야……'

다음날, 루이즈 슈는 에드거를 번듯한 유개마차에 태워 뉴욕으로 데려간다. 의사의 진찰을 받게 하고 싶어서다.

진료실에 들어서면서 에드거는 비틀거린다. 짧은 머리에 창백한 남자가 외눈 안경을 걸친 채 의자에 앉아 있다. 의사는 에드거의 상의를 벗기더니 그 처참한 가슴팍에 귀를 갖다댄다.

까무러치기 일보 직전인 에드거는 자리에 무너지듯 주저앉아 깡마른 의사를 뚫어져라 쳐다보며 묻는다.

"그래, 어떻습니까?"

"포 선생, 참 딱한 상태군요."

"칭찬 고맙습니다."

"네?"

"아닙니다." 에드거는 낮은 소리로 얼버무린다.

"안 되겠어요. 너무 쇠약한 상태입니다. 조금만 흥분하거나 기분이 상해도 병이 재발할 수 있어요. 앞으로는 철저하게 규칙적인 생활을 해야 합니다. 안 그러면 언제든 상태가 악화될 수 있어요. 우선 술부터 완전히 끊을 수 있습니까? 포트와인 한 잔에도 몸이 버텨내지 못할 겁니다. 신경안정제도 안 되고요. 요컨대 무절제한 생활은 금물입니다. 아시겠어요?"

"네, 알겠습니다."

그에게 특별 식단이 주어진다. 그동안 정신을 혹사하느라 고갈된 인을 체내에 공급하기 위해 의사는 생선과 갑각류, 굴 요리를 추천한다. 머디 고모는 호스포드 효모를 넣고 구운 빵을 내놓는다.

머디 고모가 지극하게 몇 달을 보살핀 끝에, 에드거는 기대 이상으로 기운을 차린다. 2월만 해도 이젠 끝이라는 생각뿐이었는데, 봄이 되자 죽는다는 생각 자체가 엉뚱하게 느껴질 만큼 몸 상태가 호전된다.

실로 오랜만에 철학 강연에도 나선다.

재판에서 승소해 받아낸 배상금으로 그는 뉴욕 중심가에서 멋진 정장도 한 벌 산다. 같은 날, 오로지 자신이 병들지 않았고 요양원에 갇혀 있지도 않다는 사실을 보여주려는 목적으로 〈미러〉 편집실까지 방문한다. 그리고 그곳 중앙 계단에서 루퍼스 그리스월드와 마주친다.

"어떻게 지내십니까? 훨씬 좋아 보이시네요." 목에 목도리를 두른 창백한 안색의 그리스월드가 먼저 인사를 건넨다.

"아주 좋아졌습니다." 에드거는 흔쾌히 인사를 받는다. "여러 요법을 활용했거든요. 이제 건강을 되찾았습니다. 술을 끊었고 커피하고 물만 마시죠. 멀리뛰기도 하고 장시간 숲속 산책도 즐깁니다. 새로운 삶이에요. 새로 대작도 하나 구상중이고요. 이렇게 건강이 좋았던 적이 없는 것 같아요. 훨씬 나아졌고, 더할 나위 없이 좋아졌어요!"

그리스월드는 미심쩍은 눈빛이다.

"우리 한번 제대로 봐야겠군요. 같이 저녁식사나 할까요? 오늘 저녁에. 내가 한턱내죠. 굴 요리 어때요? 송아지 스테이크로 할까요? 그동안 고생하셨을 테니 보상으로 그 정도는 드셔야죠."

"좋습니다."

에드거는 문득 자신의 건강 상태가 아주 좋지는 않다는 생각이 들면서도 덜컥 대답해버린다. 〈미러〉 편집실 문 앞에서 기다리는 동안, 그의 눈길이 참나무 서랍장 위에 놓인 오소리 박제에 가서 멈춘다.

"가짜일 거야……"

그는 중얼거리면서 가까이 다가간다. 허리를 숙여 자세히 들여다보는데, 아무런 냄새도 나지 않는다. 그 작고 혐오스러운 짐승의 입에서 나올 법한 냄새가 전혀 느껴지지 않는다.

순간, 등뒤로 편집실 문이 활짝 열리면서 굵은 목소리가 들린다.

"포 선생님, 그동안 얼마나 뵙고 싶었는지 모릅니다!"

포

아름다운 세상에 관하여

(뉴욕)

최고급 레스토랑에 에드거가 들어섰을 때 그리스월드는 이미 자리에 착석해 있었다. 그리스월드의 눈동자가 촛불 빛을 받아 번득인다. 그는 벌떡 일어나 테이블로 다가온 에드거의 손을 붙잡더니, 뭔가 알아들을 수 없는 말을 속삭인다. 잔과 식기 부딪치는 소리와 중얼중얼 대화하는 소리가 몽롱한 음악처럼 뒤섞여 울려퍼진다.

"얘기를 듣자하니……" 그리스월드가 먼저 입을 연다.

"네?"

"새로운 강연을 하셨다고요."

다정다감하면서 한 치의 빈틈도 없는 특유의 태도로 그는 대답을 기다린다. 상대의 얼굴을 집요하게 염탐하는 듯한 그 눈빛의 저의를 에드거는 지금껏 단 한 번도 제대로 간파해본 적이 없다.

"당신의 강연 말입니다…… 아주 대단했다는 얘길 들었어요.

환호와 찬사 일색이더군요."

델모니코는 사람들로 북적댄다. 특히 3층은 미어터질 정도다. 보석 장신구들과 유리잔들이 여기저기서 반짝거린다. 종업원들은 프랑스 요리를 서빙하느라 분주하다. 더할 나위 없는 유럽 스타일 일색이다. 일류 식당답게 식탁보가 눈이 부실 만큼 하얗다. 뉴욕에서 비싸기로 손꼽히는 레스토랑이다.

"난 아주 건강하게 지내고 있습니다!" 에드거가 큰 소리로 내뱉는다.

옆 탁자의 부인이 흘끔 곁눈질한다. 그리스웤드는 목도리를 풀면서 웅얼웅얼 대꾸한다.

"네, 그건 이미 들어서 압니다, 포. 척 봐도 그렇고요."

"재밌는 건, 인간이란 존재가 극에서 극으로 놀랄 만큼 신속하게 변신한다는 사실이죠. 나를 좀 보세요. 여기 델모니코에 버젓이 앉아 있지 않습니까. 주방에서 풍겨 나오는 음식 냄새에 현기증이 나는군요. 내가 꼭 어린애 같죠. 식욕이 되살아나서 도저히 진정할 수가 없네요. 메추라기, 스테이크, 생선…… 가리는 것 없이, 다 좋습니다!"

그리스웤드가 씩 웃으며 말을 받는다.

"나로서도 더없이 반가운 얘기군요."

"강연은 갑자기 다시 맡게 됐습니다. 몇 달 전까지는 모르는 사람들 앞에 나선다는 생각만 해도 끔찍했는데 말이죠."

"아주 대단했다고 들었습니다!" 그리스웤드는 세번째 같은 얘기를 반복한다.

"놀라운 건, 지금 보기 드물게 몸 상태가 좋다는 점입니다."

에드거는 문득 물잔을 지나치게 힘주어 쥐고 있다는 걸 깨닫는다. 차가운 유리잔에 닿은 손끝이 하얗게 변해 있다. 그는 얼른 잔을 놓고 손을 뺀다. 군복무중 웨스트포인트의 사격장에서 있었던 일이 불현듯 떠오른다. 어린 병사 한 명이 소총을 떨어뜨렸고, 그 바람에 오발 사고가 났다. 총알은 천만다행으로 두 사람 다리 사이로 지나가 아무도 다치지는 않았다.

"내겐 참 익숙하지가 않군요." 에드거가 툭 내뱉는다.

"네?"

"이런 데 있는 것 말입니다."

"충분히 자격이 있는걸요."

"냇 윌리스가 말했죠. 이 도시는 우리 같은 사람들이 '이론의 여지 없는' 사회적 위상을 점하지 않는 이상 진정으로 문명화되기는 글렀다고요."

"한마디로 우리를 '무지한 자' '해로운 자'와 차별화할 위상 말이죠." 그리스월드가 맞장구쳐준다.

"바로 그겁니다."

둘은 서로를 뚫어져라 마주본다.

한마디도 더 나누지 않은 채 몇 분의 시간이 흐른다.

에드거는 잔에 담긴 물을 마신다. 그리스월드가 마른기침으로 목소리를 가다듬더니 입을 연다.

"최근에 『미국의 시와 시인들』 8쇄본이 나왔습니다. 이번에 그 안에 「까마귀」를 포함시켰지요……"

"알고 있습니다."

"내 생각에는 그게 당신이 쓴 시 중 최고예요."

종업원이 비프스테이크를 내온다. 에드거는 고기 냄새를 맡으려고 탁자 위로 상체를 숙인다.

"이번에 G. B. 퍼트넘출판사에서 새 책을 찍었어요." 그는 자랑을 숨기지 않는다.

"제목이 뭐죠?"

"『유레카』."

"요즘 사람들 입에 다시금 당신 얘기가 오르내리더군요."

"다들 좋다고는 하지만, 그 책을 이해할 만큼 지성 있는 사람은 이 도시에 단 한 명도 없어요."

"나는 어떨 것 같나요?" 그리스월드는 탁자에 팔꿈치를 괴며 말한다. "당신 글을 내가 이해하는지 어디 한번 봅시다."

작품 이야기를 꺼내면서부터 에드거는 고질적인 낙천주의가 자기 안에 얼마나 강고한 요새처럼 버티고 있는지를 실감한다.

"천지창조!"

"천지창조요?"

"시작과 진화 그리고 종말입니다."

종업원에게 이제 주요리를 주문하겠다는 신호를 보내면서도 그리스월드의 얼굴엔 초조한 빛이 스친다.

"우주의 각 부분은 수축하고 소멸했다가 다시 태어납니다." 에드거는 설명을 이어간다. "자연스레 그리되는 거죠. 원자들은 항상 서로를 끌어당깁니다. 원자들 간의 결속력을 보면 그것들이 결국 공통의 기원을 가진 것이 분명하다는 생각 안 드십니까?"

"그렇다고 칩시다." 그리스월드가 연신 눈을 끔벅이며 대답한다.

종업원이 두 사람의 테이블로 다가온다.

"포도주 좀 하겠습니까?"

에드거가 반응을 보이기도 전에 그리스월드는 그를 위한 포도주와 자기가 마실 레모네이드를 시킨다. 아울러 버터 감자조림을 곁들인 차게 먹는 거위구이도 주문한다.

"알다시피 두 형제 사이를 이어주는 끈보다 더 단단한 끈은 존재하지 않습니다."

에드거의 말에 그리스월드의 눈썹이 살짝 치켜올라간다.

"형제요?"

"그것은 형제 사이에 우러나는 우애라기보다, 아버지나 어머니를 공유하는 데서 비롯된 애정입니다. 그들의 애착은 동일한 지점을 향하는 셈이죠. 우주는 터져버린 신의 머리 파편으로 이루어졌습니다. 이해하십니까? 신의 끝없는 분화 현상의 결과물들이 지속적으로 서로 응결하는 거죠. 만물을 창조한 것은 다름아니라 신의 심장인데, 이는 곧 우리 자신의 심장이며 모든 인간 존재는 제각각 신, 즉 그 자신의 창조자라고 할 수 있습니다."

"아, 그런가요?" 시선을 어디 둘지 몰라 허둥대는 걸로 봐서, 그리스월드는 자못 당혹스러운 모양이다.

마침 그때 종업원이 포도주와 레모네이드를 내온다.

"자, 건배합시다!" 그리스월드가 소리치다시피 내뱉는 바람에 에드거는 얼떨결에 잔을 들어 포도주를 살짝 맛본다. 그리스월드는 다시 탁자 위로 바짝 상체를 숙이면서 장난기어린 말투로 슬그머니 입을 연다.

"그럼 종말은 어떻게 되나요?"

"결국 끝에 가서는 우리 모두 신이 됩니다."

그리스월드는 기침을 한 뒤 잔을 밀어놓는다.

"그건 신성모독입니다." 그가 쉰 목소리로 말한다. "이보세요, 포, 도대체 당신이 추구하는 게 뭡니까? 왜 하느님의 화를 돋우지 못해 안달이냔 말입니다…… 그분한테 상처를 주려고 애쓰는 이유가 대체 뭡니까?…… 무얼 파괴하려는 거죠?…… 신의 사랑을 순순히 받아들이지 않는 이유가 뭡니까?…… 그분이 당신을 사랑한다는 걸 모릅니까?…… 그분의 사랑을 느껴본 적이 없나요?…… 그분이 당신을 거두려 하지 않는다고 생각하는 겁니까?…… 포…… 하느님은 세상 모두를 거두어주십니다…… 그분의 존재를 믿는 모두를요……"

에드거는 자기도 모르게 피식 웃는다.

"내가 뭐랬습니까! 『유레카』를 이해하지 못할 거라고 했잖아요…… 이해 못합니다…… 이해 못해요……"

"주님께서는 모든 것 위에 계십니다." 이제 에드거가 하는 말은 들리지도 않는 듯 그리스월드가 말을 잇는다. "그분은 유일한 존재입니다. 결코 나뉠 수 없습니다. 파괴될 수 없어요. 만물 위에 우선하시고, 만물 안에 계십니다. 우리 모두를 능가하는 분이십니다."

포도주가 유난히 달콤하다.

"당신 같은 사람이 있어, 나를 이해해준다는 것은 분명 다행한 일입니다." 에드거는 타협적인 투로 대꾸한다. "세상 만물을 바라보는 관점이 서로 같지는 않지만 당신은 나라는 사람을 알고 있어요. 이 우주에 인간보다 우월한 누군가가 존재한다는 주장을 내가 혼신을 다해 반박한다는 걸 당신은 알고 있어요. 인간으로서 진리에 대한 정의를 다른 누군가의 소관에 맡길 수는 없는 겁니다."

흥분한 그리스월드는 울컥 눈물이 쏟아지려는 걸 간신히 참는 표정이다.

"도무지…… 무슨 말을 해야 할지…… 모르겠군요……"

그러면서 손으로 얼굴을 몇 차례 문지른다.

"괜찮습니까, 그리스월드?"

"솔직히 뭐가 뭔지 모르겠습니다…… 지쳤어요……"

그리스월드는 갑자기 기진맥진한 기색이다. 그러고 보니, 전에는 눈치채지 못한 점인데, 머리카락이 온통 잿빛이고 눈이 퀭하다.

에드거는 편집장의 팔에 손을 얹으며 속삭인다.

"무슨 일이 있었나요?"

감자조림과 강낭콩을 곁들인 거위고기가 테이블 위에 차려진다. 식사를 하는 동안, 그리스월드는 사우스캐롤라이나주 출신의 사십대 유대인인 자기 전처와 관련된 이야기를 털어놓는다. 그가 잔기침을 하며 분명히 말하기를, 신혼 첫날밤 신부가 남자라는 사실이, 그러니까 성별이 모호한 사람임이 드러났다는 것이다.

에드거는 뭐라 말을 해야 할지 난감하다. 대체 어떤 '여자'였을까 상상해본다. 여성의 몸에 남성의 생식기를 가진 존재…… 하지만 머릿속에 떠오르는 인간은 남자도 여자도 아닌 유령과도 같다.

"사랑은 때로 불공평합니다." 그리스월드는 씁쓸한 얼굴로 말을 맺는다. "당신이 원하는 사람은 결코 당신 것이 되어주지 않고, 당신을 차지하기 위해 무슨 짓이든 하는 사람은 또 당신이 거들떠보지도 않아요. 사랑은 너무 격렬해서 주변의 모든 것을 파괴하기 일쑤입니다. 그럴 때 사랑은 사악하고 잔인한 폭력이나 마찬가지죠."

이야기를 다 털어놓자 두 사람은 한동안 침묵을 지킨다. 에드거는 포도주를 들이켠 뒤 다시 잔을 채운다. 그리스월드는 미동도 없다. 잠시 후 눈을 든 그는 속을 알 수 없는 평소 표정을 되찾는다.

"기억하세요? 전에 내가 얘기했던 백색증 환자 말입니다. 어느 날 저녁에 나를 찾아와서 느닷없이 당신 작품들에 대해 논란을 벌였다는 왜소한 몸집의 남자……"

"백색증 환자요?"

"아마 믿기 어려울 테지만, 그자가 오랜만에 다시 내 집을 찾아왔지 뭡니까. 당신이 어릴 적에 쓴 시들 중 하나인 「티무르」와 맛난 과자를 가지고 말이죠. 나는 그를 안으로 들였고, 그는 당신 시 몇 편을 내게 읽어주었습니다. 정통 문학 애호가더군요."

"내가 어릴 적에 쓴 시요?"

"좀 엉뚱한 친구지만 의외로 교양이 있더군요. 나름 재기가 있어요."

"나는 그런 사람 관심 없습니다."

"허튼소리! 당신은 레이놀즈를 아주 잘 알고 있어요."

"레이놀즈?"

"왜 그렇게 숨기려는 겁니까, 포?"

에드거는 아무 대꾸도 하지 않는다. 그가 거위고기 한 점을 집어 먹는다. 살점에서 무어라 말할 수 없는 묘한 맛이 감돈다. 암모니아나 금속 맛이라고나 할까……

"레이놀즈가 본인이 기록한 걸 당신에게 수첩째 다 넘겨줬고 당신은 그걸로 소설을 썼어요."

"지금 무슨 소릴 하는 겁니까?"

"그자가 당신한테 보낸 글들 말입니다!"

에드거가 벌떡 일어서는 바람에 잔이 넘어지면서 포도주가 테이블보에 쏟아진다.

"나는 소설 쓸 때 따로 자료조사를 하지 않아요!" 그가 그리스월드에게 버럭 소리친다.

"이 얘기는 누구한테도 발설하지 않겠다고 약속하지요." 새하얀 테이블보를 적신 포도주 자국을 뚫어져라 바라보며 그리스월드가 대꾸한다.

주위에서 식기와 잔이 달그락거린다. 소리가 점점 커진다. 의자가 뒤로 콰당 넘어간다. 에드거는 테이블들 사이로 주춤주춤 뒷걸음친다.

"나는 당신이 무슨 말을 하는지 모르겠어! 무슨 소린지 당최 모르겠다고! 그 입 다물어! 뭐라고? 무슨 소리지?…… 여기 나가는 문은 어디야?…… 문이 어디 있는지 아십니까?"

에드거는 테이블들 사이를 헤치고 나가 델모니코를 벗어난다.

새뮤얼

주인님에게 보내는 다섯번째 편지

가면

에번 올슨은 이제 정신을 집중할 수가 없게 됐어요. 대화를 이어가지도 못하고요. 말이 사라져버렸답니다. 당최 무슨 소린지, 저 혼자 징징거릴 뿐이에요. 그의 아내는 침대에 걸터앉아 수건으로 이마를 닦아주죠. 밤에 그는 천장만 뚫어져라 쳐다봐요. 잠을 못 자죠. 눈빛에 공포가 서렸어요. 겨울 햇살이 방안에 흩어지고 그는 침대에 뻗어 있어요. 천장만 바라보고요. 공포의 빛이 어스러지네요. 눈빛이 더 창백해졌어요. 두 손은 꼼짝도 안 하는데, 자기도 모르는 무언가를 말하려는 듯 입술은 계속 움직거리고 있어요. 또 무얼 먹네요. 저는 지금 낮게 난 창문을 통해 그를 지켜보는 중입니다. 바깥 창틀에 조용히 걸터앉아서요. 아무도 나를 보지 못하네요. 기자는 이미 제정신이 아니에요. 그의 아내가 차를 끓여주는군요. 그리고 그가 아주 좋아하는 과자와 함께 음식도 내오고 있어요. 마침내 그가 베개에 푹 파묻혀 두 눈을 감네요. 밤이 침대를 뒤덮는군요.

그는 갈수록 허약해집니다. 내부에 구멍이 생겨 생각이 술술 새어나가고 있어요.

침대가 완전히 적막에 잠겨 있어요. 기자 나리께서 창문 쪽을 바라보지만 바깥에 있는 이 자그마한 사내의 윤곽만 희미하게 구별할 뿐이네요. 그는 움직이고 싶어하지만 그럴 수가 없어요. 완전히 깨어 있는 상태이지만 꼼짝할 수 없답니다. 몸이 침구에 못박혀 있는 것 같군요. 그러다가 문득 침대 가까이에서 인기척을 느껴요.

바로 이 몸이 그의 곁에 다가가 있는 거죠.

저는 몸을 숙여 침대를 굽어보고 있어요. 그가 소리쳐 아내를 깨우려고 하지만 그럴 수가 없지요. 저는 손가락 끝으로 그의 이마를 만지작거려요.

그러면서 속삭여주죠. "너도 산다는 것 자체가 일종의 도둑질이라고 생각하지 않아?……"

그러고는 질소 용액이 든 조그만 갈색 유리병을 꺼내 마개를 엽니다. 그걸 그의 코밑에 바짝 갖다대죠. 그가 병 속에 든 질소를 들이마시는군요. 동공이 풀리고 있어요. 이제 충분히 마셨네요. 완전히 뻗었어요. 아무런 고통도 느끼지 않겠죠. 그는 그렇게 축 늘어지고 저는 제 일을 시작합니다.

우선 메스를 꺼내들어 그의 눈앞에 들이댑니다. 보세요, 공포로 가득한 그의 눈빛을요. 옆에 누워 자는 그의 아내가 살짝 뒤척이지만 깨진 않는군요. 기자 나리께서는 전혀 움직이지 못해요. 소리도 지르지 못하고요. 그냥 그대로 축 늘어져서 이 몸이 하는 일을 지켜볼 뿐이죠.

주인님, 드디어 가장 어려운 순서가 닥쳤네요.

그의 얼굴을 뜯어내서 세상 누구도 에번 올슨이라는 이름으로 존재했던 사람을 알아볼 수 없게 만들어야 하거든요.

이제 슬슬 메스를 가지고 머리털이 난 곳부터 턱 끝까지 깔끔하게 절개한답니다. 그다음 얼굴 양쪽에서 살가죽을 뜯어내지요. 그는 아무것도 느끼지 못하지만 금세 혼절하고 맙니다. 저는 계속 하던 일을 하고요.

조심조심 얼굴 가죽을 벗겨냅니다.

자, 드디어 에번 올슨을 제 손아귀에 넣었군요.

아내가 잠에서 깰 때쯤이면 그는 피를 많이 쏟아 죽어 있을 거예요.

이제 저는 현장을 떠나야 합니다. 이제 위대한 계획에 제 모든 걸 집중시켜야 해요. 당신을 생각해야 합니다.

포

지하 납골묘

(포드햄)

집으로 돌아온 에드거는 누군가 문틈으로 밀어넣은 편지를 발견한다. 그는 편지를 읽고 곧장 잠자리에 든다. 잠을 이룰 수 없다. 무슨 일이 벌어진 건지, 진실이 어디에 있는지 모르겠다. 머릿속에 너무 많은 이미지들이 득실거린다.

창문 너머 비치는 사람의 윤곽. 잠이 깬 채로 침대에 누워 있는 남자. 차와 과자. 메스. 잠들어 있는 여자. 얼굴에서 뜯겨나오는 살가죽.

에드거는 담요를 뒤집어쓴 채 이리저리 몸을 뒤친다. 신음을 내뱉고, 욕설을 내지른다. 반수 상태를 헤매는가 싶다가도 퍼뜩 정신을 차리지만, 여기가 어디인지 분간할 수 없다…… 맙소사! 불안에 시달리는 밤들은 길게만 느껴져, 당최 샐 줄을 모른다.

이튿날 아침 그는 한 손에 커피잔을 들고 테라스에 나가 선다. 날이 차다. 수북이 쌓인 눈의 무게로 정원의 벚나무 가지들이 지면에 닿을 만큼 휘늘어져 있다. 그는 실내화 바람으로 설탕을 넣은 진한 블랙커피를 단숨에 마신다. 추위에도 아랑곳하지 않는다. 추위 자체를 느끼지 못한다. 눈도, 서리도, 쏟아지는 우박도 신경쓰지 않는다. 이미 체온이 크게 떨어지고 불안정해진 터라, 겨울 날씨라고 해서 (그를 해치려는 그 밖의 시도들도) 새삼스레 더 해로울 것이 없다. 에드거는 그리스월드와 좋은 관계로 남을 생각이다. 그리스월드는 워낙 예측불허이기에 되도록 원만한 관계를 유지하는 편이 낫다. 하지만 새뮤얼은? 에드거는 안으로 다시 들어가 설탕을 넣은 진한 커피를 한 잔 더 준비해서 잰걸음으로 가지고 나온다. 약간의 눈이 실내화 안에 들어왔으나 그는 전혀 개의치 않는다. 마침내 생각이 정리되자, 앞으로 할일은 딱 하나뿐임을 직감한다.

그리스월드와 만난 이후로 그는 완전히 지쳐 있다. 그놈의 달짝지근한 포도주와 하느님 얘기라니! 게다가 난데없이 날아든 편지들…… 아무 생각 없이, 무심결에 읽어버린 그 끔찍한 편지들 때문에 기운이 나기는커녕 더욱 힘이 빠진다. 에드거는 그것들을 재빨리 책상 서랍 속에 넣고 다시는 꺼내 보지 않는다. 서랍 안에서 영영 썩어 없어지든 말든 더는 생각하고 싶지도 않다…… 아무튼 그렇게 지쳤음에도 불구하고, 1월 어느 아침 시내로 나간 그는 마치 늙은이처럼 절뚝거리는 걸음으로 〈선〉 사옥을 방문한다. 그곳의 편집자 네드 포스터와 안면이 있다. 몇 년 전, 포스터는 '열기구를 타고 대서양을 횡단하다'라는 그 유명한 '르포'를 실어준 장본인이다. 〈선〉은 그것이 마치 실제 사건인 양 주요 기사로 다루었고, 뉴욕 시민들은 너나없이 그 이야기를 곧이곧대로 믿었다. 그건 아주 재밌고 또 성공적인 장난이었다. 사실 해당 신문에 게재된 역대 기사들 중 최고라 해도 과언이 아니다…… 반면, 지금 에드거가 네드 포스터에게 부탁하러 온 용건은 장난과는 거리가 멀다.

"어떻게 지내십니까, 포?" 네드는 에드거를 부축해 의자에 앉히면서 걱정스러운 목소리로 묻는다. "뭐 좀 마시겠습니까?"

"고맙지만, 안 마시는 게 좋겠습니다."

"아, 그렇군요. 알겠습니다. 안색이 안 좋아요."

"압니다. 그나마 좋은 소식은, 지금보다 예전이 훨씬 안 좋았다는 거죠. 사실 지금은 충분히 회복된 상태입니다."

포스터는 흘끔 곁눈질을 한다.

"그래요? 그것참 잘됐군요. 내가 뭐 도울 일이라도?"

"아시겠지만, 내 아내 버지니아가 죽었습니다."

"그 소식은 들었습니다. 뭐라 위로의 말씀을 드려야 할지 모르겠군요. 참 아름다운 분이었는데."

"아무래도 내가 그 일 때문에 지나치게 예민해진 것 같아서……"

에드거의 말에 네드 포스터는 약간 당혹스러운 기색으로 대꾸한다.

"자기 아내가 죽었는데 눈물 한 방울 흘리지 않는다면 사람이라고 할 수 없죠."

"그렇지요. 바로 그렇기 때문에 지난 며칠 포드햄에서 있었던 일로 내가 그토록 안절부절못한 거겠죠. 그래요, 오죽하면 더이상 얌전히 있지 못하고 그 당시 흥분을 언론에 공유하겠다며 이렇게 뉴욕을 찾았겠습니까!"

"잠깐만. 지금 무슨 얘기를 하려는 겁니까?"

그제야 에드거는 묘지에서 있었던 기이한 사건에 대해 포스터에게 털어놓는다.

포스터는 다소 주저하면서도, 1면은 아닌 신문 안쪽의 짤막한 단신 형태로 기사를 실어주되, 에드거가 그 후속 기사를 계속 준비할 수 있게 해준다.

첫 기사는 2월 1일에 실린다.

포 씨가 묘지에서 겪은 사건

유명 작가 에드거 포 씨는 최근 사망한 부인이 안장된 묘지에서 무척 기이한 일을 겪었다며 〈선〉에 제보해왔다. 그는 사랑했던 부인의 무덤을 매일 찾았는데, 그동안 누군가 다른 무덤 뒤에 숨어서 그를 집요하게 훔쳐보았다고 했다. 포 씨가 다가가 살펴보니 웬 어린아이였고, 어떻게 된 사연인지 그는 몹시 궁금해졌다. 고아인 그 소년은 비상한 지능을 가진 것 같았고, 아홉 살밖에 되지 않았는데도 고도의 분석력을 구사하면서 철학이나 자연과학에 대해 토론하기를 즐겼다. 그런데도 제대로 된 교육은 받은 적이 없고 오로지 친척집에 있던 책들을 읽으며 순전히 독학으로 모든 지식을 깨쳤다는 것이다. 이에 포 씨는 그 비범한 소년에 관한 연재 기사를 써보겠다며 〈선〉에 열정적으로 제안해왔다. 앞으로 그의 기사가 어떻게 전개될지 자못 기대가 크다.

새뮤얼의 편지를 한참 곱씹어 읽어본 뒤 에드거는 이자를 포드햄으로 다시 불러들일 유일한 방법이 '참신한 소년'의 면면을 신문에 공개하는 것뿐이라는 결론에 도달했던 것이다. 편지들에서 보이는 '주인님'을 향한 병적 집착으로 미루어, 이자는 자신이 향후 저지를 범죄 행위보다 다른 것에 더 정신이 팔린 에드거의 모습에 분명 깊은 상처를 입을 것이다. 질투는 겨울나기를 위한 그만의 대비책이 될 터. 이번에야말로 자신의 가장 지독한 잔혹성을 드러낼 것이다.

이제 며칠 안으로 새뮤얼은 기필코 묘지에 나타나리라.

일요일 이른 아침, 에드거는 브라이언트 가문의 지하 납골묘 근처에 숨어서 공동묘지 입구로 통하는 가로숫길을 염탐한다. 비가 추적추적 내리는 날씨다. 벌써 몇 시간째 자신만의 감시초소에 도사리고 있다. 허리가 아픈데도 계속 서 있다. 혹시라도 못 본 사이 새뮤얼이 묘지로 들어올까봐 노심초사다. 오늘이 사흘째 되는 날인데 인내심은 끄떡없다…… 아무렴!…… 새뮤얼은 얼마든지 여유를 부릴 수 있다. 에드거는 혼잣말로 중얼거린다.

"꼭 올 거야. 초조해하지 마. 걱정할 거 하나 없으니까. 한두 시간 안에 꼭 나타날 거야……"

지극히 차분한 상태다. 그는 돌담 쪽으로 몸을 기울인다. 겨울의 낮은 하늘을 눈으로 더듬는다. 모든 것이 계획대로 완벽하게 돌아가고 있다. 기다리기만 하면 된다.

리치먼드 농장의 그 병약하고 창백한 소년 새뮤얼을 두려워할 이유는 전혀 없다. 에드거는 충분히 시간을 들여 녀석을 흠씬 두들겨패줄 수도 있을 것이다. 그렇다, 왜 아니겠는가!…… 아니지, 안 된다, 안 돼, 되도록 신속하게 끝을 보아야 한다. 탕! 가슴팍에 총알을 한 발 박아넣는다. 그렇게 깨끗이 제거해버리는 거다. 걱정할 거 하나 없다.

사흘째 되는 날 황혼 무렵, 드디어 이쪽으로 길을 걸어올라오는 새뮤얼의 잔뜩 오그라든 실루엣이 보인다.

에드거는 지하 납골묘 더 안쪽으로 물러난다.

권총을 꺼내는 그는 떨지 않으려 애쓴다. 하지만 빌어먹을 왼쪽 다리가 후들거리기 시작한다. 꼼지락대지 말라니까!

잔디 위에 떨어뜨려놓은 메모장(저 건방진 녀석에게 더없이 잘 먹힐 미끼)이 그가 웅크리고 있는 이곳에서도 아주 잘 보인다. 새뮤얼이 지하 납골묘 앞에 당도할 즈음 그걸 발견할 테고 곧이어 납골묘 안을 흘끔 들여다볼 것이다. 바로 그 순간 주인님으로서 녀석에게 본때를 보여주리라. 손가락을 방아쇠에 걸고서, 난데없이 고통스러운 죽음을 말이다!

"파렴치한 녀석 같으니, 나를 주인님이라 부르지 마라! 누구 맘대로 나를 그렇게 불러! 너의 그 가증스러운 심장을 내 손으로 터뜨려주마! 두고봐라, 이 버러지 같은 놈!"

들려오는 그의 발소리.

새뮤얼의 구두가 반짝거린다. 그의 발에는 너무 크다.

그가 납골묘 안으로 내려온다.

송장 같은 낯빛의 얼굴이 에드거의 눈앞에 불쑥 나타난다. 왠지 더 늙어 보인다. 주름이 늘고 더 퀭해졌다. 노인 같은 인상이다. 늙은이의 얼굴이다.

새뮤얼이 쇳소리를 낸다.

"주인님?"

에드거는 권총을 쳐든다. 손이 부들부들 떨린다. 다리도 후들거린다. 말을 하려 했지만, 혀가 입안에서 마비된 것 같다.

"주인님이세요? 거기서 뭐하세요?"

에드거는 아무 대답도 하지 않는다. 어둠 속에서 총구가 흔들린다.

"거기서 뭐하시냐니까요? 그건 또 뭐죠? 지금 당신 하인을 쏘시려고요?"

에드거의 손 전체에 경련이 인다. 방아쇠를 당기는 집게손가락에 지그시 힘이 들어간다.

"잘 봐둬라, 버러지야!"

요란한 총성!

가슴팍에 명중이다.

왜소한 몸뚱이가 고꾸라진다. 새뮤얼이 얼굴을 바닥에 댄 채 엎어져 있다.

에드거는 총을 허리춤에 다시 꽂아둔다.

"좋았어! 이제야 깨끗이 처리된 거야. 계획한 그대로 됐어. 가슴에 정통으로 명중이야. 하! 즉사했군. 돼먹지 못한 자식. 나를 주인님이라고 부르다니……"

그는 새뮤얼을 납골묘 안쪽 깊숙이 끌고 간다. 두 손으로 관 뚜껑을 열어 옆으로 밀어둔다. 허리를 숙여 새뮤얼의 왜소한 몸뚱이를 뒤집자 생기 없는 얼굴이 드러난다. 안색이 놀랄 만큼 창백하다. 눈꺼풀은 회백색 그 자체다. 가슴팍의 피투성이 상처, 터져나간 심장…… 바닥에 축 늘어진 그 연약한 모습은 거의 아름다울 지경이다. 하! 즉사했군. 드디어 이 망나니놈을 처치한 거다. 순간, 눈에 선연히 떠오르는 표정이라니. 납골묘에 총성이 울려퍼지면서 거의 눈에 띄지 않을 만큼 희미한 미소가 새뮤얼의 얼굴에 번졌다. 귀청을 때리는 총성과 함께 앞으로 거꾸러진 녀석은 입가에 엷은 미소를 머금고 있었다.

"무슨 의미지? 도대체 뭐야? 뭐 때문에 미소를 짓는 거냐고!"

에드거는 있는 힘껏 새뮤얼을 들어 안아 관 속에 처넣는다. 한데 관 뚜껑을 제자리에 놓으려는 찰나, 문으로 들이친 햇살이 관 쪽을 비추면서 또다시 그 미소가 눈에 들어온다.

에드거는 부랴부랴 관 뚜껑을 닫고 지하 납골묘를 달음질쳐 빠져나온다. 그는 허겁지겁 납골묘 문을 닫은 뒤, 공동묘지 입구로 내려가는 길을 따라 줄행랑친다.

포

구출

(포드햄)

그날 아침 묘지에서 있었던 일에 대해 에드거는 더이상 생각하지 않는다. 새뮤얼의 얼굴, 창백한 눈꺼풀과 입가의 그 묘한 미소…… 그것이 대체 무얼 의미할 수 있겠는가? 그는 책상 서랍에 넣어둔 편지에 신경쓸 용기도 없고, 아예 서랍을 열어볼 엄두조차 나지 않는다. 지금 그는 최고의 컨디션이다. 앞으로 더 좋아질 것이며 모든 게 보다 분명해진 듯하다.

소년은 더이상 존재하지 않는다.

에드거는 '비범한 소년'이 불행하게도 병에 걸렸으며 얼마 지나지 않아 사망했노라고 네드 포스터에게 편지를 써서 알린다. 그리하여 그 일과 관련한 어떤 이야기도 포스터의 귀에 더는 들어가지 않게 된다.

드디어 에드거는 해방된 느낌이다.

숱한 일들을 뒤로하고 지금에 이르렀다. 그리스월드와 델모니코에서 벌어진 불미스러운 일, 뉴욕에서 일어난 잔혹한 살인 사건들, 심지어 버지니아의 죽음조차 이제 그에게는 멀게, 아주 멀게만 느껴진다. 머릿속에 어떤 걱정거리도 남아 있지 않다. 오로지 자신의 건강과 미래에 집중할 따름이다. 아울러 인생에서 무언가 부족하다는 느낌이 점점 더 선명해지고 있다. 한 여자, 의지할 수 있는 사람, 그를 바라보고, 사랑하며, 존중해줄 누군가가 절실한 것이다.

누워 쉴 때마다 그는 자신의 이상적인 반쪽이 될 여자를 상상해본다. 안색은 아주 창백할 것이며, 검고 긴 머리에 지적인 눈, 신중하면서도 예민해 보이고 어느 한순간 차갑고 잔인하게 돌변했다가도 이내 너그럽고 우아해지는 입매의 소유자일 것이다.

이듬해 그의 삶은 일 년 내내 새로운 배필을 찾아 헤매 다닌 여정이라 해도 과언이 아니다.

그 쓰라린 심정을 달래기 위해 그가 한 일은 다음과 같다.

1. 7월에 웬스워스홀에서 강연을 하기 위해 로웰을 방문한다. 그곳에 체류하는 동안 제인 로크를 만난다. 두 사람은 이미 몇 달 전부터 편지를 주고받던 사이이다. 그녀가 써 보낸 시들 가운데 「고통받는 천재의 기도」는 청혼처럼 여겨질 만했고, 몇 주 동안 그는 추호도 그 점을 의심치 않았다.

그러나 로웰에 도착한 그가 맞닥뜨린 것은, 그녀가 변호사와 결혼해 아이가 다섯이나 딸린 유부녀라는 사실이다.

2. 그로부터 불과 몇 주 후 그는 또다른 여자를 만나는데, 그 낸

시 '애니' 리치먼드라는 여자가 지닌 '초자연적인' 우아함과 매력에 적잖은 충격을 받는다. 그는 로웰 근방에 있는 그녀의 자택에서 처음 보자마자 사랑에 빠진다.

하지만 애니 리치먼드 역시 유부녀였기에 결혼할 수가 없다. 설사 그녀가 에드거를 사랑한다 해도, 현재의 남편을 버리고 죽음에 탐닉하는 처절한 작가의 품에 안기는 것은 생각할 수 없는 일이다.

3. 프로비던스에 위치한 스완 포인트 공동묘지에서 작가인 세라 헬렌 휘트먼에게 청혼할 때 그는 그녀가 승낙하리라 확신한다. 그녀가 과부라는 이유로. 몇 시간 전, 자작시 「울랄룸」을 읽어주면서 들여다본 그 달뜬 얼굴은 보는 이의 심장을 터뜨릴 만큼 아름다웠다. 그녀의 목에 불그스름한 반점들이 생겨났고, 그녀는 에드거의 손을 덥석 부여잡았다.

하늘은 장중한 잿빛.
잎사귀들 침울하게 시들어 있었다.
잎사귀들 침울하게 말라비틀어져 있었다.
결코 잊지 못할 그해,
고독한 시월의 밤이었다.

헬렌 휘트먼은 완벽한 여자다. 창백한, 아주 창백한 안색인데다, 심장병 때문에 복용하는 에테르 냄새를 풍기면서, 늘 어쩔 줄 몰라 하는 태도다. 에드거는 벌써부터 그녀에게 마음이 있다. 그것도 아주 강렬한 마음이. 창백한 피부와 약간은 '초자연적인' 분위기, 그리고 섬광의 잔상 같은 눈빛 등등 그를 매혹할 만한 타입임을 감안하면, 그녀에게 특별한 감정을 느끼는 게 놀랄 일은 아니다. 더욱이 변덕스러운 성격이면서도 현명한 헬렌 휘트먼은 늘 다정다감한 시선으로 그를 바라본다. 에드거는 이미 그녀를 마음 깊이 사랑하고 있다.

"휘트먼 여사……" 그가 우물거리며 말을 꺼낸다.

"포, 그냥 헬렌이라 부르세요."

그가 만약 청혼을 한다면 그녀는 당연히 좋다고 대답할 거라 확신한다. 사실 그녀가 결혼하고 싶어 안달이라는 걸 그는 안다.

"사랑스러운 헬렌, 당신도 원하나요?"

"뭘요?"

"나와 결혼 말입니다."

"포……"

"사랑스럽고 지혜로운 헬렌, 세상에 그것만큼 자연스러운 일은 없을 거예요."

"우리가 서로 안 지 이제 겨우 몇 주밖에 지나지 않았는걸요."

"그런가요…… 몇 주밖에 안 됐어요? 하지만 정녕 모른단 말입니까? 우린 서로를 위해 이 세상에 태어난 존재들이라는 걸!"

"그런가요……"

"당신은 내게 아주 좋은 영향을 주는 사람이에요, 헬렌. 그리고 말하기 조심스럽지만, 나 역시…… 당신에게 중요한 존재일 거라 믿어요."

"그럴지도 모르죠."

헬렌은 생각을 좀 해봐야겠다고 대답한다. 하지만 그는 안다. 그녀도 사랑에 빠져 있으며, 결국 일이 잘 풀리리라는 걸.

드디어 에드거가 새 여자를 찾았다.

그리스월드

뱀파이어 교본

(뉴욕)

기대하라, 가축떼를 모는 티티루스처럼 그리스월드 납시나니,
저들의 깃털을 산 채로 뽑으리라, 새장 요란하나니.
살점은 맛나는 요리로, 깃털은 포근한 외투로.
우두머리의 영광이리니, 그 또한 백조의 자태이도다.

제임스 러셀 로웰, 『비평가들을 위한 우화』

밤에 루퍼스는 책상에 앉아 일을 하고 있다. 책을 읽다가 메모를 하더니, 별안간 양손으로 머리를 쥐고 생각에 잠긴다. 홍차를 마신다. 그러다 문득 종이 위에 펜을 멈추고 고개를 든다. 길을 걸어올라오는 발소리가 또 들린다. 그는 자리에서 일어나 창가로 다가간다. 밖을 내다보지만 거리는 텅 비어 고요하기만 하다. 약하지만 틀림없는 사람 발소리인데, 아무도 없다. 그림자 하나 보이지 않는다. 그 무엇으로도 소리가 설명되지 않는다. 임자 없는 반짝거리는 구두 한 켤레가 어둠을 뚫고 걸어나오는 장면을 눈을 감고 상상해 본다. 뉴욕대학교 인근 그의 작은 아파트에 다른 소음은 들리지 않는다. 딸들은 모두 친척집에 살고 있다. 모처럼 시간을 내서 일하는 중이라, 어디서 나는지 모를 소음에 방해받는다는 것이 여간 짜

증스럽지 않다. 그는 자리로 돌아와 의자를 책상에 바짝 끌어당기고 쓰다 만 문장을 다시 이어간다.

그는 동이 틀 때까지 밤새도록 글을 쓸 참이다. 완전히 탈진한 채 창문 앞에 서서 바깥을 내다본다. 거리는 시시각각 변호사, 신문팔이, 채소 장수, 오르간 연주자 들로 점점 붐빈다. 이젠 외출이 싫어졌다. 계단을 오르내릴 때 현기증이 나고 난간을 붙잡고도 손이 떨린다. 그냥 창가에 의자를 끌어다놓고 앉아 밖을 구경하는 것이 낫다.

건강이 좋은 편이 아니다. 폐 기능이 시원치 않다. 가슴속에서 꾸르륵거리고 식식대는 소리가 난다. 그는 물 한 잔에 아편팅크 몇 방울을 떨군다. 용액이 퍼져나가면서 물이 옅은 갈색으로 변한다. 쓰고 싶은 이야기가 많지만, 몇 시간만 일하면 호흡이 힘겹고 손도 저릿저릿하니 맥이 빠지는 것 같다. 그나마 용액 몇 방울을 물에 타 마시면 숨쉬기가 편해져 좀더 오랜 시간 일할 수 있다.

낮에는 온종일 잠을 잔다.

일어나면 가볍게 식사를 하고 포도주를 조금 마신다. 몇 년의 오랜 금주 기간에 종지부를 찍었다. 그는 포도에서 난 이 즙, 편안하게 전신을 감싸안아주는 느낌이 좋다. 몇 잔을 마시고 나면 훨씬 더 편히 잘 수 있기에, 그는 다시 침대로 돌아가곤 한다.

지금 그는 밤새도록 두 눈을 감은 채 장시간 생각에 빠져 있다. 쌓아놓은 종이 위로 잔뜩 몸을 숙이고서 힘겨운 집필 작업을 진행 중이다. 그러다가 문득 멈춘다. 발소리(그 끔찍한 발소리)에 귀를 기울인다. 두 손으로 귀를 막는다. 그는 편지를 쓰면서 지인들과 계속 소식을 주고받는다. 새롭게 친분을 쌓고자 하는 사람들과도 그런 식으로 관계를 튼다. 그중 많은 사람들이 지속적으로 그와 서신을 교환한다. 비록 병을 앓고 있지만, 그의 영향력은 여전하다. 권력도 어느 정도는 있다. 앤 린치, 패니 오스굿, 세라 헬렌 휘트먼이 그와 소식을 주고받는다. 역사는 아직도 그와 더불어 돌아가고 있다.

하루는 포의 순정어린 연애담을 접한다. 그는 떨리는 손으로 편지를 개봉한다. 호흡을 가다듬으며 내용을 읽는다.

"그분에 대해 아는 게 있으면 이야기해주세요."

헬렌 휘트먼은 그렇게 물어왔고, 그는 이렇게 답해준다.

"에드거 포는 위대한 작가입니다. 우리 시대에 가장 뛰어난 작가 중 하나죠. 그와 관련한 소문 대다수는 과장되었고 악의적으로 부풀려진 겁니다."

루퍼스는 두 사람 사이에 오간 편지의 내용과, 포가 『까마귀와 다른 시들』에서 직접 오려낸 뒤 따로 종이에 붙여 헬렌에게 보낸 자작시(제목은 「헬렌에게」로, 원래는 헬렌 휘트먼을 사귀기 훨씬 전인 1831년 제인 스태너드를 위해 썼던 시다)에 대해서도 알게 된다. 포가 그걸 오려내 헬렌에게 보냈다는 것은, 그녀를 위해 쓴 시로 여기게 하려는 의도였을 수 있다. 아닌가?

물론 그 가운데 두어 줄은 상당히 운율이 좋지만("그대가 들려주는 나이아스의 노래는 그리스의 영광으로, 로마의 광휘로 내 집처럼 나를 데려가네"), 결코 포가 쓴 시들 중 최고는 아니라고 그리스월드는 생각한다(아니지, 아니야, 어디까지나 최고는 단연 「까마귀」

지. 가장 덜 난해한 시 말이다). 루퍼스는 속으로 쾌재를 부르지 않을 수 없다. 그 두 남녀의 '사랑'은 점점 커져가다가 한순간 허물어질 것이다. 그냥 참고 지켜보기만 하면, 언젠가 몰락을 보게 되리라. 따라서 지금은 그저 헬렌을 지지해주고 적당한 거리에서 그들의 '관계'를 주시할 것이다. 그러다가 희망이 극에 달하는 순간, 나서서 모조리 무너져내리게 만들 것이다.

헬렌 휘트먼의 시작품들 속에는 대단한 '영성靈性'이 깃들어 있다. 한데 루퍼스가 프로비던스에서 마지막으로 만났을 때 그녀는 어딘지 초조해 보였다. 그는 지금 두 손에 머리를 기댄 채 그녀의 얼굴을 떠올린다. 그 얼굴을 눈으로 여기저기 훑는 기분이다.

헬렌과 에드거가 계속 편지를 주고받는 동안에도 사실 헬렌의 불안감은 커져만 갔다. 그게 뉴욕에서까지 느껴진다고 그리스월드는 생각한다. 놀랄 만한 폭로가 헬렌에게 전달되고 고리타분한 소문들이 친구들 입을 통해 그녀에게 속속 몰려든다. 뉴잉글랜드의 문인들이야 당연히 에드거를 싫어한다. 보스턴에서 그는 사기꾼으로 통한다. 상황이 더이상 이대로 지속될 수는 없다.

그 모든 이야기를 지나치게 귀담아들을 경우, 그녀는 결코 에드거에게 마음을 열지 않을 것이다. 먼저 둘의 '사랑'이 한껏 자라나야 한다. 그리스월드는 마침내 직접 나서서 그녀가 마음을 놓을 수 있게 해줘야겠다고 생각한다.

헬렌은 패니 오스굿이 이런 편지를 보내왔다고 말해준다. "부디 혜안을 갖고 그로부터 스스로를 보호하길 바랍니다. 그의 외침은 당신이 상상할 수 없을 정도로 심금을 울린답니다. 정말이지 대단한 감성과 두뇌를 지닌 악마라고요."

루퍼스는 창가에 서서 휘트먼 여사가 얼마나 의심에 사로잡혀 있는지를 가늠하고 있다.

그녀가 프로비던스로 와달라고 그를 부르니, 마다할 수 없다. 때가 썩 좋지는 않다는 생각이나, 포에 대한 그녀의 마음이 어떤지 꼭 알아야만 한다. 그녀의 눈빛에서 에드거 포에 대한 사랑을 확인하고 싶은 유혹을 떨치지 못한다.

화사한 응접실에서 그녀와 마주앉은 그는 그녀가 가져온 편지들을 훑어보고는 불편한 심기를 감출 수가 없다.

에드거가 새로운 시를 썼는데, 그녀를 처음 보았을 때의 감정을 묘사해놓았다. 처절하면서 희망으로 가득찬 그 시는 읽기만 해도 속이 끓어오른다.

> 발소리도 없이 다가오네. 이 메마른 세상 잠들어,
> 그대와 나만이 깨어 있네. (오 하늘이여, 오 신이시여!
> 탄성을 내지르는 내 가슴 어찌나 발광하는지!)

휘트먼 여사의 모친이 허브차를 내온다.

"어디 불편하신가요, 그리스월드 씨?"

그는 얼른 목소리를 밝게 하면서 미소를 지으려 애쓴다.

"천만에요. 이걸 마시면 곧 나아질 겁니다."

그러고는 아편팅크 세 방울을 차에 떨군다. 호흡이 조금씩 나아진다.

"휘트먼 여사, 소문에 현혹되지 말고 마음의 소리에 귀기울이세요." 그는 여자의 두 손을 잡으며 말한다. "원래 비평가들은 평판이 안 좋아요."

루퍼스가 『미국의 여류 시인들』이라는 책에 시 열일곱 편을 실어준 이래로 헬렌 휘트먼은 그의 이야기라면 늘 귀담아듣는다. 이번에도 그녀는 마음이 놓인다.

다음날 루퍼스는 뉴욕으로 돌아가면서 헬렌이 의구심을 조금은 덜어냈으며, 조만간 에드거를 프로비던스로 초대할 거라는 느낌이 든다. 바야흐로 결혼이 그리 멀지 않아 보인다.

그로부터 몇 주 후, 그는 스완 포인트 묘지에서의 청혼 소식을 상세하게 전해듣는다. 정자에 앉아 「울랄룸」을 읽어주는 포의 음성(왕년에 남녀 할 것 없이 모두 넋을 잃게 만든 그 특유의 진지한 음성과 강렬한 톤)을 두 손 꼭 붙잡고 귀기울여 듣고 있는 헬렌의 모습이 머릿속에 생생히 그려진다.

묘지를 산책하겠지…… 9월의 햇살은 강렬할 테고. 풀밭을 가로질러 걷다가, 잠시 걸음을 멈추고 조용한 휴식을 즐길 것이다. 두 남녀의 창백한 얼굴 가득 햇살이 내려앉을 터.

루퍼스는 그 모든 게 눈에 선하다.

풀밭 위에서 서로 손을 마주잡고서.

포 선생 그리고 휘트먼 여사.

(그리고란 단어 한번 역겹군!)

묘비명이 없는 무덤 앞에서.

둘은 거기 그렇게 멈춰 선다.

망할 연인들이야 다 거기서 거기지. 묘비명 없는 무덤 앞에 멈춰서서 사랑을 맹세하는 건 뻔하다. 포가 한 팔로 헬렌의 허리를 감아 안는다. 헬렌에게 키스를 한다(하지만 열정적이지는 않다는 걸 루퍼스는 잘 알고 있다. 포는 자기한테 유모 노릇 해줄 여자가 아니면 그다지 관심 없을 테니까). 그렇게 두 사람은 한동안 그대로 있을 것이다. 9월의 태양 아래 서로 입술을 맞대고서.

포 그리고 휘트먼 여사.

'그리고'라니……

그리고란 단어가 역겹다.

잠시 후 포가 버지니아 얘기를 꺼낸다. 둘은 오누이 관계 이상도 이하도 아니었다고. 서글픈 남매지간이었노라고…… 아울러 여자의 마음속 '사랑의 성향'이란 어떤 것인가를 그에게 가르쳐준 제인 스태너드와의 케케묵은 사연까지도 털어놓는다. 그런 다음 그는 휘트먼 여사에게 정신적인 사랑을 맹세한다. 그녀를 도와주겠노라 맹세하고, 술을 마시지 않겠다고 다짐한다. 그러니 괜한 풍문에 더 이상 귀기울이지 말아달라고 부탁한다. 자기는 좋은 남자라고.

"나와 결혼해주시겠어요?" 그는 여자의 귓불에 입을 맞추면서 속삭인다. "사랑스러운 헬렌 휘트먼?"

둘이 입을 맞추는 상상만으로도 루퍼스는 앓을 지경이다. 그는 마룻바닥을 엉금엉금 기어 큼직한 양동이로 다가가더니 구토를 한다. 가까스로 식욕이 돌아왔으나 대뜸 상한 굴맛이 되살아난다. 그는 다시 구토를 한다. 눈을 질끈 감고서 뱃속을 모두 비워낸다.

그는 프로비던스에서 벌어질 모든 '일들'을 시각화한다. 장면들을 하나하나 선명하게 떠올려보는 거다. 그럴수록 헬렌 휘트먼을 차라리 몰랐으면 하는 마음이 간절해진다. 포에 대해서도 마찬가지다. 포를 만나러 존스호텔에 가지 말았어야 했고, 미美에 관하여 그가 떠드는 얘기를 듣지 말았어야 했으며, '신의 머리'에 대한 그의 몰도덕한 장광설, 신을 향한 그 증오심과 루퍼스 자신이 지금껏 삶의 토대로 믿고 쌓아온 모든 것을 경멸하는 이야기에 결코 귀를 빌려주지 말았어야 했다. 포와의 대화를 애초에 시작하지 않았더라면 그 자기장 속으로 빨려들어가지 않았을 것이고, 무시무시한 시들을 읽을 일도 없었을 것이다. 포와 헬렌 휘트먼의 사랑 따윈 더는 알고 싶지도 않다. 그러나 이미 늦었다. 두 사람 사이의 일을 훤히 들여다보고 있는 것이다. 무얼 뒤바꾸기엔 때가 너무 늦었다. 그들은 이미 그의 머릿속에 진을 치고 있다. 너무나 선명하게 그들의 모습이 보인다. 그들의 움직거리는 입술…… 지금 무슨 이야기를 하는 거지? 왜 웃는 걸까? 나에 관한 얘기를 하나?

루퍼스는 창문 앞에 붙박인 듯 서서 거리를 주시한다. 어둠 속에서 발소리가 들려오고, 점점 다가와 그를 짓밟는다.

포가 헬렌 휘트먼에게 청혼했다는 소식을 알리는 편지를 받고 그는 미리 준비해둔 답장을 즉시 써 보낸다. 그리고 프로비던스로 떠날 여행 가방을 싼다.

역에 이른 그는 이번에 헬렌이 그의 이야기를 들으면 결혼을 재고하고 결국 청혼을 거절할 거라는 확신에 차 있다.

그가 머릿속에 그려놓은 장면은 정확히 이렇다.

그는 헬렌의 모친이 끓여준 허브차를 마시다 말고 탁자 너머로 상체를 숙이면서, 지난번 방문했을 때 한 이야기를 똑같이 되풀이할 것이다. 그러고는 이렇게 덧붙일 것이다.

"휘트먼 여사, 그 사람은 엄청난 지능을 가지고 있습니다. 다만, 도덕이랄지 규범에 대한 의식이 전무하죠. 만약 두 사람이 끝까지 가고자 한다면, 행복한 결말에는 이르지 못할 겁니다."

딱 그렇게.

그 말 한마디가 모든 걸 바꿔놓을 것이다.

이제 헬렌은 그와 결혼할 생각을 절대 하지 못하리라……

기차에 오르면서 루퍼스는 현기증을 느낀다. 자기 칸을 찾는 동안 왠지 포 역시 같은 객차에 올랐을 것 같은 느낌이 엄습한다. 그래서 눈으로는 연신 그의 자취를 좇는다. 승객들의 얼굴을 하나하나 살펴본다.

"포?"

맞은편 좌석에 앉은 나이 지긋한 맹인 남자가 깜짝 놀라 주위를 두리번거리다가 우물우물 대꾸한다.

"네? 저한테 하신 말씀인가요? 여기 누가 탔습니까? 거기 계세요?"

루퍼스는 아무 대꾸도 하지 않고 자기 자리에 앉는다. 앉아서 손가락 하나 꼼짝하지 않는다. 기차를 따라 나란히, 울퉁불퉁한 시골길을 힘겹게 굴러가는 낡은 짐수레만 하염없이 지켜본다.

포

엘마이라

(프로비던스 – 리치먼드)

헬렌 휘트먼을 설득해 결혼을 성사시키기 위해 포는 그녀의 교양 있는 친구들과 대단히 학식 높은 주변인들의 숱한 모욕을 꾹 참고 견뎌냈다. 아울러 극빈한 생활에도 그녀 집안의 돈이나 다른 재산은 조금도 요구하지 않을 것임을 약속하는 다수의 문서에 서명했다. 뿐만 아니라 헬렌의 모친은 물론 집안 친구인 피버디 씨가 보는 앞에서 향후 금욕적인 생활을 하겠다며 맹세까지 했다. 이런 약속을 하면서 생각 깊고 엄격한 인상의 청교도 같은 표정을 짓느라 그의 얼굴 근육은 내내 긴장되어 있었다. 어찌나 힘들고 지치는지, 집에 돌아온 즉시 꼭꼭 숨겨둔 포트와인을 들이켜며 원기를 회복해야만 했다.

정말이지 그 시선들을 견딜 수 없다. 사람을 빤히 바라보면서, 그들은 오직 파렴치의 빌미가 될 만한 문제점들만 악착같이 캐내고 있지 않은가. 그들 눈에 포는 전형적인 사기꾼에 불과하다.

차라리 용서를 구하기 위해 그들 발아래 납작 엎드려 싹싹 빌고 싶은 심정이다.

"고명하신 여러분…… 제발 너그러이 봐주십시오! 이 비천한 저를 못마땅하게 여기지 말아주세요! 저 스스로 부실한 인간이라는 것을 잘 알고 있습니다. 하지만 나쁜 사람은 아니랍니다. 제 머릿속에는 타락한 생각들과 비난받을 만한 충동들이 들끓고 있다는 것도, 네, 누구보다 잘 알고 있습니다. 술을 너무 마시고, 생각이 너무 많고, 너무 예민합니다. 하지만 존경하는 여러분, 저는 도덕심이 없는 사람이 아니랍니다. 천만에요. 냉혈한과는 거리가 멉니다. 글쎄요, 마음이 다소 어두울지는 모르죠. 제가 직접 들여다본 적은 없으니까요. 다만, 여러분이 옳다는 건 압니다. 제가 호감 가지 않는 불한당 같다는 걸 인정합니다. 그걸 인정해야 여러분도 저를 받아들일 수 있다고 말씀하셨지요. 오로지 그제야 여러분이 저를 받아들이고, 저의 청혼을 승인할 거라고요. 제가 날도둑놈이라고 제 입으로 말한다면, 맞습니다, 맞아요, 사기꾼에 거짓말쟁이라고 인정한다면, 여러분 보기에 제가 괜찮은 놈이 되는 건가요? 이제 저도 여러분과 같은 부류가 될 자격이 생길까요? 이제는 받아들일 수 있고, 여러분과 조금 더 비슷한 사람이 될까요?"

제기랄!

그는 열기구가 아니다.

그는 암호문이 아니다.

그는 사랑에 빠진 남자일 뿐.

그들은 정녕 모른단 말인가?

그들에게 인정받아야 한다. 하지만 목표를 거머쥐기 전에 에드거는 자신의 존재 자체를 부정해야 하고, 다시는 에드거 앨런 포로서 사고하지 않겠노라 맹세해야만 한다.

그가 할 수 있는 일은 아무것도 없다.

피버디 씨의 '취조관 같은 눈초리'를 고스란히 감내할 수밖에 없다. 그가 먹는 음식물의 양, 장 기능 이상 여부, 배변 상태는 어떤가—무른가 단단한가—과일은 잘 먹나 등등 온갖 역겨운 질문 공세를 묵묵히 버텨내야만 한다. 실제로 술은 얼마나 마시나? 포도주는 제일 작은 잔으로 세 잔 정도. 혹시 탕약을 복용하나? 밤에 잠은 많이 자나?—대여섯 시간에서 아홉 시간 정도. 헬렌 휘트먼을 얼마만큼 사랑하나(가능하면 밀리미터 수준까지 정확한 수치로 제시해주기를)?

급기야 그는 자신을 누구라고 해야 할지 모를 지경이 된다. 질문 하나하나가 사랑을 갈구하는 그의 마음을 얼마간 허물어뜨린다. 더는 갈증을 느끼지 못할 만큼 그저 흠뻑 취하고만 싶다. 음식 섭취도 중단하고, 숨쉬기도 멈추고, 더이상 사랑도 집어치우고만 싶어진다. 이 사람들의 시선에 둘러싸여 어떻게 사랑을 할 수 있단 말인가? 그들이 퍼붓는 질문은 어느새 그를 신경질적인 괴물로 변모시키고 있다.

심장이 얼어버렸다.

가끔은 아직도 헬렌 휘트먼의 귓가에 달콤한 밀어를 속삭여줄 때가 있긴 하다.

하지만 그의 음성은 갈수록 희미해져간다.

그녀가 이대로 마음먹고 결정을 내리지 못한다면, 그는 조만간 목소리 자체를 잃을지도 모른다.

실연失戀에 실어失語라니……

그러던 중, 마침내 그녀가 청혼을 받아들인다!

"그래요."

"정말입니까?"

"네."

"아무 조건 없이 말입니까?…… 지금 즉시, 단서 조항도 달지 않고, 당신 어머니께서 변호사로 지명하신 무식쟁이들 손에 그 어떤 일이 있어도 무효화되지 않도록 말이죠?"

"저는 모르겠어요…… 그냥 있는 그대로 '네'라고 말씀드렸을 뿐이에요."

"그냥 있는 그대로요?"

"네."

"난 지금 너무 행복합니다! 이제 됐어요! 방금 내가 횡설수설한 말은 못 들은 척해요. 행복하면 그만입니다."

그녀가 포의 손을 꼭 붙든다.

둘은 새해에 결혼할 것이다.

마침내 그는 행복을 누릴 것이다.

그가 헬렌 휘트먼에게 속삭인다.

"드디어, 내 사랑……"

그는 머디 고모 앞으로 편지를 써서, 조만간 새 신부와 함께 포드햄으로 돌아가겠노라 알린다.

뉴런던, 로웰 그리고 뉴욕의 신문에는 이런 광고가 실린다.

유명 시인이자 비평가인 에드거 A. 포 선생님이

프로비던스가 낳은 명망 높은 문인 세라 헬렌 휘트먼 여사님과 조만간 결혼식을 올릴 예정임을 알립니다.

밀려드는 축하 인사!

〈리치먼드 이그재미너〉는 훌륭한 예비부부 앞으로 "다복한 가정을 꾸리시기를 바란다"는 축하 메시지를 실어준다.

"아무렴."

"그래요!"

헬렌 휘트먼은 에드거를 사랑하겠다 약속한다. 에드거 역시 헬렌을 사랑하겠다고 약속한다.

"그냥 이 말만 해요."

"무슨 말요? 제가 뭐라고 할까요?"

"나를 사랑한다고만 말해요."

"당신을 사랑해요, 포."

"다시 말해봐요. 당신이 그 말을 하는 걸 들으니 참 기분이 좋군요."

"포 선생님, 당신을 사랑해요."

그러나 막상 그녀를 데리러 프로비던스에 당도했을 때 그를 맞이한 건 닫힌 커튼뿐이다. 베네피트 스트리트에 위치한 집 앞 정원에 붙박인 듯 서서, 그는 창문마다 드리워진 커튼들을 뚫어져라 바라본다. 문을 두드리지만 아무도 열어주지 않는다. 상처받은 그의 가슴속으로 적막이 스며든다. 집안에 숨어 있는 걸까? 어딘가로 도망친 걸까? 아무리 불러도 소용이 없다.

"휘트먼 여사?"

대답이 없다.

발코니로 기어오르려는데, 문득 커튼들이 그런 자신을 비웃는 느낌이 든다. 정녕 납치범이라도 되겠다는 건가?

그는 포기한다. 프로비던스 사람들이 지금껏 그를 불한당으로 만들려고 그렇게 애쓰지 않았던가. 하지만 그에겐 그 역할을 감내할 힘이 없다. 유감스럽게도 이 몸은 점잖은 사람이니, 용서하시라, 용서하시라…… 그는 계단에 걸터앉아 중얼중얼 스스로 위로의 말을 되뇐다.

"걱정 마. 약속한 대로 사랑스러운 너의 그녀는 곧 나타날 거야……"

그때 웬 사내애가 문 쪽으로 다가오더니 그의 이름을 부른다.

"포 선생님?"

에드거는 벌떡 일어나 아이가 건네는 편지를 받으러 다가선다.

"휘트먼 여사님이 보내신 겁니다." 어리지만 똑소리나는 말투다.

편지를 다 읽은 에드거는 잠시 주변을 거닐기로 한다. 산책하기에 더없이 이상적인 날씨다. 교회 가까이 이르러 그는 걸음을 멈추고 겨울 하늘, 그 불안정한 빛깔들을 감탄의 눈으로 쳐다본다. 지평선의 황금빛과 시시각각 변해가는 붉은빛, 보랏빛. 손가락이 시리다. 그는 계속해서 하늘을 쳐다보며 양손을 비벼댄다. 쌀쌀한 편이면서도 쾌적한 오후.

다시 집 앞으로 돌아온다. 커튼은 여전히 닫혀 있다.

그를 사랑하지 않는 커튼들이 잔뜩 꼬나보면서 비웃고 있다.

결혼은 취소되었다.

헬렌 휘트먼은 이제 그와 결혼할 생각이 없다. 둘 사이의 모든 관계가 끊어졌다. 더는 그를 보고 싶어하지도, 말을 나누고 싶어하지도 않는다.

무엇 때문에 헬렌이 생각을 바꾸게 됐는지를 그에게 설명해줄 만한 사람이 아무도 없다. 비밀 엄수. 주변의 온갖 돼먹지 못한 건방진 놈들은 하나같이 입을 다물고 있다. 아무도 그와 말을 섞지 않는다. 물론 이 잉어떼 같은 무리한테 그가 딱히 상종 못할 존재여서는 아니다. 그 와중에 알게 된 단 하나의 사실은, 휘트먼 여사가 "발언을 무시할 수 없는 어떤 인사"로부터 중요한 조언을 들었다는 것이다. 아, 그런가? 그것참 다행이로고……

뉴욕으로 돌아오는 기차 안에서 그는 너무나 피곤해 그만 의자에 앉은 채 곯아떨어진다. 꿈에서 그는 어린아이가 되어 있고, 양아버지 존 앨런을 피해 식탁 아래로 숨어든다. 들키지 않으려고 식탁보 자락을 바닥까지 끌어내린다. 마룻바닥을 걸어오는 존 앨런의 발소리가 들리자, 아이는 곧 발각될 것 같아 슬금슬금 밖으로 기어나와 정원으로 내뺀다. 땅바닥에 놓인 바구니 속에는 커봐야

손수건만한 아담한 몸집의 엄마가 자그마치 열둘이나 들어 있다. 아이가 몸을 숙여 들여다보니 모두 다 살아 있다. 그들은 아이가 알아들을 수 없는 말을 조잘대고 있다. 뿐만 아니라 바동거리면서 발을 움직이는데, 가만 보니 두 팔을 풍차처럼 휘두르고 있다. 아이는 그들을 한 명씩 밖으로 끄집어내, 더이상 바동대지 않을 때까지 목을 비튼다. 그러고는 하나하나 처치할 때마다 "거봐, 이제 죽었지!"라고 중얼거리면서 죽은 몸뚱어리를 차곡차곡 쌓아놓는다. 그리고 구덩이를 파 그것들을 모조리 쓸어넣은 다음 흙을 덮는다. 바로 그때 존 앨런의 목소리가 들려온다.

"여기 있었구나, 요 못된 녀석!"

아이는 수치심이 가득 담긴 눈망울로 양부를 올려다본다.

순간 에드거는 잠이 깬다.

기차가 역에 들어섰을 때 그는 객실 안에 혼자다. 객실 밖으로 나서려다 맞은편 좌석에 놓인 신문 한 부를 무심코 집어든다. 어둠에 잠긴 시가지, 가스등 불빛만 점점이 떠 있다. 이 거리 저 거리를 천천히 걷는데, 얼마 지나지 않아 금세 숨이 차오른다. 그는 가로등 밑에 앉아 휴식을 취한다. 맙소사…… 얼마나 지쳤는지 다리가 납덩이처럼 무겁다. 그는 가로등 불빛에 비춰가며 신문을 넘겨본다. 브루클린에서 목 잘린 여자 시체가 발견되었다는 기사가 있다. 계속해서 읽어내려간다. 매춘부로 보이는 한 여자가 막힌 도관에서 발견되었다. 필경 경찰은 여자와 함께 갇혀 있는 고양이도 한 마리 찾아냈을 것이다. 에드거는 신문을 마구 구겨 휙 내던진다.

아! 그는 다시 길을 걸으면서 앞으로 신문 따윈 읽지 말아야겠다고 생각한다. 아무래도 세상이 미쳐 돌아가고 있다. 속이 거북해서 견딜 수가 없다.

그가 기진맥진한 몸으로 침대에 누워 있는 동안 머디 고모가 어떻게든 달래주려고 애쓴다.

한밤중에 그는 침대에서 슬그머니 빠져나와 테라스로 나간다. 마치 어린 시절로 돌아간 것처럼 대기의 중얼거림에 귀를 기울인다. 두 눈을 지그시 감자, 정말로 들린다. 몸 전체가 하나의 거대한 귀로 변하면서 바구니 속에서 바동거리던 그 끔찍한 엄마들의 비통한 울음소리가 아련히 들려온다.

"사물을 있는 그대로 그려내거라, 에드거." 가까이서 어떤 목소리가 속삭인다. 얼른 돌아보자, 창문 가까이 어두운 구석에서 웬 여자의 실루엣이 드러난다.

"머디 고모?"

여자가 등불 가까이 다가서자 엘리자 포의 얼굴이 환히 드러난다.

"내게 무얼 원하세요?" 에드거가 굳은 어투로 묻는다.

환한 빛 속의 어머니는 그보다 머리 하나는 작아 보인다. 윤기 나는 밍크 칼라의 갈색 케이프를 걸친 자태가 부유한 여인의 풍모다. 에드거가 한 번도 본 적 없는 복장이다. 리치먼드극장의 무대 의상인가? 어머니 나이가 스물넷이라, 누이동생이라 해도 믿을 참이다. 어머니의 눈이 유난히 크다는 생각이 든다. 미소도…… 어쩜 저리도 멋지고, 찬란하고…… 또 순결한지.

"너한테 이걸 주려고 왔단다……" 그녀는 반짝이는 물건을 건네며 말한다.

에드거는 수통을 들고 있는 엘리자의 손을 내려다본다.

"네 아버지 물건이었다. 앞에 아버지 이름이 새겨져 있는 거 보이지?"

에드거는 수통을 건네받아 뒤집어본다. 안이 가득차 있다. 엘리자는 고갯짓으로 수통을 가리키며 말을 잇는다.

"네 아버지 데이비드는 위스키를 좋아하셨지. 술이라면 다 즐겼지만, 그중에서도 위스키를 제일 좋아하셨단다."

"아버지가요?"

양볼로 눈물이 흘러내린다.

"너 행복하지 않구나?"

"아녜요, 아녜요, 어머니를 뵈어서 너무나 행복해요."

"아니야. 넌 행복하지 않아." 그녀는 다분히 씁쓸한 표정을 지으며 말을 받는다.

그녀의 얼굴에서 독특한 권위가 엿보인다. 비록…… 비록 어린아이 같은 인상이지만…… 마치 에드거를 미래에서 줄곧 지켜본 사람처럼, 그가 무어라 대답할지 이미 다 알고 있는 것 같다.

"억지로 행복한 척하지 말거라." 그녀가 말을 잇는다. "내겐 그럴 필요 없어. 있는 그대로 이야기해도 돼. 너는 내가 진짜 아빠를 만들어주지 않았다면서 나를 미워했지. 지금의 네 모습을 보아라." 그녀가 한 걸음 불쑥 다가와 에드거의 볼을 쓰다듬으려 한다.

에드거는 눈을 감는다. 어머니의 손 냄새가 그윽하다.

"두 사람을 구별할 수가 없을 것 같구나……" 그녀가 나지막이 말한다.

"네?"

"네 아빠와 너 말이다."

순간 에드거는 버럭 화를 내며 물러선다.

"그 사람은 네가 상상할 수 있는 가장 대단한 괴짜였단다! 안타깝게도 처참할 정도로 형편없는 배우였지. 재능이라곤 눈곱만큼도 없었어. 무대에서의 연기는 정말 끔찍했단다."

에드거가 이내 돌아본다. 엘리자는 얼굴이 환해지도록 활짝 웃어 보인다.

"아주 고집불통이었지. 배우 일이 자신에게 맞지 않는다는 사실을 인정하지 않으려 했어. 오히려 악착같이 무대에 올라 매일 저녁 대중의 혹독한 야유와 모욕을 실컷 뒤집어쓰면서 자기 자신을 학대했다. 도저히 그대로 지속될 수는 없었지. 그나마 술에 취했을 때 연기가 조금은 나았어. 덜 뻣뻣했거든. 하지만 결국에는 주객이 전도되고 말았지."

"뭐가요? 술 마시는 거요?"

"그래."

에드거는 수통 마개를 열고 냄새를 맡아본다. 위스키다. 그는 테라스 난간 쪽으로 다가가 풀밭에 쏟아 버린다.

"나는 이런 거 필요 없어요." 어머니에게로 다시 돌아오면서 그가 툭 내뱉는다.

하지만 거기엔 아무도 없다.

*

며칠 동안 그는 군용 외투를 덮고 침대에 누워만 있다. 하염없이 버지니아의 초상화를 바라보며 얼마나 버텨낼 수 있을까? 루이즈 슈가 그려준 바로 그 수채화 속의 섬세한 자태를 바라보면서 말이다…… 여기 이렇게 꼼짝 않고 누워 있어야 한다고 생각한다. 시선을 다른 데로 돌리지 말고, 눈도 깜빡거리지 않고, 빛에 눈이 부셔도 그대로 버텨야 한다. 물론 잠을 자서도 안 되고, 깊이 생각을 해서도 안 된다.

얼마쯤 지나 몸 상태가 호전된다. 축 늘어진 채로 초상화 속 인물이 되었다고 상상한다. 얼굴이 화폭에 고정되었다고. 그러다 결국 두 눈을 뜬 채 잠이 든다. 그리고 신기한 꿈을 꾼다. 자기도 죽는 꿈. 그는 지옥에서 버지니아와 매혹적인 여름 초원을 산책하고 있다. 그녀를 돌아보며 그가 중얼거린다. "여기도 아름답고 평화로운 곳이라는 얘기를 왜 아무도 내게 해주지 않았을까?" 그러자 버지니아는 살짝 난감한 표정으로 미소 짓는다. "당신이 들으려고 하지 않았잖아요." 잠에서 깨어나며 희한한 경험도 끝이 난다. 태양이 중천에 떠 있다. 창문으로 들이치는 강렬한 햇살에 눈살이 찌푸려진다.

묘지로 다시 가봐야겠다고, 지하 납골묘로 가야겠다고 그는 생각한다. 거기가 문제다. 그 성가신 존재로부터 정말로 벗어난 건지 확인하기 전에는 어떤 계획도 세울 수가 없다.

이른아침에 그는 제일 좋은 부츠를 신고 길을 나선다. 단호한 걸음으로 묘지를 향해 걷는 동안 누구와도 마주치지 않는다.

그래, 성가신 존재……

이 가을 아침은 청명하면서 서늘하다. 나무마다 오줌의 누런 빛깔과 피의 붉은 색조가 묘하게 어우러져 있다. 원초적 본질의 광채라고나 할까. 한기 때문에 입에서는 연신 김이 뿜어져나온다. 묵직한 부츠 밑으로 버석버석 흙 밟히는 소리가 들린다.

그는 관 속에 누워 있는 성가신 존재를 떠올려본다.

묘지의 오솔길을 성큼성큼 밟아가는 그의 내면으로 음울한 초조감이 스며들고 있다.

마침내 납골묘 출입문을 덜컹 연다.

그는 조용히 내려간다.

아무것도 움직이지 않았다. 모든 것이 떠났을 때 그대로다.

석관 뚜껑을 열면서 자기도 모르게 미소가 새어나온다.

초에 불을 붙이고 안을 들여다본다.

관이 비어 있다.

몇 달 전 그가 쏜 권총 소리가 지금 지하 납골묘 안에 울려퍼진다. 머릿속에 굉음이 울리고 가슴팍에 미세한 통증이 느껴지는 것 같다. 그는 진짜 총탄에 맞은 것처럼 뒤로 벌렁 나자빠진다.

정신을 차리고 보니, 벽에 등을 기대고 앉아 있다. 사방이 캄캄하고 한기가 든다. 주위를 더듬어 초를 찾아내 불을 붙인다.

텅 빈 관 속을 다시 들여다본다.

새뮤얼이 사라졌다.

저만치 한쪽 구석에 구멍이 나 있다. 벽을 따라 흩뿌려진 흙이 보인다. 그는 구멍 속으로 발 하나를 들이밀면서, 마치 개가 발로 열심히 파헤쳐놓은 것 같다고 생각한다.

다시 떠나야지, 리치먼드로 돌아가야지…… 그는 마음을 정했다. 하지만 걱정이다. 머디 고모도 마찬가지다. 그녀가 말한다.

"또 아프면 안 돼, 에디."

"그럼요. 거기서 도움을 좀 얻어볼까 해요. 친구들이 있으니까요."

"지난번 혼자 여행했을 때 어떤 일이 벌어졌는지 명심하고."

그렇다. 삼 주 전, 필라델피아에서 그는 앓아누웠었다. 당시 도시 전체에 콜레라가 창궐했고, 주변 사람들의 얼굴이 푸르죽죽하게 변해갔다. 너나 할 것 없이 앓아누웠으며, 그러다 하나둘 세상을 떠났다. 그는 호텔 방안에 처박혀 술만 마시며 생각했다. 필라델피아의 누군가가 그에게 병균을 감염시키려 하고 있다고. 그것이 그가 호텔 밖으로 한 발짝도 나서지 않은 이유였다. 무려 두 주 동안 두문불출했고, 술을 사기 위해서만 밖으로 나왔다.

"몇 달이 걸릴지도 몰라요, 고모. 이번에는 리치먼드에 얼마나 머물지 모르겠어요. 신께서 지켜주시겠지만, 혹시라도 제게 무슨 일이 일어난다면 제 작품들은 모두 루퍼스 그리스월드가 알아서 처리해주면 좋겠네요."

"그게 무슨 말이니?"

"지금까지 써놓은 글들을 그에게 다 넘겨서, 제가 죽은 다음에 그가 제 오른팔이 되어주면 좋겠다고요."

"죽은 다음이라니?"

"그래요."

"루퍼스 그리스월드가 말이야?"

"네. 그것만 해주시면 돼요."

"당최 무슨 소린지 모르겠구나."

"별일 아니에요, 머디 고모. 그냥 누구보다도 제 이익을 위해 가장 힘써줄 사람이 그리스월드라서 그래요."

"하지만 왜?……"

에드거는 어깨를 으쓱하고는 차분하게 대답한다.

"그동안 그리스월드가 제게 표현해준 관심이 모두 깊은 애정의 증거라는 걸 이제 이해하게 된 거죠."

"정말이니?"

"그냥 제가 말씀드린 대로만 해주시면 돼요, 고모."

가을 초, 그는 리치먼드로 간다. 예전부터 꿈꿔온 〈스타일러스〉 잡지를 창간하는 데 재정 지원을 해줄 만한 사람을 찾기 위해서다. 하지만 불발이다. 그즈음부터 그는 선술집 순례를 시작한다. 몇 주에 걸쳐 리치먼드의 술집들을 밤새도록 전전하면서 「유레카」에 대해 열정적으로 떠들어댄다.

"내가 그걸 쓴 건 말이지요…… 나를 사랑하고…… 또 내가 사랑하는 몇몇 사람을 위해서입니다…… 내 장담하는데…… 내가 쓴 건 죄다 진실이에요…… 진짜라니까! 게다가 불멸할 내용들이지…… 그래, 절대로 죽지 않는 것! 제아무리 사람들이 짓밟고 압살한다 해도, 그건 언젠가 가치를 발하게 될 겁니다…… 내 장담하는데, 내 글은 영원히 살아 숨쉴 겁니다!!!"

"주인장, 이 사람한테 술이나 한 잔 갖다주세요!"

"뭐로 드시겠습니까, 손님?"

"포트와인."

어느 날 밤, 그는 도심 하늘에서 유성우를 목격한다. 때는 11월. 처음에는 우윳빛이던 하늘이 이내 진홍빛으로 물든다. 별똥별이 점점 크게 보이고 꼬리들이 선명해질수록 도시 전체가 광분의 도가니로 변한다. 사람들이 저마다 기이한 목소리로 떠들어대고, 마치 최후의 시간이라도 도래한 듯 아우성이다. 유성이 지구와 충돌하는 일은 없을 거라고 천문학자들이 아무리 설명해도, 사람들의 흥분은 가라앉질 않는다. 오히려 세상의 종말을 외쳐대는 사람들로 거리마다 난리다.

하늘의 광채가 최고조에 달하자, 머리색이 붉은 한 남자가 신문사에서 뛰쳐나와 거리 한복판에 버티고 선다. 그는 두 팔을 마구 휘젓더니, 들고 있던 신문을 찢어발기며 외친다.

"이건 오로지 우리를 진정시키기 위한 겁니다! 여기 실린 글들은 죄다 이 공황 상태를 어떻게든 모면해보려는 것뿐이에요! 여러분, 아직도 모르시겠습니까? 세상의 종말이 다가오고 있습니다!"

사람들은 거리를 내달리고, 강을 건너, 아예 도시를 벗어나기 시작한다.

그런가 하면 고개를 설레설레 내두르다가 팔짱을 낀 채 꼼짝 않고 서서, 유성의 빛으로 한층 아름다워진 하늘을 물끄러미 올려다보는 이들도 있다.

이것이 바로 미래의 빛이거늘……

에드거는 대낮처럼 환한 하늘 아래 도심을 거닐며 사람들의 대화 소리에 귀를 기울인다. 유성들을 지켜보면서, 하늘을 가르는 그 빛나는 머리들의 직경을 가늠해보려 애쓴다. 처음에는 몽롱한 상태였으나, 이내 나른함이 가시자 그는 빠른 걸음으로 성큼성큼 걷기 시작한다. 거리를 종횡무진 돌아다니는 그의 두 다리가 마치 부지런한 시곗바늘 같다.

그는 생각한다, 저 유성들이 세상의 종말을 알리는 거라면, 정작 그 종말은 어떤 모습일까?

누가 살아남을까?

대재앙이 지난 후에…… 인류는 어떻게 변할까?

새로운 인간들은 일을 할까? 꿈 없는 잠을 잘까? 서로를 바라보면서, 언젠가 이 땅에 이미 살았던 적이 있음을 어렴풋하게 떠올릴까? 자기들이 살고 있는 세상이 한낱…… 누군가가 살아가다 남긴 잔재에 불과하다고 느낄까? 공포는 사라졌을까? 무슨 일이 벌어졌는지 새로운 인간은 기억이나 할까?

조금씩 조금씩 하늘이 다시 어두워지고, 유성들의 광채가 희미해진다.

거리도 다시금 잠잠해진다.

에드거는 또 술집에 들어와 있고, 주위는 흥겨운 목소리들로 가득하다. 마치 아무 일도 없었던 것처럼, 유성들은 벌써 까마득히 잊힌 것처럼.

“이 사람한테 포트와인 한 잔 갖다줘요!”

어느 날 아침, 에드거는 어린 시절 서로 사랑했던 엘마이라를 찾아간다. 물어물어 길을 가다 마침내 그녀가 사는 집을 찾고, 지금은 엘마이라 로이스터 셸턴이라는 이름으로 불린다는 것도 알게 된다. 스무 살 이후 한 번도 만난 적이 없다. 그녀는 과부가 되어 있다.

“엘마이라니?” 근사한 하얀색 집 현관 앞에 서 있는 그녀를 보자마자 그가 외친다.

그녀는 계단을 올라오는 에드거를 실눈으로 바라본다.

이십오 년 전과 마찬가지로 그녀의 자태는 여전히 도도하다. 그럼에도 옛친구를 다시 만나 무척 반가운 눈치다. 그녀가 현재 행복하지 않다는 걸 에드거는 단박에 알아챈다. 남편이 운송업으로 막대한 재산을 일구어 늘 부유한 생활을 누려왔지만 그녀의 예쁜 얼굴은 축 늘어지고 어딘지 우울한 기운에 휩싸여 있다. 멀뚱하니 서서 생각에 잠기던 에드거가 활기찬 목소리로 입을 연다.

“내게 첫 키스를 해준 사람이 바로 너였어.”

“엘리스 가든에서였지.” 그녀가 대답한다.

웃는 얼굴은 아니지만, 그녀의 눈빛에 스치는 반가운 기색을 에드거는 놓치지 않는다.

"난 우리 둘이 잘될 줄 알았어……" 에드거가 말한다.

"별로 오래 사귄 것 같진 않은데. 내가 너한테 그렇게 잊지 못할 기억을 남기진 않았던 모양이야. 넌 갑자기 사라졌잖아."

"내가 편지 보냈잖아, 대학에서. 기억 안 나? 절절한 연애편지."

그녀가 웃는다. 얼굴에 드리운 무거움을 단번에 날려보내는 다정한 미소다.

"아버지가 네 편지를 죄다 찢어버리셨어. 신앙도 없고 법도 모르는 가난뱅이라면서."

"존 앨런 생각도 그랬어."

"정말 그래?"

"내가 그런 것 같아?"

"모르겠어."

"일단 좀 들어가도 될까? 내가 살아온 얘기를 해줄게. 그러고 나서 네 인생 얘기도 들어보자."

엘마이라가 문을 열어준다.

이제 에드거는 엘리자 포가 잠들어 있는 세인트존스교회 바로 위쪽, 그레이스 스트리트의 담벼락 높은 그 집을 자주 방문할 것이다. 두 남녀는 함께 중국차를 마신다. 대화는 조심스러우면서도 즉흥적이다. 엘마이라는 경계심을 늦추지 않고 에드거를 관찰한다. 그녀는 온갖 풍문을 익히 들어 알고 있다. 에드거는 몸짓 하나하나에 신경써가면서, 자신이 과거의 삶으로부터 완전히 벗어났음을 보여주어야만 한다. 이제 한층 현명해지고, 도덕적이며, 신뢰할 만한 남자가 되었음을. 결국 그가 완벽한 교양수준을 과시하고 나서야(꽤 훌륭한 배우가 아닌가!) 엘마이라는 긴장을 푼다. 꼭 다문 입술에 살짝 힘이 풀리면서 에드거를 향한 부드러운 미소가 자리 잡는다. 엘마이라 셸턴은 자신이 독실하면서도 불안정한 신자임을 털어놓는다.

"사실 내 마음은 충동으로 가득차서 힘겨울 때가 많거든."

에드거는 여자의 커다란 두 손을 꼭 그러쥐며 속삭인다.

"오, 나야 충분히 이해하지."

두 사람은 잠시 서로를 진지한 표정으로 마주보다가 별안간 웃음을 터뜨린다. 웃음이 한동안 그칠 줄 모른다.

그날 오후 엘마이라의 집에서 걸어나오며 에드거는 모처럼 밝은 기분이다.

다음날 아침 그에게 뉴욕 소식이 전해진다. 그간 리치먼드의 달라진 사정에 대해 〈메신저〉사의 오랜 지인 중 한 명과 대화를 나누던 중 어떤 사건이 화제로 떠오른 것이다. 지인에 따르면, 치아가 하나도 없는 남자가 발견되었다고 한다.

"뭐라고요?"

"글쎄, 도심에 있는 공동묘지의 어느 무덤에서 발견되었다네요. 몇 년 전에 그와 비슷한 사건이 있었잖아요? 무덤 속에서 발견된 젊은 여자. 이번에는 남자라는군요. 아마추어 작가이자 떠돌이 술꾼이라는데, 그 무덤 속에서 반쯤 죽은 채로 발견됐다는 겁니다."

"치아가 없이요?"

"네, 아마 그랬다죠. 흉측하기도 하지! 뉴욕이란 곳이 그렇잖습니까?"

에드거는 눈을 어디에 둘지 몰라 쩔쩔맨다.

"이봐요, 포! 괜찮아요? 안색이 말이 아닙니다!"

"좀 앉아야겠어요. 아침을 안 먹어서 그런가."

"자, 이쪽으로. 내가 부축해줄 테니. 여기 벤치에 좀 앉읍시다."

"고맙습니다. 잠시 가만히 있으면 나아질 겁니다. 도와줘서 고마워요."

"정말 괜찮겠어요?"

"난 괜찮으니, 먼저 가보세요. 대화 정말 즐거웠습니다."

"나도 마찬가집니다. 그럼 또 봅시다."

그날 밤 한차례 술집 순례가 끝난 뒤, 에드거는 의사 두 명에 의해 덩컨 의료원으로 실려온다. 하마터면 알코올성 혼수상태에 빠질 뻔한 것이다. 그는 병원 침대에서 이리저리 몸을 뒤치락거린다.

*

눈을 뜨자, 에드거는 우물 바닥에 나자빠져 있는 자신을 발견한다. 그는 생각한다. '보나마나 저들이 나를 이곳에 빠뜨렸을 거야. 내가 특히 우물을 무서워한다는 걸 잘 알 테니까.' 어둠을 물리치려고 눈을 깜박거리지만, 사방은 온통 흙더미 같은 어둠뿐이다. '나를 아예 매장한 거야!' 그는 감정이 격해진다. 어둠이 피부에 달라붙는가 하면, 셔츠 깃과 가슴 사이로 주르륵 흘러내린다. 그는 모든 게 헛수고라는 걸 깨달을 때까지 허공을 두드리기 시작한다. 그리고 저 위에서 소리를 듣는다면 무척이나 요란스럽게 느껴질 정도로 대차게 웃어댄다. 이윽고 원통형 내벽에 부딪치는 웃음소리가 마치 흐느낌처럼 울린다. 갑자기 목이 멘다.

그는 차근차근 생각을 정리한다. "침착해야 해, 당황해서는 안 돼! 냉정을 잃을 이유가 하나도 없어……"라고 중얼거린다. 그러고 보니 입술이 바짝 말라 있다. 윗입술과 아랫입술을 맞대어 문질러본다. 입술이 갈라지는가 싶더니, 피맛이 느껴진다. 비로소 얼마나 목이 마른지 깨닫는다. '오, 주여, 제발 이 갈증을 풀 수 있게 해 주소서!'

양팔을 앞으로 뻗은 채 그는 어둠 속으로 조심스레 발을 내딛는다. 그러면서 걸음 수를 센다. "하나, 둘, 셋……" 걸음을 멈추고 실눈을 떠본다. 하지만 보이는 거라곤 사방을 포위한 지독한 암흑뿐이다. 허무, 모든 건 허무일 뿐이다…… 그가 중얼거린다. "넷, 다섯, 여섯, 일곱……" 두 손이 축축한 돌벽에 닿는다. 그는 얼른 상체를 숙여 입술과 혀를 돌벽에 갖다대고 간청한다. '오, 제발 마실 것 좀……'

바닥에 똑바로 누워 위를 바라본다. 산 사람들을 위한 이런 무덤 속에서는 도통 잠을 이룰 수가 없다. 그렇다고 마냥 깨어 있는 것 또한 불가능하긴 마찬가지다. 여기서 취하지 않고는 깨어 있을 방법이 없다. 몇 분 이상 잠들지 않으려 애쓰면서부터 머릿속은 더없이 괴이한 생각들로 가득 차오른다. 그는 차가운 땅에 두 눈을 갖다대고 자는 척한다. 그러나 지금 그는 분명 깨어 있고, 마침내 고개를 번쩍 쳐든다. 강철 뱃머리의 도저한 기세가 파도를 가르듯 처절한 증오심이 가슴을 찢으며 쇄도한다.

그런 꼴로 얼마나 방치되어 있었는지 모른다. 그는 눈을 치켜뜬다. 까마득한 저 위, 어둠의 가장자리로 빛이 보인다. 몸을 일으키자 어깨가 아프다. 그는 프록코트의 주름을 편다. 몸 아래 깔려 있는 동안 많이 구겨지고 흙투성이가 되어 있다. 셔츠까지 정성껏 털어낸 후 똑바로 서서 다시금 고개를 쳐든다. 저기, 무언가 반짝거린다. 신중하게 발을 내디딘다. 발가락으로 바닥을 더듬자 구두 한 짝이, 그리고 나머지 한 짝이 차례로 발끝에 닿는다. 끈 달린 허접한 가죽구두에 두 발을 넣고 나서, 그는 흙바닥을 본격적으로 헤매기 시작한다. 저 위에서 드리우는 빛을 찾아 눈으로 어둠을 더듬는다.

빛을 찾아 목을 쭉 뺀다. 그러자 비로소 무언가 어둠 속으로 내려오고 있음을 깨닫는다. 우물 안으로 천천히 파고드는 그것은 거무튀튀하면서도 표면이 반들반들하다. 그는 숨죽여 그것을 살핀다. 한쪽 귀퉁이가 반짝거리는가 싶더니, 그마저 이쪽저쪽으로 움직여 도무지 명확한 형상을 포착할 수가 없다. 그를 향해 내려오고 있는 것이 상아로 된 그릇인지 아니면 상자인지 단정할 수가 없다.

잠시 후 흡사 사람의 눈처럼, 거기 구멍이 두 개 뚫려 있는 게 보인다. 냅다 고함을 질러보지만 그것은 아무런 반응이 없고 그저 천천히 하강을 계속할 뿐이다. 지쳐버린 에드거는 바닥에 축 늘어져 또 잠든다. 다시 눈을 뜨자 갈증이 얼마나 심한지, 이번에는 바닥의 흙을 닥치는 대로 입안에 욱여넣고 마구 씹어대는가 하면 돌들을 쭉쭉 빨아댄다. 하지만 삼키지는 못한다. 그는 입안의 흙을 뱉어낸 다음, 자신에게로 내려오고 있는 '얼굴'을 향해 버럭 고함을 지른다. 순간 '두 눈' 사이의 광채를 발견하고는 자기도 모르게 이름 하나를 외친다. "버지니아! 버지니아!" 그러나 아무 대답도 돌아오지 않는다. 그는 털썩 주저앉아 두 손에 얼굴을 묻는다. 지금이 낮인지 밤인지조차 모른다. 여기가 어디인지, 계절은 여름인지 겨울인지 알 수가 없다. '얼굴'이 서서히 다가온다. 그는 벌떡 일어선다. 그것은 이제 에드거의 머리 바로 위까지 내려와 있다.

기겁한 그는 그것이 얼굴이 아니라 하나의 거대한 단추라는 걸 깨닫는다. 단추 한복판에 구멍이 두 개 뚫려 있고 그리로 흐린 빛줄기가 통과하고 있다. 단추는 그렇게 서서히 다가온다. 에드거가 얼굴을 단춧구멍에 바짝 갖다대자, 거길 관통해 들어오는 빛에 눈이 부시다. 두 눈이 찌르는 것처럼 아프다. 그는 두 구멍 사이에 입을 바짝 붙인 채 외친다.

"나 여기 아래에 있어요!"

구멍에다 대고 그는 여러 차례 같은 말을 되풀이한다. 하지만 아무 소득이 없다. 잠시 후, 그는 어쩔 수 없이 포기한다. 단추는 계속해서 하강해, 에드거를 우물 바닥으로 밀어붙인다. 그는 이제 무릎이 꿇린 채, 두 구멍 중 한 곳에 입을 틀어박고 있다. 빛에 진정 효과가 있다는 사실을 감지한 건 바로 그때다. 더이상 목이 마르지 않다. 영험한 빛이 입술을 비집고 흘러들어 목구멍을 타고 넘어간다. 그는 입을 크게 벌리고, 체내로 흘러들어 자신을 진정시켜주는 빛을 음미한다. 눈물을 흘리면서 중얼거린다. 감사합니다, 정말 감사합니다…… 내가 얼마나 불행하게 살았는지 당신은 모릅니다. 하지만 이제는 다 괜찮습니다, 듣고 계시나요, 감사합니다, 감사합니다, 정말 감사합니다, 결코 당신을 잊지 않겠습니다……

*

몸을 회복하고 나서 그는 결코 술을 마시지 않겠다고 다짐한다. 이제 그는 '금주회'의 일원이다. 앞으로는 깨끗해질 것이다. 몇 주가 지나도록 술을 단 한 방울도 입에 대지 않으면서 안정이 되는 걸 느낀다. 건강이 다시 좋아지자 그는 이제야 다 끝났다고 생각한다.

"그래, 너는 네 마지막 잔을 마신 거야."

오늘부터는 세상의 마실 것 중 단 두 가지만 입에 대리라. 커피와 물.

최고의 작품은 이제부터 탄생하지 않을까 생각한다. 앞으로 맘에 드는 사람만 만나면 모든 것이 제자리를 찾으리라.

엘마이라 셸턴과 에드거는 결혼하기로 뜻을 모은다. 그녀가 포드햄의 머디 고모 앞으로 편지를 띄운다.

"……그 사람과 관련해서는 모든 게 다 잘되어가고 있다는 말씀 전합니다. 고모님께 아마 반가운 소식일 거예요. 그 사람, 우리 모두가 바라는 대로 잘 지내고 있으니까요. 어느 때보다 차분하고, 절제하고, 도덕적인 생활을 하면서 많은 사랑을 받고 있답니다……"

엘마이라가 큰 소리로 편지를 읽어주는 동안 에드거는 흐뭇하게 웃는 머디 고모의 동그스름한 얼굴을 떠올린다.

바로 그날, 그는 거리를 걷다 말고 어느 술집 앞에서 잠깐 걸음을 멈춘다. 안을 들여다보니 맥주, 포트와인, 위스키 등을 마시며 서로 건배하고 킬킬거리는 사람들이 눈에 들어온다. 저런 삶—술에 찌든 삶—이 어떤 식으로도 더는 자신을 유혹할 수 없어서 얼마나 다행인지 모른다. 그런 것은 이제 모두 과거의 일이다. 계속 걸음을 옮기며 그는 속으로 중얼거린다. '세상에 너무 늦은 일이란 없어. 아직은 원점에서 다시 출발할 수 있는 거야. 이제라도 엘마이라 셸턴과 결혼할 수 있고 얼마든지 보다 나은 인생을 살 수 있는 거지.' 머디 고모가 리치먼드로 와서 두 사람과 함께 살아도 좋을 것이다. 어쨌든 에드거는 엘마이라를 사랑할 수 있다. 그녀의 진지한 눈빛과 작은 입을 사랑할 기회가 아직 있는 거다.

그는 기쁨을 누릴 수 있다.

글을 쓸 수 있다.

원점에서 다시 시작할 수 있다.

1849년 9월 초, 에드거는 「시의 원리」에 대한 강연을 하기 위해 리치먼드에서 노퍽으로 떠난다. 그리고 그곳에서 필라델피아와 뉴욕 등지로 계속 이동해야 한다. 그런 다음 가을이 지나기 전에 다시 리치먼드로 돌아와 결혼 준비를 하리라 계획한다.

새뮤얼

주인님에게 보내는 여섯번째 편지

(볼티모어)

이 편지는 볼티모어 교도소의 한 독방에 숨겨져 있다가 1853년에 발견된 것이다. 수신인란에는 얼핏 봐서는 판독이 힘든 악필로 '새로 태어난 포 선생님에게'라고 휘갈겨져 있었다.

가장 깊은 어둠 속에서 저는 저 드높은 곳의 빛의 조짐을 간신히 알아볼 수 있었습니다. 이런 게 바로 시련이라는 생각이 들더군요. 제가 만약 살 목숨이라면 이번에도 저는 살아남을 겁니다. 반면 제가 한 모든 일과 계획이 아무 가치도 없는 거라면 이 돌벽들 사이에서 숨쉬기를 그만두겠지요. 저는 갇혀 지내는 데 이력이 난 사람입니다. 제 몸은 몇 날 며칠 꼼짝 않고 지내는 걸 얼마든지 견뎌낼 수 있어요. 한데 방금 전 총을 맞았거든요. 피가 굳어서 가슴 주위로 띠처럼 엉겨붙었어요. 그런데도 굳은 피딱지 속에서 심장은 여전히 쿵쾅거리며 잘만 뛰는 겁니다. 손으로 여기저기 더듬어보니 등 쪽에 난 구멍이 만져지더군요. 총알이 관통한 건데, 그러고 보니 삶이 아직 나를 필요로 한다는 생각이 드는 거예요. 그 어둠의 구렁텅이에서 저는 시간을 두고 곰곰이 생각했습니다. 그러면서 날이 갈수록 몸 상태는 회복되었고요. 저는 몸을 동그랗게 말고 두 발로 뚜껑을 밀어젖혀 결국 탈출에 성공했어요. 주인님이 생각하시는 것 이상으로 저는 강하답니다. 제가 뚜껑을 열 만큼 힘이 셀 거라고는 아마 생각 못하셨을 거예요. 하지만 몸이 나아졌다는 느낌이 들자마자 저는 힘을 끌어모으기 시작했어요. 평소에 그렇게 쏘다녔으니 제 다리에 힘이 붙은 거죠. 걷기가 제 전공이라는 걸 아무래도 까먹으신 것 같아요. 결국 저를 그 안에서 나오게 해준 것도 다리 힘이거든요! 일단 납골묘까지 나온 다음부터는 흙을 파기 시작했답니다.

저는 끔찍하고 무시무시한 짓을 저질러왔어요. 하도 비인간적인 행동을 많이 해서 제가 더이상 인간이 아니라고 말하는 사람들도 더러 있을 겁니다. 하지만 그들은 제 마음속을 들여다보지 않은 거예요. 아무것도 모르는 거죠. 제 마음은 순수하답니다. 돌아가신 어머니도 툭하면 제 마음씨만은 티끌 하나 없이 깨끗하다고 말씀하셨지요. 제가 비록 끔찍한 짓을 많이 저질렀지만 그 모두가 정녕 위대한 변화를 위한 것이었어요. 조만간 당신도 모든 걸 이해하게 될 겁니다.

세상은 변하고 있어요. 이 편지를 읽을 때쯤이면 아마 당신도 그 변화에 한몫하고 있겠죠. 악행들에서 비롯된 모든 것이 변화에 일조하는 겁니다.

공포와 파괴가 있고 나서 새로운 삶이 있는 것이죠.

세상의 변화를 위해 몇몇 목숨은 과감히 희생되어야 합니다. 제가 이루어놓은 것을 보시면 그땐 당신도 행복하실 거예요.

모든 것에 끝이 있다는 사실처럼 끔찍하면서도 아름다운 건 없습니다. 당신도 만물의 목적지는 죽음이라고 쓴 적이 있지요. 처음에 저는 그게 무슨 뜻인지 이해하지 못했어요. 그래서 다시 책을 읽기 시작했죠. 사실 세상 모든 것은 서로가 서로를 끌어당기기 때문에 죽음이란 존재하지 않는다, 누군가 죽으면 다른 무엇이 되므로, 따라서 아무것도 죽을 수가 없고, 따라서 옛것은 새것이 되며, 따라서 죽음보다 중한 것은 없다, 만약 죽음이 존재하지 않았다면 모든 게 죽었을 텐데, 죽음이 존재하기에 희망 또한 존재하는 것이고, 새로움과 새로운 세상 역시 존재하는 것이다……

그렇게 당신은 썼어요.

옛것이 새것이 되려면 일단 죽어야 한다고 말이죠.

지하 납골묘 안에 누워 있는 동안 저는 당신에 대한 생각을 바꾸기 시작했답니다.

당신은 더이상 제 주인님이 아니에요. 이제 제겐 아무도 없는 거죠. 노예 주인이 자기 노예를 위해 얼마나 마음을 쓰는지 어머니가 제게 얘기해준 적이 있어요. 백인이 자기 재산을 얼마나 애지중지하는지 말이에요. 지하 묘지에서 저를 총으로 쏘고 땔감처럼 관 속에 처넣은 사람은 저를 사랑하지 않는 거예요. 주인이 자기 하인한테 느껴야 마땅한 애정을 이미 오래전부터 느끼지 못하고 있는 겁니다.

이제 나는 당신보다 더 위대합니다. 내 예술은 당신의 작품이 끝나는 지점에서 시작해요. 내가 당신보다 우월합니다. 에드거 앨런 포는 내게 이론을 주었지만 그 이론을 실행에 옮겨 현실로 만든 건 바로 나입니다.

이제 나의 마지막 과업을 소개하죠.

새로운 세상은 당신이 먼저 새로워지지 않고는 시작될 수 없습니다.

나는 짐을 싸서 리치먼드로 갔습니다. 당신을 '스완 선술집'이라는 곳에서 찾아냈죠. 하루는 밤에 당신 집에 몰래 들어갔답니다. 침대 가장자리에 걸터앉아 내가 그토록 찬양하던 인간의 어떤 점이 과연 온전하게 남아 있는지를 꼼꼼하게 따져보았죠. 당신 숨소리가 약하더군요. 마치 당신의 폐가 아주 작은 풀무로 된 것처럼 말이에요. 나는 당신의 그 숨소리를 듣고 있었습니다.

당신은 그 여자의 집을 찾아갔죠. 나는 당신 건강이 점점 좋아지는 모습을 보았어요. 당신은 술을 마시지 않고도 세상 난관을 헤쳐나갈 거라 믿기 시작하더군요.

하지만 일이 그런 식으로 끝나서는 안 되죠. 그 여자의 집이라니 말도 안 됩니다. '금주회'라뇨, 천만에요!

아니나다를까, 어느 날 밤 당신은 스완 선술집에서 술을 너무 많이 마셨고 하마터면 병원에서 죽을 뻔했어요.

그제야 나는 내 계획이 제법 쓸 만하다는 걸 깨달았답니다.

당신은 가는 길목마다 내가 놓아둔 술병들을 맞닥뜨리게 될 겁니다. 당신은 그 술들을 차례차례 마실 테고 결국에는 당신한테 새로운 기회를 준 나의 호의에 감사하게 될 거예요.

포

마지막 여행

(리치먼드—볼티모어)

> 우리는 지금 낭떠러지 끝에 있다. 우리는 심연을 들여다보고 있다. 속이 거북하고 현기증이 난다. 우리가 취할 첫번째 동작은 위험 앞에서 물러서는 것이다. 그런데 설명할 수는 없지만, 우리는 그대로 서 있다.
>
> E. A. 포, 「심술궂은 악령」

그의 계획은 이렇다. 9월 말에 리치먼드에서 볼티모어행 배를 탈 것이다. 필라델피아에서 한 피아노 제작자의 집을 방문해, 그의 아내이자 '훌륭한 재능을 가진 문학 애호가'를 위해 시를 몇 편 지어줄 것이다. 그 대가로 돈을 두둑이 받아 여행 경비에 충당할 것이다. 그다음엔 포드햄으로 돌아와 머디 고모를 모시러 갈 것이다. 그러고는 엘마이라가 있는 리치먼드로 함께 떠날 것이다.

이제 그의 조용한 새 인생이 시작되리라.

엘마이라가 선물해준 송아지 가죽 장갑을 꺼내려고 역에서 가방을 열자, 옷가지와 원고 더미 속에 따지도 않은 술병이 하나 나온다. 그는 장갑을 낀 다음 술병을 가방 깊숙이 쑤셔넣는다. 그는 아무것도 보지 못한 거다. 술병이라니? 뭔가, 잠깐 환상을 본 건가? 지긋지긋한 착시 현상? 뭐가 어쨌는데? 그는 술병의 존재 자체를 부정한다. 그러고는 주위를 두리번거린다. 이해가 되지 않는다. 술을 감당 못하는 사람의 가방 안에 대체 누가 술이 가득 든 병을 넣어둔단 말인가? 도무지 영문을 모를 일이다. 엘마이라인가? 하지만 술병을 손에 든 그녀의 모습을 떠올리는 것만으로도 얼마나 터무니없는 생각인지 알 수 있다. 무슨 일이 벌어진 건가? 포드햄에서처럼 당장 술병을 집어들고 마개를 열어 내용물을 쏟아버리지 않는 이유는 또 무엇인가? 간단하다, 그럴 수가 없어서다. 술병은 가방 속에 그 상태 그대로 있을 것이다. 에드거는 플랫폼에 꼼짝 않고 서서 기다린다. 새끼손가락 하나 까딱하지 않는다. 그리고 생각에 잠긴다. 내가 넣었나?…… 무의식중에 내 손으로 직접? 잠든 채 제 발로 술을 사가지고 와 가방을 열고, 마치 밀항자처럼 옷가지들 깊숙이 술병을 숨긴다는 게 가능한 일인가?

누군가 다른 사람이 가방에 접근했나?

생각을 곱씹는 동안 엄청난 갈증이 밀려든다.

기차에 오를 때쯤, 그는 술병을 곧바로 버리지 않은 것을 몹시 후회한다. 지금으로서는 할 수 있는 일이 아무것도 없다. 불가능하다. 이미 모든 것이 정해진 수순을 밟고 있다. 그는 단 한 방울의 술도 내버리지 않을 것이다. 창밖으로 멀어져가는 플랫폼이 보인다. 머지않아 스스로 가방을 열고, 술을 꺼내 한잔하게 되리라는 걸 그는 알고 있다.

손에 쥔 잔이 차다. 그는 두 눈을 지그시 감고 입술을 벌린다. 그리고 술을 마시기 시작한다.

오, 신이시여, 이렇게 좋을 수가.

그는 볼티모어의 어느 하숙집 침대 밑에서 잠이 깬다. 어떻게 거기에 왔는지 기억이 나지 않는다. 입안이 어찌나 말라붙었는지 혀를 움직일 수도 없다. 몸을 일으키는 것조차 고통스럽다. 사지가 늙은이의 팔다리처럼 느껴지고, 특히 다리는 쇠막대기처럼 뻣뻣하다. 그는 비틀거리며 방을 가로질러 서랍장까지 걸어간다. 그 위에 무언가가 담긴 병이 놓여 있다. 마룻바닥에 알몸으로 서서 병 안의 내용물을 마신다. 기분이 홀가분하다. 뱃속이 뒤틀리는 느낌이다. 그래도 계속 마신다. 이제 멈춘다는 것은 상상할 수 없다. 병을 다 비우고서 그는 침대까지 휘청거리며 걸어와 그대로 쓰러진다. 담요를 머리까지 뒤집어쓴 채 눈앞에서 펼쳐지는 다채로운 빛깔의 하늘을 바라본다. 그리고 행복한 마음으로 곯아떨어진다.

한숨 자고 일어나자, 문 앞 종이가방 안에 새로운 술병이 들어 있다.

그는 생각한다. 아침식사 전에 술을 마시는 사람은 위험한 상태라고.

그렇다, 지금 그는 위험하다.

누군가 그에게 과도한 호의를 베풀고 있다.

종이가방 속에 든 위스키는 최고급이다.

잔에 따르니, 빛깔이 영롱하다.

아, 기막히게 훌륭하다.

잠시 후면 그는 또다시 죽은 사람처럼 될 것이다.

어느 밤에는 공원에서 멈출 줄 모르는 웃음이 터져나오기 시작한다. 폭소의 이유를 아무리 떠올리지 않으려 해도 소용이 없다. 가슴에서 솟구쳐나오는 웃음을 도저히 참을 수가 없다. 마침내 웃음이 잦아들자 '끝나서' 다행이라는 생각이 든다. 그래서 슬픈 것도 기쁜 것도 아니다. 이로써 딱 좋다는 확신. 이제 끝인 거다.

한데 위스키병은 여전히 그를 따라다니고 있다.

지긋지긋한 찰거머리 같은 것들!

술이 떨어져가면, 어느새 새 술병이 대령해 있다.

그러면 그놈 주둥이를, 밑바닥을 이리저리 어루만지다가, 냉큼 마개를 따고는 텅 빌 때까지 벌컥벌컥 들이마신다.

"넌 참 대단한 녀석이야…… 그걸 말해주는 걸 깜빡했어…… 훌륭해……"

그는 그걸 사랑하고 있다.

"엘리자, 버지니아, 엘마이라……" 그는 중얼중얼 이름들을 부른다.

천장 불빛을 향해 술병을 치켜드니, 안에 웬 짐승 한 마리가 보인다. 순간 손에서 병이 미끄러지며 바닥에 떨어져 산산조각난다. 깨진 유리 조각들 한가운데서 다리가 거대한 거미 한 마리가 양탄자 위로 툭 튀어나온다. 에드거는 쿠션을 집어들고 녀석을 잡으러 온 방을 쫓아다니지만 번번이 실패한다. 거미는 침대로 쪼르르 기어올라 담요 밑으로 재빨리 파고든다. 약이 바짝 오른 에드거는 침대 이곳저곳을 쿠션으로 죽어라 내려친다. 겨우 숨을 돌리면, 그때부턴 담요 속에서 미세한 소음이 스삭스삭 새어나온다. 그는 조심스럽게 담요를 젖힌다. 침대 속에는 수백 마리의 거미가 득시글거리고 있다.

그는 포기하지 않는다. 이번에는 빗자루 공격이다. 상당수가 죽어나간다. 으스러진 거미들 몸에서 끈적한 백색 진액이 흘러나온다. 아직도 수가 너무 많다. 녀석들은 혼비백산해, 침대에서 쏟아져나와 일제히 마룻바닥으로 퍼져나간다. 그제야 에드거는 이것이 희망 없는 전투이며, 그로서는 놈들을 절대 이길 수 없다는 걸 깨닫는다. 문 앞까지 당도한 거미떼는 이미 문손잡이를 향해 스멀스멀 기어오르기 시작했다. 거미를 쫓던 에드거는 창문 쪽으로 방향을 튼다. 그런데 창밖으로 뛰어내리기 위해 커튼을 젖히자, 건물 앞에 거대한 거미 한 마리가 떡하니 버티고 있다. 가로등에 올라타 있던 놈은 길을 건너기 위해 그 긴 다리를 성큼 내딛는다. 금방이라도 이쪽 지붕 위로 기어오를 태세다. 에드거는 뒷걸음치다 침대에 벌렁 나자빠진다. 거미들이 우글우글 몰려와 옷 속으로 기어들고, 피부를 타고 기어올라 겨드랑이로, 다리 사이로 파고든다. 커튼 사이로 털투성이 절지동물의 엄청난 몸체가 보인다. 놈의 누런 눈알이 진한 호의를 품은 눈빛으로 그를 들여다보고 있다. 그제야 그는 위험할 것 없다는 사실을 깨닫는다. 거미들은 그의 친구이며, 해칠 의도가 전혀 없는 것이다.

에드거는 몸을 일으켜 거울 쪽으로 다가간다. 거미떼가 그의 옷을 거의 다 뒤덮고 있다. 거미들이 목을 따라 기어올라 양볼을 거쳐 귓구멍을 파고든다. 거울에 비친 에드거의 얼굴은 거미들의 딱딱한 외피와 동일한 어둡고 짙은 푸른빛이다.

잠시 후 거리로 나서는 에드거는 차분해진 상태다.

그는 생각한다. 술이 깰 때가 됐군. 앞으로 절제만 하면 환란은 사라져. 지금 당장 양복점으로 직행해 새 옷을 맞춰 입고 이놈의 악취를 떨쳐내야지. 물 한 잔 마시고 새 옷을 걸치면, 모든 게 나아질 거야.

작은 광장에 이르러 양복점 간판 하나가 눈에 띈다. 그런데 손잡이를 쥐어보니 문이 잠겨 있다.

계속 걸어가본다.

어느덧 거리에 어둠이 내린다.

"실례지만, 이 근처에 양복점이 어디 있는지 아십니까?"

어느 길모퉁이에 '스마이디'라는 간판이 보인다.

바로 그 순간, 등뒤에서 발소리가 들린다. 얼른 돌아보지만 아무도 없다.

그런데 발소리는 점점 커져만 간다.

에드거는 달리기 시작한다.

바짝 다가든 구둣발 소리가 요란하다.

건물 모퉁이를 돌아드는 순간, 왜소한 몸집의 사내와 맞닥뜨린다.

그대로 온몸이 굳는다.

"새뮤얼!"

실루엣만 보이는 사내는 망토로 얼굴을 가리고 있다. 에드거는 그에게 한 발짝 다가간다.

"너였어?"

사내가 얼굴을 드러내자, 가면이 나타난다.

에드거는 길거리에서 무릎을 꿇고 왜소한 사내를 올려다본다.

그 얼굴, 그 가면에서 시선을 뗄 수가 없다.

"도대체 뭐지?"

"저를 못 알아보겠습니까?" 살가죽 가면 속에서 쇳소리가 들려온다.

"모르겠어……"

"접니다, 에번 올슨."

에드거는 가면을 유심히 살펴본다. 부패가 시작된 살가죽은 주글주글하고 누르스름하고 거무튀튀하다. 눈이 있을 자리에 정확히 두 개의 둥근 구멍이 뚫려 있다. 입술은 사라지고 없지만, 윗입술이 있어야 할 자리 바로 위로 에번 올슨의 금빛 콧수염이 보인다.

에드거는 무릎을 꿇은 채 온몸을 뒤틀며 웃기 시작한다.

"나는 너 무섭지 않아…… 이 친구야…… 천만에, 나는 무섭지 않다고……"

가면 너머 새뮤얼이 매서운 눈빛으로 쏘아본다.

에드거는 계속해서 터져나오는 웃음을 멈출 수가 없다.

"이제 끝이야…… 끝났다고…… 너는 이제 나와는 상관없는 녀석이라니까…… 이 가면아!"

그는 두 손에 얼굴을 묻고서 웃느라 숨이 넘어갈 지경이다.

손가락 사이로 내다보니, 왜소한 사내는 자취를 감추고 없다.

양복점 안으로 들어설 때쯤, 에드거는 새뮤얼과 더이상 볼일이 없다는 것을 깨닫는다.

이제 새 옷으로 갈아입고 나면, 그는 곧바로 진하게 한잔 걸칠 것이다. 지금이야말로 그 생각이 간절하다!

그로부터 한 시간 뒤, 그는 '거너스 홀'이란 술집에 자기 것이 아닌 옷을 입고 앉아 있다. 어찌나 취했는지 사람들이 묻는 말에 제대로 대답을 못한다.

"어떻게 지내십니까, 포 선생님?" 그의 시야에 들어온 한 남자가 묻는다. 모르는 얼굴이 아닌데, 도무지 이름이 생각나지 않는다.

"잘 지냅니다."

"저를 기억하시나요?" 상대가 집요하게 다시 묻는다.

에드거는 그의 눈을 똑바로 바라보며 고개를 가로젓는다.

"조지프 에번스 스너드그래스입니다."

에드거는 고개를 꾸벅하며 인사를 대신한다. 남자의 눈동자가 누르스름하다. 문득 창밖으로 보이던 거미의 눈알이 생각난다.

"스너드그래스요……" 남자는 얘기를 이어간다. "볼티모어에서 편집자로 일하고 있지요. 선생님의 소설도 여러 편 펴냈습니다."

무슨 말인지 이해하지 못한 채 에드거는 씩 웃어 보인다.

"아무래도 지금 당장 도움이 필요하신 것 같습니다." 스너드그래스가 계속 속삭이는데, 에드거는 미소만 짓고 있다.

"네, 그러게요……"

스너드그래스는 잠시 자리를 비웠다가 진회색 정장 차림의 남자를 데리고 돌아온다. 두 사람은 에드거를 번쩍 들어 마차에 싣고 워싱턴 메디컬 칼리지 병원으로 데려간다. 도심을 굽어보는 언덕 꼭대기에 위치한 6층짜리 건물이다.

달리는 마차 안에서 에드거는 몸이 편안해지면서 의식이 가물가

물해지는 걸 느낀다.

젊은 의사인 존 모런 박사가 그를 진찰한다. 에드거는 의식이 없고 의사의 말을 전혀 듣지 못한다. 의사가 그의 시와 소설을 읽었고, 함께 이야기를 나눌 수 있으면 대단히 기쁠 거라고 말하지만 그 말 역시 듣지 못한다. 에드거는 안색이 창백하고, 온몸이 땀에 젖어 있다. 몇 시간 동안 깊은 잠에 빠져 있던 그는 소스라치며 깨어나 부들부들 떨기 시작한다.

에드거는 천장에 시선을 고정한 채 계속 혼잣말을 중얼거린다. 안정되었다가 분노하고, 의기소침했다가 이내 위안을 느끼는 등 심리 상태가 오락가락한다. "빌어먹을 경련에…… 간에는 격통이……" 그는 계속 중얼댄다. 이제는 마치 객관적이고 분석적인 의사의 눈으로 자신의 내부 장기를 이리저리 들여다보기라도 하듯 방안을 두리번거리면서 웅얼거린다. "피가 혈관 속에서 휘파람을 불고, 신체 기관 전체가 중독되었어. 입술이 덜덜 떨리고 살갗에 전율이 일어……" 한동안 그렇게 독백이 이어지더니, 잠에 곯아떨어진다. 한동안 꼼짝 않던 몸이 갑자기 감전이라도 된 듯, 다시금 펄쩍거리며 경기를 일으킨다.

밤새 모든 사물이 다시 부옇게 흐려진다. 그에게는 수면 상태와 각성 상태의 구분이 없고, 꿈속 세상과 병원에서의 현실이 뒤섞인다. 그 혼란의 뒷맛이 씁쓸하다. 눈을 뜰 때마다 환영이 보인다. 웬 목사가 우스꽝스러운 꽃다발을 손에 쥐고 서 있는가 하면, 어여쁜 어머니의 볼살을 포크가 꿰뚫고 나온다. 인간을 닮은 거미가 불쑥 튀어나오는가 하면, 작은 몸집의 어릿광대가 침대 밑이나 벽장 속으로 숨어든다. "너 어디 있는 거야?" 에드거는 성난 표정으로 주위를 두리번거리며 외친다. 그러고는 커튼 뒤를 가리키며 "저놈 어릿광대 좀 봐라!" 하고 소리친다. 하지만 송장 같은 혈색의 어릿광대가 눈에 보이는 사람은 그 자신 말고 아무도 없다. 도대체 왜 그놈은 모습을 드러내지 않는 걸까? 대체 원하는 게 무언가?

"사기꾼! 기생충!" 그가 버럭 외친다.

사촌인 닐슨 포가 병원을 찾았으나 에드거의 상태가 너무 안 좋아 직접 만나보지는 못하고 돌아간다. 다음날은 상태가 그나마 조금 호전되어, 모런 박사가 몇 가지 질문을 하기 시작한다. 어디로 가는 길인가? 어디에 갔었는가? 하지만 에드거는 여전히 오리무중을 헤매고 있다.

"리치먼드에 결혼하기로 한 여자가 있어요."

"아, 그래요? 그분 성함이 뭔가요?"

"기억이 안 납니다."

의사가 에드거의 이마에 손을 얹는다.

"지금은 좀 어떠십니까, 포 선생님?"

"노곤하군요…… 다 좋아질 거예요."

"아, 그럼요, 좋아질 겁니다." 모런 박사가 위안을 주는 목소리로 응답한다. "머지않아 친지분들 곁으로 돌아가실 수 있을 거예요."

"친지요? 의사 선생, 그런 건 중요한 게 아니죠." 에드거가 비아냥거리는 투로 대꾸한다.

의사가 밖으로 나가기 무섭게, 에드거는 옆에 바짝 붙어 누운 어릿광대를 발견한다. 아는 얼굴이다. 늙은이의 얼굴을 가진 왜소한 그 사내……

"무서워하지 말아요." 새뮤얼이 속삭인다.

"난 네가 무섭지 않아."

"사납게 굴지도 마요. 제가 항상 당신을 도와주지 않았던가요?" 새뮤얼이 울먹이며 말한다.

방이 어둡다. 의사들이 마치 잠든 유령처럼 복도를 이리저리 돌아다니고 있다.

"아니. 넌 나를 도운 적이 없어."

에드거는 꽤 침착하게 대꾸한다. 그리고 계속 말을 잇는다.

"너는 항상 나와 겨루려고만 했어, 고약한 지렁이 같은 놈아! 네가 저지른 짓이 무언지는 모르지만—아마도 끔찍한 짓이겠지—어쨌든 그건 나와 무관한 일이야."

"주인님…… 주인님……" 새뮤얼이 끽끽거린다.

"나는 네 주인님이 아니야!"

"전…… 당신 소설을 현실로 이뤄냈단 말이에요." 왜소한 사내가 자기 처지를 한탄한다.

에드거는 킬킬거리며 웃는다. 웃다가 그만 딸꾹질을 하고, 그러다 숨까지 막힌다.

"또 그 얘긴가? 내 소설들은 내가 쓰는 순간 이미 현실인 거야. 너는 그것들을 비현실적으로 만들고자 했을 뿐이고…… 네가 한 짓이 바로 그런 거야. 넌 역겨운 착각을 하고 있었던 거야…… 네가 기여한 일이 전부 그런 식이란 말이야. 알아듣겠어? 그리고 조만간 그마저 죄다 잊혀버릴 거고. 앞으로 사람들은 이 에드거 앨런 포의 작품을 읽고 미美라는 것에 대해 생각해보고 싶어할 거야. 그건 어디까지나 유익한 거였어."

"유익한 거?"

"어차피 넌 이해 못해. 그런 쪽으론 완전히 꽉 막힌 놈이니까."

"당신을 위해서 한 일이었어요."

"넌 나와 아무런 상관이 없어. 난 너와 무관한 사람이라고. 우린 아무것도 공유하고 있질 않아. 내가 쓴 글들은 너의 짓거리하고는 아무 관계가 없어. 너란 인간은 그저…… 허세만 가득한…… 흉내쟁이일 뿐이야."

"전 그 소설들을 잠에서 깨어나게 해주고 싶었어요, 도련님……"

"더이상 내게 말하지 마. 제발 부탁인데, 사라져줘. 가서 침대 밑이나 벽장 속으로 숨어버려. 창문으로 뛰어내리든지! 너 하고 싶은 대로 해. 세상도 마찬가지야. 나는 무얼 변화시키겠다고 한 적 없어. 단지 내가 보고 생각한 것을 글로 쓰려고 했을 뿐이야."

"도련님…… 제게 아이디어를 준 분은 당신이에요……"

"너의 아이디어 따위 나랑 아무 상관 없다니까!"

새뮤얼은 침대 가장자리로 물러나 잔뜩 풀이 죽은 채 꼼짝하지 않는다. 에드거가 중얼중얼 묻는다.

"도대체 너의 진짜 이름이 뭐야? 나는 그게 늘 궁금했다."

"새뮤얼 제러미 레이놀즈."

"레이놀즈?"

"네."

"경찰서로 가세요. 레이놀즈 씨. 가서 댁이 한 짓을 털어놓으라고."

에드거는 다시 온몸을 부들부들 떨기 시작한다. 새뮤얼이 얼른 물을 가져온다. 에드거는 입으로 흘러든 물을 그대로 뱉어낸다. 마시고 싶지 않다, 새뮤얼이 독을 탔을 물 따위는. 그러나 왜소한 사내는 에드거의 머리통을 붙들고 그 마른 입술에 강제로 잔을 들이민다.

"미립자들은 마치 형제지간처럼 서로에게 끌리기 마련이죠." 새뮤얼이 꼭 다문 에드거의 입술 사이에 강제로 물을 부으면서 말한다.

"내겐 형제가 없어, 레이놀즈." 에드거는 물을 뱉어내며 말한다. "이미 오래전에 죽었거든. 누이동생이 한 명 살아 있을 뿐…… 이름은 로지라고 하지……"

"당신한텐 형제가 있어요. 단지 당신이 모를 뿐이지."

"지금 무슨 말을 하는 거야?"

"형제 비슷한 거지……"

"그게 누군데?"

"내 어머니가 백인 남자하고 붙어먹었거든."

"대체 너 누구야?"

"당신 동생. 앨런 씨의 아들이지. 그 사람이 내 어머니하고 붙어먹었다니까."

에드거가 탄식을 내뱉는다.

"그럼 네가 존 앨런의 사생아란 말이냐?"

"그 사람이 죽기 전에 유산으로 돈을 좀 쥐여주더라고. 그래서 알게 됐지. 바로 그런 속사정이 있어서 그 사람이 나랑 내 어머니를 리치먼드로 데려온 거였어. 내 어머니한테 갚을 빚이 있다고 생각했던 거야."

"존 앨런은 내 아버지가 아니야."

"아버지는 그 사람 하나뿐인걸."

"넌 버러지에 불과해. 내겐 아버지가 없어."

"곧 있으면 당신은 새사람이 될 거야…… 두려워하지 마."

"난 두렵지 않아……" 에드거는 말이 어눌해지는 걸 느끼며 꺼져가는 소리로 대꾸한다.

새뮤얼이 그의 얼굴을 어루만진다. 그런 동작으로 무엇이든 진정시킬 수 있다는 듯. 에드거는 어릿광대의 손을 덥석 물어버린다. 그의 손가락에서 빨간 반지가 반짝거린다. 에드거가 그걸 노려보며 묻는다.

"이 반지 어디서 났어?"

"앨런 씨한테서 훔쳤어……" 새뮤얼이 눈물을 글썽이며 우물거린다.

"아, 이런 멍청한 놈! 어리석은 도둑놈 같으니!"

"용서해주세요, 주인님…… 실망시켜드렸어요……"

품에 안기려는 새뮤얼을 단호하게 밀어낸 뒤, 에드거는 희미한 목소리로 명령한다.

"나를 주인님이라고 부르지 마."

그리고 두 눈을 감는다.

모런 박사가 병실로 들어설 즈음, 에드거는 최악의 상태로 치닫는다.

그는 눈에 보이지 않는 누군가를 향해 고래고래 소리치고 있다.

"레이놀즈!"

몇 번이고 소리친다.

"레이놀즈!"

그러다가 베개 위로 힘없이 고개를 떨군다.

"하느님, 제 가여운 영혼을 구해주소서……" 그는 잔뜩 겁에 질린 기이한 미소를 머금고 중얼거리더니 더이상 움직이지 않는다.

포

사후 몇 시간

그는 더이상 숨을 쉬지 않는다. 맥박도 없고 심장은 박동을 멈추었다. 더는 움직일 수 없는 상태이지만, 감각은 괴이하게도 활동중이다. 후각과 미각이 한데 뒤섞여 강렬하고도 비정상적인 지각현상을 불러일으키고 있다. 젊은 의사가 침대 위로 상체를 기울여 이마를 만지자, 에드거는 은은한 체취를 감지해 한 다발의 꽃을 상상한다. 꽃의 빛깔은 평범하면서도 초자연적이다.

이마에 닿았던 손의 촉감은 의사가 방을 나간 뒤에도 사라지지 않았고, 긍정적인 충혈 현상을 통해 몸 전체에 피를 돌게 한다. 하나의 생각이 퍼뜩 가로지른다. 그는 지금 아무런 괴로움도 느끼지 못하고 아무런 도덕적 감정도 갖고 있지 않다는 사실. 의사의 음성은 화려한 곡조가 되어 울리고, 창문을 두드리는 빗소리는 희열감으로 부르르 떨게 한다. 사람들이 그토록 고통스럽게 입에 올리던 죽음이 바로 이런 것이라니!

병원 사람들이 그를 침대 시트로 싸서 관에 넣고는 묘지로 옮겼다. 몇몇 사람의 실루엣이 그를 진흙 바닥 위로 운반하더니 무덤 안에 관을 내려놓았고, 눈에 보이지 않을 때까지 그 위로 흙을 덮었다.

이제 더이상 빛은 없다. 막연한 불안감이 엄습한다. 어둠이 짙어지면서 그를 관 속 깊숙한 구석으로 몰아넣는다. 육중한 압박이다.

아무것도 움직이지 않는다. 아주 아주 오랜 시간 그는 암흑 속에서 휴식한다. 그러다가 결국 더없이 부드러이 그 속으로 녹아든다. 더이상 아무것도 그를 짓누르지 않는다. 예전의 압박이 완전히 사라졌다.

생전 감각의 잔여물에서 새로운 감각이 깨어난다. 안락함으로 그를 가득 채우는 완연한 감각이다. 무언가 내부에서 움직이고 있다. 빛이 표면 위에서 빠르게 진동할 때와 같은 리듬감. 이제부터는 그렇게 존재할 것이다. 빛과 리듬, 그 영원불변할 것 같은 체험으로 만족감이 차오른다.

시간의 흐름에 서서히 합류하는 동안, 이 체험이 그의 것이 아니라는 생각이 든다. 그의 안에 체험이 있는 것이 아니라, 체험 속에 그가 있다는 생각, 버지니아도 마찬가지고, 의사가 그를 굽어볼 때 불현듯 떠오른 꽃다발도 바로 이 체험의 일부라는 생각. 그러자 다시금 잠을 자는 느낌, 창문으로 들이치는 빛에 몸서리치며 깨어나는 느낌이 엄습한다. 다만 이번에는 전혀 위협적이지 않다. 그를 깨우는 것은 영원한 사랑이다.

존재감이 점점 더 모호해져간다. 그 대신 귀속감이 갈수록 선명해진다. 시간과 공간만이 인지되는 전부다. 오로지 더불어 있는 것과의 더불어 있음. 존재하지 않는 것, 형체가 없는 것, 생각을 통하지 않는 것, 감각을 거치지 않는 것, 영혼이 거하지 않고 물질에도 속하지 않는 것, 아무것도 아닌 모든 것, 그 모든 불멸 앞에 무덤은 하나의 기착지이거니와 부식의 시간 또한 정겨운 길동무일 뿐이다.

4부

◆

(1849~1857년, 볼티모어-뉴욕)

많은 이들에게 포의 작품은 상상할 수 있는 모든 악과 타락, 범죄를 형상화하는 것으로 여겨졌다. 그리고 어떤 사람들에게 포는 일개 범죄자와 크게 다르지 않은 존재로 비쳤다.

마리 보나파르트

포

장례식

(1849년 10월 8일, 볼티모어)

음울한 날이다. 비가 내리고, 바람이 불고, 검은 구름이 묘지 위를 맴돌고 있다. 목사는 창밖을 내다보며 이런 처량한 날 장례식이 예정된 망자가 누구인지 알아보느라 분주하다. 작가라고? 푸 선생이라던가 포 선생이라던가. 아무튼 그렇단다. 설교는 평상시처럼 하면 될 테고, 「전도서」나 조금 읽으면 되겠군…… 그 정도 계획이면 적절하다. 목사는 우산을 펼쳐든 채 소나기를 뚫고 밖으로 나선다.

진흙투성이 잡초를 밟는 순간, 열차의 기적소리가 귀청을 때린다. 돌아보니, 철로 위로 소용돌이를 그리는 연기 기둥이 눈에 들어온다. 연기는 이내 구름과 뒤섞이고, 목사는 새로 조성된 묫자리를 향해 걸음을 뗀다.

모런 박사의 아내가 염포를 펼쳐놓고 시신 단장하는 일을 거든다. 두 손은 옆구리에, 곱슬거리는 검은 머리칼은 이마 주위로 가지런히. 그녀는 손끝으로 시신의 눈썹을 매만지면서 입 모양까지 살핀다. 망자는 더없이 만족하는 것 같다.

"살아 있을 때보다 자연스러워 보이네……" 줄지어 늘어선 이들 중 누군가가 중얼거린다.

시신은 워싱턴 메디컬 칼리지 병원 마차에 실려, 파예트 스트리트와 그린 스트리트가 만나는 모퉁이의 한 아담한 교회 묘지로 운구되었다. 군인 묘들이 나란히 늘어선 소박한 공동묘지다. 별다른 의식 없이, 관은 27번 묘 안에 안치된다. 포 장군과 형인 윌리엄 헨리 레너드 포의 무덤에서 그리 멀지 않은 위치다.

매장은 신속하게 진행된다.

무덤 앞에는 목사와 닐슨 포, 조지프 에번스 스너드그래스, 헨리 헤링 그리고 오래전 고인과 함께 수학한 볼티모어 출신 법관 한 명이 서 있다.

설교 도중 바람이 휘몰아쳐 목사의 옷자락이 휘말린다. 그는 신경질적으로 한쪽 다리를 털어 옷자락을 제자리로 돌려놓는다. 그러고는 잔뜩 힘이 들어간 한 손으로 성경을 쥐고 다른 한 손으로는 옷을 붙들고 있다.

목사의 얼굴은 비에 흠뻑 젖었고, 빗방울이 성경 위로 떨어진다.

장례식은 기껏해야 몇 분 더 이어졌다. 소나기가 쏟아지는 바람에 클렘 목사는 그나마 짧게 짧게 끊어가던 설교를 서둘러 끝낸다.

같은 날 얼마 후 〈뉴욕 트리뷴〉의 편집장 호러스 그릴리는 에드거 앨런 포를 위한 추도문을 써달라고 루퍼스 그리스월드에게 부탁한다. 그리스월드는 마치 작가의 사망 소식을 기다렸다는 듯 신속하게 원고를 쓴 다음, 바이에른의 미치광이 왕 루트비히라는 이름으로 서명을 대신한다.

그리스월드

추도문

1849년 10월 9일자, 〈뉴욕 트리뷴〉

에드거 앨런 포가 사망했다. 이틀 전 볼티모어에서 생을 마감했다. 이 소식에 많은 독자들이 놀랄 것이나, 진심으로 애도하는 사람은 그리 많지 않을 것이다. 작가는 개인사를 통해, 혹은 문학적 명성을 통해 전국적으로 유명했다. 영국을 포함해 유럽 대륙에도 그의 독자가 있었지만, 친구는 적었다. 아니, 거의 없었다고 해야 맞을 것이다. 그의 사망과 관련한 애도의 감정은 이른바 예술로서의 문학이, 가장 찬란하게 빛나고 나아가 광기에 몸부림치던 별들 중 하나를 잃었다는 사실에 기인하는 것이리라.

평소 기만적이라고 여겨온 사교계의 온갖 처세에 그는 아주 단호한 입장을 견지하고 있었다. 이러한 신념이 그의 마키아벨리적 비호감의 개성에 영향을 주었다. 그 스스로가 이 사회를 사악한 집단으로 간주하면서도 워낙에 날카로운 지성의 소유자라 그런 견해에 적극 부응하기는 어려웠다. 그 자신이 성실하게 살아갈 수는 없었던 것이다.

여러 면에서 그는 불워리턴의 소설 「캑스턴 일가」에 나오는 프랜시스 비비언과 닮았다.

그가 가진 열정 속에는 행복을 가로막는 침울한 감정이 가득했다. 만약 당신이 그에게 반론을 제기하면, 곧바로 당신은 반격을 당해 제자리로 밀려나고 말았을 것이다. 당신이 번영에 대한 이야기를 꺼내는 즉시, 그는 탐욕스러운 시기심에 휩싸여 얼굴이 하얗게 질렸을 것이다. 이 사내가 가진 경탄할 만한 재능이—아름다움과 활력, 타오르는 욕망으로 표출되던 그 대담성—내면의 뿌리깊은 자신감을 결국 타인을 향한 도가 넘는 오만불손함으로 변질시켰다. 성마르고 욕심 많은 성격, 그것만으로도 나쁘지만, 내가 보기에 더 심각한 것은 그런 두드러진 특성들이 목불인견의 냉소적 태도로 포장되어 있었다는 점이다. 아울러 그처럼 오만한 성향의 소유자이기에 더더욱 놀랍게도, 도무지 윤리의식이랄지 자긍심 같은 건 눈곱만큼도 찾아볼 수 없었다. 그는 사람들이 흔히 하는 말로 야망을 과시하고픈 욕구는 과도했던 반면, 자기 예술에 대한 진지한 애정이나 고민 따위는 전혀 가지고 있지 않았다. 그가 품은 것은 성공에 대한 투박한 욕심일 뿐, 진정으로 뛰어나고픈, 혹은 예술에 헌신하고픈 욕망은 아니었다. 그렇기에 그는 자신의 자만심에 딴지를 거는 세상을 경멸의 눈으로 바라볼 권리가 스스로에게 있다고 확신했다.

루트비히

새뮤얼

주인님에게 보내는 일곱번째 편지

이 편지는 1857년 가을 뉴욕의 한 교회 건물 안에서 발견되었다. 봉투 속에는 편지와 함께 가장자리가 닳은 빨간 반지가 있었다.

병원을 나설 때쯤 나는 몸살이 났습니다. 눈앞에 구름이 내려앉으면서 온몸의 근육이 마구 쑤셨습니다. 워싱턴 메디컬 칼리지 바로 앞 길거리에서 그만 쓰러졌지요. 조금 더 멀리까지 기어갔어요. 비에 온몸이 젖었지요. 마차 한 대가 진흙탕에 바퀴자국을 남기며 지나갔어요. 거리는 암흑천지인데다 빗물이 두 눈을 가려 더는 정신을 차릴 수가 없었답니다. 감방에 비하면 사람들이 세상이라 부르는 것은 천지분간이 안 되는 카오스나 마찬가지더군요.

경찰 한 명이 나를 일으켜세웠어요. 그리고 가두었지요. 내가 만취했다고 하더군요. 난 포석 위에 축 늘어져 있었고 며칠 동안 꼼짝도 못했어요. 그대로 죽는 줄만 알았죠. 새로운 세상에서 내려온 천사가 조만간 감옥으로 와서 내 이를 모두 뽑아버리고 전혀 다른 사람으로 만들어줄 줄 알았어요.

나의 형제는 죽었습니다. 나는 반들반들한 바닥에 자빠져 있었어요. 한줄기 빛이 내 등과 목을 스쳐갔죠. 거리를 휘몰아치는 빗소리가 멀찌감치 들리더군요. 한쪽 볼을 바닥에 대고 혀는 이에 눌려 있고 살갗은 돌멩이처럼 차가웠어요.

당신은 죽었습니다. 나는 울었고요. 병원에서 우리가 마지막으로 나눈 대화를 생각했어요. 형제여, 당신을 이해할 수가 없습니다. 지난 모든 일을 보고도 어떻게 내가 당신을 전혀 이해하지 못했다고 말할 수 있는지요. 나는 그저 모든 일이 최선이었다는 사실을 당신이 이해하길 바라요.

내 말 알겠어요? 내가 하는 말이 이해가 됩니까? 왜 대답이 없죠? 왜 대답을 회피하나요? 나는 앞으로 누구랑 이야기하죠? 만약 내가 전부 오해했다면 더 말해서 뭐합니까?

나는 아무 얘기도 하지 않을래요.

간수들이 감방에 들어왔을 때, 나는 꼼짝도 하지 않았어요. 그들이 나를 질질 끌고 가는 동안에도 아무 말 하지 않고 가만히 있었죠. 사정없이 두들겨패고 내 머리통을 물속에 처박아 허파를 뒤집어놓는 동안에도 나는 저항 없이 얌전히 있었답니다. 그러다가 급기야 두 눈을 번쩍 떴지요.

경찰들 중에서 제일 나이가 어린 사람이 나를 붙들고 있는 동안 제일 연장자가 이러더군요.

우린 네가 누구인지 안다. 우린 네가 한 짓도 다 알아. 그러니 자백하는 게 나을 거다……

나는 그저 고개를 내저었습니다.

그들한테 아무 말도 안 하기로 이미 결심한 상태였거든요.

결국 나는 발에 족쇄를 찬 채 법정으로 끌려나갔어요.

놀랍고 혐오스럽다는 듯 판사가 잔뜩 인상을 쓰고 나를 바라보더군요.

내 옆에는 구레나룻을 기르고 눈빛이 반짝거리는 볼티모어 출신 녀석 둘이 서 있었어요.

작은 친구 역할이 뭐였냐면서 판사가 나를 가리키며 물었어요.

그 작은 친구는 아무것도 발설하지 않았습니다. 한마디도요.

나는 덩치 큰 녀석 둘을 쳐다보았어요.

녀석들은 서로 눈빛을 교환하더니 부정선거 사건에서 내가 맡은 역할을 설명하기 시작하더군요.

녀석들은 내가 주모자라고 했어요.

내가 브레인이라나……

투표 전날 우리가 사람들을 모아다가 때리거나 협박하거나, 질리도록 윽박지른 다음 투표소로 데려가 우리 편 후보자에게 투표하도록 강요했다고 둘 중 덩치가 좀더 큰 녀석이 말했습니다. 한데 이 녀석이 그런 얘길 하면서 법정 안을 흘끔 살피는 거예요. 그래서 어디를 보나 시선을 따라가보니, 문가에 앉아 있는 남자 하나가 눈에 들어오더군요. 모자를 써서 그 얼굴은 보지 못했고요.

검사는 그건 민주적이지 못한 행위라고 하더군요.

나는 아무 말도 하지 않았습니다.

스스로를 변호하기 위해 할 얘기가 있겠습니까?

나는 문가의 그 남자를 바라보았어요. 그때 그자 역시 고개를 들고 나를 바라보더군요. 다름아닌 루퍼스 그리스월드 씨였어요! 마치 나를 통해 피고석에 있는 사람들을 바라보는 것 같았죠. 입가에 미소를 머금고 있었는데 곧장 자리에서 일어나 밖으로 빠져나가더군요.

그로부터 한 시간 뒤 나에 대한 판결이 내려졌답니다.

볼티모어 교도소에 수감된 지 이제 칠 년이에요.

이곳에서 나를 고통스럽게 하는 건 내가 주인님에게 몹쓸 짓을 했고 당신이 나를 이해하지 못한다는 생각 하나뿐입니다. 나는 당신을 유명하게 만들기 위해 노력해야 했어요. 나의 과업은 아직 완수되지 못했습니다.

뉴욕에 사는 한 남자가 당신의 사명과 나의 임무에 대해 허접스러운 이미지를 만들어내느라 별의별 잡문을 써대는 중이거든요.

내가 여기 갇혀 있는 동안 그리스월드는 당신의 명성을 파괴하고 있답니다. 감옥이 끔찍한 건 감방 때문도 추위 때문도 아니에요. 초라한 음식도 구타도 상관없습니다. 가장 견디기 어려운 건 하루하루 지날수록 그자가 당신의 작품을 망치고 있는데 그걸 막기 위해 내가 할 수 있는 일은 하나도 없다는 사실이에요.

*

감방 안으로 책을 들여올 수 있게 허가를 받았답니다. 그래서 다시 당신 소설들을 읽고 있어요.

관심을 쏟다보면 매혹당하기 십상이나, 적법한 문학작품의 구상을 담기에는 너무나도 끔찍스러운 테마들이 존재한다. 불쾌감을 유발하거나 자극하고 싶지 않다면, 단순한 이야기꾼은 이런 테마들을 피하는 것이 마땅하다. 오직 진실의 엄정함과 권위로 그 가치가 보장되고 지탱될 경우에만, 우리는 이런 테마들을 적절하게 다룰 수 있다.

당신은 「성급한 매장」에 이렇게 썼지요.

나야말로 진실성의 모든 엄격한 조건을 온몸으로 충족시키는 존재입니다.

언젠가 나는 관 속에 갇힌 채 땅구덩이에 묻혔던 적이 있지요. 이따금 여전히 내가 거기서 갇혀 지내고 있다는 생각이 들 때가 있습니다. 사람들이 나를 놓아주지 않았다는 생각이요. 간수는 자기 마누라가 죽자 내 존재를 아예 잊어버리더군요. 나는 나날이 변모하고 있습니다. 머리카락이나 피부가 아니라 내 의식이 말입니다.

내 피부는 검어지지 않았지만, 두 눈은 늘 어두컴컴한 밤이지요.

당신 소설을 읽을 때만큼은 시간이 멈춰요.

이성의 분별 있는 눈으로도, 가련한 인간 세상이 지옥처럼 보이는 순간들이 있다. 그러나 인간의 상상력은 결코 카라티스*가

* 윌리엄 벡퍼드의 소설 『바테크』(1786년)에 등장하는 인물로, 살아생전 지옥의 환락을 딱 하루 동안 실컷 맛볼 권리를 부여받는다.

아니어서, 그 은밀한 지하 동굴들을 천벌을 받지 않고 무사히 섭렵할 길이 없다. 아뿔싸! 무덤을 떠도는 불길한 공포의 군단을 순전히 정신적 망상으로 치부할 수는 없는 노릇이다. 아프라시아브*가 옥수스강을 타고 내려갈 때 함께한 마귀들이 그러했듯, 그들 공포의 군단이 잠들어 있지 않다면 언제 우리를 잡아먹을지 모르는 일이다. 그러니 우리는 그들의 잠을 방해해서는 절대로 안 된다. 그렇지 않으면 우리 모두 끝장일 테니까.

어둠 속에서도 당신 음성이 들립니다.
당신이 죽고 난 이후 더 잘 들려요.
당신은 내 곁을 지키며 중얼거립니다.
당신의 예언적인 말씀 앞에 나는 바짝 엎드려요.

감옥에서 지낸 마지막 몇 달은 내 인생에서 가장 행복한 한때였습니다. 초라한 침상에 누워 나는 최후의 위대한 임무를 꿈꿔봅니다. 사기꾼의 발톱에서 당신의 말씀을 구하는 일이죠.

나는 두려움을 모릅니다. 공포에 대한 사랑으로 충만한 존재죠.

그런데 여기서 풀려날 그날이 두려워지기 시작했어요. 여기 누워 더이상 꿈을 꿀 수가 없을 테니까요. 감방 안을 끝없이 서성거리면서 루퍼스 그리스월드를 떠올립니다. 지금 내가 그자를 왜 무서워하는지 모르겠지만, 그의 얼굴의 무언가가 나를 불안하게 만

* 페르시아의 신화에 등장하는 사악한 왕.

들어요.

*

뉴욕에서 쓰는 이 편지를 이제 마무리합니다.

간수들이 데리러 왔을 때 내 몸 상태는 편치 않았어요.

다시 볼티모어 거리로 나왔을 때 감방 생활이 어찌나 그립던지, 그리로 돌아갈 수만 있다면 오래전에 내가 한 짓을 털어놓고 싶을 정도였답니다.

뉴욕에 도착했을 땐 비가 억수같이 쏟아졌어요. 거리가 온통 강을 이룰 정도였죠.

며칠을 찾아 헤맨 끝에 포스 스트리트에 위치한 루퍼스 그리스월드의 아파트를 찾아냈습니다. 막상 그의 얼굴을 마주하자 증오가 아닌 일종의 애정이 느껴지더군요. 그자는 당신의 원수나 마찬가지인데도 왠지 호감만 느껴지는 겁니다. 그리스월드가 주인님을 위해 봉사하고 있는 게 아닌가 하는 생각이 들더군요. 과연 그자가 없었다면 사람들이 당신을 지금처럼 기억해줄까요?

처음부터 일이 그렇게 되리라는 걸 당신은 알고 있었나요?

몇 달 동안 루퍼스 그리스월드를 감시했답니다. 그는 이제 쉰두 살의 늙은이가 되어버렸죠. 늘 뒤를 밟고 있지만, 그의 눈에 띈 적은 한 번도 없어요.

주인님, 이제 조만간 우리는 끝을 볼 겁니다.

그리스월드

불청객

나는 중얼거렸다. 불청객이 내 방문을 두드리고 있어.

E. A. 포, 「까마귀」

그날 오후 끝 무렵, 루퍼스는 『워싱턴 전기』의 서문을 다시 읽어본 뒤, 책상에서 일어나 눈을 좀 붙이기 위해 침실로 향한다. 침대에 눕자 몸무게에 눌린 침대가 삐걱거린다. 그는 폐병으로 인한 만성 후유증으로 허파에서 가슴 전체로 퍼져가는 통증을 애써 무시해가며 깊이 숨을 들이쉰다.

주방에서 새어나오는 해리엇과 에밀리의 목소리가 침대에서도 들린다. 둘은 메인주 얘기를 하고 있다. 해리엇은 조만간 그를 떠나 메인주로 돌아갈 계획인 모양이다. 생기 넘치게 재잘거리고 있지만 목소리 톤에서 언뜻 깊은 비애감이 느껴진다. 책임은 그에게 있다. 그가 모든 걸 망친 장본인이다. 좀더 정확히 말해서, 그동안 너무 글 쓰는 데만 매달렸다. 자신을 방어하고 남을 공격하느라, 모두 제자리에 돌려놓느라 곁을 돌볼 겨를이 없었다. 그렇다고 이제 와서 중단하면 아무것도 제자리를 찾지 못할 것이다. 포의 친구를 자처하는 자들이 그리스월드에 관해 떠들어대는 이야기 속으로 하나의 반전된 이미지가 스며들 텐데, 그것은 루퍼스 자신이 결코 용인하길 원치 않는 이미지, 다름아닌 범죄자의 초상일 터.

초기에는 자기한테 붙는 별명이 그저 우스꽝스러웠으나, 지금은 상당히 언짢게 느껴진다. '루퍼스 그로스올드' '루퍼스 그로테스크' '럼퍼스 그리스월드' 등등. 마지못해 그는 적들이 자신을 겨냥해 온갖 모함을 일삼고 있다고 상상해버린다. 이를테면, 사악하고 치밀한 협잡꾼. 포에 대해 그가 쓴 추도문과 회상기들, 서한들이 온갖 과장과 교묘한 모략, 의도적 오류와 거짓, 속임수로 점철된 것은 사실이다. 루퍼스는 그런 오명과 더불어 아무렇지도 않게 살아갈 사람이 못 되며 계속해서 글을 쓰고 바로잡고 반격해 자신을 방어하려고 애쓸 인물임을 그를 아는 사람이라면 누구나 인정할 것이다.

잠시 잠이 들었던 게 분명하다. 깨어보니 포스 스트리트의 작은 아파트가 쥐죽은듯 고요하다.

침대 옆 탁자에 종이 한 장이 놓여 있다. 가슴이 철렁한 그는 얼른 집어들고 읽어본다.

썰매 종소리를 들어라!
은종 소리를!

곧이어 정신이 아뜩해질 만큼 끔찍한 일이 닥치리라는 것은 전혀 예상치 못한 채 그는 종이를 내려놓는다. 종이에 끼적인 글의 주인이 누구일까 막연히 짐작해보는 투다. 책상에 자리잡고 앉아 펜을 집어들고야 그는 서늘한 냉기가 온몸을 파고드는 걸 느낀다.

이후 며칠간 그는 해리엇의 심기를 어지럽힐 만한 이야기는 전혀 하지 않는다. 그들 부부의 문제는 이미 모든 것이 결정된 상황이다. 아내는 메인주의 가족에게 돌아갈 것이고, 그는 여기 남아 일을 계속할 것이다.

마침내 해리엇이 떠나는 날, 그리스월드는 아무 감정도 없다. 그저 책상 앞에 앉아 밤을 새운다. 동틀 무렵이 되자 귓가에 발소리가 들려온다.

도심에는 소요가 한창이다. 여름 내내, 두 패로 갈린 경찰력이 시가전에서 격돌했다. 뒤이어 '데드 래비츠'나 '더 플러그 어글리즈' 같은 갱단들이 등장했다. 거리마다 폭동으로 인한 흙먼지가 자욱하게 일었고, 화이트 스트리트에서는 경시청사 건물 주위로 총소리가 요란했다. 독립기념일을 기해 많은 사람들이 코피를 흘렸고, 도시가 안정을 되찾아 노점상들이 제자리로 돌아오려면 8월을 기다려야 했다. 그런데 늦가을이 다 되도록 모자를 푹 눌러쓴 사람들이 여전히 불안어린 표정으로 조심스럽게 눈길을 주고받는다. 루퍼스는 아파트 창가에 서서 그 어지러운 분위기를 무심히 내다보곤 했다.

거리에서 벌어지는 상황이 자신과는 무관하다는 느낌뿐이었다. 벌써 몇 년 전부터 왠지 매사에 무감각하고 멍해진 기분이다. 그러다 책상 앞에 앉아 시를 발견하고야 비로소 자신을 무언가에 연루

된 존재로 느끼기 시작했다.

매일 아침 그는 침대 머리맡 탁자 위에서 포의 시가 적힌 새로운 쪽지를 발견한다. 한데 그 쪽지를 읽어갈수록 결코 이것이 누군가의 장난질은 아니며 그가 상처를 주었을지 모를 누군가의 비열하고 시시한 복수극 또한 아니라는 확신이 들었다.

시구들은 면밀히 발췌되었으나 쪽지에 투박한 글씨로 휘갈겨져 있었다. 시인이 봤더라면 화를 냈을 성싶다. 8월 중순의 어느 아침에는 침대 옆자리에 이런 시구가 놓여 있었다.

> 하늘이 도와 절체절명의 발작이,
> '생존'이라 불리는 그 열기가
> —위험은 지나가고 지긋지긋한 불안도 멀어지니—
> 마침내 잦아들었지.

그는 이제 주변을 감시하기 시작한다. 낯선 사람의 시선을 좇고, 아파트 어느 구석이든, 밖의 층계참이든, 길거리든 누군가 숨어 있다고 상상한다. 그렇게 며칠이 지나자, 심기를 어지럽히는 것이 시의 내용은 아닌데도—실은 그가 잘 아는 내용들이다—그는 문제의 시들을 곱씹어보기 시작한다. 밤마다 의문에 사로잡혀 침대에 누운 채 끝없이 되새겨보는 질문은 이런 것이다. '어떻게 시에 담긴 의미가 이토록 희박할 수 있을까?'

처음 쪽지에 적힌 시 「종」을 보면, 의미라고는 텅 비어 있지 않은가 말이다! "종, 종, 종, 종, 종에서 울려퍼지는 음악 같은 딸랑딸랑

소리." 운율과 리듬이 시를 이룰 뿐, 아무런 의미도 찾을 수가 없다. '종'이라는 단어 속에 음악이 들어 있다. 생각할수록 흥미진진하다. 마치 무언가로부터 훌훌 벗어나는 듯한 기분이다.

순간, 지금까지 자신에게 닥쳤던 불행—캐럴라인의 죽음, 결핵의 발병, 처량한 연애 경험, 포와의 만남, 딸의 목숨을 앗아갈 뻔한 열차 사고, 그의 얼굴을 알아보기 어렵게 만든 화재 등—이 뇌리를 스쳐가면서 그는 이제야 시의 '효과'에 대한 포의 사상을 이해하기 시작한다. 살아생전 포는 시의 요소들을 어떻게 배열해야 독자의 내면에 '해탈감' 혹은 '해소'의 감정을 낳을 수 있는지 장황하게 설명하곤 했다. 여러 개의 종이 지속적으로 창출하는 음악, 종, 종, 종, 종…… 단어의 반복현상이 시에서 거북한 느낌을 비워내고, 소리가 희미해지면서 일종의 조화로움이 뒤따른다.

그는 다시 한번 시를 정독한다.

그러자 행간에서 또다른 무언가가 그의 눈에 들어온다. 딱딱하게 굳은, 석화된 어떤 것이.

덩그렁, 덩그렁, 덩그렁,
단조롭고 둔탁한 울림으로,
인간의 심장에 돌멩이를 굴려,
그들은 영광을 향유하지.
남자도 아니고 여자도 아닌,
짐승도 아니고 사람도 아닌,
그들은 송장 파먹는 악귀!

마지막 시구에 눈길이 멈추면서, 루퍼스는 이 시에 대해 여태 아무것도 이해하지 못하고 있었음을 깨닫는다. 이 시가 그를 꼼짝 못하도록 옭아매어 인정하고 싶지 않던 무언가로 이끌어갔다. 그는 책상 위에 책을 내려놓는다. 이 허세로 가득한 시, 이제야 그 의미를 알 것 같다. 이건 시체 도굴꾼, 시체를 먹고 사는 망령에 관한 이야기다.

종소리의 한결같은 리듬, 그 편안한 멜로디는 죽은 자들과 그들의 무덤, 이름, 추억, 그들이 누린 명망을 에워싸고 맴돈다. 종소리, 밤에 금빛으로 빛나는 음향. 그 단조로운 울림. 그렇게 인간의 심장 위로 돌멩이를 굴리고…… 루퍼스는 눈물을 왈칵 쏟는다. 도저히 멈출 수가 없다. 단어에 숨이 멎는다. 그는 의자에서 미끄러져 바닥에 주저앉는다. 도대체 나는 누구인가? 죽은 자를 먹고 사는 귀신. 시체 도굴꾼. 돌로 만든 석상. 타인들을 포식해서 스스로를 살찌우는 인간.

그는 엉금엉금 기어 책상에서 멀어진다. 그렇게 해서라도 자기가 쓴 모든 글로부터 벗어나고, 포에게서 도망치려 한다. 침대에 눕고 싶다. 기운이 하나도 없다. 그저 두 눈을 감고 어둠 속으로 가라앉고 싶은 마음뿐이다.

하지만 일단 눕고 나자, 잠을 이룰 수가 없다. 이불이 자꾸만 달아나려는 것 같다. 그는 벌떡 일어나 이리저리 서성거린다. 더이상 집안에 머물 수가 없다. 밖으로 나가야 한다. 나가서 저녁 내내 거닐어 그의 망령들을 진정시켜야 한다.

출입문을 여는 순간, 웬 그림이 눈에 들어온다.

그림은 문짝에 압정으로 고정되어 있다. 루퍼스는 몇 분 동안 꼼짝 않고 서서, 문밖 층계참 조명이 비추는 자신의 얼굴 크로키를 뚫어져라 들여다본다. 〈그레이엄스 매거진〉에 실렸던 초상화를 놀랄 만큼 꼼꼼하게 모사한 그림이다. 그는 그림을 떼어내 마구 구겨 바닥에 던져버린다.

층계참으로 나와 문을 닫고 돌아보니, 맞은편 집 문이 반쯤 열려 있다. 그는 일단 심호흡을 한다. 주위를 둘러본다. 아무도 없다. 창문이 열려 있는지 커튼 자락이 펄럭인다. 바닥에 뻗어 있는 사람의 구둣발이 눈에 들어온다. 그는 머뭇머뭇 발걸음을 옮겨 반쯤 열린 문 쪽으로 다가가 문을 살짝 밀어본다.

키가 큰 노인의 이마에 루퍼스 자신의 초상화가 핀으로 꽂혀 있다. 피 얼룩이 종이에 스며들어 초상화가 엉망이다. 스케치는 일그러지고 더럽혀져서 윤곽조차 알아보기 힘들다. 루퍼스는 온몸이 싸늘한 냉기로 경직된다. 문안으로 들어서지도 못하고, 허리를 숙여 그림을 떼어내지도 못한다. 바닥에 누운 몸을 그대로 버려둔 채 그는 뒤뚱거리며 현장을 빠져나온다.

허겁지겁 계단을 내려오면서 현기증은 간신히 진정된다. 거리로 나선다. 무조건 도망쳐야 한다. 그는 교회로 가서 건물의 어둠 속으로 피신하고 싶다. 두 눈 질끈 감고, 하느님의 집안으로 녹아 없어지고 싶다.

잠깐 사이 그는 기운을 회복하고 마음을 다잡는다. 그제야 주위의 사람들을 의식한다. 그를 훑어보고 유심히 살펴보는 사람들의 시선이 신경쓰인다. 발소리가 들린다. 사방이 발소리다. 발소리가 점점 가까워진다. 브로드웨이 쪽으로 갈수록 발소리가 더욱 선명해진다. 자신이 무엇을 찾는지도 모르는 채 거리를 두리번거리지만, 눈에 띄는 것은 아무것도 없다. 이제 그는 달리기 시작한다. 발이 견딜 수 없이 욱신거린다. 사람들을 헤치고 아슬아슬하게 마차를 지나치며 황황히 길을 건넌다. 그는 계속해서 거칠고 급하게 내달린다.

루퍼스는 도망치고 싶다.

마침내 교회 앞에 당도한 그는 중앙 홀로 들어서서 벽 쪽의 빈자리를 찾아 앉는다.

바로 앞 장의자 밑에 웅크리고 있는 레이놀즈를 발견한 순간, 심장이 멎을 것만 같다. 그는 소스라쳐 일어나 당장 자리를 피하려고 한다. 하지만 자신의 망토 자락에 두 발이 엉키면서 그대로 바닥에 거꾸러진다. 눈을 뜨자, 왜소한 몸집의 사내가 굽어보고 있다.

"당신은 주인님을 파멸시키려고 했지." 레이놀즈가 빤히 내려다보면서 낄낄대더니 이내 귓속말로 덧붙인다. "하지만 정작 파멸한 건 너야."

루퍼스는 자신을 굽어보는 왜소한 사내를 무력하게 쳐다본다. 그리고 지그시 눈을 감는다. 가만히 소리를 듣는다. 이제는 알 것 같다. 포의 평판을 엉망으로 만들려 했던 자신의 모든 노력이 앞으로 단 하나의 성과만을 거두게 되리라는 사실. 그는 포의 명성을 더없이 드높이게 될 것이다.

그래, 에드거 앨런 포의 추악한 명성은 앞으로 점점 확대되어 결국 루퍼스 그리스월드라는 이름까지 쓸어버리고 말 거야, 루퍼스 그리스월드는 한낱 탐욕스러운 무뢰한으로 전락하고, 에드거 앨런 포는 존경받고 인기 있는 작가, 영웅적인 인물로 부각되겠지. 루퍼스가 공들여 작업해온 모든 것은 산산이 허물어지고, 나아가 그 모든 작업으로 인해 그의 운명은 철저히 봉인되어버리고 말 거야. 책상 앞에 붙어앉아 몰두하며 일한 시간들, 그 모든 세월이 오로지 자신의 파멸을 준비하는 기간이었다니……

루퍼스 그리스월드는 스스로 혼신을 다해 루퍼스를 악당으로, 에드거를 우상으로 만들었다. 이제, 너무 늦었다. 이미 그는 잊혔고, 구토를 유발하는 너울에 휩쓸려 지워져버렸다. 반면 에드거 앨런 포, 그는 앞으로 영원히 빛을 발할 것이다.

공포의 본질

이 소설은 에드거 앨런 포의 삶에 관한 실체적 자료를 꼼꼼하게 제시하면서 극적 효과를 노리는 장면 전개가 대담해, 잘 만든 다큐멘터리 형식의 스릴러물로 읽고 즐길 만한 작품이다. 그러나 책 제목을 한번 더 숙고하여, 우리 모두 '공포'를 꿈꾸고 '공포의 의미'에 공감한다면, 작가 포의 깊은 내면으로 들어가 '공포가 야기하는 심리적 진실'에까지 가닿기를 기대할 수도 있다. 새뮤얼 레이놀즈는 '무엇'인가? 임종을 앞둔 그가 두어 차례 이름을 흘렸다는 기록 말고, 포 자신은 물론 어느 누구의 입을 통해서도 그 실체를 입증할 만한 진술이 남아 있지 않다. 소설은 이 주인 없는 이름에 강력한 존재감을 부여했고, 포를 괴롭히는 공포의 강박을 인격화한 것으로 보인다. 즉, 레이놀즈는 포의 분신으로, 작가 포가 상상해낸 끔찍한 허구의 장면들을 실재 범죄현장으로 집요하게 구현해내는 역할이다. 포의 입장에선 인격의 분열이 현실의 복제를 유발하는 셈인데, 그 일그러진 에너지의 정체는 '문학적 야심'이다. 작품의 완성도를 위해서라면 피비린내 나는 행위도 마다하지 않는다는 설정이다. 결국 소설은, 미의 극치인 예술을 추구하기 위하여 모든 걸 바치는 레이놀즈 혹은 포 자신의 광기야말로 공포의 본질임을 말하고 있지 않은가.

성귀수

옮긴이 **성귀수**
시인, 번역가. 연세대학교 불문과 대학원에서 문학박사 학위를 받았다. 시집 『정신의 무거운 실험과 무한히 가벼운 실험정신』, "내면일기" 『숭고한 노이로제』를 발표했다. 앙리 코뱅의 『막시밀리앙 헬러』, 조제프 앙투안 투생 디누아르의 『침묵의 기술』, 알렉상드르 졸리앙의 『왜냐고 묻지 않는 삶』, 아폴리네르의 『내 사랑의 그림자(루에게 바치는 시)』, 래그나 레드비어드의 『힘이 정의다』, 가스통 르루의 『오페라의 유령』, 아멜리 노통브의 『적의 화장법』, 장 퇼레의 『자살가게』, 모리스 르블랑의 『결정판 아르센 뤼팽 전집』(전10권), 피에르 수베스트르와 마르셀 알랭의 『팡토마스』(전5권), 조르주 심농의 '매그레 시리즈'(공역), 크리스티앙 자크의 『모차르트』, 조르주 바타유의 『불가능』, 베르나르 미니에의 『물의 살인』(전2권), 사뮈엘오귀스트 티소의 『읽고 쓰는 사람의 건강』 등 백여 권을 우리말로 옮겼다. 2014년부터 사드전집을 기획, 번역해오고 있다.

문학동네 세계문학
공포를 보여주마

초판 인쇄 2023년 1월 9일 | 초판 발행 2023년 1월 19일

지은이 니콜라이 프로베니우스 | 옮긴이 성귀수
책임편집 김미혜 | 편집 이희연 김혜경 신선영 김혜정
디자인 강혜림 최미영 | 저작권 박지영 형소진 이영은 김하림
마케팅 정민호 이숙재 박치우 한민아 이민경 안남영 왕지경 김수현 정경주
브랜딩 함유지 함근아 김희숙 고보미 박민재 박진희 정승민
제작 강신은 김동욱 임현식 | 제작처 영신사

펴낸곳 (주)문학동네 | 펴낸이 김소영
출판등록 1993년 10월 22일 제2003-000045호
주소 10881 경기도 파주시 회동길 210
전자우편 editor@munhak.com | 대표전화 031) 955-8888 | 팩스 031) 955-8855
문의전화 031) 955-2689(마케팅) 031) 955-8860(편집)
문학동네카페 http://cafe.naver.com/mhdn
인스타그램 @munhakdongne | 트위터 @munhakdongne
북클럽문학동네 http://bookclubmunhak.com

ISBN 978-89-546-8805-5 03850